Le grand incendie

Du même auteur

Aux éditions Le Grand-Châtelet

La Devineresse

Aux éditions Le Masque

Attentat à Aquae Sextiae
Le Complot des Sarmates
L'Archiprêtre et la Cité des Tours
Nostradamus et le dragon de Raphaël
Le Mystère de la chambre bleue
La Conjuration des Importants
L'Exécuteur de la haute justice
L'Énigme du Clos Mazarin
L'Enlèvement de Louis XIV
Le Dernier Secret de Richelieu
L'Obscure Mort des ducs
Marius Granet et le trésor du palais comtal
Le Duc d'Otrante et les Compagnons du Soleil

Aux éditions Jean-Claude Lattès

La Conjecture de Fermat
Le Captif au masque de fer
Les Ferrets de la reine
L'Homme aux rubans noirs
Juliette et les Cézanne
Les Rapines du duc de Guise
La Guerre des amoureuses
La ville qui n'aimait pas son roi

Suite en fin d'ouvrage

Jean d'Aillon

Le grand incendie

Les enquêtes de Louis Fronsac

PLON
www.plon.fr

12, avenue d'Italie
75013 Paris
Tél. : 01 44 16 09 00
Fax : 01 44 16 09 01
www.plon.fr

Mise en page : Soft Office
Dépôt légal : mars 2018

ISBN : 978-2-259-26342-9

Quelques personnages

William Aspinwall, capitaine de la Cinquième Monarchie
Friedrich Bauer, Bavarois au service de Louis Fronsac
Canto, seigneur de La Cornette
Mathurine Desfontaines, dame de compagnie de la duchesse d'Orléans
Louis Fronsac, chevalier de Mercy et marquis de Vivonne
Thomas Gombleton, bijoutier parisien
William Gombleton, bijoutier, père de Thomas
Richard Gombleton, négociant et armateur anglais, oncle de Thomas
Thomas Halloway, ami de Mathurine Desfontaines
John Harrison, colonel diacre de la Cinquième Monarchie
Lady Percy Hay, comtesse de Carlisle
Lord Denzel Hollis, fils du comte de Clare
Claude Hourlier, seigneur de Méricourt, lieutenant général civil et criminel au bailliage du palais de Paris
Hoyau, bijoutier
Edward Hyde, grand chancelier d'Angleterre, comte de Clarendon
Henry Jermyn, lord Saint Albans
Françoise de La Pasnière, fille de Mathurine Desfontaines
Armand-Charles de La Porte de La Meilleraye, duc de Mazarin
Hugues de Lionne, ministre d'État
Olympe Mancini, comtesse de Soissons
Hortense Mancini, duchesse de Mazarin

Thomas Mordaunt, serviteur de lord Saint Albans

Samuel Morland, mathématicien anglais

Sir Edward Nicholas, secrétaire d'État anglais

Samuel Pepys, secrétaire à l'Amirauté, clerc des actes au conseil de la Marine, secrétaire du Sceau privé

Jacques Petit, secrétaire de lord Hollis

Pichon, seigneur de La Charbonnière

Henriette-Anne Stuart, duchesse d'Orléans, sœur du roi d'Angleterre

Gaston de Tilly, maître des requêtes au Conseil des parties

César de Tilly, fils de Gaston

Julie de Vivonne, épouse de Louis Fronsac

PREMIÈRE PARTIE

Le saphir des Stuart

1

Whitehall, Londres, mi-juillet 1666

En sortant des appartements de lord Clarendon, sir Denzel Hollis, baron d'Ifield, retrouva son secrétaire Jacques Petit, qui l'attendait sur une banquette de bois dans le grand hall lambrissé du palais royal.

Onze heures ! constata-t-il après avoir ouvert sa montre au cadran émaillé en forme de trèfle entouré d'angelots. La réunion avait duré plus longtemps qu'il ne l'aurait voulu, mais le chancelier Clarendon[1] était arrivé en retard après une mauvaise nuit, et la guerre, la diplomatie n'étaient pas des sujets que l'on évoquait rapidement.

Il referma le boîtier, remit la mécanique dans son gousset et sortit un mouchoir de batiste pour s'essuyer le front. La chaleur était infernale et il transpirait à grosses gouttes sous son justaucorps de soie à longues basques[2]. Parce que Clarendon, qui se méfiait de tout, gardait ses fenêtres fermées pour éviter toute indiscrétion, il avait cru défaillir durant la conférence. Quant à cette maudite perruque qui lui tombait sur le torse, il aurait donné cher pour la retirer, mais c'était impossible dans le palais.

---

1. Edward Hyde, comte de Clarendon, grand chancelier. Sa fille avait épousé James, duc d'York, le frère du roi qui l'avait engrossée.

2. Le justaucorps, à l'origine un habit militaire, remplaçait le pourpoint et se portait avec de longues basques jusqu'aux genoux.

— Monsieur, fit Petit en s'approchant, tricorne à la main, sir Nicholas voudrait vous parler un instant. Son secrétaire m'a prévenu.

Petit ne méritait pas son nom. De haute taille, large d'épaules, avec un visage carré et une forte mâchoire, il paraissait engoncé dans son habit couleur safran. Il ne portait pas de perruque, et sa chevelure clairsemée dévoilait une calvitie parsemée de quelques taches.

— Je sais ! Lord Clarendon me l'a dit également.

Hollis hésita un instant. Cette visite allait encore le mettre en retard. Il devait compter huit heures de voiture avant d'arriver à Dorchester, où se trouvait sa maison familiale. Mais sir Nicholas lui avait promis de s'intéresser à son affaire et il avait peut-être des suggestions à lui faire.

— Allons-y, venez avec moi ! dit-il en tendant à Petit le portefeuille en peau de chevreau contenant les papiers dont il s'était muni pour son entretien avec le ministre.

Il avait peu de secrets pour Petit et, pourtant, ils auraient pu être d'implacables adversaires. L'oncle de ce dernier, René Augier, de confession huguenote, avait été l'un des plus fervents partisans d'Olivier Cromwell et son agent en France. Or si Denzel Hollis, chef de file des presbytériens[1] anglais, donc calviniste, avait soutenu le mouvement parlementaire protestant s'opposant à Charles Ier et à ses prétentions de pouvoir absolu[2], il avait été

1. Le presbytérianisme est une forme du protestantisme originaire d'Écosse.

2. Dans cette première moitié du XVIIe siècle, Charles Ier, détesté du peuple et du Parlement pour son comportement tyrannique et ses abus, principalement dans la levée des impôts, s'était heurté aux forces parlementaires exigeant un contrôle des lois. Refusant un partage du pouvoir avec les représentants élus, le roi s'était enfui de Londres pour conduire une guerre sans merci contre ses adversaires. Battu, il avait été exécuté en 1649.

S'appuyant sur les protestants les plus stricts, en particulier les puritains et les presbytériens, Oliver Cromwell, parlementaire et chef d'une troupe de cavalerie, les Têtes rondes, avait pris le pouvoir. Jugeant le Parlement trop modéré, il l'avait supprimé et, en 1653, s'était fait nommer Lord Protecteur d'Angleterre après avoir écrasé les armées du fils du roi, Charles II, lequel s'était réfugié en France puis en Hollande. À la mort du Protecteur, en 1658, le général Monk avait négocié avec Charles II qui était revenu en 1660. Ce fut la Restauration.

ensuite accusé de félonie par les puritains pour s'être élevé contre la dictature du Lord Protecteur. Tous deux se haïssaient avec la même force[1], disait-on. Condamné, Hollis avait dû s'exiler en France avant de rejoindre le nouveau roi, Charles II.

Depuis sept ans, la guerre civile était finie. Les Têtes rondes puritaines avaient perdu leurs chefs, pour beaucoup jugés coupables de régicide et payant leur révolte par une exécution capitale au cours de laquelle ils avaient été éviscérés et démembrés. Nommé membre de la Cour en charge du jugement de quelques-uns des régicides, et pourtant peu favorable à de telles sauvageries, Hollis les avait condamnés à mort sans regret, même si plusieurs avaient été de ses anciens compagnons quand il se battait pour la liberté de l'Angleterre.

Jacques Petit avait également rompu avec la violence et l'intolérance lorsque Hollis lui avait sauvé la vie en le tirant de prison, reconnaissant dans le huguenot un homme qui s'était battu d'abord pour ses idées.

Redevenu le siège de l'administration et du gouvernement du royaume, le palais de Whitehall était une ville à part entière, avec ses places, ses cours, ses rues et même ses théâtres et boutiques. Ce véritable dédale de deux mille pièces abritait le roi et sa famille, mais aussi les principaux ministres et serviteurs de l'État : chefs des bureaux, trésoriers, intendants et officiers. L'immense labyrinthe de logis, de chapelles, de casernes, d'escaliers et de jardins était traversé par de grandes galeries ornées de médaillons en terre cuite, et même par une rue : King Street. Près des appartements royaux, de grands tapis couvraient les parquets, destinés à atténuer le martèlement des chaussures à hauts talons fort à la mode.

À cette heure, la cohue régnait. Des commis et des intendants transportaient dossiers et sacs de documents ; des valets faisaient des commissions pour leurs maîtres et en profitaient pour échanger les derniers ragots ; des gentilshommes se rendaient

1. « *They hated one another equally.* »

à des conférences ; des officiers de marine en grand uniforme s'affairaient ; des marchands échangeaient à voix basse des nouvelles de leur négoce ; d'élégantes ladies rejoignaient les cours où les attendait leur chaise attelée pour une promenade au parc. À proximité des appartements royaux, les Gentlemen Ushers[1] patrouillaient, accompagnés de gardes casqués et en corselet, avec épée et pistolet à silex dans une fonte serrée à la taille.

Hollis et Petit empruntèrent un corridor pour rejoindre la grande galerie, puis suivirent un passage vers Banqueting House[2], lequel distribuait plusieurs appartements dont les plus recherchés disposaient d'une perspective sur le jardin royal. Par une fenêtre ouverte, Hollis aperçut des ouvriers en train de dresser de nouvelles statues sur d'anciens piédestaux, les puritains ayant détruit au marteau la plupart de celles ayant existé, au prétexte que la Bible interdisait les représentations humaines.

L'appartement où logeait le secrétaire d'État sir Edward Nicholas se situait au niveau de la rue de Whitehall. Avocat, Nicholas avait été secrétaire du fameux duc de Buckingham, secrétaire de l'Amirauté, puis conseiller du roi Charles Ier, tout en restant membre du Parlement. Contrairement à Hollis, lui était resté proche du monarque, cela jusqu'à sa mort. En revanche, il s'était souvent opposé à la reine Henriette Marie[3], fille d'Henri IV et sœur de Louis XIII. Fidèle à la royauté, il avait rejoint Charles II en exil et était revenu en Angleterre avec lui. Et si le roi l'appréciait pour sa loyauté, son sérieux et sa compétence, il ne se gênait pas pour se moquer de ses scrupules comme de sa pruderie.

Le ministre reçut Hollis avec chaleur. Au début de la guerre civile, ils n'étaient pas dans le même parti, mais ils s'étaient

---

1. Gentilshommes gardiens des portes et des chambres.

2. Bâtiment d'une seule pièce décorée par Rubens et qui servait aux réceptions.

3. Henriette Marie de France était l'épouse de Charles Ier. Sa fille Henriette-Anne Stuart était duchesse d'Orléans.

retrouvés depuis et s'estimaient. De plus, le secrétaire d'État s'occupait des affaires étrangères et Hollis avait été ambassadeur en France de 63 à 66, ce qui avait renforcé leur proximité.

Sir Nicholas souffrait de la goutte et se tenait dans un fauteuil dans sa chambre, aussi ne se leva-t-il pas pour saluer les visiteurs, mais il les fit asseoir près de lui et leur servit des pâtisseries accompagnées de cette nouvelle boisson importée de Chine, devenue populaire à la Cour, que la reine[1] proposait à ses amis : le thé. Hollis se garda de dire que Mazarin en buvait également, mais seulement à des fins curatives.

Ils échangèrent quelques banalités sur leurs familles et la Cour, et Nicholas en arriva aux raisons pour lesquelles il avait fait venir l'ancien ambassadeur de France.

— Où en êtes-vous avec le saphir des Stuart ?

— Nulle part, hélas, lâcha-t-il d'un ton désabusé. Comment pourrais-je agir en étant hors de France ? Le joyau a été rendu à Thomas Gombleton qui se l'est fait voler, et la criminelle Desfontaines a disparu.

— J'ai la certitude que Jermyn ne détient pas la pierre, fit Nicholas. Si le favori ne manque pas d'espions, lord Clarendon a aussi les siens. Ce sont d'ailleurs parfois les mêmes, puisque Hyde et lord Saint Albans[2] travaillaient de concert avant la Restauration. On sait donc de source sûre que Jermyn a envoyé Thomas Mordaunt en France faire des recherches.

— Le Grand Trust serait toujours actif ? s'enquit Hollis en haussant un sourcil.

— Plus que jamais ! Le lord chancelier sait tout cela grâce au colonel Bampfield.

— Bampfield ! Ce mercenaire qui louait ses services aussi bien au Lord Protecteur qu'au roi ?

— Mercenaire, agent double, tout ce que vous voulez, mais quelqu'un de commode et sûr quand on y met le prix. Bampfield

1. Il s'agit de la princesse portugaise Catherine de Bragance.
2. Henry Jermyn, comte de Saint Albans.

a saisi un message codé adressé à Nemo par Mordaunt. Sir Samuel Morland me l'a déchiffré. Il y était dit que le saphir restait introuvable.

Nicholas se gratta la gorge.

— Vous connaissez Samuel Morland, je crois.

— Le maître des Mécaniques royales, oui, en effet.

— Vous le savez, Morland est un mathématicien et un logicien exceptionnel. Hélas, il avait mis ses talents au service de Cromwell, croyant de bonne foi en lui parce qu'il voulait protéger les huguenots.

Ce protestant, Morland, avait rejoint les puritains dès le début de la révolution. Brillant mathématicien, il avait été chargé par les Têtes rondes de déchiffrer les messages codés saisis chez les royalistes, et ses succès l'avaient fait engager par les chefs de la diplomatie secrète du Lord Protecteur. Mais, ayant découvert une entreprise criminelle des républicains visant à faire disparaître le roi, il en avait été révulsé et l'avait dénoncée à Charles II.

À la Restauration, malgré les graves charges qui pesaient sur lui pour collaboration avec les puritains, le souverain l'avait absous et récompensé d'un titre de chevalier, puis de baronet, avec une pension de mille livres annuelles assortie du titre de maître des Mécaniques royales.

— Il a changé de camp à temps, remarqua Hollis avec un sourire de circonstance.

Lui aussi avait changé de parti, mais avant Morland.

— Oui, bien qu'il soit resté un moment dans une situation incertaine. Mais voici pourquoi je vous parle de lui : il y a trois ans, lady Percy Hay est venue voir Sa Grâce lord Clarendon au sujet d'un trésor.

— Un trésor ?

L'ambassadeur avait proféré ces mots d'un ton ironique.

— Une singulière affaire. Elle avait retrouvé un document familial écrit par sir Francis Bacon indiquant, assez peu clairement, l'existence d'un lieu bien caché où Henri IV, et peut-être d'autres rois de France, aurait dissimulé un pactole. Elle sollicitait des subsides pour le découvrir et offrir ce secret à la Couronne. Ce qu'elle m'avait présenté était troublant, aussi lui ai-je accordé une petite somme. Après tout, sa mère n'avait-elle pas donné sa fortune et sa vie pour aider le roi Charles[1] ?

Il se tut un instant, portant la tasse de porcelaine à ses lèvres.

Hollis demeurait silencieux. Il avait une trop grande habitude de la diplomatie pour ignorer que Nicholas allait lui révéler des faits importants.

— Lady Hay est donc partie pour la France avec l'un de ses fidèles : un ancien mousquetaire nommé Brett. Mauvais choix, car elle a connu bien des embarras à cause de lui. Il s'est heurté à des dragons du roi de France et a fait échouer l'entreprise. Il en est mort d'ailleurs. Quant à lady Hay, elle aurait fini sur la potence si elle n'avait été sauvée à la fois par M. Morland et un Français du nom de Louis Fronsac...

— L'homme aux rubans noirs ? intervint Hollis en haussant les sourcils de surprise.

— Le connaissez-vous ?

— Pas directement, mais il m'a été présenté un jour, au théâtre, par le prince de Condé. George Digby m'en a parlé également, c'était son voisin[2]. Je crois qu'il s'agit d'un ancien agent du cardinal et – curieusement aussi – du prince. On le dit brillant logicien.

— C'est cela, mais pas seulement. Il serait également un audacieux aventurier qui manie avec adresse pistolet et rapière. Il aurait joué un rôle capital durant la Fronde. Ce Fronsac était aussi sur la piste du secret d'Henri IV et, selon Morland, l'a mis au jour.

---

1. Voir *Le Grand Arcane des rois de France*, du même auteur.

2. Comte de Bristol chassé d'Angleterre par la Révolution, il devint un favori de Mazarin qui le nomma lieutenant général et gouverneur de Mantes, tout en le recommandant à la reine Anne d'Autriche durant son exil lors de la Fronde. Mais Digby en profita pour le trahir et tenter de prendre sa place. À son retour, Mazarin le chassa.

— Une forte somme ? s'enquit un Hollis surpris de ne jamais avoir entendu parler de cette histoire quand il était ambassadeur.

— Morland l'ignore.

— Mais que vient faire notre maître des Mécaniques dans cette affaire ?

— Lui aussi avait eu connaissance de cette énigme, et ce par l'intermédiaire d'un ami français qui le tenait d'un extrait des mémoires du duc de Sully. Tout s'est joué dans un petit port nommé Étretat. Il y aurait eu un affrontement sanglant avec des dragons de M. le marquis de Louvois, et lady Hay s'est retrouvée poursuivie par la maréchaussée. Ce Fronsac a été généreux envers elle et lui a permis de quitter la France, m'a-t-elle raconté. Chose étrange, je savais qu'elle haïssait Morland, responsable de l'arrestation de sa mère pour avoir déchiffré une lettre codée, mais, après cette aventure, elle m'a déclaré le trouver estimable et le considérer désormais en ami.

— Belle histoire, mon cher Nicholas. Cependant, quel rapport avec le saphir du roi Charles ?

— Une idée m'est venue en discutant voici quelques jours avec Morland, qui présentait au roi une de ses machines. Nous avons évoqué cette affaire, et il m'a parlé de Fronsac avec chaleur. Ce Français serait un prodige dans le domaine de la déduction. Il suffit de lui présenter des faits, apparemment sans rapport, pour qu'il découvre ce qui les relie. Une sorte d'esprit de géométrie. Alors j'ai songé : pourquoi M. Hollis n'utiliserait-il pas ses talents ?

— Comment cela ?

— Vous allez rencontrer M. de Lionne avant de partir pour la Hollande. Puisque vous serez en France, faites un saut chez ce Fronsac. Exposez-lui l'affaire des bijoux et du saphir. Demandez-lui de reprendre l'enquête et, s'il retrouve le joyau, de vous le remettre en échange de vingt mille livres. Soit ce que Clarendon propose comme récompense.

Hollis ne répondit pas immédiatement et grignota un morceau du gâteau qu'il avait en main afin de s'accorder le temps de la réflexion. En son for intérieur, il lui répugnait de révéler ce qu'il savait à un Français, inconnu qui plus est. L'histoire mettait en cause tant de gens illustres dans la famille royale ! Plusieurs faits dérangeants pourraient même être utilisés contre le souverain et les siens.

— Vous venez de me confier qu'il a trouvé un trésor. En quoi vingt mille livres l'intéresseraient-elles ?

— Vingt mille livres intéressent tout le monde.

L'ancien ambassadeur haussa un sourcil dubitatif. Lors de sa dernière audience avec le roi de France, Louis XIV lui avait offert un diamant de vingt-cinq mille livres en remerciement de services rendus, mais il avait refusé le cadeau en se justifiant ainsi : « Je ne suis pas venu en France pour m'enrichir. »

— C'est vrai pour certaines personnes, et même si c'était le cas pour ce Fronsac, je ne vois pas comment il parviendrait à retrouver le saphir.

— On dit qu'il aurait toujours réussi dans les affaires conduites par lui. Qu'il aurait démasqué des réseaux d'espions, percé plusieurs complots contre Louis XIII et fait arrêter nombre de criminels.

— Admettons donc qu'il réussisse… et qu'il garde le saphir !

— On le loue comme homme d'honneur, jamais il n'agirait ainsi. D'ailleurs, vous pourrez signer un contrat avec lui, c'est un ancien notaire.

— Il pourrait aussi le remettre au roi de France…

— Aucune chance ! D'après sir Morland, ses relations avec les ministres du roi seraient au plus mal. En vérité, je ne vois que des avantages à le faire agir : tout d'abord, vous ne pouvez plus vous occuper de ces bijoux depuis que la France nous a déclaré la guerre. Ensuite, même si vous poursuiviez discrètement votre quête, notre ennemi agira afin de vous faire échouer, et il est capable d'utiliser la violence contre votre personne. Or vous m'êtes précieux.

— Votre Grâce m'honore, fit Hollis en s'inclinant, malgré tout profondément satisfait du compliment.

— Vous le méritez. Lord Clarendon me disait encore hier que nul n'était plus estimé ni plus considéré que vous à la Cour depuis votre opposition au duc de Buckingham, votre fidélité à vos idées comme parlementaire et votre loyauté envers Sa Majesté.

Hollis le gratifia d'un sourire.

— Si vous preniez cette décision, notre ennemi ignorera tout de l'activité de Fronsac. Comment pourrait-il la connaître ?

— L'idée est séduisante. Je vais y réfléchir, et peut-être aurai-je une discussion avec sir Morland quand je reviendrai à Londres.

Sir Nicholas ne s'offusqua point des réticences de l'ancien ambassadeur. Hollis avait un grand courage, mais un orgueil encore plus grand. Dans certains domaines, il refusait les conseils et se montrait inébranlable, incapable même de supporter la contradiction. Mais il était réfléchi, possédait un jugement sain, et le ministre ne doutait pas qu'il considérerait l'opportunité. Voilà pourquoi il avait énuméré les arguments favorables à son idée. Il ajouta :

— Vous n'ignorez pas combien le roi a à cœur de voir revenir le saphir des Stuart dans sa famille, et combien il en veut à sa mère de l'avoir mis en gage. Retrouver cette pierre et la lui offrir, c'est assurer notre position. Et découvrir comment le joyau a été vendu peut écarter définitivement notre ennemi de la Cour.

— Je le sais. Si ce Fronsac est aussi talentueux, je reconnais que son intervention relèverait de l'adroite solution, mais il me répugne de demander l'aide d'un Français, répondit Hollis. Le roi de France nous a tout de même déclaré la guerre[1] !

Il se leva, songeur et préoccupé.

— Je vous ferai part de ma décision.

— N'oubliez pas, Denzel : peu importe qu'un chat soit noir ou blanc, du moment qu'il attrape les souris.

1. Le 26 janvier 1666.

2

Hollis et Petit gagnèrent la cour. Tandis qu'un valet partait chercher leur voiture, l'ancien ambassadeur demeurait silencieux, méditant sur la proposition de sir Nicholas. Petit, lui, musait entre les étals de libraires qui se dressaient dans la grande cour, examinant les ouvrages qui l'intéressaient.

Un carrosse léger à quatre roues attelé à deux chevaux arriva. Le cocher descendit de son siège et déplia l'escalier afin de permettre à son maître de monter. La caisse capitonnée de velours gris possédait deux banquettes. Petit grimpa à son tour et, par la fenêtre, demanda au conducteur de faire halte au Red Fox pour dîner. Il s'agissait d'une auberge à une trentaine de milles de Londres à laquelle ils s'arrêtaient souvent quand lord Hollis rentrait à Dorchester.

Le véhicule sortit lentement de la cour et gagna Palace Gate, où il dut attendre un moment tant l'affluence de voitures entrant ou sortant de Whitehall était grande. Malgré sa largeur, la chaussée jusqu'à Charing Cross était encombrée de carrosses, calèches, chaises attelées ou à porteurs et cavaliers. Un vacarme infernal régnait, les cochers et les valets s'interpellaient avec force injures afin d'obtenir le passage.

Au carrefour, ils tournèrent vers Hay Market, puis Piccadilly, et la circulation devint plus facile à partir de Hyde Park.

Hollis ne songeait plus à Fronsac ni au saphir, mais à la discussion eue avec lord Clarendon au sujet de la guerre avec la Hollande, «*this foolish war*», comme l'appelait le grand chancelier.

Depuis des années, l'Angleterre et les Provinces-Unies se trouvaient en concurrence commerciale. Deux ans auparavant, lord Arlington, favori du duc d'York – frère du roi et grand amiral –, avait convaincu Charles II des immenses avantages d'une guerre contre la Hollande, petit pays facile à écraser dont les richesses tomberaient aisément dans l'escarcelle anglaise. L'opinion publique y était favorable, et le monarque, malgré ce qu'il devait aux Provinces-Unies qui l'avaient hébergé durant son exil, et l'opposition de son ministre lord Clarendon, avait accepté et déclaré la guerre en prétextant un motif futile. Seulement, après de premiers succès, l'Angleterre, bien moins riche que la Hollande, se voyait dans une situation désespérée car sa marine, mal équipée et mal commandée, avait trouvé en face d'elle une flotte puissante et bien entraînée. Maintenant, il fallait d'urgence négocier la paix, d'autant plus que la France, alliée de la Hollande, venait à son tour d'annoncer l'ouverture des hostilités avec le royaume britannique.

L'ancien ambassadeur de France, qui détestait Louis XIV pour son intolérance envers les huguenots et qui, pour les mêmes raisons, jugeait plus favorable pour son pays un rapprochement avec les Provinces-Unies, était tout désigné pour conduire les négociations. Malgré les déboires subis, un traité de paix pouvait certainement être signé à l'avantage des Anglais.

— Je vais vous faire un compte rendu de ce qui a été décidé avec milord, dit-il à son secrétaire.

— Oui, monsieur, fit Petit en saisissant le portefeuille déposé sur l'étroite banquette devant lui et sa sacoche contenant une écritoire.

Quand il fut prêt, lord Hollis lui dicta les échanges, parfois interrompu par le secrétaire pour préciser tel ou tel détail, ou en raison d'une suite de cahots qui empêchaient le collaborateur d'écrire avec sa mine de plomb.

Ils terminaient ce travail quand ils arrivèrent au Red Fox, où ils dînèrent rapidement et repartirent aussitôt. La route de Portsmouth et Southampton étant fort fréquentée, le cocher ne pouvait mener les bêtes aussi vite qu'il le voulait. Évidemment, à aucun moment il n'imagina la possibilité d'être suivi. Et les deux cavaliers à quelques centaines de yards derrière eux ne furent point repérés.

— Allez-vous vous rendre en France avant notre départ vers la Hollande, monsieur ?

— Afin de rencontrer ce Fronsac ?

— Oui, monsieur.

— Non, j'ai bien réfléchi. Pour rien au monde je n'accorderais confiance à un Français.

Petit sourit, car il était de la même nationalité que Fronsac et avait pourtant la confiance de son maître.

— Vous avez raison, monsieur. Vous avez fait tout votre possible pour ces bijoux quand vous étiez en France, et un saphir en vaut bien un autre, même si retrouver celui-là et les autres joyaux aurait affaibli lord Saint Albans et favorisé votre position à la Cour.

— Certes, certes, reconnut Hollis avec un brin de regret. Cependant, tu te trompes sur un point, sans doute parce que tu es français. Le saphir des Stuart est irremplaçable pour Sa Majesté. La pierre appartenait à sa famille depuis 1214, quand elle a été montée sur la couronne du roi écossais Alexander II. Robert la portait à son couronnement. Elle est ensuite passée à Edward, puis aux Bruce et enfin aux Stuart. Aussi Charles n'a-t-il pas pardonné à sa mère de l'avoir mise en gage.

Le secrétaire resta silencieux. Du temps où son oncle était un proche de Cromwell, il se souvenait d'avoir entendu dire que le Lord Protecteur lui-même avait vendu le joyau. Où se situait la vérité ?

Le carrosse roulait à bonne allure quand Petit tourna la tête vers son maître. Celui-ci, de nouveau plongé dans ses réflexions, ne semblait pas décidé à poursuivre la discussion. Il avait passé son bras gauche dans le gros cordon de la porte afin d'être moins secoué par les cahots. Et en raison de la chaleur accablante, l'air entrant dans le véhicule par les fenêtres ouvertes ne rafraîchissait guère. Petit attrapa le portefeuille et en sortit les feuillets sur lesquels il avait relaté les deux années d'enquête de lord Hollis et de lui-même au sujet des pierres. Il parcourut les courriers échangés entre son maître et le bailli du palais. Il connaissait ces textes quasiment par cœur, mais il espérait qu'une idée nouvelle lui viendrait. Comment faisait ce Fronsac ? Lui suffisait-il de lire des documents pour dénouer une affaire ? Cette façon de raisonner l'intriguait.

Il s'assoupit et ne se réveilla qu'à la halte où l'on changea les chevaux.

Après avoir bu une chopine de cidre frais, Hollis et Petit remontèrent dans la voiture qui reprit son périple.

De nouveau, la somnolence saisit les passagers.

Lorsque Hollis se réveilla, ils avaient traversé plusieurs bourgs et la ville de Winchester. Il remarqua qu'ils avaient passé l'embranchement de la route vers Southampton et Portsmouth. Désormais, ils rencontreraient beaucoup moins de voitures et de cavaliers, et le carrosse irait plus vite.

Petit ouvrit les yeux à son tour et bâilla en regardant vaguement les gibets qui se succédaient sur les bas-côtés, avec leurs fruits sinistres sur lesquels perchaient des oiseaux. Le grincement des chaînes retenant les corps qui se balançaient à la brise parvenait jusqu'à lui. C'était pitié, songeait-il, que les dépouilles de ces voleurs de grand chemin se ratatinent ainsi au fil des mois, mais les ordres étaient de les laisser pour servir d'exemple à ceux qui seraient tentés d'arrêter les voyageurs pour les détrousser. Désormais, on pouvait rouler en sûreté, même si son maître lui demandait de toujours conserver deux pistolets dissimulés sous la banquette avant.

— Après la forêt du Hampshire, nous serons dans le Dorset. Trois heures de route et nous dînerons, déclara Hollis qui l'observait avec un sourire chaleureux.

— Je n'en serai pas fâché, milord.

Ayant fait le même éprouvant voyage la veille en se rendant à Londres, la lassitude se faisait sentir.

La route pénétrait dans les bois quand retentirent des martèlements de sabots derrière eux. Petit mit la tête à la fenêtre. Deux individus galopaient à quelques dizaines de yards. À leur allure, ils les rattraperaient rapidement.

— Qui est-ce ? s'enquit l'ambassadeur.

— Des cavaliers en justaucorps de voyage, avec tricornes ordinaires, noirs.

— Estafettes ?

— Je n'ai pas remarqué d'uniforme, milord.

Certainement des commis de négociant ou des officiers de marine marchande regagnant Plymouth, songea Hollis avec un brin d'indifférence.

Le premier cavalier passa à leur niveau. L'ambassadeur le regarda et fut, d'un coup, stupéfait. L'homme portait un foulard sur le visage qui cachait nez et bouche. Et tenait un long pistolet à la main.

Hollis avait passé sa vie à la risquer. Capitaine de compagnie, puis colonel, il avait été pris, enfermé, s'était enfui. Il avait suffisamment combattu pour prendre la mesure du danger et il se pencha vers la banquette afin d'attraper un pistolet à silex.

Mais il n'eut pas le temps de l'utiliser. Un coup de feu et la voiture fit un écart tandis que hennissaient les chevaux. À coup sûr, le cocher avait été abattu. Une deuxième détonation retentit. Qui venait de sa droite. Hollis comprit que l'autre forban venait de se débarrasser de Petit. Il n'entendit pas le troisième tir, perdant conscience au moment où la balle l'atteignait.

— Arrête cette maudite voiture, William !

L'assassin du secrétaire remonta jusqu'aux chevaux et attrapa un mors. Le tordant, il contraignit la bête à s'immobiliser. Le second cheval fut obligé de l'imiter.

Pendant la manœuvre, son comparse avait rangé son deuxième pistolet dans sa fonte. Dès que la voiture fut à l'arrêt, il descendit de selle, écarta un pan du justaucorps et dégaina un long coutelas. Il ne portait pas d'épée.

— Maintenant, on va s'amuser, dit-il d'une voix mauvaise. Sortons-les.

Il ouvrit la portière et tira sans façon l'ancien ambassadeur qu'il jeta à terre. Le justaucorps ensanglanté, Hollis gémissait.

— Il n'est pas mort ! Tant mieux ! ricana le cavalier.

— Le mien non plus ! s'exclama le dénommé William. Mettons-les au bord de la route pour nous occuper d'eux plus tranquillement. Crois-moi, ils vont chanter tout ce qu'ils savent !

— Attends, je vois un portefeuille dans la voiture. À coup sûr des papiers intéressants.

Il attrapa la sacoche de chevreau et la déposa dans l'une de ses fontes, gardant toujours son couteau en main. Puis il revint à Hollis, lui attrapa un pied et le tira sans ménagement.

— John, regarde ! alerta celui qui s'appelait William.

Un nuage de poussière venait d'apparaître. Une voiture approchait à vive allure.

— *Damned !* Des importuns !

— Que fait-on ? C'est peut-être un marchand, ou une femme.

— Pas le temps de recharger nos pistolets, filons !

Il lâcha le corps et courut vers son cheval.

— On ne les achève pas ?

John lança un regard aux corps derrière eux :

— Inutile, ils vont crever ! Qu'ils souffrent un peu, avant.

William enfonça quand même son couteau dans le ventre de Petit avant de sauter sur sa monture.

Quand le carrosse arriva, les assaillants étaient déjà loin. La voiture, un gros véhicule attelé à quatre chevaux avec deux conducteurs et un laquais en livrée à l'arrière, s'arrêta. Descendirent le valet, l'un des conducteurs, un homme âgé en perruque noire et habit de soie, un second plus jeune en redingote courte, suivi d'une femme élégante.

— Des brigands ! s'exclama le postillon. Vous voyez, monsieur, que j'ai raison de garder des pistolets sous mon siège !

— Dieu du ciel, que leur est-il arrivé ?

La femme se précipita vers Hollis et s'agenouilla. Elle retira un de ses gants et tâta le cou du gisant.

— Il vit ! s'exclama-t-elle avec une expression de soulagement.

— Je crois que celui-ci a son compte en revanche, annonça le cocher penché sur Petit.

— Lui aussi, ajouta le valet en examinant le conducteur dont la tête avait éclaté sous le coup de feu.

Hollis ouvrit les yeux et remua les lèvres sans qu'aucun son en sorte.

— Je suis Peter Lawford, déclara l'homme âgé, négociant à Plymouth. Nous allons vous transporter à Southampton, chez un chirurgien.

— Mon... secrétaire ? souffla le blessé.

— Hélas...

— Non, il vient de bouger, père ! cria alors le jeune homme.

— Un miracle ! fit le négociant, accroupi appuyé sur un genou. Anne, trouve-moi un linge, un morceau de chemise, par exemple. Je vais essayer d'arrêter ce sang et panser la plaie. Je m'occuperai ensuite du secrétaire.

Ayant beaucoup navigué, Lawford avait une certaine expérience des blessures.

— Mon nom... est Denzel Hollis, baron Hollis... Je suis membre de la Chambre des lords... Ambassadeur... Il y a des papiers importants dans ma voiture. Sauvez-les...

— Je vais m'en occuper. Laissez-moi examiner votre blessure.

Avec précaution, le bon Samaritain écarta un pan du justaucorps, dévoilant une chemise rougie. La nommée Anne, sans doute son épouse, lui tendit un morceau de jupon taillé à l'aide de la lame passée par son fils. Lawford découpa la chemise, dévoila la plaie, l'effleura du doigt et sentit la balle logée contre la clavicule. Tâtant l'épaule de l'habit, il comprit : le blessé, comme la plupart des courtisans de Londres, portait ces grosses épaulettes rembourrées censées avantager la largeur du torse. La balle était entrée dans le matelassage et avait donc perdu de sa force en atteignant le haut de la poitrine.

— Ce ne sera pas grave, sir Hollis, assura-t-il.

Il découpa un bout d'étoffe, le plia et l'appliqua sur la plaie, non sans provoquer une grimace de douleur chez le blessé, puis lui entoura le buste d'un bandage.

— Je te laisse finir, Anne, je vais m'occuper de l'autre. Donne-moi un peu de tissu encore.

Celle-ci souleva alors ses deux premières robes et, avec la lame, trancha une plus longue bande de jupon.

L'état du secrétaire se révéla plus grave. Petit avait sans doute levé une main pour se protéger quand on avait tiré sur lui. En tout cas, la balle avait traversé son bras avant d'atteindre le torse et de lui briser une côte. Heureusement, il saignait du bras et pas de la bouche, signe d'un poumon intact. Mais la plaie au ventre semblait autrement plus sévère.

Lawford fit les pansements nécessaires, se releva et déclara :

— Philip (il s'adressait à l'un des cochers), tu conduiras la voiture de sir Hollis. John, tu monteras avec le secrétaire qu'on va immobiliser contre le siège. J'espère qu'il supportera le voyage. Nous allongerons monsieur sur la banquette avant du carrosse. Merfin (il s'agissait du valet), tu te tiendras à l'avant, mais, auparavant, vous allez attacher le cadavre du cocher sur le coffre arrière.

— Mon portefeuille..., murmura Hollis.

Le négociant retourna à la voiture, prit la sacoche de Petit et l'apporta.

— Non, dit Hollis, c'est un portefeuille en chevreau.

— Il n'y a rien d'autre, milord.

— Êtes-vous certain ?

— Certain !

Hollis ferma les yeux un instant. Quand on lui avait tiré dessus, il avait cru avoir affaire à des brigands, puis les avait entendus parler avant de perdre conscience. À coup sûr, ils envisageaient de le torturer pour le faire parler. Pourquoi ? Une vengeance ? Mais de qui ? Maintenant, il comprenait qu'ils avaient emporté le portefeuille contenant bien des secrets diplomatiques… Et tout ce que lui-même avait découvert sur le saphir. Ces assassins seraient-ils des espions ? À la solde de lord Saint Albans ?

Le valet et le négociant l'aidèrent à se lever. La douleur lui coupa la respiration, mais il se contraignit à ne pas gémir. Il avait connu pire.

— Merci pour tout ce que vous avez fait, monsieur, parvint-il à dire à son sauveur.

— Vous auriez agi de même, milord.

— Laissez-moi voir mon secrétaire…

Il fit quelques pas vers Petit, de nouveau évanoui.

— C'est un fidèle serviteur, déclara Hollis. Il faut qu'il survive.

Toujours soutenu, il marcha jusqu'au carrosse. On l'installa confortablement et Mrs Lawford vint lui tenir compagnie, lui expliquant qu'ils se rendaient à Plymouth voir l'un de ses oncles, capitaine de vaisseau.

Les deux voitures partirent peu après.

Hollis fut très bien soigné par un chirurgien de Southampton, qui retira sans difficulté la balle de plomb. Dès le lendemain, l'ancien ambassadeur fit prévenir son épouse à Dorchester et on vint le chercher le soir même.

Pour Petit, la convalescence fut plus longue puisqu'il resta un mois dans une chambre d'auberge sous la garde d'une servante, avec visites régulières du médecin. Le coup de couteau dans le ventre, quoique fort douloureux, n'avait pas touché d'organes vitaux, mais, quand il regagna Dorchester, il avait perdu vingt livres.

Quant à Hollis, il se rendit à Londres dès la semaine suivante, bras en écharpe et escorté de quatre valets solidement armés. Furieux contre lui-même d'avoir sous-estimé lord Saint Albans, n'imaginant pas une seconde que Jermyn irait jusqu'au crime pour l'empêcher de retrouver le saphir et les bijoux, il rageait aussi d'avoir perdu ces documents importants… même s'il possédait des doubles.

À Londres, il évita Whitehall et prit chambre à l'Old Slaughter[1], dans Saint Martin's Lane, entre Charing Cross et Leicester House[2].

L'Old Slaughter, dont l'enseigne de bois représentait un ironside, cavalier de l'armée parlementaire, en pourpoint cramoisi, casque rond et écharpe avec un sabre sanguinolent, était un repaire de républicains où Hollis avait séjourné longtemps à l'époque de Cromwell. Il s'y savait en sûreté.

De là, il envoya un mot à sir Nicholas, qui vint le visiter afin de connaître son état de santé et lui porter des nouvelles :

— Il paraît de plus en plus évident que le roi de France amuse les Provinces-Unies. Il a promis une flotte pour soutenir les Hollandais, mais celle-ci, sous le commandement du duc de Beaufort, se hâte lentement, sous toutes sortes de prétextes. Pour l'heure, elle s'approche de La Rochelle afin de faire de l'eau. Aussi les Hollandais sont-ils plus réceptifs à des discussions de paix. Une conférence est envisagée à Paris à la mi-août chez M. de Lionne avec M. Van Beuninghen, envoyé des Provinces-Unies. Vous sentez-vous capable de vous y rendre ?

— Certainement ! promit Hollis. Je suis remis de ma blessure. Et je m'inquiète davantage pour Jacques Petit. Mais cette agression m'a décidé. Jermyn est allé trop loin et recommencera si on le laisse faire. Hier, j'ai rencontré sir Morland, qui habite près d'ici.

— Je l'avais prévenu de votre possible visite.

— Il m'a narré l'affaire de ce Grand Arcane des rois de France[3]. J'avoue rester encore un peu sceptique, mais ce qu'il m'a raconté sur M. Fronsac et son ami M. de Tilly m'a décidé. Ces deux hommes me paraissent vraiment d'une trempe à pouvoir arrêter notre ennemi. J'irai donc voir M. Fronsac, et tenterai de le convaincre.

Nicholas hocha la tête, satisfait.

---

1. « Le Vieux Carnage », en français.
2. Le magnifique manoir construit par le comte de Leicester en 1630.
3. Voir *Le Grand Arcane des rois de France*, du même auteur.

3

1666, Paris, vendredi, deux jours avant la fête de Notre-Dame[1]

— Tu ne m'avais jamais raconté cette histoire de collèges fantômes ! s'exclama Armande d'un ton amusé où perçait néanmoins la réprimande.

L'ancienne comédienne de l'Illustre Théâtre ne vieillissait pas. Son corsage à basques mettait en valeur sa gorge plantureuse et sa brune chevelure frisée en bouffon, sans le moindre cheveu gris. Elle portait une robe bleu pâle parsemée de broderie, de dentelles et galans.

Elle venait de raccompagner Jacques Hérisson, un clavellier de Senlis ancien compagnon de collège de son mari. Face aux reproches de son épouse, Gaston de Tilly s'efforça de prendre un air penaud :

— Mon amie, je n'imaginais pas que les aventures du garnement que j'étais à treize ans t'intéresseraient.

— Tout m'intéresse chez toi, Gaston. L'ignores-tu ?

M. de Tilly, la cinquantaine bien sonnée, n'était guère assorti à sa fine et jolie épouse. De taille moyenne, mais d'une largeur d'épaules peu commune et doté d'un cou de taureau, il émanait de ses expressions une sorte de pugnacité renforcée par un nez

1. Vendredi 13 août 1666.

écrasé ressemblant au groin d'un sanglier, animal avec lequel il partageait un caractère hargneux.

Après des études au collège de Clermont, l'établissement des jésuites de la capitale, Gaston avait été enseigne[1] dans la compagnie du vicomte de Turenne, puis commissaire de police du quartier de Saint-Germain-l'Auxerrois, procureur du roi, procureur à la prévôté de l'Hôtel du roi – la juridiction qui s'occupait des affaires judiciaires de la Cour –, et désormais exerçait la charge de maître des requêtes au Conseil des parties[2].

Cependant, malgré une carrière remarquable au service du royaume, les deux principaux ministres du roi, M. Colbert et le marquis de Louvois, n'éprouvaient aucune bienveillance envers lui. Et pour cause. Indocile, il conduisait les affaires qu'on lui confiait comme bon lui semblait, comportement intolérable à ces hommes désirant, comme leur maître, être tout-puissants. Pour ces raisons, Gaston de Tilly n'avait guère de besogne et peu de gages au Conseil des parties. À vrai dire, peu lui importait. Quinze ans auparavant, ayant découvert que ses parents avaient été assassinés, il avait retrouvé les criminels et les avait châtiés. Après un rude procès, les biens des meurtriers lui avaient été octroyés, et il était maintenant propriétaire de riches fermes et forêts. Une fortune suffisante pour vivre dans l'opulence[3]. Cependant, les affaires criminelles, dont il avait eu à s'occuper pendant tant d'années, lui manquaient, l'inaction même lui pesait. Pour s'occuper, quand il n'était pas avec son ami Louis qui, heureusement, venait souvent à Paris, il délivrait des conseils à son ancien exempt, François Desgrais. Mais, depuis quelques mois, il écrivait surtout ses mémoires, non destinées à la publication tant elles contenaient des faits qui devraient rester ignorés pendant des années.

1. Bas officier.

2. Ce conseil réglait les différends entre les cours souveraines ou les tribunaux, statuait en cassation et connaissait les recours en révision des arrêts rendus au criminel.

3. *La Malédiction de la Galigaï*, du même auteur.

Pour autant, ce texte, qui représentait déjà quelques centaines de feuillets, causait des inquiétudes à M. de Tilly. Comment éviter qu'il ne tombe entre des mains malveillantes ? Tout ce qu'il notait pouvait se retourner contre lui ou ses amis. Jusqu'alors, ses seuls objets précieux étant quelques sacs de louis, il les entreposait dans un petit cabinet à double fond. Une protection dérisoire, peut-être, mais des voleurs auraient d'abord dû pénétrer dans l'hôtel, lequel était bien protégé.

Seulement, quelques années auparavant, d'audacieux truands étaient parvenus à entrer, et l'un d'eux avait réussi à accéder à sa chambre et à lui tirer dessus[1]. Malgré de nouvelles mesures de sûreté, M. de Tilly redoutait donc qu'une telle intrusion ne se reproduise. Aussi avait-il décidé l'installation d'une armoire de fer comme il en existait une dans l'étude du frère de son ami Louis Fronsac. Restait à décider où la placer.

L'hôtel de la rue Hautefeuille s'élevait sur deux étages desservis par deux escaliers : le premier, pour les visiteurs, était bâti dans une échauguette, tandis que le second, réservé aux domestiques, partait de la cour. Les niveaux avaient à peu près la même distribution : du côté de la rue se situait une grande chambre avec cabinets, garde-robe et antichambre, tandis que derrière il y avait les bouges des serviteurs.

Afin que l'armoire soit parfaitement dissimulée, Gaston avait conclu que la meilleure astuce serait de la placer à l'intérieur d'un mur épais et de la masquer par une boiserie. Le cabinet bibliothèque qui jouxtait sa chambre convenait parfaitement à cet usage. Il fallait cependant que les travaux soient réalisés de telle sorte qu'on ignore en quoi ils consistaient. Pour cela, Gaston avait fait appel à Jacques Hérisson.

Au collège de Clermont où ils étaient pensionnaires, Jacques, Louis Fronsac, Paul de Gondi – devenu cardinal de Retz – et lui-même, ainsi que deux autres élèves, avaient constitué la Compagnie des Six, pacte visant à s'entraider et se protéger. À l'époque, tous les écoliers croyaient Hérisson fils de clavellier.

---

1. Voir *Le Grand Arcane du roi de France*, du même auteur.

N'était-il pas capable de fabriquer des clefs et d'ouvrir n'importe quelle serrure ? C'était d'ailleurs grâce à ce talent que Louis et Gaston avaient réussi à percer un complot[1] contre la reine Anne d'Autriche et à sauver le cardinal de Richelieu d'une conspiration qui aurait pu lui coûter la vie[2].

Seulement, Jacques avait menti. C'est son oncle qui l'avait initié au savoir-faire des serruriers, son propre père étant en vérité l'exécuteur de la haute justice de Senlis. Adulte, Hérisson ne lui avait pas succédé, la besogne de bourreau lui répugnant, aussi était-il devenu maître clavellier dans sa ville natale. Au fil des ans, Louis et Gaston avaient à plusieurs reprises fait appel à son habileté, certains de sa loyauté et de sa discrétion.

C'est donc Hérisson qui avait conduit le chantier. Il avait fait fabriquer des boiseries à secret par d'adroits ébénistes, et ses enfants et lui avaient ensuite forgé un coffre de fer avec triple serrure inviolable. Les trois artisans étaient ensuite restés enfermés un long mois dans la bibliothèque, pièce à laquelle aucun domestique de la maisonnée n'avait eu accès.

Ce vendredi 13 août, Jacques avait donc terminé.

Prévenus, Gaston et Armande étaient arrivés. Les deux fils Hérisson attendaient debout, silencieux et respectueux, hommes solides, dans la trentaine, aussi discrets et habiles que leur père.

Intrigué, curieux et en même temps satisfait, Gaston avait parcouru la petite pièce des yeux. Deux murs supportaient des rayonnages qui ployaient sous les ouvrages, principalement de droit et d'histoire, tandis que les autres s'ornaient de boiseries sculptées montant jusqu'au plafond. Les lambris, en merisier clair, avaient la même veine et la même teinte que les bibliothèques, la table et le petit lit à courtines – utilisé parfois pour un invité. Rien ne révélait la présence d'une cachette dans ce cabinet de travail éclairé par des bougeoirs et un fenestron.

1. Voir *Les Ferrets de la reine*, du même auteur.
2. Voir *Les Collèges fantômes*, du même auteur.

— Magnifique ! avait déclaré Gaston de Tilly en passant une main sur les panneaux afin d'en sentir la finition.

Armande avait opiné, tout aussi ravie.

— Puis-je vous montrer, monsieur ? s'était enquis Jacques avec respect, tandis que ses fils attendaient devant le lit.

— Vas-y !

De sa main gauche, Hérisson avait pressé une moulure à hauteur d'épaule, tandis que, de la droite, il appuyait sur la frise en saillie d'une plinthe.

Un déclic retentit.

— C'est le verrou qui s'ouvre.

Le serrurier avait alors poussé le panneau qui s'était enfoncé dans le mur, sur le flanc d'une armoire de livres, dégageant une porte de fer à trois serrures.

Satisfait, il avait tendu une clef à Armande :

— Il faut donner deux coups à droite à la serrure du haut, deux coups à gauche à la seconde, et un coup à droite et un à gauche à la dernière, madame, avait-il expliqué.

Armande avait regardé son époux avec un sourire interrogatif, puis s'était approchée du coffre et avait fait les manœuvres indiquées. Nouveau déclic, la porte s'était ouverte. Le coffre n'était pas vide, il contenait un bouquet de roses écarlates et blanches.

— Monsieur Hérisson, je comprends maintenant pourquoi Louis et Gaston vous aiment tant ! avait-elle dit en prenant le bouquet, légèrement rougissante.

Elle s'était tournée vers les fils du clavellier :

— Passons à côté, messieurs, j'ai demandé à François de nous faire porter du clairet de Montmartre et des pâtisseries.

Les trois artisans avaient obtempéré, à la fois flattés et embarrassés, car jamais ceux qui les faisaient travailler ne les invitaient à leur table.

Armande avait tiré un cordon avant de s'asseoir sur le lit de damas rouge de son mari, lequel choisissait le fauteuil capitonné placé sous le tableau représentant le cardinal Mazarin aux moustaches fièrement relevées à la bigotère. Il avait désigné des escabelles pour Hérisson et ses fils.

Un valet, prévenu par François, apporta les rafraîchissements et servit chacun avant de se retirer.

Après qu'Armande eut porté son verre à ses lèvres, Jacques Hérisson avait vidé le sien tant la chaleur était insupportable en ce mois d'août. Ses fils ayant fait de même, comme M. de Tilly, ce dernier les avait resservis en répétant combien il était satisfait. Un peu grisé, Jacques s'était laissé aller en déclarant :

— Monsieur, ces secrets et la préparation du mécanisme du coffre m'ont sans cesse fait penser à notre expédition au collège du Mans. Vous en souvenez-vous ?

— Ah, les collèges fantômes ! Impossible d'oublier, s'était exclamé un Gaston au nez aussi rouge que ses sourcils après tant de chopines avalées.

— Pauvre abbé Sillery qui a trouvé la mort là-bas, avait ajouté Jacques en se signant.

— Il l'avait cherché ! répliqua Gaston avec brusquerie.

Rancunier, ce dernier n'avait rien oublié des insultes du jeune abbé.

— Mais de quoi s'agit-il ? était intervenue Armande.

— De pas grand-chose, mon amie… Juste de petites mésaventures survenues quand nous étions enfants. Au collège de Clermont, nous avons exploré celui du Mans, alors abandonné, que les pères jésuites voulaient acheter… et découvert qu'il servait à de louches trafics. Pire, dans le collège de Marmoutier, juste à côté et également vide d'élèves, étaient entreposées des armes. Surpris par les conspirateurs, j'ai failli y perdre la vie.

— J'ignorais cela, monsieur, avait déclaré Hérisson en haussant les sourcils.

— Louis et moi ne nous en sommes pas vantés. Je crois que seul Paul de Gondi avait deviné.

— Je l'admirais beaucoup, monsieur. Quel dommage qu'il se soit tant engagé durant la Fronderie.

— Mais cela a fait son bonheur. Il a eu son heure de gloire. Je regrette que le roi ne lui ait toujours pas complètement pardonné.

— Il est quand même abbé de Saint-Denis, monsieur, et on m'a dit qu'il se trouvait à Rome pour Sa Majesté.

— Oui, à l'occasion du conclave[1]. J'ai reçu une lettre de Paul dans laquelle il me promet de venir à Paris dès que Louis XIV l'y autorisera. Peut-être pourrions-nous nous retrouver avec M. Fronsac et Le Pontonnier, qui est maintenant syndic des bouchers ?

— Ce serait merveilleux, monsieur. Mais je ne vais pas vous importuner plus, je dois rentrer à Senlis et il s'agit d'une longue route en voiture.

— T'ai-je tout payé ? s'était enquis Gaston en se levant.

— Trop, même, monsieur, je ne méritais pas tant.

C'était après leur départ qu'Armande avait fait des reproches à son mari.

Le couple remonté dans la chambre de Gaston, Armande s'était assise dans le fauteuil de son époux.

— Maintenant raconte-moi tout ! Qui était cet abbé assassiné ? ordonna-t-elle.

— Un écolier, ennemi intime de Louis et moi.

Gaston retira son justaucorps à longues basques plissées qui lui tenait trop chaud, sous le regard de son épouse qui en détestait la couleur tomate, la jugeant trop criarde.

Il s'assit sur le lit et joignit l'extrémité de ses doigts :

— Cette aventure des collèges fantômes, c'est à la fois une intrigue de gamins, une effrayante histoire criminelle et la découverte d'un terrifiant complot qui aurait dû entraîner l'assassinat du cardinal de Richelieu. J'ai commencé à la narrer dans mes mémoires, et, si tu le souhaites, tu pourras la lire dans quelques jours, mais, puisque tu es si curieuse, en voici les grandes lignes. Cela se passait en 1626, j'avais treize ans…

1. Pour l'élection de Clément IX.

4

Depuis une heure Gaston parlait quand on frappa à la porte. Sans doute venait-on les prévenir que le dîner était prêt. C'était bien l'intendant, François, mais celui-ci tenait une lettre à la main.

— Une missive, monsieur.

— Qui l'a portée ?

— Un sous-sacristain de l'église Saint-Pol, monsieur. Je l'ai interrogé et il m'a dit qu'elle lui a été remise par l'un des prêtres, le père Antoine.

Intrigué, car il ne connaissait aucun père Antoine, Gaston se leva et prit le pli. Il le retourna un moment entre ses doigts afin de l'examiner.

C'était un paquet plutôt qu'une lettre, et il semblait contenir un document. Son nom était écrit dessus avec pour seule mention : « Rue Hautefeuille, maison à l'échauguette ». Fermeture par un cachet de cire rouge, sans marque.

Il se tourna vers Armande.

— Excusez-moi, ma mie.

Il alla vers une desserte où il saisit les bésicles qui lui étaient maintenant nécessaires pour lire, ainsi qu'un canivet, puis s'approcha de la fenêtre ouverte, fit sauter le cachet et déplia le papier qui contenait une seconde missive, scellée également.

Celle-là n'avait pas été écrite récemment, vu le papier et l'encre jaunis. Son adresse avait été modifiée. On avait rayé : « rue de la Verrerie » pour inscrire à la place : « rue Hautefeuille ».

C'est alors qu'il reconnut l'écriture. Alarmé, il se plongea dans la première lettre :

Monsieur, prêtre à Saint-Pol, je suis le confesseur et le directeur de conscience de Mme Marie-Françoise Garnier, mais elle m'a dit que vous la connaissiez sous le nom de Mme Durier. J'ai l'immense tristesse de vous faire part de son décès survenu hier jeudi à la tombée de la nuit. Mme Durier était malade depuis plusieurs mois et Notre Seigneur a miséricordieusement mis fin à ses souffrances, comme il l'a fait cette année pour notre reine bien-aimée. Toutes deux souffraient du même mal.

Anne d'Autriche était décédée en janvier d'un cancer au sein. La main tremblante, Gaston poursuivit :

Cette lettre contient un pli qu'elle m'avait remis voici quelques mois et que je devais vous faire parvenir. Les obsèques auront lieu demain samedi à neuf heures à Saint-Pol. En ce moment, Mme Durier repose chez elle, veillée par ses amis.

Je suis désolé d'être le porteur de cette triste nouvelle et je reste, monsieur, votre serviteur.

Votre dévoué père Antoine

Tilly leva les yeux vers Armande qui l'observait, anxieuse. François s'était retiré.

— Une mauvaise nouvelle, mon ami ?

— Très.

Plongé dans la tristesse et les souvenirs, il tendit la lettre du prêtre sans ajouter un mot.

Vingt ans auparavant, Gaston, commissaire au Châtelet, enquêtait sur un criminel qui rouait ses proies[1]. Alors qu'on venait de découvrir une nouvelle victime dans une auberge, il s'y était

1. Voir *L'Exécuteur de la haute justice*, du même auteur.

rendu. L'établissement était tenu par cette Mme Durier, jeune et jolie veuve aux cheveux roux. Il avait encore en tête la vision de sa fraîche garcette, de ses yeux gris curieusement délavés, de sa robe et de son corps de cotte échancré laissant voir des seins couverts de taches de rousseur. Elle n'avait rien fait pour le distraire des attentions qu'il avait envers elle, n'hésitant pas à s'incliner dans d'espiègles révérences pour dévoiler les rondeurs et la profondeur de son buste. Marie-Françoise était plus âgée que lui, mais épanouie, attirante et peu farouche.

Si elle l'avait touché au cœur, l'affaire qu'il conduisait était trop grave pour qu'il s'attarde à badiner. Ils avaient seulement échangé des paroles pleines de sous-entendus et lui avait chantonné[1] ce refrain à la mode :

Je voudrais belle brunette
Voyant votre sein rondelet
Jouer dessus de l'épinette

Satisfaite et amusée, elle lui avait effrontément promis les béatitudes du paradis, ayant la langue bien pendue.

Puis il l'avait perdue de vue.

Mais il l'avait retrouvée quelques mois plus tard alors qu'elle venait se plaindre d'un commissaire au Châtelet[2]. Et, pour éviter les regrets, tous deux étaient devenus amants.

En vérité, Tilly l'aimait sincèrement et avait même songé à l'épouser. Mais il était parti à Aix avec Louis Fronsac, en mission pour le cardinal Mazarin, et en chemin avait rencontré Armande, qui l'avait ensuite quitté pour rejoindre la troupe de Molière[3]. Il était toujours l'amant de la jolie aubergiste quand Armande était réapparue. Alors il lui avait fallu choisir entre les deux femmes, et c'est la comédienne qui avait emporté son cœur.

---

1. Chanson de Théophile, un poète fort connu de l'époque.
2. Voir *L'Homme aux rubans noirs*, du même auteur.
3. Voir *L'Énigme du clos Mazarin*, du même auteur.

Aussi se souvenait-il du jour de leur rupture, une séparation que Marie-Françoise avait acceptée sans pleurs, avec noblesse et dignité.

Un an plus tard, la Fronde débutait. Un jour d'émeute, il lui avait fallu se réfugier dans l'hôtel de la fille du chancelier Séguier, alors que ce dernier se voyait poursuivi par une populace qui voulait l'écharper[1]. La canaille avait pénétré dans les appartements, osant monter jusque dans la chambre où se cachait Séguier. Gaston de Tilly l'avait reçue. Face aux furieux voulant fouiller la pièce, il s'y était opposé, avait fait front… mais n'aurait pu l'emporter dans une bataille contre une telle horde vociférante. C'est alors que Mme Durier était apparue, avec son nouvel époux, un nommé Garnier, conseiller aux Aides[2] et colonel du guet du quartier de Notre-Dame qui commandait la milice locale. Elle avait dit à son mari, et à celui qui commandait la foule, qu'ils devaient croire sur parole M. de Tilly, et tous avaient obtempéré. C'est ainsi qu'elle lui avait sauvé la vie, Séguier se cachant bien dans la chambre ; si les insurgés l'avaient découvert, tous deux auraient été massacrés ou pendus.

Gaston fit sauter le cachet de la seconde lettre.

Mon cher cœur,
Quand tu liras ce pli, je serai morte.

Même s'il venait de l'apprendre, les larmes lui vinrent aux yeux.

Tu le sais, je t'ai toujours aimé, mais j'ai été heureuse avec M. Garnier. Ce n'est cependant pas pour te parler de moi que je t'écris, mais pour te parler de ton fils.

---

1. Voir *Le Secret de l'enclos du Temple*, du même auteur.
2. Impôts indirects.

Les jambes de Gaston tremblèrent et, vacillant, il s'appuya au chambranle de la fenêtre.

Son fils ? Il avait un fils ?

Il poursuivit.

César est né peu après notre séparation. M. Garnier l'a adopté et élevé comme s'il était son héritier. Pourquoi ne te l'ai-je pas dit ? Tu venais de te marier et j'ai jugé qu'un enfant bâtard pouvait briser ton bonheur. Je me suis toujours interrogée pour savoir si j'avais eu raison.

Peut-être vas-tu m'en vouloir, mais je ne serai pas là pour entendre tes reproches. Je veux seulement te parler de lui.

Il a fait ses études au collège de Clermont, comme toi, sous le nom de César Garnier. J'ai voulu qu'il bénéficie de la meilleure éducation, celle d'un gentilhomme, et il a tôt appris l'escrime et l'équitation. Mon époux voulait lui céder sa charge de conseiller aux Aides, mais la destinée ne l'a pas voulu. Voici trois ans, nous nous sommes rendus à La Rochelle chez un parent de M. Garnier dont l'oncle était armateur. César est monté sur un navire et s'est trouvé comme frappé par la foudre : il nous a déclaré qu'il serait marin et rien d'autre. Je ne voulais pas, mais il est aussi têtu que toi. Après avoir terminé son année de Rhétorique[1] *à Clermont, il nous a dit qu'il ne ferait pas la faculté de Degré*[2] *et qu'il souhaitait s'embarquer.*

Comme on ne pouvait le retenir, M. Garnier lui a obtenu une place à l'école d'hydrographie de Dieppe, bien qu'elle soit réservée aux gentilshommes. Ton fils en est sorti lieutenant et a aussitôt embarqué sur un navire de l'armateur de La Rochelle. Il est revenu l'année dernière, pilote et contre-maître, bras droit du capitaine. Il visait alors à obtenir un commandement.

Il m'a écrit voici huit mois d'une ville en Amérique nommée Boston où son navire faisait escale. Il allait bien et me disait

1. L'équivalent de la première actuelle.

2. Droit.

qu'il rentrerait en février. Puis je n'ai plus eu de nouvelles. M. Garnier a écrit à l'armateur, et sa réponse est arrivée en mars. Son navire avait fait escale en Angleterre pour réparer des avaries suite à une tempête. Mais la France venait de déclarer la guerre; le bateau et sa marchandise ont été confisqués, et son équipage emprisonné. Bien que l'affréteur ait négocié leur libération, César est resté prisonnier pour une affaire de duel. En mai, une seconde lettre de l'armateur disait qu'il ne parvenait pas à obtenir la délivrance de ton fils.

Mon époux, alors second président à la chambre des Aides, a demandé audience à M. Colbert qui s'est montré évasif car l'armateur était protestant, donc pas complètement français aux yeux de Sa Majesté. M. Garnier s'est démené, a promis, a supplié et, alors qu'il se trouvait avec un secrétaire du ministre chargé de rédiger une lettre pour lord Clarendon, le chef du Conseil anglais, il a été pris d'un coup de sang et est trépassé en une heure.

Je suis veuve désormais, la fin de mon mari a aggravé mon état de santé, je crains de ne jamais revoir mon fils, souffre de le savoir souffrir: mon seul espoir est donc que tu parviennes à le faire libérer.

Je t'embrasse, mon cœur, et j'espère te retrouver dans un monde meilleur.

PS: J'ai envoyé à l'armateur une lettre qu'il remettra à César, s'il regagne La Rochelle, lui révélant la vérité sur sa naissance. Il viendra donc, peut-être, te trouver. Accueille-le comme ton fils et sois fier de lui, il ne te déshonorera pas.

Lorsque Gaston eut terminé, de grosses larmes coulaient sur ses joues.

— Qu'y a-t-il? murmura Armande.

— J'ai un fils, Armande…

Il lui tendit la lettre, se souvenant du dernier dialogue avec Mme Durier, dans l'hôtel Séguier; il l'avait remerciée de lui avoir sauvé la vie, et elle avait répondu:

« C'est moi qui vous remercie ; pour ce que vous m'avez laissé.
— Quoi donc ? avait-il demandé sans comprendre.
Elle avait souri, d'une façon qui l'avait troublé, en déclarant :
— Disons... des souvenirs. »

Maintenant, il comprenait. Le plus important de ces souvenirs s'appelait César.

Armande lisait avec attention. Et les souvenirs lui revenaient également. Quelques semaines après que Mme Durier eut tiré Gaston des griffes de la populace, elle était allée la voir afin de la remercier.

L'aubergiste l'avait reçue non sans réserve, puis lui avait dit, après une hésitation : « Je ne pouvais faire autrement, madame. »

Armande comprenait maintenant le sens de la phrase. Mme Durier avait voulu sauver la vie du père de son enfant.

Toutes deux étaient tombées dans les bras l'une de l'autre en pleurant, et Armande avait entendu des vagissements de nouveau-né.

« C'est mon fils », s'était excusée Mme Durier.

Le prénommé César.

Elle se leva :

— Partons chez Mme Durier. Sais-tu où elle habitait ?

— Non, dit Gaston en secouant la tête, elle avait vendu son auberge. Mais le père Antoine doit le savoir.

Armande monta chez elle se faire habiller alors que Gaston appelait son valet de chambre. Il changea de chemise ; le domestique l'aida à enfiler une culotte vert-de-gris à larges plis garnie de dentelles, puis à mettre sa perruque. Trois mois plus tôt, M. de Tilly s'était en effet résolu à se faire faire une perruque comme la plupart des membres du Conseil des parties. Il l'avait d'ailleurs payée assez cher, près de dix livres, le perruquier ayant eu des difficultés à dénicher des cheveux roux. En contrepartie, Gaston avait dû faire couper court sa chevelure, ce qui ne le désolait pas trop tant les fils blancs y étaient maintenant nombreux.

Une fois son maître vêtu et chaussé de souliers à boucle, le valet alla chercher son baudrier avec l'épée de duel. Car si Gaston avait cédé à la mode de la Cour en ce qui concernait les habits et la perruque, pour rien au monde il n'aurait porté une fausse épée comme tant de courtisans. Il enfila ensuite son fameux justaucorps tomate, puis se coiffa d'un chapeau en feutre gris souris empanaché.

5

Armande avait demandé à l'intendant de faire préparer le carrosse, et Gaston, à peine habillé, était allé aider les valets à attacher les chevaux à la voiture. Ils partirent donc rapidement, mais à peine entraient-ils dans la rue Hautefeuille que déjà les encombrements arrêtèrent leur élan. Au carrefour de Saint-André-des-Arts, une charrette qui tournait avait brisé sa roue contre une borne et s'était renversée. Un carrosse avait alors heurté le véhicule en tentant de passer, si bien que toute la voie était maintenant obstruée. Il fallut près d'une heure au véhicule des Tilly pour atteindre le Pont-Neuf, lui aussi envahi de voitures, chariots, chevaux et mulets.

— Que pouvons-nous faire pour obtenir la libération de ton fils ? interrogea Armande alors qu'ils se trouvaient à l'arrêt sur le Pont-Neuf.

N'ayant jamais pu donner un enfant à son mari, se le reprochant sans cesse, ce fils – tombé du ciel – serait aussi le sien.

— Il faut d'abord que j'en apprenne plus sur son armateur à La Rochelle. Mme Durier ne nous dit pas grand-chose de lui. Tallemant[1], qui a des frères dans ce port, pourra certainement me renseigner. Peut-être devrai-je y aller moi-même. Le négociant m'en dira plus sur son bateau et l'endroit où César est emprisonné.

— Mais ensuite, comment le faire libérer ?

1. Gédéon Tallemant des Réaux, ami de Tilly et Fronsac.

— Je rencontrerai Hugues de Lionne. C'est un ami, il interviendra auprès du gouvernement anglais.

— Nous avons déclaré la guerre à l'Angleterre, ce ne sera donc pas facile et prendra du temps. À mon avis, il doit être possible de racheter un prisonnier ou de payer les geôliers.

— Tu as raison. Dès que je saurai où on l'emprisonne, je me rendrai en Angleterre. Lionne devrait, au moins, pouvoir m'obtenir un passeport et, une fois sur place, je paierai ce qu'il faut !

— Mieux vaudrait faire appel à un homme de loi de ce pays, tu parles bien mal la langue anglaise.

Sans le dire, Armande craignait que son mari ne se laisse emporter par son caractère agressif et ne finisse à son tour en prison.

— Je vais en parler à Louis, je suis certain qu'il viendra avec moi. Bauer nous accompagnera !

Armande demeura silencieuse, douloureusement inquiète. À ses yeux, la force de Bauer et la vaillance de Louis Fronsac, même ajoutées à l'audace de Gaston, ne pourraient suffire.

Celui-ci avait déjà écarté ces difficultés de son esprit. Il serait bien temps de les affronter lorsqu'elles se présenteraient. Maintenant, il songeait à Mme Durier. Comment aurait-il réagi si elle lui avait annoncé la naissance de leur enfant au début ? Il s'interrogeait et n'avait aucune certitude. Ce dont il avait la conviction en revanche, c'est qu'il voulait le connaître, ce fils. Et l'aimer.

Malgré la présence d'une chaise à porteurs abandonnée et d'un carrosse à six chevaux qui encombraient le chemin, le cocher parvint à prendre la rue devant le For-l'Évêque, puis à bifurquer dans une ruelle transversale, afin de rejoindre la rue de Saint-Germain-l'Auxerrois et la porte de Paris. La voiture passait devant le Châtelet quand Armande demanda, comme si elle avait lu dans l'esprit de son mari :

— Crois-tu qu'il te ressemble ?

— Il devrait être roux, alors, rétorqua Gaston dans un rire. Mme Durier était aussi rousse que moi.

De nouveau le silence, puis résonnèrent ces mots teintés de nostalgie de l'ancienne comédienne de l'Illustre Théâtre :

— La regrettes-tu ?

— Non, dit-il en prenant sa main.

Le carrosse suivit le quai de Gesvres et longea la place de Grève, bondée de crocheteurs et de portefaix transportant sacs et tonneaux, avant de passer le port au Foin et le pont Marie.

— Il doit posséder ton caractère pour avoir décidé de devenir marin contre l'avis de ses parents.

Tilly sourit de satisfaction.

— Mon oncle voulait que je sois prêtre. Quand il a compris que je refuserais la robe, il a obtenu pour moi la charge d'enseigne dans la compagnie du vicomte de Turenne. Apparemment, César a fait de même, et M. Garnier s'est incliné lui aussi. Les Tilly ne se sont jamais fait dicter leur destin !

Le carrosse empruntait maintenant la rue Saint-Pol et passait devant l'auberge du Loup et du Porcelet. L'enseigne n'avait pas changé, et même avait été repeinte. Le loup arborait un noir d'enfer, et ses dents écarlates serraient fort le porcelet rose qui allait être dévoré. Encore quelques toises et la voiture s'arrêta devant les marches du perron de l'église Saint-Pol-des-Champs. Gaston sortit, aida Armande à descendre en lui tenant la main, et tous deux pénétrèrent dans l'édifice.

La première personne qu'ils aperçurent fut un sous-sacristain qui discutait avec un jeune prêtre en soutane. M. de Tilly se précipita.

— Que le bon Dieu vous bénisse ! lança-t-il, sachant combien il fallait être courtois avec les religieux pour en tirer quelque chose. Je cherche le père Antoine.

— Il n'est point ici, monsieur, répliqua sèchement le prêtre après avoir examiné de haut en bas l'excité en justaucorps tomate dont la perruque rousse en bataille jaillissait du tricorne.

Devinant être tombé sur un fâcheux, Gaston changea de ton :

— Le père Antoine vient de m'écrire. Je dois lui parler immédiatement, fit-il sèchement. Mon nom est Gaston de Tilly, maître des requêtes au Conseil des parties.

Confus de s'être fourvoyé en ayant jugé le visiteur comme un importun, le prêtre baissa les yeux pour déclarer d'un ton doucereux :

— Le père Antoine se trouve près d'ici, rue Saint-Pol, dans la maison située à côté de l'auberge du Loup et du Porcelet. La dame qui y vivait vient de trépasser et il s'occupe des obsèques avec les domestiques. Frénot, accompagne monsieur.

Frénot, c'était le sous-sacristain. Déjà Gaston, sans remercier quiconque, avait pris le bras d'Armande et fait demi-tour.

Dans la rue, le clerc les précéda. Inutile d'utiliser le carrosse, avait jugé M. de Tilly, l'auberge étant proche et le revers de la rue peu souillé de déjections. Il demanda tout de même au cocher d'aller tourner rue Saint-Antoine et de les attendre devant le Loup et le Porcelet.

La maison de Mme Durier était mitoyenne à son ancienne auberge. Il s'agissait d'un bel édifice en pierre de Saint-Leu avec porche et petite cour par-devant. Ils montèrent le perron et Gaston tira le cordon. Une femme âgée vint leur ouvrir.

— Gaston de Tilly, se présenta-t-il. J'étais un ami de Mme Durier.

— Je vous reconnais, monsieur le commissaire. J'étais servante au Loup et au Porcelet ! Je vous ai souvent servi là-bas.

Il la dévisagea avec attention et la reconnut à son tour :

— Simonette !

— C'est cela, monsieur, approuva-t-elle, ravie qu'il se souvienne d'elle. Quel malheur que la mort de madame !

— Puis-je la voir ? Je suis avec mon épouse.

Il présenta Armande d'un geste.

— Je vous conduis, monsieur. Le père Antoine est près de madame avec des gens du quartier. Tout le monde aimait si fort madame, elle était la bonté même.

L'antichambre desservait deux pièces et une volée de marches avec rampe en fer forgé. Leur guide les fit pénétrer dans la pièce de droite, salle baignant dans l'obscurité, tendue de noir et éclairée par un unique chandelier à trois branches. Une dizaine de personnes se tournèrent vers les nouveaux venus. Gaston et Armande s'approchèrent.

En robe turquoise, Marie-Françoise Durier reposait dans un sommeil éternel, ses traits exprimant une profonde quiétude. Sa chevelure, toujours aussi rousse, était soigneusement coiffée en boucles étalées sur un coussin.

Armande se signa, imitée par Gaston, son tricorne à la main. Ensuite il approcha du prêtre qui les considérait avec curiosité.

— Gaston de Tilly, et voici mon épouse, Armande de Brie, annonça-t-il. Vous m'avez écrit.

Le père était un grand maigre au visage doux, le nez busqué tel un corbeau et de larges oreilles en éventail.

— Dieu soit loué, vous avez eu ma lettre à temps ! Mme Durier souhaitait tant que vous soyez près d'elle lors de la messe qui aura lieu demain.

— J'y serai. Pouvons-nous parler ?

— Oui, allons à côté, chuchota-t-il.

Ils ressortirent pour se rendre dans un second salon joliment meublé de sièges tapissés et d'un dressoir sur lequel s'alignaient des pièces d'orfèvrerie en étain soigneusement astiquées.

Gaston fit asseoir Armande sur une banquette et prit place à côté d'elle.

— Je croyais que M. Garnier habitait dans l'île, rue de la Calandre, dit-il.

— C'était vrai jusqu'à voici quatre ou cinq ans. Mme Durier avait laissé son hôtellerie à un tenancier et venait voir si tout se passait bien chaque fois qu'elle me rendait visite. C'est ainsi qu'elle a appris que cette maison allait être vendue à un prix fort honnête. Le logis qu'elle occupait avec son mari étant peu confortable, ils sont venus s'installer ici.

— Étiez-vous son confesseur depuis longtemps ?

Le prêtre plissa les lèvres tandis qu'il réfléchissait.

— Huit ans, depuis que je suis arrivé à Saint-Pol. J'ai remplacé son directeur de conscience, qui venait de décéder.

— En avait-elle besoin ? s'enquit Gaston en haussant les sourcils. C'était une sainte femme.

Le curé, qui avait entendu les confessions intimes de Marie-Françoise, demeura silencieux sans vraiment opiner.

Gaston réprima une moue de contrariété et demanda :

— Avez-vous connu César ?

— Son fils ? Oui, monsieur.

Il se racla la gorge.

— Il ne ressemblait guère à M. Garnier.

Il lança un regard de biais sur la perruque du visiteur. Un regard plein de questions, et peut-être de réponses gênantes.

— Avez-vous de lui des nouvelles récentes ? s'enquit encore Gaston, indifférent aux jugements du prêtre.

— Aucune, je le sais seulement prisonnier en Angleterre.

— Savez-vous qui était son armateur ?

— Jacques Duquesne, un égaré dans la religion réformée qui travaille en société avec son frère Samuel. Mme Durier m'en a plusieurs fois parlé. Il possède deux navires : un cotre et un brigantin. Ce détail, c'est César qui me l'a confié la dernière fois que je l'ai vu ici, alors que j'étais invité à dîner. Je crois que c'est le cotre qui a été saisi. Il en était premier lieutenant.

Sans même s'en rendre compte, Gaston gonfla le torse de fierté. Il regarda Armande, l'interrogeant du regard et, constatant qu'elle demeurait muette, se leva :

— La messe débute à quelle heure, demain ?

— Huit heures du soir, la mise en terre suivra.

— Nous y serons. Qu'a prévu Mme Durier dans son testament ?

Même les plus démunis établissaient un testament ; l'Église l'imposait pour être inhumé en terre consacrée, car le document n'était pas seulement un acte indiquant à qui on léguait ses biens, c'était surtout un témoignage où l'on affirmait sa foi et son amour de Dieu. On y confessait ses péchés, on y détaillait ce que l'on voulait à ses funérailles et on y énumérait les aumônes accordées aux pauvres et au clergé.

Le prêtre fit quelques pas vers une desserte et s'empara d'un paquet de feuillets attachés par une cordelette.

— Le voici. Son notaire en a pris connaissance hier.

Gaston prit le document et le parcourut :

Moi, Marie-Françoise Durier, veuve Garnier, je recommande mon âme à Dieu le père créateur du ciel et de la Terre, le suppliant très humblement, par le mérite infini de la mort et passion de son cher fils unique Notre Seigneur Jésus-Christ, de ne vouloir entrer en jugement avec moi grande pécheresse, mais plutôt par sa bonté et miséricorde infinie me vouloir pardonner mes péchés et, après mon décès, placer mon âme dans son paradis avec les bienheureux, suppliant à cet effet la très Glorieuse et Immaculée Vierge Marie, mère de mon adorable Jésus-Christ, tous les saints et saintes du paradis, principalement les glorieux saint Jean-Baptiste et sainte Jeanne mes patrons, sainte Anne, saint François de Paule d'intercéder pour moi.

Je veux que mon corps, après que mon âme en sera séparée, soit enterré dans la fosse de mon défunt mari M. Garnier, laquelle est dans le cimetière de cette paroisse de Saint-Pol. Je veux être portée en terre par quatre pauvres femmes, à chacune desquelles sera donnée une de mes chemises neuves. Je veux que six pauvres portent chacun un cierge autour de mon corps de la valeur de trois livres les six, à chacun desquels sera donné un sol. Je veux que, le jour de mon enterrement, il soit fait un service dans l'église Saint-Pol pour le repos de mon âme…

Suivait une longue énumération des biens de Mme Durier qui revenaient en totalité à son fils César, puis une liste des aumônes aux pauvres et des donations à l'Église, des offrandes nécessaires afin que Marie-Françoise obtienne la rémission de ses péchés et le salut de son âme.

— Qui s'occupera de la maison durant l'absence de son fils ? s'enquit Gaston en se levant.

— Je ne sais, je demanderai au notaire.

— Je préférerais qu'il confie les intérêts de Mme Durier à l'étude Fronsac, rue des Quatre-Fils. Elle est tenue par le frère d'un de mes amis. Je le préviendrai et demanderai un inventaire. Je tiens à ce que les intérêts de mon… du fils de Mme Durier soient parfaitement préservés. Évidemment, s'il revenait rapidement, envoyez-le chez moi. Vous savez où je loge.

— Oui, monsieur, répondit le prêtre, maintenant convaincu d'avoir affaire au véritable père de César.

Le couple repartit après avoir rendu une ultime visite à Mme Durier, devant laquelle Armande pria la Vierge Marie. Sur le chemin du retour, elle demanda à son mari s'il allait faire prévenir Louis Fronsac.

— Je vais lui écrire et envoyer demain matin quelqu'un à Mercy porter la lettre, mais inutile qu'il vienne à l'enterrement. Louis n'a jamais été proche de Mme Durier et, la dernière fois qu'il l'a vue, c'était il y a vingt ans. Je veux surtout lui parler de mon fils.

Le lendemain soir, Saint-Pol dégorgeait de monde tant Mme Durier était aimée dans le quartier. Gaston, qui pourtant n'allait guère prier, trouva la cérémonie émouvante. Il y eut une longue oraison suivie de trois psaumes et trois lectures, puis s'enchaînèrent trois grandes messes chantées, l'une pour le Saint-Esprit, une autre pour la Vierge et la dernière pour les morts. Ensuite se déroula la cérémonie d'absoute.

Durant ces offices, le cercueil de Marie-Françoise resta entouré de cierges de cire blanche et de cire jaune. À la fin de la cérémonie, il fut transporté au cimetière mitoyen en grande procession, puis mis en fosse à la lumière de torches portées par des pauvres et sous le funèbre vacarme des cloches en train de sonner le glas.

Quand tout fut terminé, Gaston et Armande, restés parmi les derniers devant la fosse couverte de quelques pelletées de terre, revinrent en passant par l'église et s'arrêtèrent sur le perron du porche afin d'échanger quelques paroles avec diverses connaissances. M. de Tilly ayant longtemps habité rue de la Verrerie avait été un habitué du quartier.

Il parlait de Mme Durier avec un conseiller de la ville quand déboula un cavalier depuis la rue Saint-Antoine. Comme la rue Saint-Pol était encombrée de voitures et de piétons, l'homme à cheval ne put franchir ce barrage. Exaspéré, il se mit à crier :

— Laissez-moi passer ! Je suis pressé !

Les cris attirèrent l'attention de Gaston, qui se tourna vers l'inconnu. C'était un jeune homme en justaucorps gris et bottes de la même couleur, un cavalier qui avait perdu son chapeau, à moins qu'il n'en ait jamais eu. Il portait un sabre de marine à son ceinturon. Mais ce qui bouleversa d'emblée M. de Tilly, c'est sa chevelure. Malgré la poussière qui la couvrait, elle affichait un rouge flamboyant.

Le cœur battant, Gaston joua des coudes, se faufila dans la cohue qui cancanait et alla à la rencontre du nouveau venu.

Ce dernier avait réussi à faire progresser sa monture de quelques pas et continuait de clamer :

— Faites place ! Écartez-vous !

Enfin Tilly arriva devant lui.

— Monsieur, êtes-vous César Garnier ?

— Je le suis…, répondit ce dernier, étonné.

Le garçon, qui devait avoir dans la vingtaine, figea son regard sur la perruque rouge de celui qui le questionnait, homme dans la cinquantaine ému au-delà de tout. Il immobilisa son cheval.

— Et vous-même, monsieur ?

— Gaston de Tilly, j'étais un ami de votre mère.

— Où est-elle ? balbutia le cavalier en pâlissant malgré son teint brûlé par le soleil.

— Venez, je vous accompagne, dit Gaston d'un ton égal.

Les cloches sonnant toujours, César comprit la raison de la présence de tant de monde, à cette heure, devant l'église. Il mit botte à terre, demanda à un va-nu-pieds de surveiller son cheval et se mit dans les pas de celui dont il devinait qu'il s'agissait de son père, ayant, à La Rochelle, lu la dernière lettre de sa mère.

L'officier de marine était plus grand que son époux, remarqua de son côté Armande, mais d'une incroyable maigreur et affichant un visage hâve et fatigué. Passer plusieurs mois dans les geôles anglaises avait dû être éprouvant. Son habit usé, informe, aux galons arrachés, portait de nombreuses reprises.

Sur le perron, le curé venait d'arriver en compagnie du père Antoine, qui reconnut César. Ce dernier se précipita et le serra dans ses bras.

— Quand ma mère est-elle morte, mon père ? s'enquit le fils de Tilly après la chaleureuse accolade.

— Avant-hier, répondit Gaston en lui proposant d'entrer dans l'église. J'ai été prévenu hier… J'ignorais…

— J'étais prisonnier en Angleterre, monsieur…, expliqua le jeune homme, fort embarrassé.

— Je le sais, Mme Durier me l'a écrit… dans la lettre que j'ai reçue hier.

Gaston ne savait que faire. Il découvrait son fils mais ignorait s'il savait que l'homme face à lui était son père. Comment le lui annoncer ?

Ils firent quelques pas dans la nef, les deux religieux en tête.

Armande intervint alors en parlant à voix basse, à la fois parce qu'ils se trouvaient dans l'édifice et pour que personne n'entende :

— Mon mari Gaston a connu votre mère avant de me rencontrer. Il ne l'a revue après notre mariage qu'une seule fois, le jour où elle lui a sauvé la vie. Je suis allée la remercier et j'ai entendu un enfantelet pleurer. C'était vous.

Elle s'était exprimée avec une immense douceur, comme si César devenait déjà leur enfant.

— J'ai été libéré de ma prison de Plymouth voici une semaine, madame. Mais il a fallu plusieurs jours pour trouver un capitaine acceptant de me prendre à son bord et faisant escale à La Rochelle. J'ai débarqué hier matin. Mon armateur m'a remis la lettre de ma mère, donné un cheval et suffisamment d'argent pour gagner Paris. Je suis parti immédiatement. Je n'ai cessé de galoper, changeant de monture dès que je le pouvais. Mais j'arrive trop tard ! Je voulais tant être là pour l'embrasser avant qu'elle s'en aille !

De grosses larmes roulaient sur ses joues.

Ils atteignirent le passage conduisant au cimetière et César s'arrêta brusquement.

— Ma mère m'a révélé que M. Garnier n'était pas mon véritable père. Je n'ai eu de cesse d'y penser, monsieur.

— Votre mère était une sainte femme, bredouilla Gaston, mais elle aurait dû me dévoiler la vérité. Tout aurait pu être différent.

— Nous avons tant à nous dire, César, fit Armande en un doux sourire.

— Tout est si nouveau pour moi, murmura l'officier de marine.

Ils pénétrèrent dans le cimetière. Les deux religieux s'étaient arrêtés devant la fosse dans laquelle on ensevelirait d'autres cercueils la semaine suivante.

César se signa et murmura une prière, puis resta immobile et recueilli, tête baissée.

Au bout d'un moment, il releva les yeux et sourit à Gaston et Armande.

— J'aurai besoin de vous parler, monsieur mon père.

Quand les trois ressortirent de l'église, la foule s'était réduite et le va-nu-pieds tenait toujours la bride du cheval.

— Je vous propose de venir loger chez nous ce soir, osa Armande. Comme je suppose que vous avez faim, je ferai préparer un gros souper.

— Faim n'est pas le mot, madame ! Mon dernier repas a eu lieu hier matin, chez mon armateur et son frère. Avant ce dîner, je crois bien que depuis six mois mon estomac ne recevait plus rien ! J'accepte donc volontiers votre invitation. Je voudrais seulement saluer les domestiques de la maison de ma mère et leur annoncer mon retour.

— Allons-y, fit Gaston en remettant une pièce au miséreux. Simonette était ici tout à l'heure, mais elle a dû rentrer avant votre arrivée. On attachera votre cheval derrière mon carrosse.

César s'en occupa et s'arrêta un instant devant les portières armoriées :

— *Nostro sanguine tinctum*, lut-il à voix haute. C'est votre devise, je suppose, monsieur ?

— Celle de ma famille qui est désormais la vôtre, César. Ce sang, c'était celui de mon ancêtre. Il l'a perdu en combattant pour le roi de France.

— D'autres sangs vont teinter le sol prochainement, monsieur, décréta farouchement le jeune homme.

— Lesquels ? s'inquiéta Armande.

— Celui de Richard Gombleton, le négociant qui a fait enfermer mon équipage et mon capitaine, et celui de William Bowman, un capitaine anglais. Deux de mes marins sont morts à cause d'eux. De plus, le cotre de M. Duquesne, mon armateur, a été confisqué avec sa cargaison. Il s'agit d'une perte de plus de six mille livres pour lui et son frère, et ils pourraient bien ne pas s'en remettre. Je vais retourner en Angleterre et faire rendre gorge aux deux bélîtres. Ils paieront pour mes six mois de détention, pour mes hommes trépassés, et rembourseront tout ce qu'ils ont volé.

Gaston regardait son fils dans un mélange d'admiration et de perplexité.

— Comment comptez-vous faire ?

— Je l'ignore, mais je sais que j'y parviendrai.

6

Durant le trajet en carrosse, César évoqua sa mère et sa jeunesse.

— J'ai fait mes études au collège de Clermont…

— Comme moi ! répondit Gaston en hochant la tête.

— M'en parlerez-vous, monsieur ? Ma mère m'a écrit que vous étiez commissaire de police quand elle vous a connu, et maintenant procureur à l'Hôtel du roi.

— Je l'étais. Je suis désormais maître des requêtes au Conseil des parties. Mais, pour l'instant, c'est votre vie qui m'intéresse, César !

— J'avais terminé la rhétorique et je voulais devenir marin après un voyage à La Rochelle. Mon pè… M. Garnier m'a fait entrer dans une école à Dieppe où on nous apprenait surtout à trouver notre route en haute mer. Il y avait des cours de mathématique et d'astronomie, et d'autres sur des cartes, préparés et donnés par d'anciens capitaines. Je suis sorti qualifié comme pilote, et M. Duquesne, l'armateur qui m'avait fait visiter son bateau, m'a engagé sur son brigantin comme second pilote.

César poursuivit en narrant quelques anecdotes relatives à l'école de marine et au collège de Clermont. Il n'avait pas cessé de parler quand ils arrivèrent rue Hautefeuille.

Après avoir demandé à François qu'on dresse une table dans sa chambre et qu'on aille chercher volailles, tranches de viande et pâtés chez un rôtisseur de la rue, Gaston fit rapidement visiter les lieux à son fils en lui expliquant qu'il lui laisserait son lit, lui-même allant dormir chez Armande, au deuxième étage.

Quand ils revinrent dans la chambre, deux valets et une servante installaient un copieux souper.

Les trois convives prirent place, les verres de vin furent remplis et, dès qu'Armande eut porté un morceau de pain à ses lèvres, César se jeta comme un vorace sur le contenu de son assiette.

C'est durant ce repas, entre deux bouchées, qu'il raconta sa vie de marin, son emprisonnement et sa libération.

— Mon armateur, Jacques Duquesne, est un homme hautement estimable, assura-t-il. Il travaille en société avec son frère Samuel qui s'occupe des marchandises à embarquer sur leurs navires. L'activité d'armateur est très rentable, avec un profit qui atteint parfois le tiers de la mise de fonds, mais les pertes peuvent aussi être totales. C'est pourquoi M. Duquesne choisit son équipage avec soin et sait le récompenser : il distribue le tiers de ses bénéfices aux marins, ce que peu d'armateurs proposent à La Rochelle.

» Mon premier voyage fut pour Surate, un port anglais aux Indes orientales. Le brigantin y apportait de la quincaillerie et en a ramené des étoffes de coton. Nous avions un équipage de quarante hommes avec un premier lieutenant, qu'on appelait contre-maître, nommé Moreau Le Breton, un pilote, et un second pilote : moi. Ce fut un voyage de neuf mois durant lequel j'ai vraiment appris le métier.

— Avez-vous croisé des pirates ?

— Souvent, monsieur, et je dois avouer qu'au premier abordage avec ces coquins, je n'en menais pas large. Le Breton m'avait appris à manier le sabre et le pistolet, et heureusement nos agresseurs n'avaient que des couteaux ce jour-là. Nous avions aussi à bord un petit canon, bourré de grenaille, utilisé contre les flottilles de barques qui nous attaquaient.

» Quand nous sommes revenus à La Rochelle les cales pleines, M. Duquesne a annoncé à Moreau Le Breton que le capitaine de son cotre, malade, quittait son service, et qu'il le voulait comme remplaçant. Le Breton avait navigué en tant que pilote sur ce navire qui transportait marchandises et passagers en Nouvelle-France, et puisqu'il m'avait apprécié, le nouveau capitaine demanda que je reste avec lui comme second pilote.

» *L'Hirondelle* jaugeait deux cents tonneaux. C'était un bâtiment de trois ans d'âge, rapide et bien manœuvré par vingt hommes d'équipage avec, en plus, un charpentier et un tonnelier, sans compter les passagers transportés comme colons. Les cales n'étant pas vastes, mon armateur ne chargeait que de la marchandise de valeur : on apportait du vin, de l'eau-de-vie, de la soie, des armes et de la vaisselle d'étain en Nouvelle-France, et on ramenait des fourrures achetées à la Compagnie des Cent-Associés comme à celle des Habitants[1]. Ces peaux se vendaient un bon prix en France.

— Quelle taille avait le navire ? demanda Armande qui ne voyait pas ce que représentaient les tonneaux.

— Petite, madame, trop petite ! Nous vivions dans une promiscuité épouvantable, je devais partager mon hamac avec l'autre lieutenant. Toute la vie à bord était rude. Par exemple, l'eau douce étant trop précieuse pour qu'on la gaspille à se laver, vous pouvez en imaginer les conséquences ! Puanteur, poux, puces et rats régnaient à l'entrepont. Les maladies pernicieuses étaient fréquentes. D'ailleurs, durant ce voyage, le premier lieutenant et pilote succomba à une fièvre pourprée. Je pris sa place.

Après avoir dévoré une cuisse de dindonneau jusqu'à l'os, César découpa une tranche de gigot de mouton sous le regard admiratif d'Armande, qui avait pourtant l'habitude du solide appétit de son mari.

— La mer est souvent mauvaise de la France au Canada. À bord, il fallait supporter le froid, l'humidité et surtout les tempêtes qui pouvaient se montrer terribles. Je n'ai jamais souffert du mal de mer, mais les passagers étaient souvent atteints par ce trouble, et certains, incapables de garder la nourriture, s'affaiblissaient rapidement et succombaient ensuite aux maladies du bord.

1. Compagnies de marchands canadiens.

Gaston servit un verre de vin blanc à son fils, que ce dernier avala d'un trait.

— Mais assez parlé des difficultés du voyage ! On a remonté le Saint-Laurent, un fleuve autrement plus majestueux que la Seine, et mouillé au port de Québec. Il s'agit d'un village en planches avec des comptoirs fréquentés par les trappeurs. L'endroit est fortifié à l'aide de palissades à cause d'Indiens, très féroces, appelés Iroquois. On y a vendu sans peine notre marchandise, et Le Breton a acheté une grosse quantité de fourrures, principalement de castor. Les cales du cotre étaient pleines à craquer quand nous avons levé l'ancre.

» De retour à La Rochelle, M. Duquesne a été tellement satisfait qu'il m'a dit vouloir acheter un autre cotre et m'en confier le commandement si nous réalisions un deuxième voyage tout aussi profitable. Alors, en novembre de l'année dernière, *L'Hirondelle* est repartie. En cette saison, nous avons subi plusieurs tempêtes, mais heureusement sans graves avaries. Seulement, en Nouvelle-France, les choses avaient changé. Notre roi Louis avait dissous les compagnies de trappeurs et pris le contrôle de Québec et des seigneuries. Désormais, c'étaient seulement les bateaux de M. Colbert qui pouvaient acheter de la fourrure, ou alors les ventes s'avéraient hors de prix. Pour éviter de revenir à vide, Le Breton a décidé de naviguer jusqu'à Boston où se trouvait un comptoir de protestants venus de La Rochelle après le siège de Richelieu. Ce fut une erreur, mais qui peut se targuer de prévoir l'avenir ?

— Qu'est-ce que Boston ? intervint Armande.

— Un port, aux Amériques, qui appartient aux Anglais. L'Angleterre étant un pays ami à ce moment-là, nous y serions bien reçus, avait affirmé Le Breton après m'avoir expliqué que les ventes se déroulaient aux enchères dans une taverne des quais. Il y en avait tous les jours à cette époque de l'année, car les trappeurs revenaient en ville avec l'hiver.

» Effectivement, le premier jour le capitaine a acheté de quoi remplir quasiment la moitié de la cale. Comme les capitaines anglais étaient moins fortunés que nous, Le Breton emportait facilement les enchères sur les lots qu'il choisissait. Mais les choses se sont gâtées à la vente du lendemain. Mon capitaine était retourné à la taverne avec un quartier-maître et quelques marins afin de transporter les ballots achetés tandis que je restais de faction sur le cotre. Peut-être deux heures après leur départ, un marin est revenu, envoyé par le quartier-maître : Le Breton n'avait suivi aucune enchère.

— Pourquoi ? le coupa un Gaston intrigué.

— Il faut que je vous explique comment les ventes se tiennent, monsieur, dit César en posant son couteau sur la table et en prenant salière et verre afin de représenter les choses.

» La salle de la taverne est coupée en deux par des tables et des tonneaux (utilisation du couteau). Les capitaines sont assis devant les lots de fourrure présentés par les marchands. Ils ont quelques hommes autour d'eux chargés d'aller examiner les peaux. Les vendeurs présentent les lots, et les offres sont proposées. Elles se poursuivent tant qu'éclaire la flamme d'une chandelle d'un pouce posée sur un tonneau, selon une tradition de la marine anglaise pour les enchères. Derrière la barrière de tables se masse le public, car les ventes relèvent aussi du spectacle.

Il disposa salière et verre en précisant que la première représentait les capitaines et le second le public.

— Le marin venu me prévenir a ajouté que, contrairement à la veille, les capitaines anglais n'avaient pas laissé notre quartier-maître se placer près de Le Breton. Il n'y avait pas assez de place, avaient-ils prétendu. Afin de ne point provoquer de querelle, mon commandant avait accepté la décision. Seulement, depuis qu'il était assis, il ne s'était jamais levé et n'avait jamais surenchéri. J'ai tout de suite flairé le coup fourré, saisi deux pistolets, mon sabre et filé à la taverne.

Gaston de Tilly souriait, béat de satisfaction. César était bien de son sang !

— En arrivant, j'ai vu deux individus dans le dos de notre capitaine. J'ai sauté sur les tonneaux et posé à chacun le canon d'un pistolet sur la nuque en leur ordonnant de vider les lieux.

» Un godon[1] m'a crié que je n'avais rien à faire là. J'ai répliqué que les enchères étaient faussées à cause de ces deux marauds. Je les ai fait reculer, et tout le monde a aperçu les coutelas avec lesquels ils menaçaient Le Breton. Enfin libre de ses mouvements, mon capitaine s'est alors levé et a flanqué un soufflet à l'un des gredins et une castagne à l'autre.

Gaston était aux anges, Armande se mordillait les lèvres.

— Tout cela dans un immense brouhaha qui aurait pu tourner à l'émeute si les organisateurs de la vente n'avaient pas eu l'habitude de ce genre de forfaiture. Sous la menace de pistolets, ils m'ont ordonné de sortir avec les marins aux couteaux afin que l'affaire se règle dehors. Leur capitaine, qui bien sûr avait organisé la triche, a d'abord assuré que ses hommes n'avaient sorti leurs armes que parce que je les avais moi-même menacés, mais comme le public se moquait de lui en trépignant, sifflant et hurlant, il m'a demandé de lui rendre raison de mon injurieuse suspicion. Nous nous sommes donc rendus sur les quais avec une partie du public, qui jugeait un combat sanglant plus intéressant que des enchères.

Épanoui, Tilly buvait les paroles de son fils.

— Monsieur, je ne suis pas un duelliste averti, admit le jeune homme. Comme je vous l'ai dit, j'ai appris à me battre en prenant des leçons avec mon capitaine et lors des abordages de pirates dans l'océan Indien. Mais j'ai retenu une chose : tous les coups sont permis pour gagner. Entourés de mes marins et des hommes du capitaine anglais – qui se nommait Bowman –, nous avons dégainé nos sabres. Comme il n'y avait aucun héraut d'armes pour intervenir, je me suis jeté sur le tricheur avec mon fer. J'ai frappé sa lame à plusieurs reprises, mais, main gauche à la taille, lui parait chaque coup avec un air hautain et méprisant, persuadé qu'il viendrait vite à bout du petit marin français et vengerait rapidement son honneur. Seulement, lors d'un battement, je lui ai envoyé mon poing gauche dans la figure. Ne s'attendant pas à un

1. Déformation du juron anglais *God dam* (« Dieu me damne »).

tel assaut, il a perdu pied sous la douleur. Je l'ai alors touché au bras, lui causant une belle balafre. La passe d'armes s'est aussitôt terminée.

— Bien joué ! approuva Gaston. Dieu que j'aurais aimé être avec toi !

César souriait de jubilation.

— Criant à la félonie, les hommes du capitaine auraient voulu me tomber dessus, poursuivit-il, mais l'assistance et les marins de mon cotre les auraient écharpés, alors ils ont conduit leur maître chez un chirurgien. J'ai appris, peu après, que celui-ci commandait une goélette de trois cents tonneaux, la *Lady Mary*. Toujours est-il que je suis revenu dans la taverne où mon capitaine renchérissait, notre quartier-maître près de lui afin de l'assister. Désormais, tout se passait bien, selon les règles.

» Nous avons quitté Boston le lendemain, cales pleines. Après deux semaines de navigation pas trop difficiles, nous avons essuyé l'une des pires tempêtes que j'ai connues. Le Breton a été salement blessé par la chute d'un espar quand l'un des mâts s'est brisé et est resté accroché à l'autre. J'ai dû couper moi-même le second à la hache pour éviter que le premier ne nous fasse chavirer. À la fin de l'ouragan, on avait perdu trois hommes, il y avait plusieurs blessés et *L'Hirondelle* ressemblait à une épave. Mais l'eau n'avait pas pénétré dans la cale et la cargaison se révélait intacte. Alors j'ai fait dresser un mât de fortune et nous avons réussi à gagner Plymouth, port anglais qui possède un arsenal et un chantier naval où Le Breton était assuré de parvenir à faire réparer le cotre.

» Nous y étions depuis trois jours lorsqu'est arrivée la *Lady Mary*.

Gaston plissa le front. L'histoire s'éclairait.

— Personne ne s'en était aperçu à bord, car le port est grand. En outre, le capitaine ne quittait pas sa couchette, affaibli par un bras cassé et une blessure à la jambe soignée par un chirurgien local. Le charpentier et moi avions acheté un mât que nous nous efforcions d'installer avec les hommes d'équipage. Nous avions essayé d'obtenir de l'aide des gens de l'arsenal, mais en vain. Il faut dire que l'endroit était en pleine débâcle : la flotte de la Navy qui s'y trouvait restait à l'abandon faute d'argent et de marins. Il y avait peu d'ouvriers, et beaucoup de bateaux pourrissaient, en partie enfoncés dans l'eau ou la vase.

7

— Un jour, nous nous trouvions en plein travail quand surgirent des gardes du port commandés par un lieutenant. Lequel m'a annoncé que la France avait déclaré la guerre à l'Angleterre et que, de ce fait, mon navire était confisqué sur ordre de lord Granville, le gouverneur militaire de Plymouth. J'ai protesté que nous étions marchands et non soldats, mais rien n'y fit. En outre, comme conduire les blessés du bord dans une prison revenait à les condamner à mort, j'ai prévenu l'officier que je le tiendrais pour responsable s'il arrivait malheur à mon maître. Ma menace a-t-elle porté ? Je ne sais, mais – je l'ai appris plus tard – ce lieutenant était presbytérien, et lorsque je lui ai dit que notre armateur était protestant, il s'est montré conciliant et a accepté que Le Breton et les autres demeurent sur le cotre.

» Tous les hommes valides ont néanmoins suivi le détachement de gardes. À quatorze, avec le charpentier et un mousse, nous sommes montés dans une chaloupe et avons été conduits à l'autre bout de l'arsenal. Notre prison ? Un vaisseau sans mât en mauvais état, parce que, selon le lieutenant, il n'y avait plus de place dans celle du port. En outre, nous aurions été mis avec des séditieux mutinés et des marins déserteurs en attente de leur jugement, lequel les conduirait à la potence.

» Nous avons été enfermés dans le faux-pont ayant servi de batterie et aux sabords condamnés. Un endroit abominable où l'on ne pouvait tenir debout. On nous a donné des hamacs, une paillasse et une couverture pouilleuse. Il faisait froid et humide, tout moisissait et était corrompu. Heureusement, l'équipage restait ensemble et pouvait se défendre contre les autres prisonniers. Au début, les godons ont cherché à voler nos repas. Chaque jour, une escouade de gardes-chiourmes venait distribuer à chacun un morceau de morue avariée, un biscuit dévoré de vers et quatre onces d'un pain de blé noir et de farines pourries. En somme, tout juste de quoi ne pas mourir. La première distribution à peine achevée, quelques brutes se sont approchées et ont exigé nos morues et biscuits. Pas de chance pour ces deux douzaines de bêtes : on ne nous avait pas retiré nos couteaux ! Après en avoir tailladé quelques-uns nous avons eu la paix. Seulement, quand les gardes ont découvert les blessés, ils ont pris nos armes, à l'exception d'outils et lames cachés par le charpentier. En tant que chef de l'équipage, je fus envoyé au *black hole*, un cachot de six pieds carrés situé à fond de cale où régnaient une obscurité absolue et un froid glacial. J'y suis resté trois jours sans manger et n'en suis sorti que parce que j'étais convoqué par le juge.

Armande resservit du gigot, persuadée que César pourrait désormais manger pendant des heures.

— Vous imaginez dans quel état je suis arrivé devant le tribunal avec mes hommes. La justice anglaise est différente de la nôtre. Ce n'est pas le juge qui décide du sort de l'accusé, mais un jury de treize personnes, et tout prévenu peut être libéré contre une caution. Mais les procédures sont longues et, à cette première audition, on nous a seulement interrogés. Le clerc de la Couronne, l'équivalent du procureur du roi, a demandé la confirmation de la saisie de *L'Hirondelle*. Le Breton, qui avait payé un avocat et était venu transporté sur une chaise, s'y est opposé mais n'a pas été entendu. Le juge a annoncé qu'il fixait la caution de l'équipage à mille livres et que surviendrait une nouvelle audience dans un mois. Le Breton a demandé qu'au moins ses hommes soient ramenés sur le cotre, mais cela aussi lui fut refusé.

» On est donc retournés dans notre enfer. J'ai été libéré du *black hole* et prévenu par le capitaine du bateau prison que si je me battais de nouveau je subirais la presse. Afin de me convaincre, il m'a conduit dans la cale et montré en quoi consistait cette punition : un homme était couché sur une planche, une seconde planche se trouvant au-dessus de lui, étau sur lequel on avait déposé un fût de canon. Le condamné, écrasé, pouvait à peine respirer. Il allait rester ainsi douze heures, m'a dit son bourreau.

» Je suis retourné avec mes hommes. Un mois s'est écoulé. Un long mois de froid, de faim, de saleté, de promiscuité et de maladie. Deux de mes marins sont morts. Un autre a reçu le fouet pour avoir insulté un gardien. Nous restions la plupart du temps immobiles dans nos hamacs, transis, affamés. Le soir, on devait monter sur le pont pour être comptés et on demeurait dans le froid et la pluie parfois plus de deux heures.

» De retour devant le juge, j'ai appris que l'avocat avait obtenu le paiement de la caution par notre armateur. Le jury a donc décidé la libération de l'équipage. À une seule exception : moi.

— Pourquoi ? s'étonna Armande.

— Ayant su notre bateau confisqué et appris mon emprisonnement, le capitaine Bowman avait filé à Londres prévenir son armateur, le nommé Richard Gombleton dont je vous ai déjà parlé. Ensemble, ils avaient déposé une plainte à mon encontre, appuyée par plusieurs témoignages de leurs marins. Je dois vous dire qu'en Angleterre la justice accorde aux témoignages un rôle prépondérant, ce qui facilite la délation et le chantage. Selon mes accusateurs, mon capitaine et moi-même avions triché lors des enchères et, ensuite, j'avais tenté d'assassiner Bowman. Ils réclamaient ma condamnation et la moitié de la cargaison du cotre comme indemnité. Comme en Angleterre on vous pend presque sans raison, avec de telles charges je risquais à coup sûr ma vie.

» Le juge m'a interrogé. J'ai raconté ce qui était réellement arrivé, que le sieur Bowman m'avait défié en duel mais ne savait pas se battre au sabre. Que je pouvais le rencontrer de nouveau quand il le désirait… ce qui a fait rire quelques jurés au détriment du magistrat.

— Bien ! fit Gaston ravi.

— Un juré a demandé la venue d'autres témoins. J'ai proposé l'interrogatoire de mes marins, ce qui fut fait, mais l'avocat de

Gombleton les qualifia de témoignages sans valeur puisque issus de proches. Comme les vôtres, ai-je rétorqué, ce que les jurés ont reconnu. Le juge a donc ordonné un complément d'enquête et annoncé qu'il écrirait à Boston pour en savoir plus. Ce qui signifiait, au minimum, quatre mois d'attente !

» On m'a ramené au ponton où, désormais, j'étais seul. Heureusement, craint pour mon mauvais caractère et ma brutalité, personne ne m'a cherché noise. Je me suis même fait quelques amis et j'ai profité de cette inactivité pour apprendre l'anglais. Cela dans un but précis : me rendre à Londres, une fois libéré, et faire payer très cher à Gombleton ses manigances.

» Une semaine plus tard, on me fit monter sur le pont. J'avais de la visite. Le lieutenant presbytérien qui m'avait arrêté et l'avocat engagé par M. Duquesne avaient appris que le juge avait été payé par Richard Gombleton pour obtenir ma condamnation. Selon eux, une pratique courante, la plupart des magistrats étant corrompus. Ils m'ont alors fait une proposition : une frégate partait, le lendemain, pour Boston, sur laquelle le frère du lieutenant était enseigne. Il pouvait obtenir des témoignages en ma faveur qu'il remettrait au premier navire se rendant à Plymouth. Tout cela n'était bien sûr pas gratuit : les deux hommes réclamaient cinq cents livres.

» J'ai accepté, mais en promettant la somme seulement si j'étais libéré. Et j'ai rédigé une reconnaissance de dette sous condition. En attendant, promit le lieutenant, il tâcherait d'obtenir un adoucissement de mes conditions d'enfermement, ayant peu de chance de survivre longtemps dans le ponton.

» Durant le mois suivant, ma situation ne changea pas ; je m'affaiblissais de plus en plus, fragilisé par le froid terrible et la nourriture immangeable. La seule amélioration dont je bénéficiais était l'absence de brutalité et de brimades, sans doute dues à la visite du lieutenant.

» J'attrapais quand même une sorte de typhus qui m'amaigrit au point que je ne pus plus me lever plusieurs jours durant. Et soudain, alors que j'avais surmonté cette nouvelle épreuve, ce fut le miracle : le lieutenant vint me chercher et me conduisit à la prison du port. Là, je fus mis dans une salle commune. Il y avait toujours autant de poux, mais j'avais un lit à partager – à quatre –, du pain, des harengs secs et même un peu de viande. Je repris quelques forces. Voici une semaine, je fus de nouveau convoqué par le juge. J'étais en piteux état mais rasé et les cheveux raccourcis, car l'avocat m'avait envoyé un barbier la veille. Trois témoignages en ma faveur étaient arrivés de Boston, expliqua le magistrat avant de les lire. Je les soupçonnais faux car ils ne relataient pas les faits comme ils s'étaient déroulés, mais au moins me convenaient-ils. Le capitaine Bowman était représenté par un avoué qui nia la validité des attestations. En revanche, Richard Gombleton avait fait le voyage de Londres. Cet homme corpulent, dans la soixantaine, au nez comme une tomate et à la lippe épaisse, me considérait avec dégoût. Il déclara du bout des lèvres accepter ma libération, mais exigea la moitié de notre cargaison en compensation de la grave blessure que j'avais infligée à son capitaine et aux tricheries dont M. Le Breton s'était rendu coupable.

» Après délibération du jury, cette décision l'a emporté ; l'autre moitié de la cargaison fut prise par le juge pour payer les frais du procès, et le roi conservait le cotre. À coup sûr, la sentence avait été négociée bien avant avec le jury, le juge et les hommes de loi de Richard Gombleton. J'avais l'impression d'être tombé dans un traquenard monté de toutes pièces et dont même l'avocat et le lieutenant étaient complices. Tous avaient trouvé un moyen de s'enrichir, et moi je n'avais été qu'un otage.

— Possible, en effet, reconnut Gaston en hochant la tête.

— En vérité, ils étaient satisfaits de se débarrasser de moi et de se partager six mille livres, sans compter la rançon exigée pour l'équipage et les cinq cents autres livres promises. Le juge précisa que je pouvais faire appel à une cour de Londres, auquel cas je serais remis en prison. Bien sûr, je déclinai. Le soir et les jours suivants, je fus logé à Plymouth chez l'avocat, dont l'un des vieux habits remplaça mes hardes. Je signai la reconnaissance de dette définitive qu'il savait pouvoir se faire payer par mon armateur, auquel il avait pris la précaution d'écrire au préalable afin d'obtenir son accord. Le lieutenant trouva un navire portugais ayant une cargaison de toiles de laine à déposer à La Rochelle. On me prit à bord comme matelot. La suite, je vous l'ai racontée.

Tout en parlant, César n'avait pas cessé de manger. Aussi Armande se leva-t-elle pour aller chercher une coupe de cerises, figues et poires.

— Parle-moi de ce que tu as l'intention de faire, maintenant.

— Je ne sais par où commencer, mon père. Il faut que je m'occupe des affaires de ma mère et de mon... de M. Garnier. Le notaire m'en dira plus. Je veux rembourser M. Duquesne des cinq cents livres qu'il doit remettre comme prix de ma délivrance. Et je tiens surtout à faire payer ce Richard Gombleton pour tant de fourberies. Évidemment, il faudra que je me rende en Angleterre.

— Pas seulement. Il te faudra aussi le trouver. Sais-tu seulement où il loge ?

— Non, dit César en secouant la tête. Mais je lui mettrai la main dessus.

— Homme fortuné, il doit être impossible à approcher, probablement entouré de gardes du corps, de nombreux serviteurs, et sa maison sera sûrement protégée. Qu'espères-tu ?

— Je sais ce que je veux, fit César d'un ton buté. J'y arriverai !

Décidément, songea Gaston en un sourire satisfait, César possède mon caractère !

— Sans me vanter, je dois t'avouer que j'ai déjà conduit ce genre d'entreprise...

— Voici une quinzaine d'années, intervint Armande, votre père a appris que ses parents, qu'il croyait morts dans un accident de coche, avaient été assassinés. Il a retrouvé les meurtriers, d'importants notables dont l'un était prévôt, et, avec quelques amis, les a punis. Les biens de ces criminels lui ont été dévolus en dédommagement.

César considéra son père avec un mélange d'admiration et d'intérêt.

— Vous n'êtes pas obligé de m'aider, monsieur, fit-il d'un ton reconnaissant.

— Mais il y a plus important à entreprendre dans les jours qui viennent, dit Gaston. Tu es désormais mon fils, et je veux que cela se sache. Il existe une procédure juridique qui se fait par acte notarial et s'appelle l'adoption par le nom et les armes. Si tu l'acceptes, tu prendras le nom et les armes des Tilly, et tu deviendras gentilhomme de nom et d'armes. Tu seras mon héritier, cependant sans les privilèges de la noblesse. Pour être anobli, une décision du Parlement sera nécessaire – et longue à obtenir –, mais je devrais y parvenir. Je ne t'ai pas encore parlé de mon meilleur ami, Louis Fronsac. Je lui ai écrit ce matin et nous irons le voir dès demain, s'il ne vient pas. Il a été notaire et saura me conseiller. De surcroît, il était à mes côtés dans toutes les aventures que j'ai vécues.

— Même celle où vous avez puni les assassins de vos parents ?

— De tes grands-parents, oui…

— C'est même M. Fronsac qui a sorti Gaston de la geôle dans laquelle on le détenait, plaisanta Armande, bien que ce souvenir ne la déridait guère.

— J'ai hâte de connaître ce M. Fronsac, mon père.

— J'ai songé que ton emprisonnement allait aussi fort intéresser M. de Lionne. Nous le rencontrerons, et tu lui décriras l'état de l'arsenal de Plymouth. Puisque nous sommes en guerre avec l'Angleterre, tout comme la Hollande, savoir la flotte britannique en mauvais entretien est une information utile. En échange, j'essaierai d'obtenir des passeports pour l'Angleterre.

— Ce serait inespéré, reconnut César. Je pourrai effectivement décrire ce que j'ai vu et même énumérer tous les navires inutilisables, ayant pu, les jours où j'attendais de partir, me promener librement dans l'arsenal.

On gratta à la porte. C'était François, le fidèle intendant.

— Entre ! lança Gaston.

Le serviteur pénétra dans la chambre :

— Monsieur, le carrosse de M. Fronsac vient d'entrer dans la cour de l'hôtel.

8

1666, vendredi, deux jours avant la fête de Notre-Dame

À Mercy, les moissons s'étaient terminées dans l'après-midi et, pour fêter une abondante récolte liée au soleil qui brillait depuis huit semaines et avait superbement fait mûrir les blés, Louis Fronsac avait offert un grand souper à tous ceux ayant participé aux fenaisons. Des tables avaient été dressées dans la cour du château et les serviteurs s'activaient joyeusement pour apporter bancs, écuelles et transporter les deux tonneaux bientôt mis en perce. Dans les fourneaux installés sous la grande salle, les femmes préparaient des soupes et faisaient cuire choux, pois et carottes. Hors du château, près des écuries, le fidèle Bauer et Michel Hardoin surveillaient le rôti de trois moutons dodus.

Sur le perron, devant la cour, Louis Fronsac, en culotte blanche, chemise immaculée avec rubans noirs aux poignets et redingote de fine toile safran, venait de remercier son fermier, Gaspard Maurecourt, comme toujours revêtu d'un mauvais droguet élimé et coiffé d'un feutre déformé.

Le marquis de Vivonne se sentait à la fois inutile et pleinement satisfait. Inutile, parce que tout le monde paraissait occupé autour de lui, même le père Basile, qui servait la chapelle de Mercy et dissertait sur les Saintes Écritures avec le prieur de l'abbaye de Royaumont venu bénir la moisson. Satisfait, bien que ses enfants ne soient pas là, parce que Maurecourt lui avait remis le dénombrement des bottes encore sur place dans les prés et de celles transportées au cœur des granges. À la lecture rapide des chiffres, Louis avait l'impression que la récolte serait la meilleure depuis que le domaine de Mercy était à lui. À l'occasion de leur prochain voyage à Paris, il pourrait offrir à Julie, son épouse, la robe de velours garnie de dentelles de Bruges qu'elle souhaitait, ainsi qu'un collier de perles. Il tenait à ce qu'elle soit resplendissante lorsqu'ils se rendraient au théâtre avec Gaston et Armande.

En attendant le début du festin, il décida de monter dans sa bibliothèque préparer un tableau comparatif du produit de la moisson avec celui de l'année précédente, en tenant compte des parts relatives de froment et de seigle.

Quand un roulement se fit entendre au loin, Louis Fronsac se retourna alors qu'il franchissait la porte de la grande salle. Une voiture arrivait. Un carrosse tiré par au moins quatre chevaux, jugea-t-il d'après le vacarme. Pourquoi pas Gaston de Tilly ?

Plein d'espoir, car une visite de son ami le comblerait, il glissa le papier que Maurecourt lui avait donné dans l'ample poche de son justaucorps, revint sur ses pas et traversa la cour. Ayant passé la grille, il vit que Bauer se pressait également depuis les écuries. L'ancien reître qui, quoi qu'il fasse, gardait épée à la ceinture et pistolet glissé à la taille, avançait d'un pas léger malgré sa masse imposante. Il était en chemise de toile, avec culotte blanche, bottes démodées qui lui montaient aux cuisses et tricorne en peau de castor.

— Qui cela *beut*-être, *bozieu* ? s'enquit-il.

— Nous n'allons pas tarder à le savoir, Friedrich.

Bauer était tout à la fois le garde du corps de la famille, l'ami de Fronsac et le responsable de la sécurité du château. Vingt-cinq ans plus tôt, il avait été compagnon d'armes et aide de camp du marquis de Pisany, le fils chéri de la marquise de Rambouillet. À la mort de celui-ci, Bauer avait quitté le métier des armes pour rester avec Louis, le meilleur ami de son défunt maître.

Géant bavarois qui avait fait une grande partie de la guerre de Trente Ans, Friedrich n'accusait pas son âge, sinon par sa lourde crinière de cheveux blancs et sa barbe grise tressée en deux parties ornant chaque côté de son visage.

Dans un nuage de poussière, un carrosse à six chevaux apparut, confortable berline sans marques sur les portières, avec deux cochers sur le siège avant, dont l'un tenait un mousquet à silex sur ses genoux – ce qui provoqua chez Bauer un froncement de sourcils. Diable, le pays était en paix et il n'y avait aucun brigand dans ces campagnes sous suzeraineté du prince de Condé. Pourquoi voyager armé ?

La voiture s'arrêta devant eux, puisqu'elle ne pouvait pénétrer dans la cour encombrée. Plusieurs personnes avaient rejoint le seigneur de Mercy, curieuses d'apprendre qui les visitait. Parmi elles se trouvaient le père Basile et le prieur de Royaumont.

Un valet, qui se tenait dans la voiture, descendit du véhicule, déplia le marchepied et garda la porte ouverte. Un homme dans la cinquantaine sortit, suivi de trois autres individus, eux dans la trentaine, l'air farouche, sabres à la taille.

— Ça alors, sir Denzel Hollis ! s'exclama le père Basile.

— Père Basile, fit l'ancien ambassadeur en ôtant son chapeau à plumes, quel plaisir de vous revoir. Mais je suis baron, désormais…

Reconnaissant Fronsac, car il avait une bonne mémoire, le visiteur s'avança vers le maître du lieu, sourire de courtoisie aux lèvres.

— Monsieur Fronsac, le père Basile a révélé qui je suis ! Vous souvenez-vous de moi ? Nous avons été présentés par Son Altesse Monsieur le prince voici quelques années.

— En effet, vous étiez en compagnie de sir Digby, mon voisin, n'est-ce pas. Que devient-il ?

— Il est lord, tout comme moi.

— Vous le féliciterez, j'ai un très agréable souvenir de lui. Mais, dites-moi, venez-vous d'Angleterre pour me rencontrer ?

— Presque. J'étais à Paris, en conférence avec M. de Lionne.

Une conférence sur la guerre ! devina Fronsac.

— Ne restons pas ici, décida-t-il, devinant que l'Anglais n'en dirait pas plus. Nous serons plus tranquilles dans ma bibliothèque.

Il lui fit signe d'avancer dans la cour où les paysans ôtèrent respectueusement leur chapeau.

— Comment connaissez-vous le père Basile ? interrogea-t-il.

— Comme chapelain et confesseur de M. Digby, je l'ai rencontré un jour où j'étais invité chez lui.

Jeune notaire, Fronsac avait été anobli pour un inestimable service rendu au roi Louis XIII, lequel lui avait également offert la terre et le château ruiné de Mercy[1]. La première fois que Louis avait visité les lieux, la vieille bâtisse posée sur un plateau dominant l'Ysieux était envahie de ronces et d'une épaisse végétation sauvage. Trente ans avaient passé, le plateau était maintenant couvert de pelouses, et deux nouvelles ailes en brique rouge et en pierre enserraient l'ancien château.

Par son épouse, Julie de Vivonne, nièce de la marquise de Rambouillet, le maître des lieux portait désormais le titre de marquis de Vivonne. Avec quelques récompenses obtenues en résolvant des affaires embrouillées, tant pour Mazarin que pour d'autres personnages importants de la Cour, il avait pu transformer son château et ses terres en riche domaine.

Tout cela, l'ambassadeur Hollis le savait, M. de Lionne lui ayant longuement parlé de Fronsac. Cependant, la fortune du seigneur de Mercy semblait plus importante qu'il ne l'avait pensé de prime abord. Avait-il vraiment retrouvé un trésor appartenant à Henri IV, comme l'avaient affirmé sir Nicholas et Samuel Morland ? s'interrogeait-il alors qu'ils traversaient une grande salle richement lambrissée de chêne, ornée de belles tapisseries flamandes à verdures et de quelques dressoirs sur lesquels étincelaient de magnifiques orfèvreries d'argent et vermeil.

1. Voir *Le Mystère de la chambre bleue*, du même auteur.

Le châtelain s'arrêta devant un escalier d'où descendait une dame au visage ingrat suivie d'une autre femme, fort élégante.

— Monsieur Hollis, puis-je vous présenter mon épouse Julie de Vivonne et mon intendante, Margot Belleville ? proposa Louis.

Comme l'Anglais s'inclinait dans une profonde révérence, Fronsac expliqua aux deux femmes :

— Lord Hollis a été l'ambassadeur d'Angleterre en France ces dernières années. Ma chère Margot, pouvez-vous demander à quelqu'un de nous porter du vin frais et quelques pâtisseries ? Notre invité vient de faire un long voyage depuis Paris.

— Milord, nous ferez-vous l'honneur de loger chez nous ce soir ? s'enquit Julie.

— Ce serait avec plaisir, madame la marquise, mais je ne suis plus ambassadeur et je dois regagner l'Angleterre au plus vite. Je ne fais ici qu'une courte halte afin de rencontrer monsieur votre mari.

La marquise de Vivonne s'inclina en soulevant deux pans de sa robe de dessus, imitée par Margot qui fila ensuite par le petit escalier de service conduisant à la cuisine. Louis indiqua à sir Hollis la direction de sa bibliothèque.

Ils pénétrèrent dans une plus petite pièce, également couverte de panneaux de bois agrémentés cette fois de grands miroirs et de livres reliés en maroquin. Plusieurs ouvrages reposaient aussi sur une desserte, près d'un gros poêle de faïence hollandaise. Des tableaux ornaient les murs. L'un représentait le cardinal Mazarin. L'autre Louis Fronsac, en chemise, ses fameux rubans noirs aux poignets.

Denzel Hollis s'arrêta un moment devant les ouvrages et en examina les titres.

— Vous avez une très belle bibliothèque, observa-t-il d'un ton où perçait un brin d'envie.

» *Les Galanteries du duc d'Ossone, vice-roy de Naples*, je ne connais pas. En revanche, je n'ai jamais réussi à me procurer les *Mécaniques de Galilée* dans cette édition du père Mersenne.

— Je n'ai aucun mérite, milord, c'est le père Mersenne lui-même qui me l'a donné.

Hollis considéra son hôte avec un nouvel intérêt.

— J'ai beaucoup apprécié ses *Cogitata physico-mathematica*, fit-il en désignant un in-octavo… Ce livre de Théodore de Bèze sur l'institution de la messe est fort rare, commenta-t-il en désignant un autre ouvrage.

— J'ai toujours aimé les livres, et Margot Belleville, l'intendante que vous venez de voir, est la fille d'un libraire assassiné par le duc de Vendôme. Je me suis senti responsable de sa mort car, en faisant l'inventaire de la bibliothèque du duc, j'avais découvert que celui-ci avait gardé quelques titres afin de se faire payer une dette de M. de Vendôme. Aussi, quand j'ai reçu le domaine, je l'ai prise à mon service avec son époux, alors charpentier[1], disons pour apaiser mes remords. Et je n'ai jamais eu à le regretter. Tous deux gèrent parfaitement mes biens, et Margot m'a à plusieurs reprises obtenu quelques beaux ouvrages, dont celui de Bèze. Mais, je vous en prie, asseyez-vous, milord.

Il lui désigna un fauteur tapissé et lui-même prit place dans celui aux pattes de lion, le plus dur, mais son préféré.

Hollis s'installa confortablement et commença :

— J'ai été ambassadeur durant trois ans et, vous le savez certainement, rappelé en Angleterre après que la France eut déclaré la guerre à mon pays.

— Une sotte querelle qui, j'ose l'espérer, trouvera vite sa solution, dit Fronsac en renouant un ruban de son poignet gauche, travers qui l'aidait à se concentrer.

— Je suis en France pour y parvenir, mais la route sera longue jusqu'à la paix. Cependant, je viens vous consulter pour un tout autre sujet. Vous souvenez-vous de Samuel Morland ?

Louis se figea. Morland était l'ami du sire de Taillefer, un spadassin qui avait tenté de l'assassiner vingt ans plus tôt et qui, finalement, lui avait sauvé la vie[2]. Tous deux voulaient découvrir

1. Voir *Le Mystère de la chambre bleue*, du même auteur.

2. Voir *L'Exécuteur de la haute justice* et *Le Grand Arcane des rois de France*, du même auteur.

le Grand Arcane des rois de France, mais seul lui, Louis, y était parvenu. Hollis était-il ici pour qu'il lui révèle un tel secret ? Auquel cas, il avait entrepris un voyage bien inutile.

— Je l'ai peu connu, répondit-il prudemment.

— Il vous admire sincèrement et m'a loué vos capacités de déduction. C'est à elles que je souhaiterais faire appel.

L'ancien notaire hocha lentement la tête, de plus en plus intrigué.

— M. Morland et d'autres, comme M. de Lionne, m'ont également vanté votre discrétion.

— Ce que vous direz ne sortira pas de ce bureau, monsieur, à moins que vous ne m'autorisiez à en parler.

— Il s'agit de la reine, de la veuve de Charles Ier, Henriette Marie, la fille de votre roi Henri IV, et cela concerne également des biens appartenant à la couronne d'Angleterre.

Louis joignit l'extrémité de ses doigts.

— Laissez-moi d'abord rappeler certains faits, bien que vous ne les ignoriez pas, poursuivit Hollis. En 1642, notre Parlement s'est violemment opposé au roi Charles Ier. J'étais membre de cette assemblée, et je puis vous assurer que nous voulions seulement que les droits du peuple anglais soient respectés, et non la fin de la royauté. Mais les parlementaires ont eu le tort de confier la force armée, sans laquelle nous ne pouvions contraindre le souverain, à un général trop ambitieux : Oliver Cromwell. En face, Charles Ier alignait une armée de mercenaires guère fidèles quand ils n'étaient pas payés. Afin de régler leurs soldes, la reine Henriette Marie partit à La Haye avec une partie des bijoux de la Couronne dans le but de les mettre en gage. Elle resta un an là-bas, sans parvenir à lever beaucoup de fonds, mais en se séparant de quelques belles pièces en échange du financement de plusieurs convois d'armes et de munitions. Quand elle revint, en février 1643, les presbytériens écossais, dont je suis proche, s'allièrent à Cromwell, et l'armée royale fut finalement mise en déroute. Incapable de lever de nouvelles troupes, le roi se réfugia en Écosse, et la reine quitta l'Angleterre en juillet 1644 à destination de la France. Avec elle, se trouvaient ses serviteurs, ses enfants et surtout une grande quantité de joyaux et d'objets précieux. Vous le savez, elle fut logée à Saint-Germain et sa Cour confiée à son chambellan, M. Henry Jermyn.

» Moi-même, en tant que chef des presbytériens anglais, j'avais rejoint les puritains bien qu'opposé aux ambitions et à l'intransigeance de Cromwell. Seulement, mon parti fut également vaincu et je dus m'exiler à mon tour en France. Cette fois en 1647, à Sainte-Mère-Église. Cela pour vous expliquer que je ne me doutais pas de ce que faisait la reine à Paris. Je pus cependant le reconstituer à peu près : manquant cruellement d'argent, elle vendit ou mit en gage petit à petit tous les bijoux qu'elle avait apportés, et ne put libérer la totalité de ceux déjà gagés en Hollande. De plus, si Henriette Marie menait une vie discrète, ce n'était pas le cas de son chambellan, M. Jermyn, également chargé de gérer la fortune royale. Certes, une grande partie des ventes allait aux royalistes, mais pas toute.

Hollis soupira, ne souhaitant en révéler plus.

— Puis ce fut la Restauration. Étant revenu près du roi durant son exil à La Haye, je suis rentré avec lui à Londres. C'est ainsi qu'il me nomma ambassadeur en France en remplacement de M. Jermyn, qui avait occupé cette charge deux ans durant. Mais, avant de partir, lord Clarendon, notre Premier Ministre et grand chancelier, m'avait chargé d'une mission discrète : retrouver et racheter les bijoux de la Couronne et les objets royaux dispersés par Son Altesse Henriette Marie. La loi d'amnistie votée par le Parlement exigeait d'ailleurs que tous ceux possédant des biens de Sa Majesté les restituent.

» Parmi ces joyaux, Clarendon tenait surtout à ce que je retrouve un saphir bleu ayant appartenu aux premiers rois d'Écosse. Le remettre sur la couronne aurait été un symbole fort pour l'alliance des Stuart et des Anglais.

» J'avoue que mes recherches furent longtemps vaines. Enfin, pas tout à fait : je découvris que nombre de pierres et d'objets avaient été achetés en sous-main par le cardinal Mazarin à des intermédiaires peu scrupuleux. Quelques-uns de ces bijoux, comme le saphir d'Édouard le Confesseur et beaucoup de diamants, avaient été offerts au roi de France, d'autres à la duchesse d'Aiguillon[1], d'autres encore, après la succession du cardinal, appartenaient désormais au duc de Mazarin[2].

» Je parvins à dresser une liste des courtiers véreux qui s'étaient livrés à ces profitables opérations : les principaux se nommaient Hoyau, Gombleton, Pargater, Fontenay, Dubois et Lescot. Hoyau était un homme de néant devenu fort riche par la vente de bijoux ayant appartenu au roi d'Angleterre. Gombleton, un joaillier anglais dont le père a pignon sur rue à Londres et dont l'oncle est un très riche négociant. Quant aux autres, ils avaient disparu, ou étaient trépassés.

On gratta à la porte. Margot et une servante apportaient des verres, du vin de Bourgogne et de petits pâtés aux champignons et au porc.

— Monsieur, les moutons sont presque cuits. Le souper peut se tenir dans un quart d'heure, dit-elle en servant l'ambassadeur et son maître.

Fronsac sortit une montre de son gousset :

— Nous y serons.

1. Nièce de Richelieu.
2. Époux d'une nièce du cardinal.

9

Hollis vida d'un trait son verre, grignota son pâté du bout des lèvres et reprit :

— Comme ambassadeur, j'étais fréquemment en relation avec M. de Besmaux, le gouverneur de la Bastille, qui recevait de temps en temps des gens ayant mal parlé du roi d'Angleterre, souvent des fols, et que le roi de France faisait serrer en cellule par une lettre de cachet. Besmaux me prévenait les fois où ces prisonniers faisaient partie de ceux que le Parlement anglais poursuivait pour complicité dans l'assassinat de Charles Ier.

Comme Fronsac restait silencieux, Hollis s'excusa :

— Je suis désolé d'être si long, mais je tiens à ce que vous disposiez de tous les éléments avant de solliciter votre avis.

— Vous n'êtes pas trop long, monsieur Hollis. Ce que vous me racontez m'intéresse beaucoup, d'autant que je connais bien M. de Besmaux.

L'ambassadeur le gratifia d'un bref sourire.

— En 64, des proches de M. Fouquet[1], craignant l'arrestation après celle de leur maître ou ami, avaient gagné l'Angleterre. Et l'on me demanda de faciliter leur extradition vers la France. C'est durant ces échanges que j'appris, par hasard, qu'un nommé Hoyau avait été embastillé parce qu'on le soupçonnait d'intrigue en faveur du surintendant. Or ce Hoyau fournissait de belles pièces d'orfèvrerie à M. Fouquet et au cardinal Mazarin, pour

1. Le surintendant Fouquet avait été arrêté en septembre 1661.

autant que ces derniers ne soient pas trop regardants sur leur origine. Avec lui, je tenais enfin l'un des entremetteurs qui avaient vendu les joyaux de notre Couronne !

» Je demandai aussitôt à M. Le Tellier qu'il soit interrogé à ce sujet. C'était en octobre de 1664, mais l'homme – qui se disait bijoutier – resta muet. Comme il n'y avait aucune instruction criminelle, tant du Châtelet que du Parlement au sujet des joyaux, et qu'on ne lui reprochait rien à ce sujet, il pouvait garder le silence et attendre qu'on le libère, faute de charges. Besmaux, à qui je confiai mes inquiétudes, suggéra alors de demander au bailli du palais d'ouvrir une instruction. La reine Henriette habitait le Palais-Royal au moment où elle avait cédé et gagé les bijoux de la Couronne comme les siens propres. Or le bailli est chargé de connaître toutes les affaires nées dans les cours, salles et galeries des domaines royaux. S'il y avait eu malversations, il devenait compétent. J'acceptai la proposition et m'en ouvris à son lieutenant, un magistrat diligent et soigneux qui s'intéressa à mon affaire et décida de poser quelques questions à la reine Henriette. Cette dernière vivait alors dans son château de Colombes[1]. D'après le lieutenant du bailli, elle se montra évasive sur les joyaux, assurant que c'était M. Jermyn, son chambellan, qui s'était occupé de les vendre ou de les mettre en gage. Elle ignorait tout des échanges entre ce dernier et les mandataires.

— J'ai du mal à vous suivre, monsieur Hollis, intervint Fronsac. Où y a-t-il eu malversation ? Si la reine a vendu des joyaux à bas prix, elle en est seule responsable et il n'y a pas manière à procédure.

— Vous avez raison, monsieur Fronsac, et j'ai donc été trop rapide dans mes explications. Dans la plupart des cas, Jermyn et Sa Grâce Henriette mettaient en gage des objets appartenant à la Couronne. Non seulement des bijoux, des pierres précieuses, mais aussi des tapisseries et des pièces d'orfèvrerie. La somme prêtée par les intermédiaires était très faible par rapport au prix

1. Qui avait appartenu à l'abbé Basile Fouquet, le maître espion de Mazarin.

réel, et la durée de mise en dépôt limitée à un, deux ou trois ans. Dès lors, quand l'échéance arrivait, Jermyn ne pouvait y faire face et demandait un nouveau crédit, voire un délai.

— Que les courtiers refusaient ?

— Exactement.

— Mais ce M. Jermyn aurait pu obtenir ces sommes d'autres financiers.

— Qui aurait prêté de l'argent à une reine et à un parti vaincus et chassés de leur pays ? Les entremetteurs proposaient plutôt une faible rétribution en échange de la pleine propriété des objets, et Jermyn, acculé, l'acceptait. Dans quelques cas, il n'y a même pas eu dédommagement.

— De tels comportements véreux sont en effet plaidables, reconnut l'ancien notaire.

— Certes, seulement la reine Henriette, Française d'origine, ne tenait pas à ce qu'on sache qu'elle avait vendu les bijoux de la Couronne anglaise !

— On l'aurait appris de toutes les façons.

— Non, car pour beaucoup, à la Cour, c'est Cromwell et les républicains qui ont dilapidé les biens royaux. Voilà pourquoi je dois rester discret.

— Je comprends mieux, fit Louis en hochant lentement du chef.

— J'avais livré ces explications au lieutenant du bailli en lui recommandant la plus grande prudence, aussi ne put-il guère faire parler la reine mère. Pourtant, ce fut elle qui fit avancer l'enquête. Alors qu'il lui livrait les noms des courtiers afin de savoir si elle les connaissait, elle déclara n'avoir jamais entendu évoquer aucun d'eux, sauf Hoyau. Un nom parvenu jusqu'à elle pour une tout autre affaire.

» Lors de son retour en Angleterre, autour d'octobre 1660, avec sa fille, elle avait observé qu'une de ses dames de compagnie, veuve de son état, se montrait d'une indécente proximité avec son chambellan. Elle l'avait congédiée, mais, comme cette nommée Mathurine Desfontaines n'avait commis aucune faute, son chambellan l'avait fait engager par sa fille, la duchesse d'Orléans. Quelques mois plus tard, Madame[1] avait à son tour chassé la Desfontaines après avoir appris qu'elle avait questionné plusieurs personnes du Palais-Royal dans le but de se procurer du poison.

Fronsac haussa un sourcil. L'affaire devenait intéressante. Le père d'Anne Lupin[2] lui avait parlé des innombrables personnages douteux qui vivaient dans l'entourage de Gaston d'Orléans, l'oncle du duc actuel installé alors au palais du Luxembourg. Les moins fripons étant des faussaires, des escrocs ou des tricheurs, les plus dangereux des sicaires et même des empoisonneurs. Sans doute nombre d'entre eux avaient-ils réussi à garder pied dans la maison de Monsieur, quand le frère du roi, devenu le nouveau duc d'Orléans, s'était installé au Palais-Royal[3].

— La Desfontaines avait alors pris logis non loin du Palais-Royal, dans une maison dont elle louait les chambres aux gens de passage ayant des affaires à traiter avec le duc d'Orléans. Or l'un de ses locataires était mort dans des circonstances singulières. Cet individu, nommé Fontenay, était un ancien écuyer de Charles Ier dont l'épouse avait porté plainte contre la logeuse parce que les bijoux de son mari avaient disparu. La veuve accusait même Mme Desfontaines d'avoir empoisonné ou étranglé ledit époux. Celle-ci fut arrêtée et enfermée à Saint-Éloy. Elle a bien sûr juré de son innocence et écrit à la reine Henriette afin qu'elle intervienne en sa faveur, affirmant que le nommé Fontenay avait été étranglé par un autre de ses locataires en affaire avec lui… appelé Hoyau.

— Ce n'est pas la première fois que je constate combien le hasard aide la justice.

---

1. La fille d'Henriette Marie avait épousé le duc d'Orléans, frère de Louis XIV, que l'on nommait Monsieur. On l'appelait donc Madame. Elle mourra en 1670 et Bossuet fera son oraison funèbre.

2. Voir *Le Grand Arcane du roi de France*, du même auteur.

3. Louis XIV avait donné le Palais-Royal en apanage à son frère Philippe peu après son mariage avec Henriette d'Angleterre.

— Certainement. Encore que, dans cette affaire, tout ce petit monde d'entremetteurs et de trafiquants se connaît. Je n'ai donc pas été surpris de les retrouver dans le même sac. D'ailleurs, ce Fontenay faisait également partie des courtiers louches de Mazarin. Bref, le bailli a obtenu une lettre du roi pour transférer Mme Desfontaines à la Bastille en octobre 1664 afin qu'elle soit confrontée au fameux Hoyau.

— Qu'ont donné ces confrontations ? s'enquit Fronsac.

— Ils se sont accusés mutuellement. Selon elle, elle ignorait qui était Fontenay et ne connaissait pas Hoyau avant qu'il prenne logis chez elle. À l'en croire, il était venu avec son valet et une servante, devant passer quelque temps à Paris pour affaire car il habite à trente lieues de la capitale. Intriguée et curieuse, elle aurait écouté à sa porte le jour où il recevait Fontenay et entendu des cris, des gémissements et des gargouillis. Prise de peur, elle aurait abandonné son espionnage et, peu après, vu Hoyau vider les lieux avec ses gens. Quand elle s'était rendue dans sa chambre, celle-ci était vide et en ordre. Elle était alors allée chez Fontenay et l'avait découvert mort dans son lit.

— Qu'a rétorqué Hoyau ?

— Il a tout nié. De son côté, il prétendit être venu pour traiter des affaires avec le sieur Fontenay, mais, lorsqu'il s'était rendu dans sa chambre, avait vu la Desfontaines en sortir. Entré à son tour, il aurait découvert le bijoutier étranglé. Paniqué, il avait aussitôt vidé les lieux avec ses serviteurs.

— Deux versions possibles. Qui ment ?

— La Desfontaines ne s'est pas démontée devant l'accusation : elle a demandé que la servante et le valet de Hoyau soient arrêtés et interrogés. En décembre, le bailli s'est donc rendu chez Hoyau, a apposé des scellés et mis en prison les domestiques accusés de complicité. Seulement, à l'occasion de la perquisition, il a découvert et saisi le saphir bleu des Stuart.

— Intéressant !

— Hoyau a rétorqué qu'il l'avait seulement en dépôt et que la pierre appartenait à un nommé Gombleton, bijoutier anglais ayant boutique à Paris, par ailleurs l'un des multiples intermédiaires ayant revendu des joyaux de la Couronne. Ce dernier a confirmé le fait et exigé qu'on lui rende la pierre, bijou qu'il aurait acheté mille six cents pistoles[1] à un sieur Dulton, hélas trépassé, lequel l'aurait eu en gage du chambellan de la reine, sir Jermyn.

— Un véritable panier de crabes ! ironisa Fronsac en sortant sa montre.

— Tous mentent, j'en ai la certitude. Ce Dulton aurait écoulé quantité de joyaux et biens précieux, tous frauduleusement acquis...

— Je m'aperçois que le quart d'heure est écoulé, monsieur l'ambassadeur. Allons souper et nous reprendrons notre passionnante conversation après.

Durant le banquet, Hollis, placé à côté de Fronsac, n'évoqua bien sûr jamais les joyaux. Les discussions portèrent sur la chaleur qui régnait depuis des semaines tant en France qu'en Angleterre. Sur le fait qu'une fois les foins coupés et les blés battus, la pluie serait la bienvenue, comme l'avoua le marquis de Vivonne.

Questionné en anglais par le père Basile, lord Hollis livra aussi quelques éléments de sa vie. Ennemi du pouvoir absolu et de l'oppression – un terme qui surprit Margot, son mari, le prieur et le fermier, tous convaincus que le roi était le représentant de Dieu sur Terre et avait tous les droits –, l'ancien ambassadeur raconta comment il s'était opposé au duc de Buckingham et à Charles Ier, bien qu'il ait été élevé avec ce dernier, après que le souverain eut supprimé le Parlement. Il parla de son emprisonnement qui s'en était suivi, et des raisons pour lesquelles il avait soutenu les puritains têtes rondes, jusqu'au moment où Cromwell avait décidé de proclamer la république et de se faire nommer Lord Protecteur. De nouveau, Hollis avait connu la prison, puis l'exil en France avant qu'il rejoigne le nouveau roi.

---

1. La pistole, pièce espagnole, avait le même poids d'or que le louis dont la valeur était fixée à dix livres tournois.

Louis observa que son visiteur gardait un bras un peu raide, certainement les séquelles d'une blessure. Il constata surtout avec satisfaction qu'il comprenait lord Hollis quand ce dernier s'exprimait en anglais, et qu'il parvenait également à se faire entendre. Cette langue, apprise au collège de Clermont, chaque fois qu'il en avait eu l'occasion, il s'était efforcé – et continuait – à l'utiliser avec des Anglais.

Ils échangèrent ensuite des jugements sur les auteurs de théâtre. Louis et Julie évoquèrent *Le Médecin malgré lui*, qu'ils étaient allés applaudir au début du mois au théâtre du Palais-Royal, quand Hollis déplora de ne pas avoir vu de représentations depuis des semaines, ayant dû rester éloigné de Londres car la peste y sévissait toujours. Heureusement, l'épidémie, qui avait tué des dizaines de milliers d'habitants l'année précédente, semblait sur le point de se terminer.

Le repas fini, tandis que les gens du château se préparaient à danser au son d'un orchestre improvisé de luths et de flûtes, Fronsac et Hollis retournèrent dans la bibliothèque. À la demande de Louis, Julie vint se joindre à eux, car celui-ci expliqua à l'ambassadeur n'avoir aucun secret pour son épouse qui lui suggérait souvent de fines propositions. Ils lui résumèrent l'affaire, et Denzel Hollis reprit :

— Au début de l'année dernière, j'étais persuadé de pouvoir envoyer à Londres beaucoup de joyaux et d'objets précieux dont j'avais découvert la trace. Le saphir se trouvait entre les mains du bailli, et on avait retrouvé chez Hoyau des pierreries qui semblaient avoir été volées au sieur de Fontenay, bien que le bijoutier le niât. Mais j'étais décidé à le poursuivre en justice afin de l'obliger à tout restituer.

— La Desfontaines était donc innocente ?

— Certainement pas ! Tout indiquait sa complicité avec Hoyau. Selon le lieutenant du bailli, elle est l'une des plus méchantes créatures de Paris. Elle aurait d'abord donné du poison à Fontenay avant de l'étrangler afin que Hoyau puisse emporter les joyaux de Fontenay.

— Est-ce une certitude ? s'enquit Julie, toujours prête à défendre les femmes.

— L'affaire est très laide, madame, insista Hollis en levant une main fataliste. Il est certain que Fontenay a été assassiné pour lui voler ses bijoux. À coup sûr Hoyau et Desfontaines sont coupables, mais je reconnais n'avoir obtenu aucun aveu. Cependant, je ne m'occupais pas uniquement de cette affaire. Des agents à mon service et mon secrétaire tentaient de pister d'autres objets précieux que Jermyn avait mis en gage : des médailles d'or, une boîte de portrait garnie de plusieurs diamants, des bagues à rubis, des chaînes d'or de grands prix et de riches tentures. Mais mes gens se heurtaient à d'immenses difficultés. Par exemple, des tapisseries avaient bel et bien été découvertes chez l'abbé de La Rivière, mais ce dernier niait leur origine anglaise. D'autres tentures, cette fois aux armes de mon pays, ont été dénichées chez un tapissier du Pont-Neuf, qui refusa pourtant de les rendre. Enfin, et surtout, je m'étais rendu à l'hôtel Mazarin pour rencontrer le duc et l'interroger, puisque l'oncle de son épouse, le cardinal, avait acheté en sous-main nombre de pièces de valeur à Jermyn. J'ai vu sur place trois suites de tapisseries et quantité de tableaux ayant appartenu à notre feu roi. Contre toute évidence, le duc a affirmé qu'il s'agissait de biens ayant toujours été détenus par le cardinal, ou en provenance de la duchesse d'Aiguillon.

» En définitive, j'avais beau provoquer un grand remue-ménage, aucun des suspects ne reconnaissait posséder des objets volés à mon roi, et il allait être nécessaire de plaider, ce qui coûterait fort cher, ne serait-ce que l'envoi des huissiers. Pour ma part j'avais déjà dépensé quelque deux cents livres et je ne voulais plus en être de ma poche. J'ai donc adressé un courrier à lord Clarendon.

Hollis se tut un moment avant de lâcher :

— Qui ne m'a pas répondu. Je me suis alors tourné vers Madame, laquelle ne pouvait qu'être intéressée à un procès puisque bien des objets appartenaient à sa mère et au roi, son frère. Sa réponse fut des plus singulières : elle se montra évasive et utilisa même des termes ambigus au sujet des pierreries, m'écrivant « que l'on prétend avoir été volées au Roi mon père[1] ». On prétend ! Comment interprétez-vous ce terme fort injurieux pour moi, s'enflamma Hollis. Comme si j'avais monté cette histoire de toutes pièces !

— Elle ne tenait pas à ce que l'affaire aille en justice, conclut Fronsac.

— Exactement ! Pas plus que lord Clarendon. Pourtant le bailli du palais m'avait assuré les procès parfaitement gagnables et affirmé que les parties en retireraient des bénéfices considérables tant les preuves étaient abondantes et qu'il serait aisé d'en découvrir d'autres.

— Quelqu'un se tient derrière tout ça, observa le marquis de Vivonne en renouant un ruban.

— Évidemment ! En février de l'année dernière, j'ai écrit à lord Clarendon que je me lavais les mains de toutes ces affaires de bijoux puisque j'étais aussi peu soutenu. Je lui ai envoyé la note des cent trente pistoles dépensées et lui ai dit, sans chercher à dissimuler mon dépit, que j'aurais préféré connaître la volonté de Sa Majesté de ne pas poursuivre car, alors, je n'aurais pas mis tant d'empressement à la satisfaire !

— Une fâcheuse situation, je le reconnais, approuva Fronsac. Mais que sont devenus Mathilde Desfontaines, Hoyau et Gombleton ?

— Pour Hoyau, une lettre de cachet de M. Le Tellier a ordonné qu'il soit remis en liberté après qu'un juge eut conclu que les charges contre lui relevaient de coïncidences. Des coïncidences ! Le bailli du palais fut contraint de rendre le saphir à Gombleton et la Desfontaines se vit, à son tour, mise hors de cause et libérée en septembre de l'année dernière.

Le silence s'installa après ces paroles lâchées sur un ton désabusé.

---

1. Authentique.

10

— Qu'attendez-vous de moi, milord ?

— Laissez-moi vous conter la suite, encore plus surprenante ! Je reçus finalement un courrier chiffré de sir Nicholas me fournissant quelques explications sur le comportement de lord Clarendon. Sa situation de chef du gouvernement est fragile. Le roi le garde comme chef du conseil privé, mais, en vérité, c'est sir Jermyn qu'il écoute.

— Le chambellan de la reine Henriette ? s'étonna Louis.

— Oui, qui n'est plus chambellan depuis longtemps. Elle a en effet obtenu de son fils qu'il soit fait pair du royaume. Si bien que sir Jermyn est, maintenant, lord et comte de Saint Albans. Un magnifique état pour le rejeton d'un valet de chambre de la reine Élisabeth ! lança Hollis d'un ton plein de mépris.

» Lord Jermyn était l'ambassadeur d'Angleterre à Paris avant moi[1]. Il s'oppose à peu près sur tout à lord Clarendon, et ce depuis des années, mais leur principal différend porte sur la politique étrangère du royaume. Clarendon conteste la guerre contre la Hollande, souhaitant au contraire une alliance avec cet État contre la France, tandis que Jermyn désire une étroite alliance avec votre roi.

— Pour le moment, vous n'avez ni l'un ni l'autre, ironisa Fronsac.

1. À compter de juillet 1660.

— C'est un fait, reconnut Hollis, désabusé. Mais revenons aux joyaux et aux biens précieux de Charles Ier. Jermyn les a donc soit mis en gage, soit vendus. Certes, une partie des sommes a financé la lutte contre Cromwell, mais le reste a rempli ses poches. Il ne souhaite donc surtout pas que ces affaires reviennent sur le devant de la scène.

Fronsac opina :

— Dans des procès, on aurait forcément parlé de lui et de ce qu'il a fait.

— Exactement. Donc, alors que Sa Majesté souhaitait vraiment que les joyaux reviennent en Angleterre, Jermyn a su le convaincre qu'il serait hasardeux de faire connaître certaines choses à l'opinion publique. Chez nous, le roi reçoit seulement les sommes que le Parlement lui alloue ; il pourrait donc être dangereux pour lui que les parlementaires conduisent des enquêtes au sujet des joyaux disparus.

— Lord Saint Albans a une forte emprise sur votre roi, fit remarquer Julie.

— Encore plus que vous ne l'imaginez, madame.

Un silence de quelques secondes.

— Souhaite-t-il prendre la place de Clarendon comme Premier Ministre ? s'enquit Louis.

— Certainement pas ! Jermyn a toujours été un homme de l'ombre. Pour parvenir à ses fins, il dispose d'agents secrets issus d'une société royaliste, le Trust, dirigée par l'un de ses fidèles : John Mordaunt. À l'origine, le Trust était chargé de rapprocher les presbytériens et les modérés proches de Cromwell afin de mettre en place une armée secrète en Angleterre. Chaque membre n'était connu des autres que par un pseudonyme, celui de Jermyn étant : Nemo. La société a cessé d'exister à la Restauration, mais il semble que Jermyn l'ait réveillée. John Mordaunt étant devenu vicomte et gouverneur du château de Windsor, il en a confié le commandement à son cadet, Thomas, qui parle parfaitement le français et dont la réputation d'homme violent et sans scrupule n'est plus à faire.

» Dans sa missive, sir Nicholas m'assurait que c'était Jermyn qui avait obtenu du marquis de Louvois la libération de Hoyau. Lui, encore, qui avait fait rendre le saphir à Gombleton. Lui, toujours, qui a demandé à Madame de se désintéresser des joyaux. Sir Nicholas avait eu une longue discussion avec Clarendon, d'où il était ressorti que mieux valait abandonner ces recherches sur les biens de Charles Ier pour se consacrer uniquement au saphir bleu que notre souverain est prêt à racheter deux cent mille livres.

— Mazette ! s'étonna Fronsac. Un saphir de ce prix !

— Il était dans la famille des Stuart depuis toujours. Cette pierre a, pour lui, une énorme valeur sentimentale.

— Mais si M. Gombleton le possède, il suffit de le lui racheter, proposa naïvement Julie.

— Évidemment, madame. C'est ce à quoi je me suis attelé l'an passé. Gombleton était prêt à vendre, mais à un prix déraisonnable, bien que lord Clarendon ne manquât pas de moyens de pression contre lui. Le père et l'oncle de Gombleton ayant pignon sur rue à Londres, le gouvernement peut les contrarier dans leurs affaires. J'ai rappelé au bijoutier qu'il aurait dû, selon la loi du Parlement, présenter et rapporter la pierre dès qu'il l'avait eue, que ne l'ayant pas fait il a commis un délit de filouterie, mais l'argument a peu porté.

» En septembre, nous étions toutefois parvenus à un accord. Contre seize mille livres, il devait me remettre le saphir. Comme par hasard, quelques jours plus tard, il m'a fait savoir qu'on le lui avait volé !

— Volé ! Par qui ? s'exclama Julie.

— Laissez-moi deviner, fit Fronsac avec un sourire gourmand. En septembre, dites-vous... Avant ou après la libération de Mathurine Desfontaines ?

— Après, fit un Hollis fataliste.

— C'est elle ?

— Oui, une histoire incroyable. Elle s'est présentée chez lui, a tenté de le séduire et lui a mis un couteau sous la gorge pour qu'il lui cède le joyau. Elle l'a ensuite frappé avec violence à la tête, il a perdu connaissance et elle est partie.

— Donc elle possède le saphir.

— Oui, et à ce moment-là j'étais certain qu'elle l'avait volé pour Jermyn.

— Lord Saint Albans en disposerait désormais ?

— Sir Nicholas est persuadé du contraire, car il sait de source sûre que les gens du Trust sont à sa recherche.

— Mathurine Desfontaines aurait gardé la pierre ?

— Peut-être. En vérité, personne ne sait rien.

Louis Fronsac resta un moment à méditer avant de dire :

— Dans tous les cas, la partie est perdue pour vous et lord Clarendon. Je suppose que ce dernier voulait offrir le saphir au roi pour assurer sa position ?

— Exactement.

— Et lord Jermyn, quel serait son dessein ? intervint Julie.

— Qui peut le savoir ? Je vous l'ai dit, c'est un homme de l'ombre particulièrement retors. Qui n'a pas besoin d'offrir le saphir au roi, puisqu'il a ses faveurs. Peut-être songeait-il simplement à le vendre, car, avec son train de vie, il se trouve toujours à court d'argent.

— Ou à l'utiliser si sa situation changeait.

— Sa situation ne peut changer, monsieur Fronsac.

— Tous les favoris perdent un jour les faveurs de leur roi.

— Pas lui.

— Pourquoi ? demanda ingénument Julie, tandis que Louis venait de comprendre quelle emprise Jermyn avait sur Charles II.

Il planta son regard dans celui de l'ambassadeur qui baissa les yeux.

— Madame, excusez-moi, mais je ne peux rien révéler de plus, fit ce dernier, rougissant.

Julie considéra successivement les deux hommes. Que signifiait ce singulier dialogue ?

— Mon secrétaire a découvert que Mathurine Desfontaines était certainement partie en Angleterre, mais rien d'autre. Ensuite le temps a joué contre moi. En janvier, la France nous déclarait la guerre et j'ai été rappelé en mars. Je n'avais aucune possibilité de poursuivre cette enquête. De plus, j'étais persuadé que la voleuse avait vendu la pierre à lord Saint Albans, alors que ce ne semble pas le cas. À Whitehall, fort occupé par notre conflit contre la Hollande qui ne se déroule pas comme les va-t-en-guerre l'avaient envisagé, j'ai eu d'autres soucis. Notre flotte a subi de lourdes pertes, et le Parlement ne veut plus voter de nouveaux impôts destinés à approvisionner nos navires. Je suis donc chargé de raccommoder les Provinces-Unies avec nous, ce qui sera une rude tâche.

Il se tut un instant, songeant aux difficultés qui l'attendaient.

— À la fin juillet, j'ai rencontré lord Clarendon qui voulait organiser une conférence avec l'ambassadeur de Hollande et M. de Lionne. Après cette entrevue, sir Nicholas m'a reçu et dit avoir la certitude que Jermyn ne possédait pas le saphir. Toutefois il ne voulait plus que je poursuive mes recherches. Je devais désormais consacrer tout mon temps à mettre fin à la guerre avec la Hollande. Or le secrétaire d'État utilise parfois les services de Samuel Morland, lequel lui avait parlé de vous et de vos capacités. Vous êtes un homme d'action et de réflexion, m'a-t-il déclaré. Vous auriez conduit nombre d'affaires pour Mgr Mazarin, qui auraient toutes réussi.

Louis restait imperscrutable.

— Je suis donc chargé de vous proposer de retrouver le saphir des Stuart à ma place. Comme lord Saint Albans ignore votre existence, il ne pourra entraver votre enquête.

Le silence s'établit et s'installa un moment. On entendait à peine la musique du petit orchestre dans la cour. Louis échangea un long regard avec Julie, pour finalement déclarer :

— Vous remercierez sir Nicholas de la confiance dont il m'honore, mais je ne peux accepter. D'abord, je ne saurais par où commencer. Il me faudrait retrouver cette Desfontaines en Angleterre. Or je ne connais rien à votre pays, et je crains la peste qui règne à Londres. Surtout, je n'éprouve aucune motivation à cette quête. Je me sens complètement indifférent aux convoitises et aux ambitions des lords Saint Albans ou Clarendon.

Hollis le gratifia d'un sourire poli et se leva :

— Monsieur Fronsac, je me doutais de votre réponse et n'insisterai pas. J'avais d'ailleurs prévenu sir Nicholas que je ne croyais pas pouvoir vous convaincre contre de l'argent, quelle que soit la somme proposée.

Louis inclina la tête.

— Je vais rentrer à Paris où je resterai encore jusqu'à mardi. Si vous souhaitez me parler, je loge à l'auberge du Compas d'Or.

Il toucha son épaule raide.

— Avant de m'en aller, laissez-moi vous narrer ce qui m'est arrivé après avoir quitté sir Nicholas. Je vis à Dorchester, et il me faut au moins six heures en carrosse pour gagner ma maison. Nous avions quitté Whitehall avant midi avec mon secrétaire, Jacques Petit, qui a conduit une grande partie des enquêtes sur le saphir et les autres joyaux. Je gardais un portefeuille contenant tous les documents sur cette affaire, pensant en avoir besoin. Dans un bois, notre voiture a été attaquée par des voleurs de grand chemin.

Julie, qui s'était également levée ainsi que son mari, porta une main devant sa bouche.

— Ils étaient deux. Ont tué mon cocher, puis tiré sur moi et sur mon secrétaire sans que nous ayons eu le loisir de réagir. Une balle m'atteignit ici, et par chance la blessure fut seulement superficielle. Petit, lui, fut plus gravement touché. Les deux bandits nous ont sortis du carrosse, et j'ai très distinctement entendu qu'ils s'apprêtaient à nous torturer.

— Mais pourquoi ? s'écria Julie.

— Pour savoir où se trouvait le saphir, évidemment, car il ne s'agissait pas de brigands ! Par miracle, un autre carrosse est apparu et nos agresseurs ont pris la fuite, non sans emporter le portefeuille de Petit. Nos sauveurs nous ont conduits à Southampton. Je fus rapidement tiré d'affaire, même si je garde une douleur dans l'épaule, mais Petit demeure alité. Cette agression a confirmé les dires de sir Nicholas : Jermyn n'a pas le saphir et voulait nous faire cracher ce que nous savions.

— Vous le pensez donc à l'origine de cette attaque ?

— Qui d'autre ? Des bandits de grand chemin n'auraient pas volé un portefeuille de papiers en me laissant ma montre, qui vaut mille guinées ! Mais, surtout, cette façon de faire rappelle furieusement les coups de main de la guerre civile, quand les gens du Trust s'en prenaient aux courriers de la République, ou ceux de la Cinquième Monarchie qui assaillaient les royalistes. J'avoue avoir moi-même pratiqué ce genre d'action quand j'étais capitaine chez les puritains.

— Qu'est-ce que la Cinquième Monarchie ? interrogea Fronsac.

— Une société de protestants persuadée que le Christ va revenir parmi nous et qu'il faut rétablir les lois bibliques. Selon eux, les quatre premières monarchies étaient celles des Assyriens, des Perses, des Grecs et des Romains. La cinquième sera celle de Jésus. D'abord alliés à Cromwell, ils se sont fâchés avec le Lord Protecteur quand ils ont constaté qu'il ne voulait pas instaurer le royaume de Dieu. À la Restauration, leurs chefs, qui avaient signé la mort de Charles Ier, ont été pendus, éviscérés et découpés. J'ai moi-même appartenu au jury qui les a condamnés. Voici cinq ans, ils ont tenté un nouveau coup de force en proclamant dans Londres la monarchie du Christ, en se livrant aux plus effroyables violences et en tentant d'enlever le maire. Leurs chefs ont été arrêtés et ont subi les mêmes châtiments[1].

— Ce Jermyn semble rude gentilhomme pour s'en prendre à vous, observa Julie de Vivonne.

— Certainement, madame. C'est un individu que rien n'arrête. Je vais même vous révéler quelque chose que peu savent : à Paris, c'est lui qui faisait la loi dans la maison de la reine et, quand elle n'était pas d'accord avec lui, il la battait comme plâtre jusqu'à ce qu'elle demande grâce.

Julie murmura un « Dieu tout-puissant ! » d'horreur.

---

1. 18 janvier 1661.

— Voilà l'emprise qu'il a sur elle ! insista l'ancien ambassadeur en se dirigeant vers la porte.

Le marquis de Vivonne et son épouse l'accompagnèrent, et tous trois sortirent de la bibliothèque.

— J'espère que vous ne m'en voudrez pas de mon refus, milord, dit Fronsac.

— Nullement, et je le comprends parfaitement.

— Merci. J'ai observé que vos cochers étaient armés, craignez-vous un nouveau coup de main ?

Hollis ne répondit pas directement. Il considéra son hôte et hocha simplement la tête. Alors qu'ils arrivaient dans la cour, il ajouta :

— J'ai été négligent et Petit en a payé le prix. Sincèrement, je suis plutôt satisfait que vous ayez refusé la proposition de sir Nicholas. Si, par malheur, Jermyn s'en était pris à vous, je m'en serais trop voulu.

Cette fois, ce fut Louis qui garda le silence.

Ils traversèrent la cour, où la fête se poursuivait à la lumière de flambeaux. Paysans et domestiques s'arrêtèrent de danser quand leur maître apparut. Bauer se trouvait près du portail, l'air soucieux.

— Le carrosse de milord est à l'écurie, dit-il. Je vais faire atteler les chevaux.

— Je vous accompagne, intervint Hollis, marcher me fera du bien. Je dois rouler encore quelques heures.

— Avez-vous des flambeaux ? s'enquit Louis.

— Oui, ne vous inquiétez pas.

— Souhaitez-vous une escorte ?

L'ambassadeur désigna ses hommes près de la voiture. Deux d'entre eux avaient retiré leur justaucorps, et l'on distinguait les crosses de pistolets à silex à leur taille. Deux autres tenaient des mousquets.

— Ils étaient dans ma compagnie quand je combattais en Angleterre. Tous sont de rudes soldats, et je doute que le Trust ait envoyé beaucoup de monde contre moi.

Bauer écoutait. Devinant quelque affaire inquiétante.

La voiture fut préparée par les valets de Mercy. Pendant ce temps, Hollis échangea encore quelques banalités avec le marquis et son épouse. Puis il monta dans le véhicule avec ses hommes, et le carrosse s'éloigna.

Bauer ne demanda rien, mais son maître paraissait contrarié.

— Regrettes-tu d'avoir refusé ? interrogea Julie.

— Non ! Et en même temps, oui. Je ne sais pas…

11

Londres.

Le colonel diacre John Harrison et le capitaine William Aspinwall s'étaient installés au Royal Oak, dans Lombard Street. Tant de négociants de passage logeaient dans ce quartier central de Londres, et principalement dans Lombard Street, que personne ne s'intéressait à eux. Ils s'étaient présentés comme des marchands venant des îles, assertion pas si éloignée de la vérité.

Ils étaient revenus de la Jamaïque car, en 1666, devait avoir lieu l'ultime bataille contre la Bête, l'épreuve annoncée par le prophète Daniel, et ils désiraient participer à ce combat même s'ils ignoraient comment il se déroulerait.

Débarqués en Angleterre, ils s'étaient d'abord appliqués à punir ceux qui les avaient trahis. C'est en s'en prenant au félon Hollis qu'ils avaient volé son portefeuille et pris connaissance de son contenu. Ils avaient alors compris que le Seigneur leur envoyait enfin un signe : Hollis, créature de l'Antéchrist, cherchait à se procurer un saphir. La pierre divine, le talisman qui préservait de la peste, ce mal envoyé par la Bête qui avait déjà tué des dizaines de milliers d'habitants à Londres. La maladie serait certainement encore plus virulente en 1666, et Hollis, serviteur du Démon, voulait s'en protéger ainsi que ses amis : le roi et les maudits dépravés de la Cour.

Leur revenait donc, à eux ministres de la Cinquième Monarchie, d'empêcher que les partisans de l'Antéchrist soient sauvés.

En leur indiquant qui le possédait, le Seigneur exigeait qu'ils reprennent ce divin joyau. Ils avaient donc cessé de poursuivre leur vengeance pour surveiller les Gombleton. À la première occasion, ils saisiraient l'un ou l'autre des frères et ne lui rendraient la liberté qu'en échange de la pierre. Ils seraient alors immunisés contre les ravages du mal.

Aspinwall, qui par ses visions avait décrit le royaume de la Cinquième Monarchie, avait même prédit à Harrison que l'épidémie reprendrait en septembre, puisque le saphir était la pierre sacrée de ce mois-là. À cette date, Londres, la nouvelle Babylone, recevrait la divine punition, et tous ses habitants impurs, corrompus et créatures du Malin disparaîtraient.

Ils commençaient à connaître les habitudes des frères Gombleton. Le bijoutier se montrait peu, recevant ses clients dans sa maison, située en face du Royal Oak, tandis que l'armateur se rendait une ou deux fois par semaine à son entrepôt, près de l'église St. Katharine's by the Tower. Mais, quand ils sortaient, les deux négociants se déplaçaient en carrosse, accompagnés de valets armés et parfois d'officiers de marine. Harrison et Aspinwall priaient chaque jour le Christ de leur donner une occasion d'enlever l'un ou l'autre.

Pour l'heure, Harrison se tenait à la fenêtre et Aspinwall lisait :

« Car nous n'avons pas à lutter contre la chair et le sang, mais contre les dominations, contre les autorités, contre les princes de ce monde de ténèbres, contre les esprits méchants dans les lieux célestes. »

Le capitaine de la Cinquième Monarchie hocha lentement la tête et implora le Seigneur.

12

Paris, samedi 14 août.

Gaston et Armande se levèrent pour se précipiter dans l'escalier. Intrigué, César les suivit tandis que François souriait de cette agitation.

Le vieux domestique, au service de Tilly depuis plus de vingt ans, avait vécu avec lui bien des aventures, dont l'une durant laquelle il avait failli perdre la vie en défendant l'épouse de son maître[1]. En arrivant de la rue Saint-Paul, ce dernier lui avait raconté, en quelques mots hachés, que César était son fils et celui de la gentille Mme Durier, que lui-même avait également connue.

Mais déjà Louis et Julie apparaissaient dans l'antichambre. Les deux amis s'enlacèrent dans une profonde brassée tandis que leurs épouses s'embrassaient. Puis Louis écarta Gaston en découvrant le jeune homme roux dans l'encadrement de la porte de la chambre :

— César ! s'exclama-t-il. Je vous aurai reconnu entre mille ! Vous êtes le portrait vivant de Gaston à vingt ans.

Il n'ajouta pas : en plus beau, ce qui aurait été vexant.

— Mais comment pouvez-vous être ici ? Gaston m'a écrit que vous étiez emprisonné en Angleterre !

Il lui prit une main qu'il serra avec émotion.

---

1. Voir *La Confrérie de l'Index*, du même auteur.

— J'ai été libéré et viens d'arriver à Paris, monsieur.

Bauer apparut alors, canon à feu à la main et deux pistolets à la taille, sous son justaucorps entrouvert, provoquant l'étonnement du lieutenant.

— Friedrich Bauer, le présenta Louis, mon ami et garde du corps.

— Entrons ! décida Gaston en désignant sa chambre. Avez-vous soupé ?

— Non, mais nous pourrons le faire chez ma fille. Nous nous sommes arrêtés en chemin et Bauer est allé la prévenir que nous logerions chez elle.

Marie Fronsac avait épousé le fils d'un trésorier des parties casuelles qui, comme nombre de financiers, passait des traités avec l'Épargne, c'est-à-dire qu'il avançait à l'État ses recettes à venir en échange d'une prime conséquente. L'entreprise était d'autant plus facile qu'il prêtait avec les impôts qu'il collectait.

Philippe de Sérigneau, l'époux de Marie, possédait une maison rue aux Ours avec une chambre réservée à Louis et Julie quand ils venaient à Paris. Certes, rue des Blancs-Manteaux, Fronsac gardait son logis, longtemps son pied-à-terre parisien quand il quittait sa seigneurie de Mercy, mais désormais son fils Pierre l'habitait en permanence.

— François, fais porter des cuisines d'autres assiettes, des couverts, des tourtes et des pâtés.

L'intendant alla donner des ordres et revint aussitôt avec trois chaises à haut dossier couvertes de tapisserie à fleurs, tandis que Louis expliquait qu'il avait reçu le message à midi. Le temps de régler plusieurs problèmes liés à la moisson, et ils étaient partis. Ils auraient pu arriver plus tôt s'ils n'avaient trouvé Paris engorgé de carrosses et de voitures, et perdu des heures à fendre la cohue de la rue Saint-Martin. Manque de chance, à peine délivrés des encombrements, ils avaient été arrêtés par une immense procession et n'avaient pu franchir que fort lentement le pont Notre-Dame où une incroyable foule se pressait malgré la nuit tombée.

Une fois assis, ils furent servis par un valet. Armande, étonnée, vit César se jeter sur son assiette, comme s'il n'avait pas mangé depuis des jours, imité par un Bauer toujours aussi capable d'ingurgiter d'incroyables quantités de nourriture. Gaston, déjà rassasié, raconta comment il avait appris l'existence de son fils, décrivit les obsèques de Mme Durier et la soudaine arrivée de César.

Ce dernier intervint à son tour pour donner le récit de sa jeunesse au collège de Clermont et surtout de sa vie de jeune marin. Puis il narra son duel à Boston avec Bowman et l'emprisonnement à Plymouth.

Il rapportait de quelle manière s'était déroulé son procès lorsque Louis l'interrompit :

— Quel nom venez-vous de lâcher pour cet armateur anglais ?

— Gombleton, monsieur.

— Incroyable ! Que savez-vous sur lui ?

— Le connaissez-vous, monsieur ?

— Non, mais j'ai entendu parler d'un Gombleton pas plus tard qu'hier !

— Un armateur ?

— Non, un bijoutier ayant boutique à Paris.

— Alors ce n'est pas le mien. Richard Gombleton est un armateur londonien, un homme corpulent dans la soixantaine.

— Je sais que le père et l'oncle du mien auraient pignon sur rue à Londres. L'oncle serait un riche négociant, précisa Fronsac. Voilà tout de même une troublante coïncidence.

— À quelle occasion as-tu entendu parler de cet individu, Louis ? s'enquit Tilly.

— Je vais vous raconter, mais j'aimerais d'abord entendre la suite du récit de César.

Le fils de Tilly reprit sa narration, de manière plutôt confuse tant il était perturbé par ce qu'il venait d'entendre. Aussi, ce fut Gaston et parfois Armande qui apportèrent des précisions. Lorsque César en vint à sa libération, son père expliqua :

— L'emprisonnement de mon fils avait pour seul but de dépouiller son armateur du cotre, de sa marchandise et de quelques rançons. César ne veut pas que cette histoire finisse ainsi et a donc décidé de réclamer des comptes à Gombleton.

— Comment ? s'étonna Louis en s'arrêtant de manger. J'espère qu'il ne compte pas se rendre en Angleterre ? S'il était pris, cela provoquerait un effroyable malheur.

— J'irai, monsieur Fronsac ! décréta un César buté, repoussant énergiquement son assiette. Mais seul et sans mettre la vie de quiconque en danger.

— Je l'accompagnerai ! annonça alors calmement Tilly.

— Vous êtes fous ! s'exclama Louis.

— *Bozieu* César a raison de *bunir* ceux qui l'ont fait souffrir, ne put s'empêcher d'intervenir Bauer, un cuissot à la main et la bouche pleine. J'agirais comme lui. D'ailleurs, je l'ai fait. *Che* me souviens d'avoir été prisonnier d'un parti de Bohémiens du Palatinat quand *ch'*avais l'âge du jeune monsieur. *Ch'*étais au service du duc de Bavière. Les coquins m'ont battu et enfermé avec d'autres prisonniers dans une chapelle, où ils nous laissaient mourir de froid et de faim. Ils s'amusaient à nous injurier par-dehors, nous conseillant de nous entre-dévorer. Avec deux lansquenets, on a creusé un trou, on est sortis et on est tombés sur eux alors qu'ils dormaient dans leurs tentes.

— Je ne connaissais pas cette histoire, Friedrich, fit Louis en se tournant vers lui.

— Moi non plus. Qu'est-il arrivé ? interrogea Tilly.

— Il y avait trois tentes, on y a mis le feu. Les Bohémiens se sont rués dehors, leurs vêtements en flammes, et on les a frappés à l'aide de pierres. Puis on les a jetés dans les brasiers et regardés cuire. Ensuite, on a libéré les autres, pris les chevaux, les armes et filé, conclut le Bavarois d'un ton indifférent.

— J'aurais aimé être avec vous, monsieur ! s'exclama César.

— Le feu est un bon allié, affirma Bauer en plantant ses dents dans le cuissot.

Louis échangea un regard inquiet avec son épouse avant de lancer :

— On m'a proposé hier de me rendre à Londres pour une enquête. J'ai refusé et, à ce sujet, je dois vous révéler que la peste règne dans cette ville, causant des dizaines de milliers de morts. Il n'y a donc pas de pire endroit où aller en ce moment !

— Mon Dieu ! murmura Armande, qui porta une main à sa bouche.

— On t'a parlé de Gombleton au sujet de cette enquête ? interrogea Gaston en posant un regard circonspect sur son ami.

Louis ne répondit pas d'emblée. Les questions se bousculaient dans son esprit. Pourquoi ne pas se rendre à Londres avec Gaston et son fils, s'ils y étaient vraiment décidés ? À vrai dire, d'avance il connaissait la réponse : en aucune manière il n'abandonnerait son ami. Mais le dessein de César n'avait rien à voir avec les investigations demandées par Hollis, aussi comment associer ces deux entreprises ? Et que voulait vraiment le jeune Tilly ? S'il conduisait sa vengeance à son terme, tous seraient poursuivis comme criminels et voleurs. Dès lors, de quelle manière rechercher Mme Desfontaines et le saphir ?

— J'ai promis de garder le silence, mais pas envers toi, Gaston, puisque tu es comme mon frère. Julie et Friedrich connaissent déjà les grandes lignes de l'affaire. J'ai également une confiance absolue en Armande. Reste César… Ai-je votre promesse de ne rien révéler de mes propos ?

— Sur mon honneur et celui des Tilly, oui, monsieur.

— Bien, voici de quoi il s'agit : hier, j'ai eu la visite de Denzel Hollis, l'ancien ambassadeur d'Angleterre.

Louis raconta tout sans être interrompu.

— J'ai refusé de m'engager, ne me sentant nullement concerné par les querelles entre factions anglaises. Qu'aurais-je eu à gagner ? Ces vingt mille livres ne m'intéressaient pas.

— Avec cette somme, mon armateur serait tiré d'affaire, intervint César.

— Examinons les faits, proposa Gaston. Retrouver ce saphir implique de dénicher cette Mme Desfontaines. Certes, je ne connais pas Londres, mais il doit être possible de se faire aider, et il ne paraît pas si difficile de découvrir une Française dans une cité anglaise. Déjà, enquêtons sur son cas en France et nous découvririons peut-être qui elle connaît à Londres.

Fronsac approuva.

— Deuxièmement, Gombleton. Il faut tirer au clair si ce bijoutier parisien est parent avec celui qui a fait emprisonner César.

— Sans doute, intervint Julie, mais en quoi cela aidera-t-il votre garçon ?

— À voir, fit Tilly qui n'avait pas de réponse.

— Troisièmement, comment éviter la peste ? Et comment ne pas se faire remarquer par ce Jermyn qui cherche aussi le saphir ? intervint Louis non sans ironie.

Chacun s'abîma dans le silence, le nez dans son assiette, jusqu'à ce que Julie reprenne la parole en s'adressant à son mari :

— La peste n'est pas le plus grave péril, puisque diverses mesures d'hygiène permettent de ne pas attraper ce mal. Moi, je vois surtout que tu n'as pas le choix, mon ami. Utilisons la logique qui t'est chère et raisonnons par l'absurde : César et son père partent seuls pour Londres. À deux, ils auront du mal à s'occuper d'un Gombleton richissime. Et s'ils se font prendre, tu te précipiteras forcément à leur secours. Donc, mieux vaut que Friedrich et toi partiez avec eux.

Armande approuva d'un signe de tête. L'idée de perdre son mari et celui qu'elle considérait déjà comme son fils la terrorisant, elle se sentait rassurée à l'idée que Louis et son garde du corps les accompagnent.

— Entendu, nous irons ensemble, décida Louis, mais j'y mets une condition...

Il se tourna vers César :

— C'est votre père et moi qui dirigerons l'expédition. Je veux que vous vous engagiez à nous obéir sans rechigner.

— Oui, monsieur. Lieutenant de marine, je sais appliquer les ordres de mon capitaine.

— Bien ! Donnons-nous quelques jours pour rassembler plus d'informations, nous préparer et obtenir des passeports.

— L'ambassadeur Hollis se trouve-t-il encore à Paris ? interrogea Gaston.

— Je le pense. Il m'a dit qu'il logeait au Compas d'Or. J'irai le voir demain, dimanche, avec vous, et je lui expliquerai avoir changé d'avis. Il nous délivrera les documents nécessaires.

— Vas-tu lui parler de César ?

— Je dirai juste que tu m'accompagnes avec ton fils.

Fronsac se tourna vers ce dernier :

— Si nous retrouvons le saphir, nous partagerons la récompense en quatre, mais je vous abandonnerai ma part.

— Moi aussi ! dit Tilly d'un ton d'évidence.

— Je ne peux accepter, messieurs.

— Mais si ! insista Gaston en riant. Nous n'aurions que faire de cet argent !

Armande se leva pour tirer le cordon. Elle avait observé que César avait bâillé à plusieurs reprises et semblait tomber de sommeil. Minuit approchait, les plats étaient vides, aussi venait le temps de faire servir fruits et pâtisseries.

François apparut aussitôt, elle lui donna ses ordres.

— J'enverrai demain matin un billet à M. de Lionne, annonça Louis. S'il revient de Versailles dans la soirée, peut-être pourra-t-il nous recevoir. J'ai beaucoup de questions à lui poser.

— Le Conseil d'en haut se réunit le dimanche matin, expliqua Gaston à l'intention de son fils. Seulement, le roi n'aime pas que ses ministres partent aussitôt après la réunion. Il veut les garder à ses côtés toute la journée.

— Si ce n'est pas possible, nous rencontrerons Hollis avant, accepta Louis, mais j'aurais préféré en apprendre plus sur l'ambassadeur, et seul Lionne est susceptible de me renseigner.

— Que veux-tu savoir ?

— Jusqu'où je peux lui accorder ma confiance.

Gaston s'adressa de nouveau à César.

— Je songeais te proposer de passer l'après-midi à ma salle d'armes pour parfaire ton entraînement.

— Avec plaisir, mon père, répondit César en un grand sourire épanoui.

Ils furent interrompus par l'arrivée des serviteurs les bras chargés de corbeilles de fruits, confiseries et nougats, ce qui provoqua un sourire satisfait sur le visage de Bauer.

— Quand pourrions-nous partir, monsieur ? interrogea César.

— J'ai besoin de quelques jours. À Londres, nous ne bénéficierons d'aucune aide, il importe donc d'assurer nos arrières. Gaston, connais-tu le bailli du palais ?

— Son lieutenant, Claude Hourlier, oui.

— Il conviendra de l'interroger. Tout comme madame la duchesse d'Orléans, le fameux Gombleton, peut-être M. de Besmaux et le duc de Mazarin. J'ai aussi quelques autres noms dans ma besace. Tallemant pourra également nous apprendre pas mal de choses. Ensuite, gagner Londres ne sera pas facile, puisque aucun vaisseau français ne nous y conduira.

— Je m'occuperai de dénicher un navire, monsieur.

Gaston fit à son tour quelques propositions, en particulier sur les armes et équipements à emporter. Bauer y ajouta ses propres remarques et Fronsac conclut :

— Nous pourrions partir la dernière semaine du mois d'août. Avec un peu de chance, nous serons de retour la première semaine de septembre.

13

Le dimanche de Notre-Dame, Armande et les serviteurs de l'hôtel se rendirent à la messe à Saint-Germain. Gaston et César les accompagnèrent.

Ancienne comédienne de l'Illustre Théâtre, Armande n'était nullement dévote mais respectait les usages religieux et sociaux. Comme Gaston, elle se confessait et communiait à Pâques. Quant à César, élevé dans une famille très pratiquante, il pria pour sa mère, son beau-père et ses compagnons perdus.

Avant de se rendre à l'abbaye, Gaston avait donné une chemise, des bas et un justaucorps à basques à son fils. Certes, celui-ci était plus large d'épaules, mais tellement amaigri que les vêtements de son père lui allèrent parfaitement, bien qu'un peu courts.

Après le dîner, les père et fils se rendirent comme convenu à l'académie d'escrime de la rue du Jour, derrière Saint-Eustache. M. de Tilly, en vieil habitué, connaissait le prévôt et les maîtres, dont plusieurs étaient tireurs d'armes de la Maison du roi.

En chemin, il expliqua à César :

— La salle a été établie par le comte de Bouteville dans l'hôtel de Royaumont. Sais-tu qui était le comte ?

— Un duelliste, M. Garnier m'en a parlé. Le cardinal de Richelieu lui a fait couper la tête.

— C'est exact. Père de Mme de Châtillon, la cousine du prince de Condé, à vingt-sept ans Bouteville était le plus acharné duelliste de la Cour, se battant pour un rien et tuant immanquablement ses adversaires ; jusqu'au jour où le cardinal de Richelieu décida de mettre un terme à l'hécatombe provoquée par ces querelles insensées en incitant le roi à prendre un décret punissant le duel de la peine de mort.

» Bouteville et deux de ses amis ont mis le Cardinal au défi d'appliquer cette loi. En plein jour, sur la place Royale, ce boutefeu s'est donc battu avec Bussy d'Amboise et deux compagnons. Ayant tué Bussy, il a été saisi par les gardes de Richelieu. Le roi, comme ce dernier, est resté inflexible, et le jeune homme a eu la tête tranchée. J'avais quatorze ans, et l'épisode est resté gravé dans ma mémoire.

César n'émit aucun commentaire. Le duel n'appartenait en rien à ses pratiques, et son combat avec Bowman tenait uniquement au fait que ce dernier l'avait défié.

Au bout d'un moment, son père reprit :

— Le fils du comte de Bouteville est maintenant maréchal de Luxembourg. Compagnon de M. le Prince, un intime du roi, il arrive qu'on l'aperçoive dans la salle d'armes de son père.

— Le connaissez-vous, monsieur ?

— Je l'ai souvent rencontré, avec M. le Prince. Mais mon ami Fronsac plus que moi. Il pourra t'en parler.

Comme il y avait encore de la place dans la cour de l'hôtel de Royaumont, le cocher put faire pénétrer le carrosse et le mettre à l'ombre d'un arbre sans trop de manœuvres. Il resterait sur le siège en attendant que son maître ait terminé.

Puisqu'il était encore tôt, peu de gentilshommes s'escrimaient dans la salle. Gaston aperçut Philibert Morin, sieur de La Touche, tireur d'armes et officier de la Maison de la reine, en train de bavarder avec le prévôt des lieux et Vincent Franquin, un maître d'armes anobli ayant enseigné l'escrime au duc d'Anjou[1].

Gaston avait souvent croisé le fer avec eux et les estimait fort. Il s'approcha pour leur présenter son fils.

1. L'actuel duc d'Orléans.

— Je ne l'avais jamais vu ici, dit le prévôt en scrutant le jeune homme d'un regard intéressé.

Dans la soixantaine, c'était un bretteur maigre et nerveux au regard perçant sous ses sourcils encore noirs.

— César est lieutenant de marine, donc rarement à Paris, expliqua Tilly de façon évasive. De plus, il vient de passer six mois dans une prison anglaise car son navire a été saisi par les Anglais après la déclaration de guerre.

— Damnés godons ! gronda Franquin, approuvé par La Touche.

Eux aussi affichaient la soixantaine, mais si La Touche était longiligne et doté d'un visage maigre, balafré, aux cheveux plats et blancs, Franquin, plus petit, arborait une large poitrine, des bras robustes et une peau sanguine. Il parlait en remuant bras et mains, avec des gestes vifs.

— Mon fils connaît peu l'escrime en salle, il s'est surtout battu en mer, et je voudrais qu'il maîtrise complètement la *scienza* d'arme. Je viens m'entraîner avec lui, et ce serait une grande fierté pour moi si vous pouviez assister à l'une de nos passes d'armes et le conseiller quant à ses défauts.

— Avec plaisir, fit La Touche. Pour l'heure, nous attendons M. de Blanchefort de Créquy[1] et le comte de Lorges[2] qui se sont querellés à Versailles. M. de Luxembourg leur a suggéré de régler leur différend ici, et c'est la raison pour laquelle nous avons également quitté le palais. En attendant, je peux prendre le temps de lui donner une leçon.

Depuis le début de son règne, Louis XIV avait pris cinq édits contre les duels. Plus que jamais, ceux-ci relevaient des crimes punis de mort, celle des combattants, mais également des témoins, le tout accompagné de la confiscation des biens des duellistes.

---

1. Marquis de Marines, d'une grande fidélité envers la Cour lors de la Fronde, il sera fait maréchal de France.

2. Guy Aldonce de Durfort, qui sera également maréchal de France, deux ans plus tard.

Cependant les querelles n'avaient pas disparu ; aussi, pour les juger, le roi avait mis en place un corps de maréchaux greffiers du point d'honneur, arbitres souverains de ce genre d'affaires. Les duels meurtriers, à l'épée, avaient donc quasiment disparu, bon nombre remplacés par des passes d'armes en salle où le sang ne coulait jamais.

— Je vous en serai éternellement reconnaissant, fit un Gaston s'inclinant devant le vieux maître d'armes qui apprécia la déférence d'un gentilhomme ni comte ni duc, mais issu d'une des plus vieilles familles du royaume.

» Sans indiscrétion, poursuivit-il, quelle est la raison du différend entre M. de Créquy et M. de Durfort ?

— Un regard de travers au sujet de la maîtresse du premier, pouffa Franquin.

Gaston connaissait le comte de Lorges, neveu de Turenne sous les ordres de qui il avait été enseigne dans sa prime jeunesse. Lui-même avait souvent réglé des querelles ici, dont une fois avec le comte de Bussy, assaut qui avait marqué le début de leur amitié[1].

— Monsieur de Tilly, dit La Touche à César, je vois que vous portez un sabre. S'agit-il de votre arme habituelle ?

— Oui, monsieur, comme pour nombre de marins.

— C'est une arme que je n'aime pas, car des plus meurtrières. Ici nous utilisons des rapières ou des fleurets.

— Le sabre est en effet très sanglant, confirma le jeune homme, mais il est utile pour tuer lors des abordages de pirates !

— Je comprends fort bien.

La Touche alla prendre sur une table deux épées de service aux extrémités forgées en forme de bouton rond, des plastrons de peau rembourrée et deux gros gants de cuir, avec dessus de la main couvert de mailles, remontant jusqu'au coude.

Il tendit épée, gant et plastron à César et proposa à Franquin de jouer le rôle de héraut d'armes.

---

1. Voir *Le Secret de l'enclos du Temple*, du même auteur.

— Je vous laisse porter les attaques, monsieur de Tilly, je me contenterai de parer, décréta La Touche.

Les adversaires se saluèrent et César engagea son épée, qui fut immédiatement écartée par le maître d'armes. L'assaut se poursuivit sans que le fils Tilly parvienne à pénétrer la garde de La Touche, lequel, finalement, allongea le bras en poussant une estocade.

— Touché ! fit Franquin, décision confirmée par le prévôt.

— Ce n'est pas si mal, déclara le maître d'armes, mais vous manquez de fluidité. Vos actions sont trop saccadées. Regardez comment je m'y prends.

Il se mit en garde et poussa une attaque dans le vide.

— Gardez toujours en tête que l'élégance et la grâce doivent guider vos actions. Vous êtes trop âpre, trop rude. N'oubliez jamais que l'esprit commande le corps.

Il déposa son épée et saisit le bras de César :

— Le poignet commande la main, allongez-vous ! Appuyez-vous sur votre jarret. Bien ! Nous allons entamer un nouvel assaut, appliquez ce que je vous ai conseillé.

César se montra bon élève et mit plusieurs fois en difficulté La Touche qui lui ordonnait, durant les dégagements :

— Bras étendu ! Faites un pas aussi long que possible avec votre pied droit... Corps courbé en avant jusqu'à ce qu'il repose sur la cuisse... Pied gauche tourné de côté, de façon à ce que la cheville touche presque la terre... Tête baissée autant que possible ! Bien ! Très bien ! Vous apprenez vite ! Je vais maintenant vous montrer quelques feintes.

Il détailla lentement une première botte et la manière de la parer. César, plus en confiance, maniait désormais sa lame avec souplesse. Puis vint un autre assaut, ponctué d'ordres secs :

— Parez !... Ripostez !... Rompez !... Bien !

La passe terminée, le maître d'armes ajouta :

— Je suis un partisan des passes et des voltes, mais il est aussi parfois utile de pratiquer des coups peu réguliers comme celui-ci. Attaquez-moi !

César obtempéra avec ardeur, forçant même le maître à reculer dans une suite de battements de ferraille. Mais, soudain, ce dernier saisit son épée à la moitié de la lame avec sa main gauche et para en rabattant l'épée du jeune Tilly avec une telle force que ce dernier trébucha et fut touché.

— J'appelle cette botte : le coup du paysan. Si vous utilisez un sabre, elle peut être encore plus puissante. De cette façon, avec elle un homme est sûr de tuer son adversaire et de n'être point tué !

— Avez-vous pratiqué des duels au sabre, monsieur ? s'enquit Franquin tandis que César s'essuyait le front avec une serviette apportée par un valet.

La leçon durait depuis presque une heure et le garçon transpirait comme jamais.

— Oui, monsieur, avec un capitaine anglais. Celui qui m'a fait mettre en prison.

— Vous avait-il battu ?

— Non, je l'ai touché au bras et il a voulu se venger.

— Quelle déloyauté ! Voilà quelqu'un qui mérite une punition, s'exclama La Touche. Je n'ai jamais compris pourquoi les Anglais préféraient le duel au sabre, qui est une arme brutale et terrible. Mais au moins devraient-ils respecter les règles d'honneur ! Au cas où vous rencontreriez cet individu une nouvelle fois, je pourrais vous donner une autre leçon mercredi en vous apprenant des coups fourrés bien utiles. Pour l'heure, je dois m'arrêter car monseigneur de Luxembourg arrive.

Une bruyante troupe de gentilshommes venait en effet de pénétrer dans la salle. Les maîtres d'armes s'approchèrent d'eux pour les saluer et Tilly prit son fils à part :

— Celui au justaucorps en soie écarlate avec galans d'or, aux jambes un peu courtes et à la perruque bouclée lui tombant sur les épaules, c'est le duc de Luxembourg. François de Montmorency-Bouteville.

Justement, ce dernier aperçut Gaston et lui adressa un signe amical.

— Il paraît chaleureux et débonnaire, souffla César.

— Il est en réalité tout le contraire de cette apparence. C'est un individu imprévisible qu'il ne faut pas contrarier, et surtout un redoutable duelliste.

— Avez-vous tiré l'épée contre lui, monsieur ?

— Quelques fois ici, et je nous crois de force égale.

Dans le groupe, la discussion allait bon train sur les conditions de la passe d'armes. Épée ou fleuret ? Après débat, les duellistes acceptèrent le carrelet[1] avec un bouton de peau à son extrémité. Des armes plus légères que des rapières, mais permettant aux bretteurs de mieux faire état de leurs science et agilité. Sur le conseil de La Touche, les duellistes acceptèrent de protéger leurs visages d'un masque de carton avec grillage.

Gaston et son fils s'approchèrent. César observait les adversaires. Tous deux à peu près du même âge, moins de quarante ans, s'ignoraient et ne s'étaient pas adressé la parole. La querelle devait vraiment être grave.

François de Blanchefort de Créquy, en justaucorps pourpre, était plus trapu et petit que Guy de Durfort, mais paraissait calculateur. Le comte de Lorges, qui portait une écharpe blanche comme souvent Turenne, son oncle, en rapport avec ceux qui perpétuaient la tradition des anciens compagnons d'Henri IV, se montrait plutôt nerveux. Mais semblait le favori des courtisans qui l'entouraient.

Le maître d'armes délimita l'emplacement du combat en désignant les lignes peintes sur le parquet de bois. Chacun s'écarta au-dehors de ces limites tandis que les duellistes retiraient leurs justaucorps et baudriers pour se faire attacher plastron et masque. Le comte laissa généreusement son adversaire choisir son épée le premier, puis tous deux se saluèrent, se mirent en garde et marchèrent résolument l'un vers l'autre, l'épée haute, après que La Touche eut lancé :

— Laissez aller !

1. Fleuret de section carrée.

Le premier assaut fut d'une extrême violence. Créquy se montra offensif et ardent, forçant sans cesse Durfort à rompre, parvenant même à le faire sortir de la lice. Le point lui fut accordé après une discussion entre les maréchaux d'armes.

C'est alors qu'entrèrent dans la pièce Louis Fronsac et Friedrich Bauer.

Louis approcha de Gaston :

— M. de Lionne nous attend, dit-il simplement.

14

Ils durent donc partir, au grand regret de César qui aurait souhaité connaître le nom du vainqueur. L'assaut allait reprendre lorsque M. de Tilly alla s'excuser auprès du maréchal de Luxembourg, lui expliquant être convoqué par M. de Lionne.

Gaston demanda à son cocher de rentrer à l'hôtel, tous quatre montant dans la voiture de Fronsac. En chemin, Louis présenta à son ami le billet envoyé par Hugues de Lionne : il y était dit que le marquis de Fresne les attendait dans l'après-midi.

Tilly expliqua alors à son fils ce qui les liait à Lionne depuis plus de vingt ans.

— Tout a commencé en 1643 lorsque Louis a reçu dans son château de Mercy M. Michel Le Tellier[1], ministre de la Guerre de l'époque, et M. de Loménie de Brienne, à ce moment-là secrétaire d'État aux Affaires étrangères. C'est Mgr Mazarin, alors chef du Conseil, qui les avait envoyés. Un espion sévissait dans le service de M. de Brienne, et communiquait des informations confidentielles à l'Espagne alors que se négociait le traité de Westphalie[2]. Personne n'était parvenu à identifier le félon, et le cardinal avait suggéré que le marquis de Vivonne, qui venait de résoudre une terrible affaire dont je te parlerai une autre fois, conduise l'enquête.

1. Michel Le Tellier est le père du marquis de Louvois, le plus redouté ministre de Louis XIV.

2. Voir *La Conjecture de Fermat*, du même auteur.

» Louis m'a demandé de l'aider. J'étais alors commissaire de police. À Paris, M. de Brienne nous a introduits auprès de M. Servien qui négociait pour la France le traité à Munster[1]. M. Servien était accompagné de son neveu, M. de Lionne, alors secrétaire de monseigneur le cardinal. On a vite appris que Servien, qui devait devenir garde des Sceaux, puis surintendant des Finances, s'occupait des services secrets pour Mazarin, et que son neveu était son lieutenant. Il l'avait formé à la diplomatie en l'envoyant en Italie à l'âge de vingt ans.

» L'affaire a finalement été résolue, l'espion identifié, mais non sans que Louis ait failli y laisser sa peau. Or c'est Lionne qui l'a sauvé.

— Je lui dois la vie, confirma Fronsac, et je lui en suis toujours reconnaissant.

— Par la suite, Louis lui a rendu d'autres services. Nous nous estimons fort. Et même si le marquis de Fresne ne fait confiance à personne, je crois qu'il nous en accorde un peu.

— Hugues de Lionne est ensuite devenu très proche de Mazarin et de la reine. Fin diplomate, habile négociateur et d'une totale discrétion, il avait reçu en charge, comme son oncle avant lui, les affaires secrètes du ministre, ses réseaux d'informateurs et, plus généralement, l'espionnage avec les pays étrangers. Plus tard, il a préparé le traité des Pyrénées et l'alliance avec l'Espagne.

» Après la Fronde, il était l'un des trois ministres d'État de Mazarin avec Le Tellier et Fouquet, mais à la mort de Mazarin sa position a vacillé quand Fouquet fut arrêté. Il a vu apparaître deux ennemis, que Sa Majesté apprécie désormais plus que lui : le marquis de Louvois, fils de Le Tellier, et surtout Colbert, qui avait intrigué pour faire chuter Fouquet. La mort de la reine, au début de cette année, a encore fragilisé sa position. Le roi mène désormais seul la politique étrangère du royaume, et Lionne n'est plus qu'un exécutant impuissant.

Fronsac conclut, avec un brin de nostalgie :

---

1. Le traité de Westphalie.

— Mais, quoi qu'il arrive, nous resterons amis. Nous avons vécu trop de choses ensemble.

La discussion cessa car ils entraient rue Neuve des Petits-Champs, où Hugues de Lionne venait de faire construire un immense et somptueux hôtel doté d'un grand jardin. Le tout pour quelque trois cent mille livres.

La voiture pénétra dans la cour au portail ouvert. Aucun carrosse ne s'y trouvait, mais les visiteurs aperçurent une chaise à porteurs, dont les deux valets attendaient à l'ombre. On distinguait la berline rouge du marquis au fond d'un hangar, que des garçons nettoyaient de la poussière accumulée sur la route de Versailles.

Un majordome apparut sur le perron et vint à leur rencontre. Il connaissait Fronsac et Tilly, et savait que son maître les attendait. Il leur demanda donc de le suivre et les conduisit au premier étage, à la chambre du marquis.

C'était une vaste pièce, aux lambris peints en paysages, dans laquelle trônait un grand lit à courtines en serge de Mouy vert-brun avec passements, crépines et franges de soie. Dans la ruelle se trouvait un fauteuil tapissé, contre un mur s'étalaient des chaises caquetoires et un coffre rond devant une tapisserie représentant le jugement de Salomon. Le sol se couvrait de tapis de Turquie. Sur les autres murs s'alignaient des miroirs et des tableaux de Simon Vouet, Jean Sarrazin et Le Sueur. Entre ces œuvres se dressaient buffets d'armoires, bahuts et dressoirs sur lesquels s'étalaient de belles pièces d'argenterie et coupes en vermeil.

Le ministre, en chemise, bas de soie et large culotte ornée d'un flot de rubans, siégeait sur un guéridon, devant une fenêtre encadrée de grands rideaux en serge verte. Un médecin vêtu de noir détachait de son bras la boucle qui avait permis de le saigner. Lorsque les visiteurs entrèrent, l'homme de l'art appliquait sur l'ouverture de la veine une petite compresse qu'il attacha par une bande. Un valet de chambre l'assistait.

— Je vous attendais, messieurs ! déclara le ministre de cette voix haut perchée qui révélait l'habitué des salons précieux. J'ai dû me faire saigner en revenant de Versailles tant j'étais contrarié par ce qui s'était dit au Conseil. Germain (il s'adressa à l'intendant), apportez ces chaises près de moi et toi, Picard (c'était le valet), fais-nous porter du clairet frais, j'étouffe ici !

Tandis que Fronsac, Tilly et son fils s'inclinaient respectueusement, chapeau à la main, le domestique apporta les sièges et le médecin déposa sa lancette dans le vase contenant le sang. Il rassembla ses autres affaires en déclarant :

— Je reviendrai prendre de vos nouvelles demain matin, monsieur le marquis.

Ce dernier lui donna congé et, sur un signe, les trois hommes s'assirent tandis que l'intendant et le valet sortaient à leur tour.

M. de Lionne, la soixantaine dépassée, était réputé pour son élégance. Certes, il était en chemise, mais celle-ci dégorgeait de dentelles et rubans. Il eut un regard interrogatif envers le jeune homme arrivé avec ses amis.

— Mon fils, César, expliqua Tilly. Je lui ai demandé de nous accompagner car il fait partie de l'affaire dont nous souhaitons vous entretenir.

— J'ignorais que vous aviez un fils, fit prudemment le ministre.

— Moi aussi, rétorqua Gaston en un rire joyeux. Sa mère m'avait caché son existence. Elle vient de trépasser et m'a laissé une lettre m'expliquant ne rien avoir voulu me révéler pour ne pas gêner mon mariage.

— Louable attention.

— Mon fils est lieutenant de marine sur un cotre marchand de La Rochelle et vient de passer six mois dans les geôles anglaises après une décision de confiscation de son bateau.

Lionne joignit l'extrémité de ses doigts et ferma à demi les yeux, comme plongé dans ses pensées.

— Je me souviens d'avoir reçu un M. Garnier, vice-président aux Aides, qui m'a présenté une affaire similaire. Il avait rencontré Colbert, lequel s'était montré évasif sur ce qu'il pouvait faire.

— C'était mon p… mon beau-père, monseigneur, intervint César. Il est décédé lui aussi.

— Si j'avais su, j'aurais été plus rapide ! Mais l'histoire m'avait touché, aussi j'avais écrit à lord Hollis à ce sujet, et celui-ci m'avait assuré qu'il ferait intervenir sir Nicholas, le secrétaire d'État.

Gaston se tourna vers son fils :

— Ta libération est peut-être l'œuvre de sir Nicholas, auquel cas le juge qui t'a libéré n'a fait qu'appliquer une décision déjà prise.

— Bien possible, reconnut le jeune homme en hochant la tête.

— Est-ce à ce sujet que vous venez me voir ? s'enquit Lionne, un peu dérouté car il n'était plus concerné.

— Non, monseigneur, répondit Louis (le roi exigeait qu'on s'adresse ainsi aux ministres d'État). Lord Hollis est venu me voir vendredi à Mercy, et je souhaitais vous faire part de ce qu'il m'a confié. Or vous allez constater que sa demande est en rapport avec César de Tilly.

— Je suis content que vous soyez venu m'en parler, marquis, et, pour vous dire la vérité, j'aurais été fâché que vous ne le fissiez pas. J'ai moi-même été en conférence avec Hollis cette semaine et, à la fin de notre entretien, il m'a interrogé sur vous, ce qui n'a pas manqué de me surprendre. Il voulait savoir si vous étiez homme de confiance. J'ai donc deviné qu'il souhaitait vous rencontrer ; ce qui m'a fort chagriné. Pour dire les choses clairement, Hollis est un homme estimable, mais il n'est pas l'ami de la France et nous sommes en guerre avec son pays. Que désirait-il ?

— Il s'agit des bijoux de la Couronne anglaise. Pendant plusieurs mois, il a essayé de retrouver des joyaux mis en gage chez des intermédiaires malhonnêtes, et en particulier un saphir appartenant aux Stuart...

— Je suis au courant ! le coupa Lionne. Je suis même intervenu à plusieurs reprises afin de l'aider, mais, semble-t-il, Hollis n'a pas que des amis à Londres. Et certains ne tenaient pas une seconde à ce qu'il fasse revenir ces bijoux en Angleterre. Vous a-t-il demandé de poursuivre ses recherches ?

— C'est cela, et j'ai décliné.

— Vous avez bien fait.

On gratta à la porte. Le valet apportait sur un plateau des verres de cristal et une carafe de vin blanc. Il servit chacun et se retira en silence.

— Je reviendrai peut-être sur ma décision, car un bijoutier nommé Gombleton aurait possédé ce saphir à Paris, et un autre Gombleton, sans doute un parent du même, est celui qui a fait enfermer César sous de fausses accusations. Or M. de Tilly fils ressemble à son père et il n'est donc pas homme à pardonner une telle mise en cause.

Lionne demeura impassible, mains jointes, mais on devinait qu'il avait parfaitement entendu et fait le lien entre les deux affaires.

— Vous n'avez rien à gagner à vous occuper de cela, monsieur Fronsac, dit-il enfin. Nous sommes en guerre avec l'Angleterre, je vous le répète, même si je doute que cela conduise à de véritables affrontements. Nos ennemis ne manquent pas à Londres. Envisageriez-vous de vous y rendre ?

— Selon lord Hollis, le saphir s'y trouverait, et également l'accusateur de César. Ce dernier s'est fait attribuer la cargaison de son navire, soit plusieurs milliers de livres.

— Je n'ignore pas que vous et M. de Tilly avez l'habitude de rendre justice vous-mêmes, mais cela sera impossible en Angleterre. Personne ne vous recevra, personne ne vous écoutera, et si vous tombez entre les mains de ceux que vous pourchassez, vous finirez à Tyburn sans que je puisse faire quoi que ce soit pour vous. Et ne comptez pas sur M. Colbert ou le marquis de Louvois pour intervenir en votre faveur !

— Quel genre d'homme est lord Hollis ? s'enquit Fronsac en ignorant les mises en garde du ministre.

— Un homme honorable, sans nul doute. Je n'ai jamais rien entendu de mauvais sur lui. Son père, le comte de Clare, défendait avec ardeur les libertés publiques incarnées par les parlementaires élus. Il a suivi la même voie et n'a jamais varié dans ses idées, jamais sacrifié ses principes, ce qui l'a conduit en prison et en exil. Quand Charles Ier a dissous le Parlement, il s'est opposé à lui en de violents discours, bien qu'ils aient tous deux été élevés ensemble. Il a pris les armes contre son roi comme capitaine, puis colonel d'un régiment de parlementaires, mais lorsque Cromwell a imposé sa propre dictature, il s'est tout autant dressé contre lui et n'a rejoint Charles II qu'en échange de la garantie que le Parlement resterait tout-puissant et que les libertés publiques seraient préservées, choses que le roi a respectées, jusqu'à présent. Cependant, il reste protestant et désapprouve ouvertement les mœurs de la Cour, comme la faiblesse de Charles qui demeure sous la coupe de son favori.

— Jermyn ?

— Oui, lord Saint Albans. Mais le plus important pour nous, Fronsac, est son attitude envers la France. Hollis est le chef des presbytériens. Il a toujours refusé de transiger sur le sort des protestants et juge ceux-ci oppressés dans le royaume de France.

— Il a raison au sujet des protestants, intervint Tilly.

— Possible, mais cela ne peut se dire ici, répliqua Lionne sèchement. Sauf si on désire passer quelques années à la Bastille. Bref, Hollis n'aime pas le roi de France car il le juge responsable du déplorable état de la religion réformée dans le royaume. Savez-vous que, à l'occasion de son départ, alors que Sa Majesté lui offrait un diamant de vingt-cinq mille livres, il a eu l'audace de le refuser ?

Tilly échangea un regard avec Louis, expression qui traduisait son admiration.

— Et sur lord Saint Albans, que savez-vous, monseigneur ?

Le ministre tressaillit et se referma sans répondre.

— Lord Hollis ne l'aime pas, intervint Louis. Il m'a dit que Jermyn était le secrétaire et le chambellan de la reine Henriette. Qu'elle l'avait soutenu et avait obtenu pour lui un titre de pair.

— En effet, répliqua sèchement Lionne.

— Jermyn est partisan d'une alliance entre la France et l'Angleterre.

— Lord Saint Albans est un ami du royaume, effectivement, et n'espérez pas que je dise du mal du personnage, bien que je n'apprécie guère les tractations secrètes entre Sa Majesté et lui.

— Par-dessus lord Hollis ?

— Et par-dessus moi. Aujourd'hui encore j'ai dû endurer le résumé des négociations que le roi conduit dans mon dos.

Tilly comprenait mieux la saignée. Le marquis de Fresne était à bout de nerfs.

— Comment expliquer la puissance et l'assurance de Jermyn ? ajouta Fronsac en renouant négligeant un ruban noir de son poignet.

Nouveau silence.

— Si je dois me heurter à lui, j'ai besoin de savoir qui il est, ajouta Louis tandis que Tilly et son fils ouvraient de grands yeux sans comprendre.

— Par le diable, je sais qu'il est impossible de vous cacher quoi que ce soit ! s'emporta le ministre en se frottant nerveusement les mains.

— Mais de quoi parlez-vous ? interrogea Tilly tandis que son ami gardait un visage de marbre.

— Je ne vous ai rien dit ! Jurez-moi que vous n'avez pas entendu quoi que ce soit ici !

— Nous ne sommes même pas venus vous voir, monseigneur, assura Louis avec un sourire complice.

— J'ajoute que si vous désirez des passeports, je ne vous en obtiendrai pas. Pour votre bien.

Fronsac opina du chef.

— Quand Henriette, la sœur de Louis XIII, est arrivée en Angleterre, son époux le roi Charles l'a fort maltraitée, expliqua Lionne. De plus, le favori de Buckingham a cherché à l'utiliser afin de revenir en France faire sa cour à notre propre reine. Pour parvenir à ses fins, il a demandé à Charles Ier de ne pas respecter les stipulations du contrat de mariage qui garantissaient à Henriette une totale liberté religieuse. Et a fait renvoyer la plupart des officiers et des dames qu'elle avait amenés pour lui imposer une maison tout anglaise. Désespérée, Henriette a supplié sa mère et son frère de l'autoriser à revenir en France. C'est dans cet état d'accablement qu'elle a découvert la fidélité de Jermyn. Certes, il lui avait été imposé comme intendant de sa maison, mais il s'est montré d'un attachement sincère et à toute épreuve. De surcroît, il était bel homme, charmant, et le roi ne s'occupait pas de sa femme.

— Il est devenu son amant, conclut Fronsac.

Lionne hocha lentement la tête.

— Avec quelles conséquences ? demanda encore Louis, qui avait pourtant deviné la réponse.

— Vous le savez, bien sûr. Il se dit, mais ce sont seulement de méchantes rumeurs, qu'il serait le véritable père des enfants royaux.

— Charles II est donc son fils, et Madame sa fille, laissa tomber Fronsac.

Lionne ne le nia point.

15

La distance n'était pas bien grande entre les rues Neuve des Petits-Champs et Montorgueil, où se situait l'une des deux entrées du Compas d'Or. Le carrosse s'y rendit donc rapidement et pénétra dans la cour où Nicolas, le cocher de Louis, trouva une place sous la charpente arrondie aux piliers maçonnés qui avait donné son nom à l'auberge. Laissant Nicolas et Bauer vider une chopine dans la rue Tire-Vit voisine, Louis, Gaston et son fils se dirigèrent vers la porte de l'hôtellerie en contournant quelques tas de fumier.

Avec sa grande cour abritée et ses chambres en boiserie, l'établissement était prisé par des voyageurs venant de loin, souvent même de l'étranger. C'était donc un lieu fréquenté par les diplomates, les financiers et les négociants.

Dans la salle, Tilly se dirigea vers le maître de maison, qui bavardait avec un prélat, et lui expliqua vouloir rencontrer lord Hollis. L'aubergiste héla un valet. Diable, lord Hollis était un homme important, et n'importe qui ne pouvait se présenter chez lui.

— Jacques va interroger milord. Qui doit-il annoncer ? s'enquit le cabaretier.

— Louis Fronsac, répondit le marquis de Vivonne.

— En attendant, mes seigneurs, prenez place à cette table, je vais vous servir du clairet.

Le valet parti, Tilly observa qu'il se dirigeait vers la cour.

Une servante leur porta verres et pot de vin frais. Ils l'avaient à peine bu que le valet revenait déjà :

— Mes seigneurs, puis-je vous accompagner ? Milord vous attend.

Les trois sortirent et traversèrent la cour au fond de laquelle se trouvaient de confortables logements destinés aux hôtes de qualité. Ils pénétrèrent dans une antichambre, d'où grimpait un bel escalier tournant et où se tenaient deux valets ressemblant fort à d'anciens sergents. L'un d'eux avertit qu'il allait les conduire.

Ils le suivirent au premier palier, qui se prolongeait par une galerie lambrissée. Leur guide s'arrêta à une porte et frappa.

Un individu à l'air inquisiteur vint ouvrir. Louis reconnut l'un des membres de l'escorte venue à Mercy. Le pistolet d'arçon porté à sa ceinture résumait tout.

Ils entrèrent, traversèrent un cabinet occupé par trois autres gardes et pénétrèrent dans une pièce encore bien éclairée par le soleil couchant. Hollis, assis à une table, posa la plume d'oie avec laquelle il écrivait et se leva.

— Monsieur Fronsac ! Dieu me garde, mais je ne m'attendais pas à votre visite.

Son regard s'arrêta sur Gaston :

— Monsieur de Tilly, si je me souviens bien.

— Vous avez de la mémoire, milord. Nous ne nous sommes croisés qu'une fois, et c'était au Palais-Royal.

— On m'a déjà parlé de vous, et je sais M. Fronsac votre ami, plaisanta l'Anglais.

Il se tut et son regard se posa sur César.

— Mon fils, dit Tilly. Il était important qu'il soit avec nous, je vais vous l'expliquer.

— Entendu. Prenez place.

L'Anglais désigna un fauteuil et une banquette tapissée aux coussins fatigués.

— William, laisse-nous, mais reste à la porte.

— Mon ami, M. de Tilly, a appris voici deux jours qu'il avait un fils (il le désigna) : César. Sa mère, une ancienne amie de M. de Tilly, lui avait caché cette naissance car il venait de se marier.

Hollis hocha la tête avec un brin de distance ou de désapprobation.

— M. de Tilly a reçu récemment une lettre d'elle, véritable missive d'outre-tombe. Et il a appris l'existence de César, et le fait que celui-ci était prisonnier... en Angleterre.

Haussements de sourcils de l'Anglais.

— César va vous raconter...

D'un geste, il laissa la parole au jeune homme, qui entama le récit de ce qu'il avait vécu. L'ancien ambassadeur écouta poliment, sans marquer d'impatience, mais eut un hochement de tête quand César parla de Gombleton. En même temps, il leva une main pour interrompre le jeune lieutenant :

— C'est à cause de ce Gombleton que vous êtes venu, monsieur Fronsac ?

— Oui, milord.

— Poursuivez, monsieur de Tilly.

César acheva son récit et conclut par son arrivée à Paris.

— Vous pensez qu'il existe un rapport entre le bijoutier de la Bastille et ce négociant, monsieur Fronsac ?

— Certainement, et c'est la raison de notre visite. César veut retourner en Angleterre et faire rendre gorge à ce Gombleton qui l'a fait enfermer et a ruiné son armateur, un protestant, dois-je le préciser.

— Un dessein bien dangereux...

— Plus dangereux que d'affronter lord Jermyn ?

— Non, reconnut Hollis en un sourire complaisant. Pour répondre à vos interrogations, le Richard Gombleton qui a fait enfermer M. de Tilly pourrait bien, en effet, être l'oncle du bijoutier. Voulez-vous me le décrire, monsieur de Tilly ?

— Un homme corpulent, dans la soixantaine, avec un nez comme une tomate et une lippe épaisse ! énuméra César en joignant le geste à la parole, abaissant sa lèvre inférieure d'un doigt et écrasant son nez avec son autre main, ce qui fit rire Gaston, satisfait de voir son fils capable de plaisanter de ses malheurs.

— Il s'agit certainement de lui. Richard Gombleton habite un hôtel dans Lombard Street avec son frère, bijoutier, qui est le père de Thomas Gombleton. Ces gens considérables, introduits à la Cour, si vous envisagiez de les contraindre à quoi que ce soit, renoncez-y tout de suite car vous ne pourrez pas même pénétrer chez eux. Il suffirait qu'ils appellent les *watchmen* du quartier pour que vous vous retrouviez à Newgate.

— Qu'est-ce que les *watchmen* ?

— L'équivalent de vos sergents d'armes, mais appointés par les paroissiens. Certains sont volontaires, d'autres professionnels. Ils ont en charge l'ordre public, les enquêtes et l'arrestation des criminels. Les paroisses élisent aussi des constables, qui ne sont pas payés et s'occupent de la sécurité publique.

— Un peu comme les dizeniers chez nous ?

— En quelque sorte.

— Et Newgate ?

— Une prison construite dans une porte de la ville. Un endroit abominable. J'y ai effectué un bref séjour avant de me retrouver dans la Tour. Cela pour vous dire que le projet de M. de Tilly (il désigna César) me paraît totalement irréalisable.

— J'adore ce qui est irréalisable ! annonça un Gaston tout sourires.

— Nous devons essayer, déclara Fronsac. D'après ce que vous m'avez dit, Thomas Gombleton possédait le saphir jusqu'à ce que la Desfontaines le lui vole.

— C'est cela.

— Vous m'avez expliqué aussi que cette dame serait en Angleterre. Qu'est-ce qui vous le laisse croire ?

— La logique et les faits, monsieur Fronsac. La logique, parce qu'à Londres elle pourra vendre le saphir au roi ou à ses proches. Les faits, parce que mon secrétaire Petit a conduit une enquête après le vol de Gombleton. Imaginez-vous que j'allais me laisser berner par une garce ? Le vol s'est déroulé un vendredi matin, et j'en ai eu connaissance le samedi soir par M. Hourlier venu me prévenir. Quelques heures après, le dimanche matin donc, Petit s'est rendu à la maison qu'elle occupait avant son arrestation et dont elle avait continué de payer le loyer. Eh bien, la demeure était déjà abandonnée, et un voisin a indiqué que Mme Desfontaines y habitait jusqu'à encore quelques jours, précisé qu'en début de semaine elle avait fait venir des portefaix qui avaient transporté trois malles à l'Image Notre-Dame, rue Saint-Denis. Ce voisin, curieux heureusement, les avait interrogés.

— Le coche pour Rouen ! s'exclama Tilly.

— Voilà ! Il était parti le vendredi. M. Petit s'est rendu à l'Image Notre-Dame et a décrit Mme Desfontaines. Vous le savez peut-être, mais le coche ne peut transporter que dix passagers. Ce jour-là, il y en avait six, et seulement deux dames dont une jeune fille et une autre plus âgée accompagnée de... trois malles ! Cette dernière était brune, fortement charpentée, dotée d'yeux bleus, avec une expression d'autorité et une tache de beauté sous l'œil droit. Mme Desfontaines donc. Il était évidemment impossible de la rattraper, mais Petit est revenu la semaine suivante, au retour du cocher. Le conducteur se souvenait fort bien d'elle. La Desfontaines s'était renseignée pour se rendre au Havre où elle souhaitait embarquer vers l'Angleterre.

— Une enquête promptement menée, approuva Gaston. Je n'aurais pas fait mieux.

— Merci, mais tant moi-même que Petit avons une grande aptitude à retrouver certaines personnes après nos nombreuses années dans la clandestinité !

— L'avez-vous cherchée à Londres ?

— Londres est la plus grande ville d'Europe, monsieur Fronsac. Autant espérer découvrir une aiguille dans une botte de foin.

— Pourtant elle n'a pas vendu le saphir à Jermyn puisque, d'après vous, il ne le possède pas.

— Il peut arriver beaucoup de malaventures à une femme seule. Peut-être est-elle morte à cette heure, après que des voleurs l'ont dépouillée.

Louis approuva d'un signe de tête.

— Comment savez-vous que Jermyn ne détient pas le joyau ?

— Je vous l'ai dit, sir Nicholas a des agents. L'un d'eux appartient au Trust dont je vous ai parlé. Il se nomme Bampfield. Il a eu à porter à Jermyn un message de Thomas Mordaunt dans lequel ce dernier, qui se trouvait en France, disait ne pas avoir retrouvé la Desfontaines ni la moindre trace du saphir depuis son vol. Le message était codé, mais Morland l'a déchiffré.

— De quand datait-il ?

— Moins de trois mois. Soit neuf mois après la disparition de Mme Desfontaines et le vol.

— Convainquant ! approuva Tilly.

— Envisageons une autre éventualité, proposa Fronsac. Que Thomas Gombleton ait menti, qu'il ait gardé le joyau et l'ait remis à son père afin qu'il le vende. Avez-vous interrogé Gombleton après le forfait ?

— Non. Je vous l'ai dit, c'est le lieutenant du bailli qui m'a prévenu. Mais votre hypothèse me paraît tirée par les cheveux. Mathurine Desfontaines a pris le coche après le crime, c'est une certitude. Comment Gombleton aurait-il pu faire croire à un vol et savoir qu'elle partait ? Mais admettons que vous ayez raison, le saphir serait alors entre les mains de William Gombleton ? Dans ce cas, c'est comme s'il se trouvait sur la lune : vous ne pourrez pas plus interroger William Gombleton que M. César de Tilly Richard Gombleton. Et s'il possède le joyau, il vous le remettra encore moins facilement que la Desfontaines !

— Qui ne tente rien n'a rien. Acceptez-vous de nous donner des passeports ?

Hollis hocha la tête.

— Je vais vous remettre le *safe conduct* paraphé par lord Clarendon que j'avais fait préparer pour vous. J'y ajouterai les noms de MM. de Tilly. Mais vous ne pourrez pas compter sur mon aide à Londres. Si vous êtes pris, détruisez ce document, sinon je serai contraint de déclarer que vous me l'avez volé à Paris.

— Ne vous inquiétez pas, j'en ferai bon usage. Je serai accompagné de mon garde du corps, Friedrich Bauer, que vous avez déjà vu à Mercy.

— Je l'ajouterai sur le passeport.

— Une autre information me serait utile : je pourrais avoir besoin de l'assistance de M. Morland. Comment le trouver ?

— Je vais mettre par écrit des indications vous permettant de vous rendre chez lui. Je suppose que vous ne connaissez pas Londres, ni M. de Tilly ?

— En effet.

— La ville est constituée de deux parties. La Cité de Londres proprement dite, enserrée dans les murs romains avec, à un coin, la Tour construite par Guillaume le Conquérant, au bord de la rivière. C'est là que se trouve le seul pont donnant accès à l'autre rive de la Tamise. Au-delà de la Cité, en amont du fleuve, se dressent l'abbaye de Westminster et Whitehall, le plus important des palais royaux, avec aux alentours les hôtels de la gentry. Une rue, le Strand, relie ces deux villes. Celle-ci débute par un carrefour : Charing Cross. Depuis ce croisement, une allée conduit à Leicester House, un manoir du comte de Leicester. La maison de Morland se situe dans cette allée. C'est une jolie construction en pierre et brique avec colonnade par-devant. Si vous ne trouvez pas, demandez l'Old Slaughter, une auberge de qualité que tout le monde connaît. Cependant, faites attention. Tout d'abord, il s'agit d'un repaire de républicains – d'ailleurs, son enseigne représente un ironside, un cavalier de l'armée parlementaire avec casque rond et écharpe, comme moi-même je l'ai été ! Ensuite, c'est l'endroit où l'on rencontre le plus de protestants français. Parmi eux, se cachent des espions à la solde du marquis de Louvois. Accessoirement, c'est là que l'on boit la meilleure bière de la ville !

Sur ces paroles, Hollis se leva pour se diriger vers l'une des armoires, celle qui possédait plusieurs portes. Il en ouvrit une et sortit un portefeuille de cuir dont il tira un feuillet. Revenu à sa table, il tailla sa plume et écrivit quelques mots sur la lettre qu'il saupoudra ensuite pour la sécher. Puis il prit une feuille vierge qu'il remplit d'une fine écriture. Quand il eut fini, il plia les deux documents et les remit à Fronsac.

— Le passeport est écrit en latin et en anglais, j'ai ajouté à votre nom votre titre de marquis de Vivonne et les noms de M. de Tilly et de son fils avec une brève description. On vous demandera ce *safe conduct* quand vous débarquerez. Signé par lord Clarendon, vous n'aurez aucun problème. Maintenant, permettez-moi de vous donner une recommandation : je vous déconseille de débarquer dans un port anglais. Malgré ce passeport, un capitaine de port peut vous chercher noise en tant que Français et réclamer des instructions à Whitehall. Si possible, choisissez un bateau qui vous laissera à Greenwich, en aval de Londres. Les autorités de la ville seront plus respectueuses d'un ordre du lord chancelier, et de là vous vous ferez aisément conduire dans la capitale en voiture.

Gaston se tourna vers son fils :

— Penses-tu nous dénicher un bateau ?

— Certainement. Au pire, il faudra y mettre le prix.

— Maintenant, parlons clair, monsieur Fronsac. Imaginons que vous retrouviez le saphir…

— Je vous le remettrai comme promis.

— Je ne serai certainement pas à Londres. Vous devrez vous rendre à Whitehall et demander une entrevue avec sir Nicholas. Morland s'en occupera. C'est à lui que vous remettrez la pierre, et il vous donnera les vingt mille livres promis. Mais attention, lord Saint Albans a des espions partout au palais.

16

Le lundi matin avant l'aurore, Louis Fronsac et Friedrich Bauer se rendirent à l'hôtel de Gaston de Tilly. La veille, après avoir quitté lord Hollis, ils avaient soupé chez Gaston et préparé leur expédition. Maintenant qu'ils disposaient d'un passeport, rien ne s'opposait à un départ rapide, mais Louis souhaitait encore obtenir quelques réponses. Ensuite, il faudrait trouver un bateau. Il fut convenu que César partirait pour La Rochelle, où il se faisait fort de convaincre un capitaine de les embarquer pour Londres.

Ce matin-là, ils avaient prévu de se rendre ensemble au Palais-Royal afin d'y rencontrer Claude Hourlier, lieutenant du bailli du palais. Ils partirent donc dans le carrosse de Fronsac conduit par Nicolas, à la fois cocher et secrétaire.

Le Palais-Royal, nommé Palais-Cardinal, était l'œuvre de Richelieu. L'endroit devait abriter son hôtel et les services ministériels trop à l'étroit au Louvre, mais le ministre n'avait pas eu les moyens d'édifier un véritable palais. Il avait seulement acquis plusieurs hôtels et maisons devant le Louvre, qu'il avait parfois détruits, mais le plus souvent sommairement aménagés et transformés par soucis d'économie. Le résultat donnait un enchevêtrement laborieux de cours et de corps de logis disparates. Cependant, l'ensemble s'avérait autrement plus confortable que le Louvre, sombre et humide. Aussi, après la mort du Cardinal, Anne d'Autriche et Mgr Mazarin étaient venus s'y installer. Le palais disposait d'un grand jardin, de belles galeries de réception, d'un théâtre, de vastes salons et appartements. Pourtant, la régente avait quitté les lieux durant la Fronde, le Palais-Royal n'étant absolument pas défendable face à des émeutiers. Aussi, quand la reine d'Angleterre, Henriette, s'était exilée à Paris, Mazarin lui avait laissé le palais jusqu'à ce qu'elle déménage au château de Colombes. Ensuite, l'endroit n'avait plus été utilisé que par des services administratifs.

Depuis cinq ans, le Palais-Royal avait toutefois retrouvé son lustre. Et pour cause : à l'occasion du mariage de son frère Philippe, devenu duc d'Orléans, Louis XIV avait offert à ce dernier le palais en apanage. Le duc et la duchesse occupaient toute l'aile du côté de la rue Richelieu, là où Anne d'Autriche et Mazarin avaient autrefois vécu. Ils y tenaient une cour brillante qui concurrençait celle de Versailles, que Philippe n'aimait pas.

Dans la partie gauche, qu'on appelait parfois l'ancien hôtel d'Angennes, se trouvaient encore quelques services gouvernementaux et des corps de logis. C'est ici qu'avait vécu dans sa jeunesse le duc d'Anjou, avant de devenir duc d'Orléans. C'est ici, également, que le lieutenant du bailli du palais demeurait et travaillait.

Les quatre hommes descendirent du carrosse devant l'entrée et pénétrèrent à pied dans la première cour, n'ayant pas le privilège de pouvoir y laisser leur voiture, faveur réservée aux proches du duc d'Orléans. Nicolas alla donc ranger le véhicule devant l'un des corps de garde où se trouvaient déjà plusieurs carrosses, chaises et chevaux.

Gaston et Louis connaissaient les lieux. Avec César et Bauer dans leurs pas, ils se dirigèrent vers le passage voûté séparant la première cour de la grande. Au long de ce corridor se tenaient en faction des chevau-légers d'Orléans, sentinelles qui veillaient seulement à ce qu'on ne pénètre pas dans la partie du palais habitée par Monsieur et Madame.

L'accès à l'ancien hôtel d'Angennes était également surveillé, mais par des mousquetaires installés sous les arcades, lesquels gardes laissaient pénétrer uniquement ceux pouvant justifier de leur venue. M. de Tilly, membre du Conseil des parties, étant connu, le lieutenant de service les laissa passer lorsqu'il eut expliqué devoir se rendre chez le lieutenant du bailli.

Le trio suivit un couloir conduisant à la galerie des Hommes illustres, large corridor décoré de vingt-quatre portraits peints sur les boiseries et dont Richelieu lui-même avait établi la liste, puis emprunta un bel escalier à balustres. À l'étage, ils traversèrent plusieurs pièces en enfilade, où patientaient des solliciteurs, avant d'atteindre une nouvelle galerie qui desservait des cabinets de travail et appartements.

Deux sergents d'armes en hoqueton fleurdelisé se tenaient devant la porte du logis du lieutenant du bailli. En chemin, Tilly avait expliqué à son fils que celui qu'ils allaient rencontrer exerçait la justice pour toutes les affaires nées dans les cours, salles, galeries des palais royaux, ce qui provoquait souvent des frictions avec le Grand-Châtelet, mais surtout avec la prévôté de l'Hôtel du roi qui, elle, traitait des crimes et délits commis par les gens des maisons royales et de la Cour. Lui-même ayant été procureur à la prévôté de l'Hôtel s'était fréquemment retrouvé en conflit avec le bailliage du palais, mais il connaissait bien Claude Hourlier, et tous deux s'appréciaient. Le lieutenant, seigneur de Méricourt, appartenait comme lui à la vieille noblesse et avait, comme lui également, servi dans les troupes de Sa Majesté.

Tilly reconnut l'un des sergents de garde et s'enquit de savoir si M. Hourlier était là, ce dont il était quasiment certain vu l'heure matinale, car les audiences du bailliage se déroulaient plus tard. Ayant répondu par l'affirmative, le sergent les fit pénétrer dans une antichambre où un laquais apparut. Gaston réitéra ses explications, le valet disparut et revint presque aussitôt.

Ils pénétrèrent dans un vaste cabinet aux fenêtres ouvertes sur le jardin. Les solives du plafond peintes d'une frise de roses, quelques fauteuils, plusieurs chaises, trois armoires dont l'une ouverte emplie de sacs de pièces judiciaires, des tentures sur les murs, sauf sur l'un peint en fresque, l'endroit traduisait le sérieux et l'opulence mesurée. Deux hommes se tenaient devant une table couverte de dossiers. En face, une femme, servante d'après sa vêture simple, et, au bout de la table, un greffier.

— Monsieur de Tilly ! Quelle surprise ! Cela doit faire un an que nous ne nous sommes vus !

— Peut-être plus, monsieur le lieutenant.

Gaston s'inclina devant le second individu, entièrement vêtu de noir :

— Monsieur le procureur... Messieurs, laissez-moi vous présenter M. Fronsac, marquis de Vivonne, et mon fils César. Je suis confus de vous déranger, j'espérais que vous ne seriez pas encore à votre besogne, monsieur Hourlier.

— Une banale affaire de vol chez Madame, dit le lieutenant en levant une main pour insister sur le peu d'importance du dossier qu'il traitait. Monsieur Fronsac, j'ai beaucoup entendu parler de vous et de vos brillantes capacités. C'est un plaisir de vous rencontrer.

Hourlier, homme de taille moyenne, au visage carré et énergique avec des yeux noirs surmontés d'épais sourcils, arborait une lourde perruque châtaine qui tombait sur les épaules de son justaucorps lie-de-vin. À sa taille, une ceinture en soie écarlate soutenait une épée de parade.

— Monsieur Davout, poursuivez l'interrogatoire sans moi. Je crois que tout est clair dans ce larronnage, et je ne veux pas que M. de Tilly soit venu pour rien. D'ailleurs, je suis fort curieux de connaître les raisons de cette visite impromptue, fit le lieutenant en un sourire gourmand. Messieurs, passons dans ma chambre.

Ils le suivirent dans la pièce mitoyenne, le lieutenant prenant soin de refermer la porte derrière eux. Ici, les oreilles indiscrètes ne manquaient pas... La chambre, aux murs lambrissés reproduisant des scènes champêtres, contenait un lit sur estrade, deux fauteuils, des chaises caquetoires tapissées, un coffre, une armoire et un gros bahut. Deux femmes discutaient, l'une sur le lit, l'autre assise dans la ruelle. Au cœur d'une alcôve, un secrétaire travaillait devant une écritoire. Le crissement de sa plume s'interrompit lorsque les visiteurs entrèrent.

— Françoise, Marie, allez un moment dans la chambre de retrait, j'ai à parler.

Elles se levèrent en soupirant. Tilly reconnut Mme Hourlier, la seconde devait être une amie.

— Pierre, mon secrétaire, peut rester, ajouta le lieutenant. Il connaît mieux mes affaires que moi-même et je n'ai aucun secret pour lui. Prenez place sur ces commodités de la conversation, messieurs, dit-il à Tilly et Fronsac en désignant les fauteuils.

Il montra les chaises à César et Bauer, et lui-même s'assit sur le lit.

— Il s'agit du saphir des Stuart, de Gombleton et de Mme Desfontaines, monsieur le lieutenant, attaqua Fronsac.

— Je croyais cette affaire terminée ! fit Hourlier avec une mimique de surprise. Pour ma part, les poursuites sont closes depuis que M. le marquis de Louvois a ordonné la mise en liberté de Hoyau et de la Desfontaines, et m'a fait rendre le saphir à Gombleton. Excusez mon indiscrétion, mais à quel titre vous intéressez-vous à cette méchante histoire, monsieur Fronsac ?

Évidemment, Louis ne pouvait évoquer lord Hollis, Hourlier aurait immanquablement rapporté sa visite à Louvois puisque la France se trouvait en guerre avec l'Angleterre. Et le marquis n'attendait peut-être qu'une occasion pour demander au roi une lettre de cachet permettant de l'envoyer à la Bastille comme partisan de l'Angleterre.

— À titre privé, je tente de retrouver certaines pièces de joaillerie ayant appartenu à Charles Ier.

— Pour le roi d'Angleterre ?

— Pour une personne de sa famille en laquelle j'ai toute confiance.

— Hum, fit le bailli en se raclant la gorge. Et vous, monsieur de Tilly ? Est-ce une visite officielle d'un membre du Conseil des parties ?

— Non. Mais l'affaire touche mon fils.

Il le désigna.

— Comment cela ?

— César a subi un préjudice de la part de l'oncle de M. Gombleton, et j'aimerais connaître les tenants et aboutissants du rôle de cet individu.

Hourlier haussa les sourcils. Il ne tenait pas à révéler quoi que ce soit, mais Fronsac avait fait allusion à la famille du roi d'Angleterre. Se pouvait-il qu'il soit question de sa sœur ?

— S'agit-il de Madame ? s'enquit-il abruptement.

— Je ne dois dévoiler pour qui j'enquête, monsieur le lieutenant, et j'ose espérer que vous ne m'en voudrez pas. Tout ceci doit rester confidentiel. Je peux cependant vous révéler que je verrai Madame dans la semaine.

Dans le mille ! songea Hourlier, satisfait. Or Madame avait l'oreille du roi et on assurait que le marquis de Vivonne avait résolu maintes affaires délicates pour feu la reine mère, le cardinal et M. le Prince. Et si c'était, tout simplement, le roi qui l'envoyait ? Une visite que Sa Majesté tenait à cacher à Louvois ?

— Que voulez-vous savoir, monsieur le marquis ?

— Essentiellement votre opinion. Qui a tué Fontenay ? Est-ce la Desfontaines ou Hoyau ? Et quel a été le rôle de Gombleton ? Enfin, Mme Desfontaines lui a-t-elle vraiment volé le saphir ?

— Je reste persuadé que Mme Desfontaines et Hoyau étaient complices. Sans la demande d'enquête de la veuve Fontenay, leur crime aurait été parfait.

— Mais de quels faits justificatifs disposiez-vous ? intervint Tilly.

— D'aucun, je le reconnais. Mais si Mathurine Desfontaines avait été innocente, elle aurait rapporté au lieutenant civil ce qu'elle avait entendu derrière la porte de Fontenay quand Hoyau l'a prétendument étranglé. Son silence durant des jours et des semaines est à mes yeux une preuve. Quant à Hoyau, sa culpabilité est évidente puisqu'on a retrouvé des bijoux chez lui et que ses domestiques ont reconnu partiellement les faits. Cependant, il n'y a pas eu d'aveux. Et sans aveux, pas de condamnation, sauf à utiliser la question, or le président du Parlement s'y est opposé. Quant à Gombleton, il était en affaire avec Hoyau qui devait lui vendre le saphir. Et il n'a produit aucun document écrit prouvant l'achat de la pierre. Ces gens sont tous des filous, et pourtant j'ai dû m'incliner devant les ordres de M. de Louvois.

— Qui eux-mêmes venaient de... ? interrogea Tilly.

— L'ignorez-vous ? Croyez-vous que le marquis de Louvois ait agi de son propre chef ? Sa Majesté voulait que Gombleton garde le saphir, je suis donc surpris de votre enquête, monsieur Fronsac.

— De récents et nouveaux éléments ont modifié la donne, fit prudemment ce dernier qui ne voulait pas parler de lord Saint Albans. Entre autres, la déclaration de guerre avec l'Angleterre.

— Je comprends. Cela signifie-t-il que l'on va renvoyer Hoyau en prison ?

— Je ne sais, et cela ne me regarde pas. Je m'intéresse seulement aux joyaux, et plus particulièrement au saphir des Stuart. J'ai peine à admettre que Mathurine Desfontaines ait pu si aisément le dérober.

— Cette femme est d'une impudence incroyable ! Elle a tué et volé sans frémir ! Mais le plus simple n'est-il pas d'interroger directement M. Gombleton ?

— Sans doute, seulement il ne nous recevra pas. Quant à nous répondre, je n'y crois guère...

— Voulez-vous que je vous accompagne ? Moi, il me recevra.

— Je n'ose vous le demander, monsieur.

— Je déteste laisser une affaire sans solution, aussi je suis curieux de voir sa réaction devant vos questions. Avez-vous de la place dans votre voiture ?

— Oui, monsieur, dit Tilly. M. Bauer montera à côté de mon cocher.

— C'est donc décidé ! Je vais prévenir le procureur afin qu'il finisse l'autre interrogatoire sans moi. En chemin, vous me direz en quoi votre fils est concerné par M. Gombleton.

17

Le carrosse avait rejoint la rue des Francs-Bourgeois. Durant les inévitables et coutumiers encombrements de la rue Saint-Denis, Gaston avait eu le temps de narrer les aventures de son fils.

— William Gombleton, l'oncle de notre bijoutier, est un homme méprisable, menteur et malhonnête, assena Louis. Dès lors, si son neveu lui ressemble, quelle confiance lui accorder ?

— Ma foi, je ne tiens pas Gombleton en haute estime, mais il a été volé le couteau sous la gorge.

— Selon ses dires, nuança Fronsac. J'aimerais entendre son témoignage.

Le lieutenant du bailli parut déconcerté par les suspicions du marquis de Vivonne.

— Pour quelle raison aurait-il menti ?

— Pour ne pas avoir à céder le saphir ! Je sais que le gouvernement anglais voulait le lui acheter seize mille livres, et avait les moyens de le contraindre en agissant contre son père et son oncle. Mais, une fois la pierre prétendument volée, les Gombleton se gardaient l'opportunité de la revendre bien plus cher, puisqu'elle vaut dix fois cette somme.

Le lieutenant du bailli songea avec dépit qu'il n'avait enquêté que pour rechercher Desfontaines, non sur la réalité du vol. Tilly devinait son désarroi et ne sollicita pas de détails sur ses investigations. Louis n'insista pas plus. À quoi bon échafauder des hypothèses tant qu'il n'avait pas entendu Gombleton ? Quant à César, il méditait sur la façon dont le sort l'avait favorisé. Après des mois d'emprisonnement, de désespoir et de douleur, après avoir vu certains amis trépasser dans ses bras, son armateur presque ruiné, appris la mort de son père adoptif et de sa mère adorée, il venait de retrouver une famille. Plus qu'une famille, même, un père et des compagnons qui l'aimaient et allaient l'aider à punir celui qui lui avait causé tant de torts. Pourrait-il jamais, suffisamment, les remercier ? Il espérait être capable de leur rendre au centuple l'affection et le secours qu'ils lui offraient si naturellement.

Le carrosse passa devant l'hôtel Le Tellier, deux corps de logis achetés par le ministre après la Fronde et dans lequel il logeait sa famille et son fils François Michel, marquis de Louvois, qui venait de reprendre une partie des attributions de son père et d'obtenir la survivance de sa charge[1].

Hourlier avait ouvert la fenêtre de séparation entre la caisse et le siège du cocher :

— Entrez dans la cour de la maison à l'enseigne du Marteau d'Or, dit-il à Nicolas.

Il indiqua un porche surmonté d'un logis bas de toiture où habitaient des domestiques. Bauer sauta au sol pour aider à la manœuvre, et le portier sortit de sa loge afin de savoir qui ils étaient.

Le lieutenant du bailli se montra et le concierge fit signe au cocher d'entrer.

La cour n'était pas bien grande, et on apercevait un carrosse dans une écurie. Les visiteurs descendirent, Bauer restant avec Nicolas. Un majordome apparut sur le perron. M. Hourlier grimpa les marches et annonça sèchement qu'il venait interroger M. Gombleton.

Visiblement inquiet – après tout, son maître avait été serré quelques semaines à la Bastille –, le serviteur les fit pénétrer dans

1. La survivance était un privilège que le roi accordait à quelqu'un pour succéder à une charge, ou même pour l'exercer conjointement avec celui qui en jouissait.

une petite salle qui, à l'évidence, servait de boutique au bijoutier puisque plusieurs vitrines contenant des pièces de joaillerie s'alignaient sur les murs. Le reste de l'ameublement consistait en une longue table couverte d'un épais tapis de bure, une armoire de fer à plusieurs serrures, une banquette paillée, une desserte avec un vase de fleurs et quelques chaises tapissées.

— Je vais prévenir mon maître, bredouilla le majordome en les laissant seuls.

Fronsac examinait les lieux quand un jeune homme entra. De haute taille, un visage à la mâchoire proéminente, un nez busqué, un front haut et une perruque rousse, il portait une redingote de satin vert et affichait un air assuré, mais l'inquiétude perçait sous ce masque.

— Monsieur le lieutenant, que me vaut l'honneur de votre visite ? demanda-t-il en guignant les trois inconnus qui accompagnaient Hourlier.

— L'enquête se poursuit sur le vol dont vous avez été victime, monsieur Gombleton. M. le marquis de Vivonne (il le désigna) et M. de Tilly, maître des requêtes au Conseil des parties, sont à la recherche de Mme Desfontaines.

Le regard du bijoutier alla de l'un à l'autre. Il se passait la langue sur les lèvres et serrait et desserrait nerveusement les doigts, cherchant une contenance. Louis devinait les interrogations qu'il n'osait formuler, craignant qu'elles n'entraînent des questions déplaisantes.

— Cette gueuse ! laissa-t-il tomber. Mais asseyez-vous, messieurs. Souhaitez-vous un rafraîchissement ?

— Inutile, répondit Fronsac froidement. Nous ne serons pas longs. J'ai seulement quelques questions à vous poser.

— J'ai toujours répondu aux magistrats avec franchise, sans rien dissimuler, assura onctueusement le bijoutier. Je ne suis qu'une victime ! J'ai failli perdre ma réputation et on m'a volé.

— Connaissiez-vous Mme Desfontaines avant cette affaire ? interrogea Fronsac.

— Pas du tout !

— Alors comment savez-vous qu'il s'agissait d'elle ?

— Elle me l'a révélé, quand elle s'est présentée.

— Vous avait-on parlé d'elle lors de vos interrogatoires à la Bastille ?

— Oui, M. Hourlier en particulier.

— Vous a-t-il dit qu'elle était suspectée de crimes…

— Oui, monsieur. Mais, quand elle est venue ici, elle m'a indiqué qu'elle avait été mise hors de cause et voulait s'excuser de ce qui m'était arrivé.

— Vous l'avez reçue dans cette pièce ?

— Oui, monsieur. Elle paraissait sincère, vraiment désolée, j'ai même vu des larmes sur son visage. Je m'apprêtais à lui dire que je ne lui en voulais pas quand…

Il déglutit.

— Quand ? demanda Tilly.

— Elle a tenté de le séduire, expliqua Hourlier avec une expression amusée.

— Oui, monsieur. Elle… elle s'est approchée de moi en pleurant… Elle m'a dit être prête à tout pour que je lui pardonne… Elle était vraiment séduisante… Mais, alors que je la prenais par les épaules pour la consoler, elle a tiré une fine dague de sa manche et me l'a plaquée contre le cou.

Tilly écarquillait les yeux.

— J'ai eu très peur, monsieur. Mon sang a coulé. Elle a grincé, tout à coup froide et sèche : « J'ai déjà tué plusieurs hommes, et je n'ai qu'une envie, vous ajouter à mon tableau de chasse ! » Je l'avoue, j'étais terrorisé, sachant qu'elle avait étranglé un bijoutier. Elle a ajouté : « Je veux le saphir. » J'ai promis de le lui donner si elle ne me faisait pas de mal.

— Vous êtes grand et vigoureux. Vous pouviez la repousser et appeler à l'aide ! intervint Tilly.

— Elle m'aurait tué, monsieur !

— Cette femme redoutable n'a peur de rien, intervint Hourlier. Je vous l'ai dit, une démone.

— Oui, une démone ! insista le bijoutier.

— Quelle tenue portait-elle ? demanda Fronsac.

Gombleton parut dérouté par cette question, mais répondit pourtant :

— Un corps de jupe très simple en taffetas bleu, avec, par-dessus, une robe noire à passements et des mancherons fendus noués au coude sous une chemise à dentelles. Elle avait un manteau damassé. C'est entre le poignet et le coude que se cachait la dague.

— Est-elle arrivée accompagnée d'un laquais ? D'un cocher ?

— Je ne sais, je pense que non. Elle est entrée seule ici. Peut-être est-elle venue avec une chaise laissée devant mon porche.

— Donc, vous avez remis le saphir. Où se trouvait-il ?

— Dans cette armoire de fer. Dès que je l'ai ouverte, elle m'a fait agenouiller... J'étais certain qu'elle allait me tuer, je l'ai suppliée et j'ai perdu connaissance. En reprenant conscience, j'ai ressenti une douleur affreuse à la tête et vu des débris de vase. Elle m'avait frappé avec celui qui se trouvait là.

Il désigna la desserte.

— J'ai crié, mes gens ont accouru. Comme elle venait de partir, ils se sont précipités à sa suite, mais elle avait disparu.

— Qu'y avait-il d'autre, dans le coffre ?

— Des bijoux et une centaine de louis.

— Vous a-t-elle dérobé autre chose ?

— Les louis, monsieur.

— J'ai été prévenu, mais il était trop tard, ajouta le lieutenant du bailli.

— Vous vous êtes montré très clair, monsieur, fit Fronsac. Nous allons donc poursuivre notre enquête.

— Retrouverez-vous cette voleuse ?

— Certainement.

Louis se leva, le père et le fils Tilly l'imitèrent, tout comme le lieutenant du bailli. Alors qu'ils saluaient le bijoutier, César demanda :

— Êtes-vous le fils de M. William Gombleton, de Londres ?

— Oui, en effet, mais pourquoi cette question ?

— J'ai entendu parler de votre oncle Richard, à Boston.

— Mon oncle est armateur. Êtes-vous marin ?

— Lieutenant, oui.

César n'ajouta rien, mais la requête, à l'évidence, troublait le joaillier. Ce que Louis constata, contrarié lui-même que le jeune homme se soit en partie dévoilé. La demande était inutile, puisqu'ils connaissaient déjà la réponse.

Ils sortirent et gagnèrent leur carrosse. Gombleton les accompagna jusqu'au perron et rentra, fort soucieux. Les Tilly montèrent en voiture, mais Fronsac demanda au lieutenant du bailli de l'accompagner au préalable chez le portier.

— Étiez-vous présent le jour où une femme s'en est pris à votre maître ? interrogea le marquis de Vivonne.

Le concierge afficha un air confus, dérouté.

— En septembre de l'année dernière, précisa Fronsac.

— Euh... oui, monsieur...

— Vous souvenez-vous d'elle ?

— Bien sûr, monsieur.

— Décrivez-la-moi.

— Je... Je n'y ai pas vraiment fait attention. Elle est passée si vite.

— Sa robe, quelle était la couleur de sa robe ?

— Je ne me souviens plus, monsieur, on a tous couru dans la rue pour la retrouver...

Louis hocha la tête et fit signe à Hourlier qu'ils pouvaient revenir au carrosse.

Quand la voiture fut dans la rue, il demanda à Gaston ce qu'il pensait de cette histoire.

— Difficile à croire, mais j'ai connu des cas de ce genre... Un homme terrorisé par une femme.

— Aviez-vous fait examiner la tête de M. Gombleton et sa coupure par un chirurgien ?

— Non. Quand je suis venu il arborait un pansement, mais m'a dit qu'il ne garderait qu'une bosse. J'ai donc seulement entamé les recherches visant à retrouver la voleuse. En vain, elle avait bel et bien disparu avec le saphir. Mettez-vous en doute son récit du vol ?

— Disons que rien ne vient le confirmer. Est-elle vraiment venue ici ? Le portier ne s'en souvient pas. Si une femme m'avait agressé ainsi, mes gens ne l'oublieraient pas, me semble-t-il.

— Cela s'est passé voici neuf mois.

Après un moment de silence, Louis demanda :

— Croyez-vous réellement cette femme capable de séduire puis maîtriser un homme comme M. Gombleton ?

— Est-elle séduisante, robuste voulez-vous dire ?

Fronsac opina.

— Séduisante, certainement. Même si je lui trouve une taille un peu forte. Elle est très grande, quasiment six pieds, possède de beaux yeux bleus, une peau fine mise en valeur par une mouche naturelle sur la joue droite. Un buste généreux... Tous ses avantages sont peut-être gâchés par une singulière expression d'assurance. Elle a toutes les impudences, je vous l'ai dit, et peur de rien. Ce dont on l'accuse ne m'a point étonné.

Louis regarda Gaston et lança :

— Voilà une dame que j'ai hâte de connaître.

— Moi aussi ! plaisanta Tilly.

18

César partit le mardi matin pour La Rochelle.

Son père avait proposé la location d'un fiacre afin de lui faciliter ce voyage fatigant, mais le garçon avait décliné l'offre. Après des mois enfermé, il avait envie de chevaucher et de sentir le vent de la liberté fouetter son visage. Il fut convenu qu'il rechercherait un bateau acceptant de les conduire à Londres et verserait une somme suffisante au capitaine du navire afin qu'il les attende. Gaston l'avait pourvu de quelques centaines de louis destinés à favoriser la négociation.

Le marquis de Vivonne voulait, lui, encore interroger deux parties prenantes de l'affaire des joyaux : la duchesse d'Orléans et le duc de Mazarin. Mais ceux-là étaient si proches du roi que Tilly s'en inquiétait. Un mot de trop, la suspicion que cette enquête risquait de leur porter tort, et une lettre de cachet les enverraient croupir à la Bastille. Aussi, après le départ de César, Gaston, installé dans la bibliothèque avec son épouse, fit à son ami un exposé rapide des récentes intrigues survenues à la Cour et dont Louis ne connaissait pas les arcanes.

— Tu le sais, cela fait des années que Sa Majesté tourne autour des Mazarinettes...

Louis opina du chef.

Les Mazarinettes, c'étaient les nièces du cardinal Mazarin, toutes plus belles les unes que les autres, et pour certaines réputées peu farouches.

Quelques années plus tôt, à Aix, quand il avait sauvé la vie du jeune Louis XIV – sans que ce dernier le sache[1] –, Fronsac avait approché Olympe Mancini – la comtesse de Soissons –, et Marie, sa sœur. La première lui avait crûment déclaré que les nièces du cardinal étaient uniquement destinées à assurer la fortune de celui-ci par leurs mariages.

— Notre roi a été l'amant de Marie, poursuivit Gaston.

— Elle m'a assuré du contraire à Aix ! coupa Louis qui ne voulait en rien ternir le souvenir qu'il gardait de la jeune femme.

— Admettons. En tout cas, il l'a été pour ses sœurs Olympe et Hortense. Olympe est restée sa maîtresse, et on dit que Louis le quatorzième serait le père de son premier fils. Il lui offre toujours des présents considérables, non seulement en vue de bénéficier de ses faveurs, mais aussi parce qu'elle joue à la maquerelle en attirant pour lui les femmes qu'il n'ose séduire. On murmure que c'est elle qui a jeté Madame dans les bras de notre monarque, comme à Aix avec ses dames de compagnie. Il se clabaude que tous trois font des promenades seuls la nuit, à Versailles, sans que cela offusque Monsieur, qui comme tu ne l'ignores pas préfère les hommes et abandonne sans pudeur son épouse à son frère.

— Pourtant Madame et Sa Majesté sont cousins avec le même grand-père, notre bon roi Henri, observa sèchement Armande qui, sans être prude, désapprouvait tant de débauche annoncée.

— Il en faudrait plus pour susciter la moindre contrition chez Sa Majesté, qui s'affiche par ailleurs ouvertement avec sa maîtresse, Mlle de La Vallière, laquelle lui a été proposée par Olympe. Mais revenons-en à Madame : au début, le roi l'avait seulement vue comme une nouvelle maîtresse, jusqu'à ce qu'il découvre en elle la femme de grande finesse politique. C'est elle qui le conseillerait secrètement quant à nos relations avec l'Angleterre ; il l'aurait même chargée de négociations avec son frère Charles sur l'issue de la ligue de défense que nous avons avec la Hollande. Bref, Madame risque fort de rapporter au roi tout ce

1. Voir *L'Enlèvement de Louis XIV*, du même auteur.

que tu lui diras, ainsi qu'à son frère, le roi d'Angleterre, et à son père véritable, Jermyn, si ce lien est véridique !

Louis approuva d'un signe de tête, conscient du danger.

— Quant au duc de Mazarin, les obstacles seront d'un autre ordre. Non seulement M. de La Meilleraye[1] se montre d'une rare avarice et d'une immense jalousie, mais encore il est atteint d'une douce folie. Depuis des mois, chaque jour, il se fait arroser dans ses jardins par ses valets, persuadé d'être une tulipe.

Le rappel de cette démence, objet des moqueries de la Cour, dérida Armande qui éclata de rire.

— Donc, je crois que tu ne tireras rien de lui. Au demeurant, que pourrait-il te révéler ? Autant Madame a connu Mme Desfontaines, autant le duc de Mazarin ne semble avoir joué aucun rôle dans l'affaire, sinon d'être le receleur des joyaux que le cardinal s'était procuré de façon plus ou moins honorable. Il ne te renseignera ni sur le saphir ni sur notre voleuse.

— Je sais. Aussi je ne serai en rien contrarié s'il ne nous accorde aucune entrevue. Cependant, je m'accroche à l'idée qu'il a pu connaître Desfontaines, ou que son oncle lui en a parlé. Tout ce qu'on apprendra sur elle fera notre miel. De plus, il nous gratifiera peut-être de révélations sur Gombleton et son père.

La veille, après avoir ramené M. Hourlier au Palais-Royal, Gaston de Tilly était allé se renseigner auprès du lieutenant de service, dans le corps de garde situé entre les cours, afin de savoir si Madame était là. L'officier, qui connaissait vaguement le maître des requêtes, lui avait indiqué que la duchesse d'Orléans se rendrait à Versailles vendredi et y resterait quelque temps mais que, jusqu'à son départ, elle demeurerait à Paris où elle pouvait se livrer aisément à sa passion du jeu. Elle recevait ses amis dans l'après-midi, et si elle accordait parfois audience à des solliciteurs, ces entrevues étaient rares. M. de Tilly pouvait cependant se joindre à ceux qui attendraient, sans avoir la certitude d'être appelé.

---

1. Armand-Charles de La Porte de La Meilleraye, duc de Mazarin.

Louis savait qu'il ne serait pas facile d'être reçu par la duchesse. Les choses seraient plus simples si quelque grand demandait une audience pour eux, mais Gaston et lui fuyaient trop la Cour pour y bénéficier d'appuis. Les seuls susceptibles d'intervenir étaient le prince de Condé – seulement, lui demander une faveur impliquerait de devoir lui révéler trop de choses – ou le chancelier Séguier, lequel ne serait pas entendu par Madame tant elle le considérait homme du passé. Les deux amis étaient donc convenus de se présenter chez la duchesse en laissant un billet expliquant leur demande d'entrevue, avec l'espoir qu'elle y réponde favorablement.

Une audience serait peut-être plus aisée à obtenir avec Armand-Charles de La Meilleraye, duc de Mazarin, qui connaissait la réputation de Fronsac pour avoir entendu le cardinal la louer. Lorsqu'il était à Paris, c'est-à-dire très rarement tant il craignait que sa femme Hortense Mancini ne le trompe avec le roi ou d'autres courtisans, le duc logeait dans l'hôtel Mazarin, que le cardinal lui avait laissé pour moitié. Par chance, après avoir passé des mois en Bretagne, puis à Sedan, M. de La Meilleraye venait de revenir dans la capitale.

Louis et Gaston patientaient depuis près d'une heure dans la galerie du premier étage du Palais-Royal où ils avaient été conduits par un suisse. C'est dans ce lieu que la reine mère Anne d'Autriche tenait autrefois conseil, endroit maintenant devenu la salle d'attente des solliciteurs et des courtisans. Une vingtaine attendait sur les banquettes recouvertes de cuir noir.

Gaston connaissait bien la disposition des pièces pour être venu à maintes reprises durant la Fronde. Par une porte en face d'eux, on accédait à un vaste cabinet qui communiquait avec un oratoire et des appartements privés. *Via* une autre, on se rendait aux antichambres, qui permettaient d'atteindre l'ancien grand cabinet d'Anne d'Autriche. La pièce, décorée par Richelieu et longtemps appelée « la merveille et le miracle de Paris », était dorée jusqu'aux pieds des meubles. Les murs accueillaient d'immenses tableaux de Carrache et de Véronèse, le sol était couvert des tapis de Perse et de Chine. Enfin, c'était le souvenir que Gaston en avait car, devenue la chambre d'apparat de Madame, cette dernière avait dû tout transformer.

En arrivant, ils avaient remis leur placet à un majordome qui avait promis de le porter immédiatement. Le marquis de Vivonne y expliquait que M. de Tilly et lui-même, à la recherche de Mathurine Desfontaines, sollicitaient une entrevue.

Depuis, aucune réponse. Parfois l'une des personnes qui attendaient était appelée par un suisse et disparaissait vers les antichambres, l'heureux élu regardant ses compagnons avec un visage ruisselant de fierté, tandis que ces derniers affichaient du dépit et murmuraient contre l'injustice qui leur était faite.

Soudain, plusieurs dames sortirent en riant du cabinet de l'oratoire. Louis reconnut l'une d'elles : Olympe Mancini, la comtesse de Soissons lui ayant avoué à Aix, en 1660, que la reine lui avait demandé d'accorder ses faveurs à son royal fils afin qu'il oublie Marie Mancini. Olympe avait grossi, mais celle qu'on appelait « la perle des précieuses » dans les salons dégageait toujours autant de charme. Fronsac se souvenait de sa franchise, de son cynisme lucide aussi, mais plus encore de ses troubles relations avec de mauvaises personnes que le Mal tentait. Ne lisait-elle pas le *Malleus Maleficarum*[1] ?

La jeune femme le vit, haussa un sourcil d'intérêt et abandonna ses amies pour s'approcher de la banquette avec un air roué. Elle portait un corps de jupe rouille passementé d'échelles de galans vermillon et bouton-d'or, ainsi qu'un corsage en dentelles très décolleté ne cachant rien de son buste opulent. D'épaisses boucles enrubannées d'argent tombaient sur ses épaules. Son parfum capiteux enveloppa les deux hommes qui s'étaient levés et, chapeau à la main, s'abîmaient en révérences.

---

1. *Le Marteau des sorcières*, ou *Malleus Maleficarum*, rédigé par deux inquisiteurs dominicains, servait de guide à l'Inquisition pour reconnaître les sorcières.

— Monsieur Fronsac, je ne m'attendais pas à vous voir ici ! dit la comtesse en lui tendant ses mains à baiser.

Louis s'exécuta, son ami l'imita.

— Attendez-vous pour une audience ? s'enquit-elle, satisfaite de leur déférence.

— Oui, madame. J'ai fait passer un billet, mais j'ignore si Mme la duchesse d'Orléans l'a lu.

Elle les considéra à tour de rôle avant de demander nonchalamment :

— Est-ce important ?

— Oui, madame.

— Venez avec moi !

Elle se dirigea vers l'extrémité de la galerie, où l'attendaient les autres femmes.

— On m'a dit que vous faisiez toujours des enquêtes avec M. de Tilly…

— Parfois, madame.

— Est-ce le cas ?

— Nous cherchons une criminelle.

— Ici ?

— Non, bien sûr, mais cette femme a été au service de Madame voici quelques années. Peut-être Mme la duchesse pourrait-elle nous mettre sur sa trace en évoquant les souvenirs qu'elle a de cette personne…

Olympe ne répondit rien. En vérité le sujet ne semblait pas l'intéresser.

Ils franchirent la porte peinte d'un décor champêtre et pénétrèrent dans un salon où se tenaient plusieurs jeunes gentilshommes qu'elle ignora. Tilly n'en connaissait aucun, mais les salua courtoisement, comme Fronsac.

— Attendez un instant, dit-elle alors.

Sans se soucier de la réponse, elle franchit une autre porte.

Ils restèrent à patienter, observés par les jeunes messieurs qui les considéraient en un mélange de curiosité et de jalousie. Leurs regards semblaient dire : « Qui sont ces vieillards jamais vus à Versailles qui connaissent pourtant les duchesses de Soissons et d'Orléans ? »

Olympe revint toute souriante :

— Allez-y, Madame vous attend.

— Je vous remercie très sincèrement, madame, déclara Louis en s'inclinant.

— Marie m'a raconté ce que vous avez fait pour elle. C'est moi qui vous remercie, lâcha-t-elle, brusquement sérieuse.

— Oserais-je vous demander un autre service, madame ?

— Osez ! fit-elle, cette fois avec un rire charmant.

— Nous souhaitons aussi interroger l'époux de votre sœur.

— Le fou ?

Elle pouffa en mettant une main devant sa bouche.

— Le duc de Mazarin, la corrigea Gaston avec un sourire complice.

— J'en parlerai à Hortense. Demain à la relevée, cela vous conviendrait-il ?

— Parfaitement.

— C'est l'heure où on l'arrose, il est calme à ce moment-là, persifla-t-elle, mais je doute que vous en tiriez quelque chose !

Elle leur fit un signe de tête agrémenté d'une mimique friponne et rejoignit ses amies dans la galerie.

Tilly et Fronsac pénétrèrent dans une antichambre au sol couvert d'un tapis de Turquie. Le seul meuble était une desserte surmontée d'une immense gerbe de fleurs multicolores. Pas de fenêtre, l'éclairage provenant seulement de deux chandeliers. Un endroit sinistre.

Henriette d'Angleterre se tenait debout, seule. Femme d'une haute taille, plus grande que Gaston et fine de corps, bien moins jolie que les Mazarinettes à cause d'un visage long, elle affichait cependant un air aimable qui l'embellissait. Le teint fort délicat et blanc, mêlé d'un incarnat naturel comparable à la rose, des yeux petits mais doux et brillants, un nez fin, une bouche vermeille et ses dents dotées de toute la blancheur et la finesse qu'on pouvait souhaiter, elle donnait l'impression de vouloir plaire et régner sur les cœurs.

— Monsieur le marquis, je suis désolée de vous avoir fait attendre, mais on ne m'avait pas remis votre billet, fit-elle d'une voix chantante.

Louis s'inclina, acceptant l'explication sans en croire un mot.

— Vous souhaitez donc m'interroger sur Mme Desfontaines. Je suis prête à entendre vos questions, mais je crains de ne pouvoir vous donner de réponses. En revanche, vous-même pourrez m'éclairer, car je ne comprends en rien votre intérêt pour cette larronnesse.

— Mme Desfontaines a volé à M. Gombleton un saphir appartenant à votre frère le roi, ainsi qu'une centaine de louis. Les enquêtes conduites jusqu'à présent n'ont pas abouti, et comme j'ai, à tort ou à raison, la réputation de résoudre les affaires difficiles, on a fait appel à moi pour la retrouver.

— Qui donc ?

— Ceux qui ont subi des préjudices.

Si elle se montra insatisfaite de la réponse, la duchesse n'en laissa rien paraître.

— Comment puis-je vous aider ?

— On m'a dit que Mme Desfontaines vous a été recommandée par votre mère après que la reine d'Angleterre n'eut plus souhaité la garder à son service.

— C'est à peu près cela. Son époux, M. de La Pasnière, était l'un des majordomes de ma mère. À son décès, celle-ci a gardé Mme Desfontaines, qui l'a accompagnée en Angleterre à la Restauration et lors du mariage de mon frère[1]. Mais, à son retour en France, ma mère s'est retirée au monastère de Chaillot et séparée de la plupart de ses serviteurs. Elle m'a demandé d'en prendre quelques-uns à mon service, dont Mme Desfontaines. Cette dame est restée ici deux ans, ou trois, je ne sais plus, mais

1. Avec Catherine du Portugal.

on m'a vite rapporté de vilains bruits sur elle. Je n'ai pas cherché à vérifier s'ils étaient justifiés et me suis séparée d'elle en lui laissant quelque argent, ce qui lui a permis de louer une maison rue Traversière où elle proposait des chambres aux voyageurs ayant des affaires à traiter au palais. Seulement, un homme est mort dans sa demeure, et on l'a accusée de l'avoir tué. Arrêtée, emprisonnée, elle m'a écrit souvent, d'abord de Saint-Éloy, puis de la Bastille, toujours en protestant de son innocence. Sa fille est aussi venue plaider sa cause…

— Sa fille ! l'interrompit Fronsac.

— Oui, Françoise de la Pasnière. Ignorez-vous qu'elle avait une fille ?

— Je l'ignorais, reconnut Louis, sous le coup de la surprise.

En même temps, il se souvenait que Hollis lui avait signalé la présence de deux femmes dans le coche. Mathurine et Françoise ! Mais l'ambassadeur pouvait-il ne pas savoir que Mme Desfontaines était mère ?

— J'avoue que sa détresse m'a touchée, poursuivit Madame. Aussi en ai-je dit un mot à M. de Louvois, qui l'a fait élargir, et ce d'autant plus aisément qu'il n'y avait guère de charges contre elle. Ensuite j'ai appris qu'elle avait volé un bijoutier, et fort regretté ma bonté. Voilà, je ne sais rien d'autre.

— Elle a certainement volé le saphir des Stuart pour le revendre. Or votre frère négociait son rachat à M. Gombleton.

— Vous savez cela ? C'est ce qui s'est murmuré en effet. Seulement, j'entretiens une correspondance presque journalière avec mon frère et lui ai posé directement la question : eh bien, personne ne lui a proposé le saphir.

— Parle-t-elle l'anglais ? s'enquit Louis.

— Oui, elle a vécu dix ans chez ma mère où tous ses serviteurs pratiquaient cette langue.

— Les recherches visant à la débusquer dans Paris ont toutes été vaines ; elle a pu se réfugier en Angleterre et attendre une occasion pour vendre le saphir à votre frère, suggéra Louis.

— Possible, mais rien ne l'indique.

— Quel genre de personne était-elle ? interrogea encore Gaston.

— Pas loin de la quarantaine, une femme… disons volontaire et ardente. J'appréciais peu son esprit d'indépendance par trop critique, même si je dois reconnaître qu'elle s'est toujours montrée loyale envers notre famille.

— M. le lieutenant du bailli nous l'a décrite brune et plutôt jolie.

— C'est cela, bien qu'un peu trop charpentée à mon goût. Mais aussi un visage et des mains très fines. Les hommes s'empressaient autour d'elle, mais je n'ai jamais entendu dire qu'elle ait entretenu la moindre liaison dans ma maison. Je ne l'aurai d'ailleurs pas accepté.

— Et ces rumeurs, de quoi s'agissait-il ? demanda Tilly soupçonnant la duchesse de ne pas tout dévoiler.

— Des ragots que je préfère ne pas rapporter. Il y en a tant !

Louis échangea un regard avec Gaston. Il ne lui venait pas d'autres questions et il devinait également que Madame leur cachait différentes choses, comme les relations, peut-être intimes, entre Mathurine Desfontaines et lord Jermyn, à moins que Hollis ne se soit trompé.

— Je vous remercie d'avoir eu la bonté de nous recevoir, madame la duchesse, dit-il simplement en s'inclinant.

Gaston fit de même et ils se retirèrent.

Après leur départ, Henriette d'Angleterre resta un moment immobile à méditer. Puis, au lieu de rejoindre sa cour, elle passa une tenture et pénétra dans un cabinet de travail. Elle s'assit devant un petit meuble hollandais en ébène monté sur colonnes, abaissa le plateau de l'écritoire, tailla une plume prise dans un tiroir, choisit une feuille à ses armes, trempa l'outil dans un encrier et commença à écrire.

Une longue lettre. Quand elle eut terminé, elle saupoudra le papier de poudre de sandaraque pour sécher l'encre, plia la missive plusieurs fois, l'attacha avec un ruban et alla chercher le chandelier qui trônait sur un bahut. Elle fit chauffer de la cire et scella le ruban en plusieurs places, puis apposa son cachet. Elle tira alors un cordon.

Un valet apparut.

— Portez cette lettre au messager. Qu'il parte sur l'heure pour Londres et remette cette lettre en main propre à lord Saint Albans.

19

Le lendemain en début d'après-midi, le carrosse de Gaston de Tilly pénétra dans la grande cour du palais Mazarin[1] par le portail de la rue des Petits-Champs.

Par testament, le cardinal avait partagé son domaine en deux. La plus grande partie revenait au duc de Mazarin, qui avait épousé Hortense Mancini, le reste à son neveu, Philippe Mancini, duc de Nevers.

Peu de véhicules dans la cour ensoleillée. Laissant Bauer avec le cocher, les deux amis avançaient vers le perron quand un homme en livrée apparut, affichant une expression singulière, à la fois inquiète et confuse.

— Je suis le marquis de Vivonne, mon compagnon Gaston de Tilly. Mme la duchesse a dû prévenir M. le duc de notre visite.

Le serviteur resta planté, hébété, complètement décontenancé. Mal à l'aise devant ce comportement inattendu, Gaston et Louis se consultèrent. Qu'est-ce qui n'allait pas dans leur aspect ? L'un d'eux aurait-il mis un vêtement à l'envers ? Leur tricorne était-il de travers ?

L'homme, immobile, bouche ouverte, n'arrivait pas à proférer un mot. Soudain, une femme surgit dans son dos :

— Basile, retournez aux écuries ! ordonna-t-elle.

C'était Hortense Mancini.

---

1. Le site historique de la Bibliothèque nationale a pour cadre le palais Mazarin.

La duchesse, visage couvert de céruse, portait un corps de jupe décolleté très profond avec grand col de dentelle rabattu et manches ballonnées et fendues. Sa modeste[1], en taffetas ocre brodée de petites fleurs blanches, bouffante sur les côtés, s'allongeait d'une traîne. Sous sa coiffe en boucles et frisures, ses traits figés ne montraient aucune joie.

— Entrez, messieurs, et excusez-moi. Mon époux vient d'avoir une nouvelle lubie. Depuis une semaine, tous les matins, il tire au sort les fonctions de nos domestiques. Basile, palefrenier, a été nommé chambellan ! Notre cuisinier est devenu cocher et l'aumônier a pris sa place. Vous imaginez nos repas ! Heureusement, je vais dîner chez ma sœur. Et je ne vous parle pas des nuits que je passe : il me réveille en pleine obscurité pour que nous recherchions les fantômes hantant sa chambre !

Les murs de l'antichambre où ils pénétrèrent étaient couverts de tableaux tandis que, sur des piédestaux, trônaient de belles statues de marbre. Tilly et Fronsac suivaient Hortense, qui se dirigeait vers une porte, quand Louis désigna une sculpture à son ami : une nymphe à laquelle on avait brisé les seins à coups de marteau. La cassure était récente, quelques morceaux jonchant encore le sol. Qui pouvait avoir commis pareille barbarie ? Louis remarqua qu'elle n'était pas la seule œuvre vandalisée. Plus loin, un satyre allongé avait le sexe brisé de même façon. Du doigt, Gaston montra alors un tableau représentant Vénus : la poitrine de la déesse avait été maladroitement recouverte d'une peinture noire, dont des coulées se répandaient sur le sol !

Sidérés, ils s'arrêtèrent un instant et découvrirent d'autres saccages. Sur certaines œuvres, on avait carrément découpé la toile afin de supprimer les parties dénudées des modèles.

Devinant qu'ils ne la suivaient plus, Hortense se retourna, visage fermé et moue revêche.

— Vous admirez l'ouvrage de mon époux ? C'est un homme bizarre, n'est-il pas vrai ? éclata-t-elle. Non seulement d'une

1. Jupe de dessus.

jalousie maladive, mais en outre bigot jusqu'à frapper les domestiques qui ne se confessent pas chaque jour. Il me rend la vie impossible. Je maudis mon oncle de m'avoir vendue à un pareil insensé ! Le cardinal a causé mon malheur pour un caprice d'enfant : celui que son nom et ses armes perdurent après sa mort. Pour ma part, je jetterais tout cela à la rivière si je le pouvais ! J'ai perdu ma jeunesse et, du fond du cœur, je prie le Seigneur de rappeler à lui au plus vite le duc de Mazarin !

» D'ailleurs, vous allez le voir dans ses œuvres. En ce moment M. le duc de La Meilleraye se prend pour une tulipe, ses serviteurs l'arrosent donc afin qu'il ne se fane pas.

Ayant proféré ces paroles d'un ton aigre et méprisant, elle ouvrit la porte. Louis et Gaston, qui ne savaient que dire après une telle diatribe, entrèrent dans une chambre où se tenait un valet.

— Comment va la tulipe, monsieur le secrétaire ? persifla-t-elle.

— On l'arrose, madame, répondit l'homme fort sérieusement.

— Allez lui dire que les visiteurs qu'il attend sont arrivés.

L'homme se dirigea vers une porte-fenêtre grande ouverte. Louis remarqua alors la silhouette sur la pelouse, et deux jardiniers en train de vider des arrosoirs sur ses pieds.

Gaston écarquillait les yeux. Il savait le duc fou, mais à ce point ?

— Je vous laisse, messieurs, fit Hortense. On m'attend ailleurs. Je vous préviens aussi que le secrétaire de mon mari n'en est pas un. Hier encore, il était son barbier.

Ils s'inclinèrent dans une profonde révérence qui parut la satisfaire et lui permit de les gratifier d'un semblant de sourire.

Quelques instants plus tard, Armand-Charles de La Porte de La Meilleraye entra, bas et souliers trempés.

Visage long, joues creuses, regard fuyant, bouche minuscule, immense perruque qui atteignait sa taille, il considéra les visiteurs sans chaleur.

— Madame la duchesse m'a demandé de vous recevoir, messieurs. J'ignore pourquoi.

— Je me nomme Louis Fronsac, mon compagnon Gaston est maître des requêtes. Nous étions des serviteurs de monseigneur le cardinal.

— Je sais qui vous êtes ! claqua la voix du duc.

Louis guigna brièvement Gaston. L'entretien démarrait mal.

— Nous sommes à la recherche d'une dame nommée Mathurine Desfontaines, qui a été impliquée dans des vols et peut-être un crime. Cette dame connaissait, semble-t-il, plusieurs courtiers qui ont vendu à monseigneur des joyaux et d'autres objets de prix. Si vous aviez entendu parler d'elle, ou si vous connaissiez des gens qui l'ont approchée, toute information pourrait nous être utile afin de la retrouver. Nous pensons qu'elle se trouve à Londres, mais nous ignorons où.

Le duc demeura le visage fermé.

— Prétendriez-vous, messieurs, que je fraie avec une criminelle ? s'enquit-il.

— Pas personnellement, bien sûr, répondit Tilly légèrement inquiet.

— Eh bien, je ne la connais pas, ni ces courtiers dont vous parlez. Mon oncle m'a légué ses biens dans un testament qui a été publié. J'en ai assez d'entendre dire des sornettes à ce sujet. Ce sera tout, messieurs.

Louis et Gaston échangèrent un regard effaré. On les congédiait comme des valets !

Gaston bomba le torse, coiffa son tricorne, puis tourna effrontément le dos au duc. Louis l'imita, et ils quittèrent la salle sans une parole.

Rouge de colère devant cette insolence, le duc revint vers le jardin en réprimant ses tremblements. Là, il appela son secrétaire, c'est-à-dire son barbier.

— Pierre, allez immédiatement chez M. d'Alancé, rue Saint-Roch, la maison au coin de la rue de la Corderie. S'il n'est pas chez lui, ordonnez à ses gens qu'il vienne ici dès son retour et, dans ce cas, rendez-vous chez M. Léon Pajot où il pourrait encore se trouver.

— Bien, monseigneur, dit le barbier qui ignorait qui était M. Pajot.

Il sortit de la chambre et se rendit à la cuisine, où le véritable secrétaire était devenu marmiton après le tirage au sort du matin. Le prénommé Pierre expliqua la demande de leur maître, et l'autre quitta la préparation d'un chou pour se rendre dans un cabinet où se trouvait une écritoire. En chemin, il demanda à un jeune valet dégourdi de les suivre. Installé à la table, le secrétaire écrivit deux billets tout en expliquant au valet où se trouvait la maison du nommé Alancé, qu'il connaissait, et l'hôtel de Léon Pajot.

Ensuite chacun reprit sa place, se demandant quelle charge il aurait le lendemain.

Léon Bouthillier, comte de Chavigny, secrétaire d'État aux Affaires étrangères de Richelieu, avait pris parti contre Mazarin durant la Fronde, donc était ensuite tombé en disgrâce. Mais, avant sa mort, il avait obtenu pour son filleul Léon Pajot la charge de contrôleur général des Postes, l'administration qui distribuait le courrier.

Or ce service ne se contentait pas de transporter les lettres. Selon les expéditeurs ou les destinataires, Pajot les ouvrait et prenait connaissance du contenu, puis informait les ministres concernés, principalement le marquis de Louvois, de ce qu'il découvrait. Pour cette besogne, il avait engagé un commis du secrétariat d'État des Affaires étrangères qui œuvrait également pour le chancelier Pierre Séguier. L'homme, fils d'un chirurgien ayant acheté une charge de secrétaire du roi, se nommait Joachim d'Alancé. Et, officieusement, dirigeait ce cabinet noir.

Esprit vif, Alancé faisait rapidement la synthèse de ce qu'il découvrait. Il avait eu entre les mains plusieurs des lettres de Hollis et Petit à sir Nicholas et autres ministres anglais. La plupart n'étaient pas chiffrées puisqu'elles n'abordaient aucun secret. L'affaire des joyaux était donc parfaitement connue des ministres du roi.

Mais Alancé, garçon ambitieux, n'ignorait pas les protections nécessaires pour gravir les échelons de la fortune. Or il n'avait aucun bienfaiteur et venait même d'échouer dans une entreprise conduite pour le marquis de Louvois, ce qui lui fermait une porte[1].

Ayant compris, à travers les correspondances de sir Hollis, que le duc de Mazarin possédait des biens mal acquis ayant appartenu au roi d'Angleterre, il était allé le prévenir qu'on enquêtait à ce sujet et lui avait remis un mémoire résumant les reproches faits au cardinal. Ainsi informé, M. de La Meilleraye avait évité toute mise en cause : s'il était fou pour certaines choses, il se montrait particulièrement lucide en ce qui concernait sa fortune.

Le duc avait donc récompensé le jeune homme et promis sa protection.

Joachim d'Alancé arriva une heure plus tard, s'interrogeant sur la convocation urgente qu'il venait de recevoir. Le duc le reçut en son cabinet privé.

— Monsieur d'Alancé, vous souvenez-vous de l'affaire des joyaux dont s'occupait M. Hollis ?

— Évidemment, monseigneur.

— Je la pensais terminée, mais ce n'est pas le cas. Deux gentilshommes ont repris l'enquête, et cela me déplaît fort.

— Ils ne pourront aller bien loin, monseigneur. Même le lieutenant du bailli du palais a renoncé.

— Ne croyez pas cela. Ces deux-là sont d'anciens serviteurs de mon oncle (La Meilleraye appelait le cardinal « mon oncle » bien qu'il n'ait aucun lien familial avec lui, Mazarin étant seulement l'oncle d'Hortense) et ont résolu nombre d'affaires compliquées. Or rien ne les arrête. Aussi, ce sera à vous de les arrêter !

— Moi ! fit le visiteur en écarquillant les yeux. Mais comment ? J'ai une charge au contrôle des Postes que je ne peux quitter.

1. Voir *La Vie de Louis Fronsac*, du même auteur.

— Rassurez-vous, je vous donnerai deux hommes de confiance. Deux fripons habiles que mon oncle utilisait et qui s'avèrent capables de tout. Vous allez leur expliquer de quoi il s'agit – vous en savez autant que moi – et les chargerez de suivre les deux fouinards qui m'ont annoncé vouloir partir pour Londres à la recherche de la nommée Desfontaines.

Alancé perçut d'emblée la quantité de difficultés insurmontables d'une telle mission :

— Pourquoi accepteraient-ils, monseigneur ? Comment pourraient-ils réussir ? C'est un long voyage dans un pays qu'ils ne connaissent pas et dont ils ignorent la langue.

— Pour cent pistoles chacun, ces marauds accepteront n'importe quoi. Ils ont une grande habitude de ce genre de pistage et se sont déjà rendus à Londres pour mon oncle. Et puis ils baragouinent à peu près l'anglais. De plus, il ne s'agit pas seulement de suivre mes curieux : Mme Desfontaines connaît beaucoup de choses, alors si ces fouinards la découvrent, nos fripons sauront se débarrasser d'eux.

— Se débarrasser…, répéta le commis du contrôle général des Postes, sidéré.

— Vous avez bien compris. Un accident est vite arrivé, et nos coquins ont fait ça cent fois pour mon oncle.

— Bien, monsieur, mais il faudra que je les défraie.

— Vous trouverez cinq cents pistoles dans le sac sur cette table. Cent pour vous, cent pour mes faquins et deux cents pour leurs frais. J'ajoute que si vous menez à bien cette entreprise, je parlerai de vous à M. le marquis de Louvois, puisque je crois qu'il est fâché contre vous.

— Comment s'appellent ces enquêteurs, monsieur, et de quelle manière les trouverai-je ?

— MM. Tilly et Fronsac. Le premier habite rue Hautefeuille, un hôtel à échauguette d'angle. Il est maître des requêtes au Conseil des parties. Fronsac loge peut-être chez lui. Je n'en sais pas plus mais, attention, ils ne doivent se douter de rien. Je crois que mes fripons les ont croisés dans le passé, ils se souviendront d'eux.

Bien qu'ébranlé, Alancé demeura impassible. Ces mêmes Tilly et Fronsac avaient fait échouer l'entreprise conduite contre M. de Bussy, voici quelques mois, ce qui lui avait attiré la rogne du marquis de Louvois. Quelle occasion de prendre une revanche ! songea-t-il.

— Entendu, monseigneur. Et pour dénicher vos hommes ?

— Voici trois ou quatre ans, ils étaient à La Herse d'or, rue de la Pute-y-Musse[1], sinon vous les trouverez facilement dans le quartier où ils font travailler quelques drôlesses. Ils se nomment Canto de La Cornette et Pichon de La Charbonnière. Vous leur direz venir de la part de M. Ganducci.

— Ils appartiennent à la noblesse ? s'étonna Alancé.

— Ils l'assurent, mais tous deux ont été aux galères et ont failli finir roués ou sur le gibet. Cependant, ce sont des scélérats habiles et, surtout, de parole. Une fois payés, ils feront le travail demandé.

Alancé ne formula aucun doute, mais précisa :

— Pour entrer en Angleterre, ils auront besoin de sauf-conduits.

— Fort juste. J'en demanderai à ma belle-sœur. Je sais que la duchesse d'Orléans en possède quelques-uns signés de son frère.

Le duc n'ajouta rien, et Alancé devina l'entretien terminé.

1. Rue de la pute qui y flâne ! Cette rue, qui comme son nom l'indiquait était consacrée à la prostitution, est devenue la rue du Petit-Musc, une dénomination plus honorable !

20

Evidemment, le duc de Mazarin n'avait pas tout révélé. La première fois qu'il avait entendu parler de Canto et Pichon, c'était lors d'un procès retentissant remontant au début de la Fronde. Il avait alors dix-sept ans, et le cardinal Mazarin lui avait demandé d'assister aux audiences. Les deux scélérats, et un troisième dont le nom lui échappait, avaient accusé le cardinal de Retz de tentative d'assassinat sur le prince de Condé, une fausse allégation que M. de Gondi était « malheureusement » pour son camp parvenu à démonter[1]. Le coadjuteur avait donc été acquitté. Alors Mgr Mazarin, changeant son fusil d'épaule, avait noué alliance avec lui contre Condé, qu'il avait fait arrêter. Quant aux faux témoins, jugés et condamnés à trois ans de galère, le cardinal leur avait promis une grâce s'ils se taisaient, ce qu'ils avaient fait. Le duo s'était donc vu libéré quelques mois plus tard, à l'exception du troisième fripon décédé sur son banc de nage. Pour prix de leur silence, les survivants avaient reçu une belle récompense.

Par la suite, Mazarin avait à plusieurs reprises fait appel à eux et, en 1656, les avait en effet envoyés en Angleterre. Un traité d'alliance venait d'être signé entre la France et le Lord Protecteur, Olivier Cromwell. Comme ce dernier, pour assurer son pouvoir, courait après l'argent et que les hausses d'impôt n'y suffisaient pas, il vendait discrètement tout ce qui avait de la valeur dans

1. Voir *La Malédiction de la Galigaï*, du même auteur.

les palais de Saint James et Whitehall. Informé, le cardinal s'était intéressé à quatre grandes tapisseries, dont l'achat devait se dérouler avec la plus grande discrétion. Une prudence d'autant plus nécessaire qu'une des filles de Charles Ier, Marie Henriette, veuve de Guillaume de Nassau, prince d'Orange, venait d'arriver à la Cour. Mazarin avait donc commis l'un de ses secrétaires à Londres et, ne pouvant lui fournir la moindre escorte officielle, l'avait fait accompagner de Canto et Pichon. Cette « délégation » était restée dans la ville anglaise plus d'un mois : les deux coquins la connaissaient donc bien.

Tout cela, M. de La Meilleraye ne l'ignorait pas. D'ailleurs, lui-même avait recouru aux services des deux sacripants : voici trois ans, on lui avait signalé un gentilhomme qui poursuivait sa propre épouse de ses assiduités et la suivait jusqu'au Grand-Logis de Mayenne, où elle habitait. Pour corriger le faquin, le duc avait songé aux sicaires de son oncle. Il savait comment les joindre puisque le cardinal lui avait dit que, en cas de besoin, il n'aurait qu'à s'adresser à M. Tomaso Ganducci, son gantier – et l'un de ses anciens agents secrets –, dont l'échoppe de gants et parfums se dressait rue du Pas-de-la-Mule. Ganducci, trop vieux, ne tenait plus sa boutique, mais le commis lui ferait la commission. Le duc était donc allé voir Ganducci, qui avait engagé Canto et Pichon. Les marauds avaient embusqué le gentilhomme un soir et lui avaient assené quelques coups d'épée, le rendant impotent pour quelque temps.

La Herse d'or était la plus grande auberge de la rue de la Pute-y-Musse. M. d'Alancé s'y rendit en chaise, que les porteurs laissèrent dans la cour, devant le couloir souterrain conduisant aux écuries.

Lui venait pour la première fois dans cet établissement réputé pour son nombre incroyable de drôlesses, gueuses, véroleuses et maquerelles. Ignorant les garces qui racolaient en lui dévoilant leurs mamelles, il se dirigea vers celui qui semblait être l'aubergiste, à en croire son tablier et son air suspicieux.

L'autre, en le voyant approcher, le reluqua de haut en bas et émit un sourire. Il avait deviné en ce visiteur bien mis un quêteur de renseignements.

Alancé ne fit rien pour le démentir et montra bien l'écu d'argent qu'il gardait en main :

— Je cherche MM. Canto de La Cornette et Pichon de La Charbonnière, dit-il.

Le cabaretier tendit le bras, prit la pièce et désigna une table. Alancé tourna la tête. Quatre hommes jouaient aux cartes. Alors il s'approcha et répéta sa phrase.

Regards indifférents, pas de réponse.

— Je viens de la part de M. Ganducci, ajouta-t-il.

— Que veut-il ? demanda l'un des joueurs.

Grand, cheveux blancs attachés en catogan sous un tricorne, barbe et moustache épaisses négligées avec des poux noirs y gambadant, il portait une chemise tachée, élimée, et un justaucorps gris et sale à revers et passements écarlates. Pardessous cet habit, un baudrier de buffle soutenait une lourde rapière à poignée de cuivre.

— On peut en parler ailleurs, proposa Alancé.

— Entendu. Viens, Pichon !

Le dénommé Pichon, plus maigre et grand que Canto, ramassa les mises et se redressa. Visage imberbe fardé de rouge avec mâchoire édentée, tricorne couvrant des cheveux jaunasses vaguement bouclés, pourpoint à basques de couleur lavande crasseux, il ramassa le fourreau de la brette posée sur la table et la glissa dans son baudrier.

Dans sa jeunesse, Canto, se prétendant seigneur de La Cornette, avait travaillé pour un fermier des gabelles. Ayant pendu un récalcitrant qui refusait de payer, il avait été condamné à la potence mais s'était enfui à temps pour échapper à la corde. S'étaient alors succédé toutes sortes d'activités de joueur et de spadassin. Remarqué par Ganducci, il avait été payé avec son ami Pichon en échange de basses besognes dans diverses affaires aux succès variés. Ensuite étaient venus le faux témoignage, la condamnation, les galères. Libéré, il avait de nouveau rendu quelques services au cardinal, puis acheté des femmes, et vivait de ce cheptel en faisant parfois le bravo pour des gentilshommes débauchés de la Cour. Caché derrière un sourire perpétuel, Pichon, dit seigneur de La Charbonnière, était pire que lui. Condamné à la roue en raison de maintes affaires de viol, rapt et vol, il avait rejoint divers régiments dont on l'avait chaque fois chassé pour malversations. Il avait finalement lié son sort à celui de Canto. Les deux marauds, la cinquantaine passée, espéraient toujours trouver l'occasion de sortir de leur misère.

Tous trois quittèrent l'auberge. Alancé suivait en réfléchissant à ce qu'il allait dire. Ils passèrent plusieurs maisons et s'arrêtèrent devant une porte surmontée d'une enseigne en bois : un U peint en vert. C'était une maison de complaisance ironiquement nommée Les Vertus, demeure des deux ferrailleurs. Ignorant une petite salle où se tenaient deux femmes, ils grimpèrent deux étages par un escalier de bois. Canto sortit une clef, ouvrit, et le trio entra dans une chambre.

Un grand lit, une armoire, des murs vides. Un mousquet et un pistolet sur un coffre. Une chaleur étouffante. Des restes de nourriture couverts de mouches bourdonnantes sur une table. Canto s'approcha de l'essaim et agita des mains pour les chasser vers la fenêtre.

— Asseyez-vous, monsieur... Monsieur ?

Alancé tira une escabelle et l'essuya avec son mouchoir.

— Mon nom n'a pas d'importance. J'ai un travail à vous proposer. Cent pistoles chacun.

Il tira deux sacs des poches de sa redingote.

— Qui faut-il tuer ? plaisanta Pichon.

— Deux hommes que, paraît-il, vous connaissez : un dénommé Fronsac et son comparse, un certain Tilly.

— Fronsac ! fit Canto en se frottant mécaniquement le menton. Oui... Je me souviens... Mondreville, Bréval et les tailles de Normandie...

Il se rappelait surtout la gifle que lui avait assenée le garde du corps du marquis de Vivonne, lui brisant presque la mâchoire.

— Ce sera avec plaisir, dit-il alors avec un sourire hideux. Mais ces deux-là ne sont pas n'importe qui… Tilly est maître des requêtes, procureur du roi, et Fronsac proche de Mgr de Condé.

— Cent pistoles, fit froidement Alancé. Un bon prix. Et ce n'est pas ici qu'il faut que vous vous occupiez d'eux, mais à Londres.

— En Angleterre ! s'exclama Pichon. Mais comment ferons-nous ?

— Je ne sais. On m'a assuré que vous en êtes capables, connaissez ce pays et parlez anglais.

Canto opina, et Pichon fit une moue qui voulait dire : un peu.

— Voici quelques détails : Fronsac et Tilly vont partir là-bas rechercher une femme nommée Desfontaines. S'ils la trouvent, tuez-les. Tilly habite un hôtel à échauguette, rue Hautefeuille. J'ignore quand ils s'en iront, sans doute d'ici quelques jours et, à leur âge, sûrement en carrosse.

— Et la femme ? Que faut-il faire avec elle ?

— Laissez-la, ou non, peu importe.

Canto se tourna vers son complice :

— Des gens pour surveiller la maison de Tilly jusqu'au départ de ces deux-là, ça se trouve, mais comment les pister sans se faire repérer ? De plus, Fronsac peut nous reconnaître.

— Pas avec ta barbe, dit Pichon en grattant son crâne. Mais c'est vrai qu'on ne peut pas les suivre. S'ils gagnent un port, le voyage durera deux ou trois jours et ils nous auront vus cent fois durant le trajet. Ensuite, comment ne pas se faire repérer sur le bateau qu'ils prendront ?

Alancé reconnut l'argument. Impossible de suivre les fouineurs et encore plus impensable d'embarquer avec eux. Mais le commis était un homme de ressources ; rapidement une idée lui vint : lorsqu'on ne sait pas où va quelqu'un, mieux vaut choisir sa destination à sa place, songea-t-il.

— Je vais les envoyer dans une auberge à Londres, vous n'aurez qu'à les attendre là-bas.

— Comment savez-vous qu'ils se rendront dans celle-ci ?

— C'est mon affaire.

Les deux hommes échangèrent un regard indécis, et Canto haussa les épaules.

— D'accord, quelle auberge ?

— Je repasserai ce soir vous donner l'adresse.

Pichon grimaça et déclara :

— Cent pistoles, c'est pas assez, monsieur ! On va avoir des dépenses : acheter des chevaux, d'autres habits, loger à Londres, payer des gens… Cent cinquante, au moins !

Alancé dissimula un sourire. Il venait de gagner mille livres.

— Entendu. Je verserai cent pistoles supplémentaires à votre retour. Quand je vous ferai savoir le nom de la gargote, d'autres instructions viendront. En attendant, que l'un de vous aille surveiller l'hôtel de Tilly. Avant de partir pour Londres, il faut que vous l'ayez vu, ou ce Fronsac, afin d'être sûr de les reconnaître.

— Je suis certain de reconnaître Fronsac, gronda Canto. Surtout s'il a conservé ses rubans noirs !

Rentré chez lui, Alancé consulta les copies des dépêches, doubles qu'il faisait systématiquement pour enrichir ses archives. Il se souvenait que, dans l'une d'elles, Petit, secrétaire de Hollis, confirmait à sir Henry Bennet, un secrétaire d'État, qu'il le retrouverait dans une taverne nommée le Swan, près de Whitehall. Le commis des Postes avait cogité un plan… qui ne pouvait échouer.

21

Fronsac et Tilly quittèrent l'hôtel Mazarin fort marris. Non seulement ils n'avaient rien appris, mais en plus ils s'étaient mis définitivement à dos le puissant personnage. Ils échangèrent quelques paroles à ce sujet en remontant dans le carrosse.

— Ce n'est pas vraiment important, avec la réputation de dément qu'il a, conclut Gaston. Qui peut écouter un insensé qui se prend pour une tulipe et détruit des œuvres d'art ?

— Tu as raison, mais les déments sont imprévisibles, donc dangereux. Je regrette cette visite et j'ai maintenant hâte de partir en Angleterre.

— Si César a trouvé un bateau, il peut être de retour dimanche, auquel cas nous pourrons partir lundi.

— Dis à ton cocher de nous laisser chez ma fille. Une fois chez toi, demande à Nicolas de revenir rue aux Ours. Cet après-midi, je me rendrai à l'étude Fronsac. J'ai sur moi tous les documents pour la succession de César et je demanderai à mon frère de faire le nécessaire avec le notaire de Mme Durier. Je rentrerai demain à Mercy préparer le voyage et reviendrai lundi.

— Apporte des armes, on ne sait ce qu'on découvrira là-bas.

— On recherche une femme et sa fille. Même si la première est une criminelle, nous ne partirons pas en guerre comme au temps de Bréval…

— Nous allons nous heurter aux Gombleton, ne l'oublie pas.

— C'est juste, reconnut Louis après avoir renoué un ruban noir à son poignet gauche.

— J'emporterai plusieurs pistolets pour César et moi, ainsi qu'une chemise de mailles.

Le lendemain, Gaston termina la rédaction d'un mémoire destiné au Conseil des parties et se rendit chez le chancelier Séguier afin de le lui remettre et de l'avertir de son absence.

Le Conseil des parties, ou Conseil d'État, s'occupait des contentieux judiciaires entre cours souveraines ou tribunaux d'ordres différents. Il connaissait également des recours en révision des arrêts rendus au criminel. Si, en théorie, l'institution réunissait les princes du sang, les ducs et pairs, les ministres d'État et les secrétaires d'État, en pratique étaient seulement présents durant les séances du lundi se tenant à Versailles, sous la présidence du chancelier, les conseillers d'État et les maîtres des requêtes. Les premiers s'asseyaient sur des fauteuils garnis de maroquin noir, tandis que les seconds restaient debout. Gaston, qui préparait essentiellement les rapports, s'y rendait donc rarement.

Le vieux chancelier Séguier l'invita à dîner, et tous deux se plongèrent dans leurs souvenirs. Séguier, survivant du temps de Richelieu et de Mazarin, ne jouait plus aucun rôle dans le gouvernement de Louis XIV, mais acceptait plutôt bien la situation.

C'est en rentrant à son hôtel que Gaston trouva la lettre : un valet inconnu l'avait laissée au concierge, lui expliqua Armande.

Sur le pli, fermé par quatre cachets de cire sans scel, seul son nom était mentionné, tracé d'une belle écriture.

Il brisa la cire et lut :

Vous trouverez Mme Desfontaines au Swan, dans New Palace Yard, au bout de King Street.

Rien d'autre. Pas de titre, pas de formule, aucune date.

Il retourna plusieurs fois la feuille, comme pour en percer les secrets. Le papier était ferme, sans tache ni ride, avec un filigrane à la Couronne. Un moulin bien connu. L'encre était noire, la plume utilisée à coup sûr celle d'un corbeau. Mais toutes ces observations ne servaient à rien. Les seules réponses qu'il aurait voulu connaître étaient : qui avait envoyé cette lettre, et pourquoi.

Qui : il ne pouvait s'agir que d'une des personnes rencontrées et auxquelles tous deux avaient parlé de la Desfontaines : le lieutenant du bailli, lord Hollis, Gombleton, Madame ou le duc de Mazarin. À moins qu'un indiscret qui en savait beaucoup sur l'affaire n'ait écouté leur conversation. Quant à l'information sur la présence de Mme Desfontaines était-elle vraie ou relevait-elle d'un piège ? Impossible de le vérifier.

Il rangea la missive, plus inquiet qu'il ne le laissa paraître à son épouse, et prépara soigneusement les pistolets à emporter, ses vêtements comme ses autres bagages.

Les jours suivants, il mit ses affaires en ordre et alla jusqu'à vérifier même son testament. Il laissa des instructions à Armande s'il ne revenait pas, ce qui provoqua force pleurs et tristesse.

Lui aussi, désormais, avait hâte de partir. Et surtout de revenir.

Dans la soirée du dimanche, César arriva. Comme la fois précédente, il avait galopé à bride abattue, dormant seulement quelques heures dans un relais de poste.

— Nous avons un bateau ! furent ses premiers mots.

Gaston et Armande, qui s'étaient précipités, le firent monter dans la chambre où l'on décida de servir le souper. Le temps qu'on apporte les plats et dresse une table, César raconta :

— Mon armateur, à qui j'ai tout raconté, m'a conduit sur les quais à un brigantin portugais qui transportait du sucre et du coton pour l'Angleterre et venait de charger du cognac. J'ai rencontré le capitaine, Ridolfo Cristobal. Contre cent livres, déjà remises, il nous attendra jusqu'à la fin du mois à Calais. Il transporte ses marchandises au port de Londres et nous y laissera. Il est prêt à différer son départ une fois son fret embarqué, et se contentera de dix livres par jour pour l'attente.

— Voilà une bonne nouvelle !

Les plats arrivant, Armande et Gaston s'attablèrent avec leur fils qui raconta son voyage et son bref séjour à La Rochelle. Évidemment, Mme de Tilly s'inquiétait :

— Sur quel genre de navire allez-vous embarquer ?

— Le *São Felipe* est un petit brigantin à deux mâts et un pont. Il porte une centaine de tonneaux, est gréé en carré à l'avant et en aurique à l'arrière. Je pense qu'il file bien. Comme il est bas sur l'eau, il me semble parfait pour remonter l'estuaire de la Tamise, car on peut utiliser des rames, mais pas trop bon par gros temps. Heureusement, il fait beau et la mer paraît calme.

Il s'adressa à son père :

— La traversée n'aura rien de confortable : la cale est pleine de marchandises et la cabine minuscule, mais, de Calais à Londres, ce sera l'affaire de moins d'une journée si nous avons bon vent.

— Combien d'hommes d'équipage ?

— Une douzaine. J'ai parlé avec eux et ils me paraissent bons marins, comme Cristobal d'ailleurs.

Ils évoquèrent ensuite le trajet jusqu'à Calais. Gaston parla enfin de la mystérieuse lettre.

— Qui a pu envoyer cela ? s'inquiéta César.

— Soit c'est vrai, soit c'est faux. Dans le premier cas, il s'agit d'une personne qui en veut à Mme Desfontaines et sait où elle est allée. Dans le second, on veut nous précipiter dans un piège.

— Je pencherais pour Gombleton, commenta César. Son père et son oncle peuvent avoir appris où se trouve cette dame, et ne pas vouloir lui reprendre le saphir par crainte de l'esclandre provoqué.

— Fort juste, approuva Gaston, mais la prudence s'impose. Quand tu auras soupé, je te montrerai mes armes, et tu choisiras ce dont tu as besoin. Louis a promis d'arriver lundi, demain donc. Nous quitterons Paris dans la foulée.

Parti de Mercy avec Bauer à la fin de la nuit, le marquis de Vivonne atteignit la demeure des Tilly vers dix heures. Entendant le véhicule pénétrer dans la cour, Gaston se précipita et fut surpris en découvrant la voiture. Il ne s'agissait pas du carrosse de son ami, mais d'un fort gros véhicule de couleur ivoire tiré par quatre chevaux que Bauer, qui en tenait un par le mors, s'efforçait de faire tourner.

Louis descendit.

— Comment as-tu eu ce véhicule ? s'enquit Gaston.

— Le prince de Condé me l'a vendu pour presque rien. Par Margot, j'ai appris qu'il se séparait de plusieurs vieilles voitures et je suis allé la voir. Celle-là a plusieurs années, mais se trouve en bon état et s'avère confortable pour un long trajet. En tout cas plus que mon carrosse ou le tien.

Gaston examina l'intérieur. Deux sièges dans le sens de la marche, une banquette devant elle, le tout capitonné de cuir, les côtés et portières compris. Le siège du postillon était large, il y avait un coffre à l'arrière et des lanternes pour la nuit.

César arrivant avec Armande, Louis alla les saluer.

— Avez-vous déniché un bateau ?

— Oui, il nous attend à Calais.

— Bien ! Quand pouvons-nous partir ?

— Après dîner, proposa Gaston, mais avant je dois te montrer quelque chose.

Laissant Bauer, Nicolas et les autres domestiques, les Tilly et Louis gagnèrent la chambre du maître des lieux où chacun s'assit. Là, ce dernier tendit la lettre reçue.

Louis la lut et l'examina.

— Quand l'as-tu eue ?

— Le jour de ton départ. César pense qu'elle vient de Gombleton. Que son père sait où se cache Mme Desfontaines et voudrait qu'on lui reprenne le saphir, quitte à nous saisir ensuite. Moi, je penche plutôt pour un piège.

— Difficile de conclure. Quoi qu'il en soit, nous avons dérangé quelqu'un.

Il songea à Hollis, attaqué dans son carrosse.

— As-tu remarqué quelque chose d'anormal depuis ?

— Comme quoi ?

— Une surveillance…

— Des espions ? Non. Nos serviteurs t'ont-ils avisé de quelque chose ? demanda Gaston à Armande.

— Je vais les interroger, répondit-elle, inquiète.

Elle sortit.

— Cette lettre a un avantage, nous livrer une piste, intervint Gaston.

Louis secoua la tête en grimaçant.

— Peut-être. Mais imaginons que Gombleton, Madame ou monseigneur le duc, voire quelqu'un d'autre dont nous ignorons l'existence, veuille apprendre ce qu'on va découvrir. Comment agirait-il ?

— Il nous ferait surveiller.

— Et nous suivrait, ajouta César.

— Au risque d'être repéré ? De plus, il y a la traversée en bateau : comment nous suivre en mer et apprendre où l'on a débarqué ?

— Difficile, en effet.

Louis, calé sur sa chaise, renouait un ruban de son poignet, attendant que son ami conclût de lui-même.

— On nous envoie au Swan pour nous y retrouver, lâcha Gaston.

— Voilà ! Mais, pour cela, un espion devra te reconnaître, là-bas.

— Ou toi.

— Non. Sachant ton nom, un espion a pu aisément surveiller ton hôtel parisien. Pour moi, c'est différent, personne ne savait où je logeais à Paris. Quant à fureter à Mercy… Il était plus simple de te guetter ici.

— L'espion aurait pu nous suivre après l'une de nos visites, et découvrir où tu logeais.

— Possible, mais pas facile puisqu'on se trouvait en voiture. Le plus simple restait la faction devant ta maison.

Armande revint avec François :

— Rien n'a été remarqué, sinon un nouveau mendiant apparu dans la rue, voici trois jours, fit-elle.

— Il était là jeudi, monsieur, précisa François. Notre portier me l'a dit, le soir. Mais, le lendemain, il avait disparu.

— Qu'as-tu fait, jeudi ?

— Je suis allé chez le chancelier Séguier.

— Si ce mendiant était un espion, il a pu te voir...

— Cela fait beaucoup de suppositions...

— Je reconnais que j'ai parfois l'imagination trop fertile. Il n'empêche, jusqu'à Calais, il conviendra de nous montrer prudents et vigilants. N'oublions pas ce qui est arrivé à lord Hollis. On ignore jusqu'à quelles extrémités ceux qui ne veulent pas qu'on découvre le saphir sont prêts. Et, à Londres, ce sera moi qui me rendrai au Swan. Des espions ne pourront me connaître.

— Moi encore moins, monsieur, intervint César.

— Fort juste. Louis, tu resteras avec moi. De surcroît, César passera facilement pour un Anglais. Il est roux !

Ils partirent comme prévu après dîner. Armande répéta mille conseils de prudence à son mari et demanda à Bauer de veiller sur lui, le Bavarois lui paraissant invincible depuis le jour où il l'avait sauvée et avait pendu ses agresseurs[1].

Bauer prit les rênes et Nicolas fit le postillon, montant en selle sur le premier cheval de gauche dans l'attelage afin de guider le véhicule dans Paris.

Avant de s'asseoir sur la banquette du conducteur, le Bavarois avait glissé sous le siège un fusil à silex, deux longs pistolets d'arçon avec double platine – qui tiraient des balles de presque un pouce –, ainsi que sa lourde épée. À son grand chagrin, il avait dû renoncer à son canon à feu et à l'espadon de son père, mais de telles armes l'auraient vite fait arrêter.

À l'intérieur, Louis et Gaston s'étaient installés dans les sièges du fond, César avait pris place sur la banquette. Ils s'occupèrent longtemps à vérifier les armes. Pour M. de Tilly, il s'agissait d'une paire de pistolets espagnols à miquelet et du pistolet génois

1. Voir *L'Énigme du clos Mazarin*, du même auteur.

à quatre canons que Louis lui avait offert en 1645. Son fils avait choisi deux pistolets à silex pas trop longs et un petit pistolet de poche trouvé chez sa mère où il s'était rendu le matin afin de prendre quelques affaires pour le voyage. Il s'agissait d'une arme de femme, petite et légère, peu commode en cas d'affrontement, avait jugé Gaston, mais il avait deviné combien son fils y attachait un intérêt sentimental. Quant à Louis, il avait jeté son dévolu sur deux pistolets à silex à double platine et canons hexagonaux. Des armes de précision qu'il maniait avec adresse.

La nuit tombée, ils firent halte à Beauvais. Durant le trajet, César était monté sur le siège du conducteur afin de tenir compagnie à Bauer et d'apprendre à diriger l'attelage. À tour de rôle, les trois hommes se remplacèrent et celui qui ne conduisait pas surveillait sans cesse la route derrière eux. Mais ils ne constatèrent jamais être suivis.

Dans la voiture, Fronsac et Tilly bavardaient ou sommeillaient, prêts à saisir leurs armes à la moindre alerte. Gaston s'enflammait en parlant de l'entreprise qu'ils conduisaient, peut-être parce que la vie qu'il menait à Paris lui paraissait bien morne après ce qu'il avait vécu. Louis, lui, n'était pas dans le même état d'esprit. Sans la décision de César et de son père de se rendre à Londres, jamais il ne se serait lancé dans une aventure qui ne le passionnait pas et dont il pressentait qu'elle ne lui apporterait que des déboires.

Le lendemain, après une longue journée de route dans une véritable fournaise, ils passèrent la nuit à Béthune et, le surlendemain, atteignirent Calais en fin d'après-midi. Si la route avait été bonne durant les deux premiers jours, bien pavée et sans ornières, la dernière partie du voyage s'était effectuée plus lentement en raison du chemin cahotant et poussiéreux. Ils passèrent la porte de la ville le mercredi 25 août. Dans une chaleur toujours étouffante.

Bauer et Nicolas parvinrent à conduire le carrosse jusqu'au port. Où César découvrit, avec inquiétude, l'absence du *São Felipe* !

22

La traversée est longue entre La Rochelle et Calais.

— Trois jours au moins avec un vent favorable, expliqua le fils Tilly pour rassurer son père et Fronsac. Or, durant notre voyage, vous avez constaté comme moi l'absence totale de brise, aucun souffle. Parti le lendemain du jour où j'ai quitté La Rochelle, le brigantin est certainement encore en mer, encalminé au large de la Bretagne. Mais il ne saurait tarder, il arrivera à la prochaine marée.

La justification était raisonnable, même si Gaston s'inquiétait d'un manque de parole du capitaine qui pouvait avoir gardé l'argent et filé en Angleterre sans eux. Heureusement, il y avait nombre de navires et barques à quai, et ils en trouveraient bien un qui les emmènerait, se rassurait-il.

En attendant, ils prirent chambre dans une hôtellerie munie d'une écurie où l'on s'occupa des chevaux. Le lendemain, à peine le soleil levé, ils se rendirent au port. La marée montait, mais le brigantin ne se présenta pas. Ils restèrent sur place, dans un cabaret situé devant les quais, débutant une attente vite interminable. Dans l'après-midi, Gaston proposa d'aller interroger quelques maîtres de barque pour savoir si l'un d'entre eux pouvait les conduire sur la côte anglaise. Ils obtinrent plusieurs réponses favorables, mais se virent expliquer que, les Français n'étant pas les bienvenus, ils seraient débarqués dans de petits ports. De quoi compliquer leur voyage suivant jusqu'à Londres. D'un commun accord, ils actèrent de patienter encore une journée.

La nuit tombait. Ils avaient soupé dans le cabaret du port et s'apprêtaient à gagner leur auberge quand César cria, en désignant une grande barque à deux mâts en train de pénétrer majestueusement dans le chenal. Sa figure de proue représentait une jeune femme brune en robe bouton-d'or tenant un fanal dans sa main droite.

— Le *São Felipe* !

Soulagés, ils suivirent le quai jusqu'à l'endroit où le brigantin allait amarrer. César faisait de grands signes en criant, et le capitaine le remarqua, lui répondant de la même manière.

Des bouts furent lancés et le bateau vite arrimé. Dès qu'une passerelle fut posée, les cinq hommes se précipitèrent à bord.

— Désolé pour le retard, messeigneurs, s'exclama le capitaine avec un fort accent portugais, mais, sans vent, nous avons dû utiliser les rames pour avancer !

De petite taille, brun comme un moricaud, nanti de cheveux frisés presque crépus et d'une barbe en pointe, le maître marinier avait revêtu une élégante redingote lie-de-vin en peau de veau marin et portait un tricorne à plume.

César présenta ses compagnons, expliqua que Nicolas ne resterait pas avec eux car il reconduirait le carrosse à Paris, et demanda quand la nef pouvait repartir.

— Au flot demain matin, dans neuf heures. Êtes-vous prêts ?

— Nous serons là, promit Gaston.

Ils passèrent la dernière nuit à l'hôtel et gagnèrent le quai au lever du soleil, toujours en carrosse. Nicolas repartirait seul après leur départ. Sans se presser, il atteindrait Mercy dimanche ou lundi.

Dès qu'ils furent à bord, les marins se mirent aux rames et le brigantin s'éloigna du port. Maître Ridolfo Cristobal proposa aux passagers de s'installer dans la cale, où l'on avait porté leurs bagages, mais l'endroit était si inconfortable avec l'espace sans marchandises occupé par des hamacs qu'ils préférèrent rester sur le pont. Pour autant, même là, la place demeurait chiche.

César tenant compagnie au capitaine quand le Portugais n'était pas occupé aux manœuvres, Louis, Gaston et Friedrich s'installèrent à la poupe, contre un plat-bord. Une légère brise soufflait maintenant par l'arrière, alors l'équipage hissa les deux voiles.

En pleine mer, l'allure devint soutenue. Ce qui provoqua à plusieurs reprises des gîtes importantes que Gaston supporta, à l'inverse de Louis. Très vite, les nausées le rendirent malade. De plus, le soleil les brûlait. Aussi le capitaine fit-il installer une sorte de tente pour les protéger.

Vers midi, le bateau franchit un cap, changea de direction puis largua la voile arrière.

— Nous sommes dans l'estuaire de la Tamise, vint expliquer César. Le flot descend et, si le vent ne change pas, nous jetterons l'ancre un moment pour attendre la marée montante.

Le brigantin patienta effectivement sur place durant un couple d'heures. Le capitaine Cristobal en profita pour venir discuter avec Gaston et Louis, ce dont il n'avait guère eu l'occasion jusqu'à présent.

— M. de Tilly (il parlait de César) m'a dit que vous souhaitiez débarquer à Greenwich.

Il s'exprimait dans un mélange d'anglais et de français.

— C'est cela, approuva Fronsac en anglais.

— Je peux le faire et vous attendre là, mais Greenwich est surtout un port militaire.

Il se racla la gorge afin de masquer son embarras.

— J'ignore ce que vous venez faire en Angleterre, mais on vous remarquera plus facilement à Greenwich que si je vous conduisais au port de la Cité. Comme Français, vous y serez plus longuement interrogés par les gens du roi qu'à Londres où on a l'habitude de la présence des marchands. Surtout, en débarquant là, vous vous trouverez directement dans la ville, ce qui vous évitera des fatigues, tandis que de Greenwich vous devrez trouver un carrosse, puis traverser le pont de Londres, toujours encombré.

César traduisit rapidement pour son père.

— Vous-même, pouvez-vous nous attendre quelques jours dans ce port ? interrogea Fronsac.

— Bien sûr. Et en plus vous pourrez en plus revenir à bord rapidement… en cas de difficultés. Le port s'étend le long du pont qui rejoint les deux rives.

Les deux amis s'interrogèrent du regard avant de demander son avis à César.

— Je pense que le capitaine a raison. Maître Cristobal m'a dit qu'en débarquant à Billing's Gate, près du pont, nous rejoindrons Thames Street, Grace Street et directement Lombard Street. On trouvera partout des carrosses et des chaises nous transportant où nous voudrons.

— C'est cela, approuva le Portugais. Sans compter les barques, innombrables sur le fleuve.

— Entendu ! décida Fronsac.

La décision prise, le capitaine alla prévenir son pilote et, peu après, le brigantin leva l'ancre pour remonter la Tamise, soutenu par le flux. La voile arrière fut hissée et, l'estuaire étant large, le capitaine tira des ris afin de profiter de la brise.

Hélas, après une première boucle, le cours d'eau devint plus étroit et les hommes d'équipage durent se remettre aux rames pour les manœuvres, la voile étant à demi larguée.

Au bout d'une heure de cette lente navigation, le bateau passa un chantier de construction navale entouré de vastes bâtiments. À l'écart, sur un quai, se dressaient des potences où pendaient des dizaines de corps.

— Voici Blackwall, qui appartient à la compagnie des Indes orientales. On y pend aussi les pirates, expliqua Cristobal.

Mais déjà le brigantin débouchait sur une rade occupée par toutes sortes de bâtiments qui dansaient dans la houle. Il y avait de gros trois-mâts à plusieurs ponts, de petits bricks armés de nombreux canons, des sloops rapides comme d'élégantes frégates. Leurs sabords protégeant les batteries indiquaient qu'il s'agissait de vaisseaux de guerre, mais beaucoup se trouvaient partiellement démâtés, alors que d'autres paraissaient n'avoir qu'un équipage réduit. Seuls trois ou quatre navires semblaient prêts à prendre la mer.

— Greenwich ! vint dire le capitaine portugais en désignant les élégantes constructions qui s'étendaient sur la rive. Plus loin, c'est Deptford où se trouvent les chantiers de la Navy.

Leur vaisseau poursuivit sa route beaucoup plus lentement, deux autres navires marchands se trouvant devant eux, ainsi que des embarcations de plus en plus nombreuses. Beaucoup de pinasses étaient amarrées à des pontons le long de la rive, depuis lesquels des portefaix transportaient leur fret.

Le nombre de vaisseaux à l'ancre leur parut vite considérable lorsque, derrière cette multitude, apparut un immense pont supportant des constructions allant jusqu'à six étages qui barraient complètement la vue vers l'amont de la rivière. L'un des marins fit signe à Fronsac de regarder à droite, où se dressait un grand château blanc flanqué de quatre tours.

— La Tour de Londres, lui dit-il.

Le brigantin, désormais manœuvré à la rame, se fraya habilement un passage entre des bricks, des goélettes, des corvettes, des lougres, des sloops, des pinasses et des frégates, évitant adroitement l'armada de barques qui sillonnaient la rade en transportant hommes et marchandises sur les rives et les quais. Les pavillons indiquaient les multiples origines de ces vaisseaux en provenance de toute l'Europe, et même de l'Orient : Espagne, Portugal, Venise, Danemark, Norvège, Irlande, Pologne et Empire ottoman. Tilly observa qu'il n'y avait aucun drapeau hollandais ou français, et César remarqua que les plus gros arboraient, eux, les couleurs de la British East India Company.

Le capitaine fit jeter deux ancres et s'adressa à ses passagers.

— Je peux mettre à l'eau ma nacelle, mais il sera plus confortable pour vous de vous rendre à terre sur une de ces barques. Ça vous coûtera six pence.

Et de désigner des petites embarcations à un ou deux rameurs en train de circuler partout.

— Bien sûr, approuva César, qui faisait déjà de grands signes à un canot qui s'approchait.

Le capitaine fit chercher les sacoches et les deux malles de bois couvertes de cuir de ses passagers. Le canot s'amarra, et Bauer passa le premier, pour « en tester la solidité », dit-il avec un brin d'inquiétude. Comme la barquette résista à son poids, on fit passer les bagages, puis les passagers descendirent non sans que Fronsac rappelle au capitaine qu'il lui donnerait des nouvelles d'ici une dizaine de jours, sans doute même plus tôt. Il lui avait remis dix pistoles d'avance et, à cette occasion, avait changé quelques écus d'argent contre de la monnaie anglaise.

Une bien curieuse chose pour Louis que les espèces de ce pays : les rois ne faisaient frapper que des pièces d'or et d'argent, aussi la monnaie de moindre valeur était-elle remplacée par des pièces coupées en deux ou quatre, qu'on appelait *farthing*, ou par des jetons frappés par les commerçants. Pour l'heure, la pièce d'or valant une livre, ou vingt shillings, s'appelait la guinée, mais comme elle était rare elle atteignait facilement vingt-deux shillings. Il existait des shillings, des demi-shillings et des pence d'argent. Quant aux jetons, il y en avait de toutes sortes et formes : ronds, carrés, en losange et même en cœur. La plupart valaient un demi-penny.

— Où voulez-vous que je vous dépose, messeigneurs ? demanda l'un des deux rameurs.

— À Billing's Gate, répondit César qui avait écouté les recommandations du capitaine Cristobal.

La nage commença et le bateau se dirigea vers la rive. Pour intéresser ses passagers, le marinier désigna les piques supportant des têtes humaines en haut d'une des tours.

— Ce sont des républicains qui complotaient contre notre bon roi, expliqua-t-il. On les a démembrés à Charing Cross et leurs têtes, depuis, pourrissent ici.

— Quels forfaits avaient-ils commis ? s'enquit Gaston, toujours curieux au sujet des criminels.

— Ces gens de la Cinquième Monarchie voulaient instaurer le royaume de Dieu. Leurs chefs ont été condamnés pour avoir décidé de la mort du roi Charles, mais ceux-là n'étaient que des complices qui ont tenté d'enlever le maire de Londres.

Fronsac dressa l'oreille. Ainsi il s'agissait des fanatiques dont Hollis lui avait parlé.

Un peu plus loin, le rameur leur désigna de longues cages de fer attachées devant les piles maçonnées. À l'intérieur, des malheureux étaient exposés. Dans l'une de ces prisons grillagées, une femme paraissait morte.

— Des voleurs, fit le second rameur, avec un sourire à la fois cruel et satisfait.

La barque arriva finalement à un ponton de bois auquel l'un des rameurs l'amarra. Ayant repéré les voyageurs, des portefaix se précipitèrent. Nos amis sortirent du canot et César demanda aux mariniers :

— Où peut-on trouver un carrosse ?

— Là-bas !

L'homme désigna le début d'une rue qui partait de la grève et où attendaient deux grosses voitures.

— Mais où allez-vous, messeigneurs ?

— Près d'un endroit nommé Charing Cross, celui dont vous venez de parler.

Le rameur secoua la tête :

— Ne prenez pas un carrosse ! Les rues sont très encombrées et vous allez mettre des heures. Je peux vous conduire jusqu'à York Stairs où vous trouverez facilement des voitures qui vous conduiront rapidement à Charing Cross ou à Whitehall.

Comme Fronsac et Tilly hésitaient, il ajouta :

— Je suis licencié par le lord-maire, comme tous les mariniers sérieux ici.

Il montra un badge de cuivre qui prouvait ses dires.

— Cela vous coûtera six pence par personne, et six pence de plus pour vos bagages. Mais vous y serez vite.

— Entendu ! décida Fronsac.

À cet instant déboulèrent quatre gardes armés de hallebardes conduits par un sergent :

— Vous venez de débarquer ! affirma ce dernier, dont les hommes devaient surveiller les étrangers.

— Oui, monsieur, nous arrivons de France.

— Vous devez passer au bureau du port afin d'être interrogés. Nous sommes en guerre contre la France ! J'espère que vous avez un passeport !

— Nous possédons un laissez-passer du grand chancelier, lord Clarendon, expliqua Louis en sortant un petit portefeuille d'une poche de son justaucorps et en extirpant le document de lord Hollis.

Un peu rasséréné, le sergent le prit et le lut, puis il examina les voyageurs.

— Vous êtes monsieur Fronsac…

— C'est cela.

— Voici MM. de Tilly, père et Fils, et M. Bauer.

Le sergent hocha la tête et demanda à ses hommes d'armes de rester à surveiller les nouveaux venus avant de se diriger vers un baraquement.

Le marinier à la barque glissa à Fronsac :

— Il va les montrer au secrétaire de Billing's Gate, mais ne vous inquiétez pas.

Quelques minutes plus tard, le sergent revint et rendit la feuille avec un hochement de tête avant de filer vers une nacelle qu'un de ses gardes lui signalait.

Les Français embarquèrent, et le batelier donna un coup de lame au ponton pour éloigner son canot, laissant les trois portefaix fort déçus.

L'embarcation reprit la direction du grand pont et passa sous une arche. Les rameurs étaient vigoureux et la barque rapide.

Nos amis remarquèrent vite le nombre incroyable d'embarcations qui transportaient des passagers. Un peu partout, le long des rives, des pontons en planches, appelés *stairs*, expliqua un rameur, descendaient dans le flot afin de faciliter embarquements et débarquements. Somme toute, la rivière constituait une grande rue très commode, observait Gaston.

Les rameurs leur indiquèrent quelques monuments sur les berges, en particulier un ensemble de constructions appelé le Temple. La plupart des maisons qu'ils voyaient étaient en bois.

Dans une boucle du fleuve, la barque se rapprocha d'un ponton couvert d'algues et s'y amarra. Là aussi, des portefaix attendaient.

— Vous trouverez des voitures un peu plus haut. Les porteurs vous montreront, expliqua le marinier quand Fronsac le paya.

Ils descendirent. César s'adressa alors à l'un des portefaix.

— Conduisez-nous à un carrosse, demanda-t-il. Nous allons dans Saint Martin's Lane.

Les serviteurs acquiescèrent, attrapèrent les malles et les sacoches, et les voyageurs leur emboîtèrent le pas.

Un peu plus haut, à un carrefour, deux voitures attendaient : un carrosse, simple caisse attelée par deux chevaux, et une chaise à deux roues tirée par une mule.

César expliqua au cocher du premier qu'ils se rendaient à l'Old Slaughter. Fronsac paya la course et ils partirent. Ils débouchèrent très vite sur un grand carrefour où se dressait une croix[1]. De l'endroit encombré de voitures, de cavaliers et de chaises à porteurs, s'élevait un vacarme épouvantable. Malgré le crépuscule – on approchait de huit heures –, Gaston remarqua le long d'un mur des morceaux de corps humains séchés, sans tête, ni bras, ni jambes, aux os blanchis apparents. Par l'ouverture entre l'intérieur du carrosse et le siège, il interpella le cocher afin de savoir de quoi il s'agissait.

— Ce sont des républicains, monsieur. Ceux qui avaient décidé de la mort du roi (propos dit d'un ton morne donnant à penser à Fronsac qu'il était lui-même républicain).

Le véhicule s'engagea enfin dans une rue plus calme, bordée cette fois de maisons, d'hôtels et de jardins, avant de pénétrer dans une cour. Louis avait eu le temps de voir l'enseigne de bois qui représentait un cavalier en gilet de cuir, casque rond et écharpe, avec sabre dégoulinant de sang.

---

1. Érigée par le roi Édouard Ier à la mémoire de sa femme Éléonore de Castille.

Laissant les bagages à la garde de Bauer, les Tilly et Fronsac pénétrèrent dans une salle sombre aux tables pour la plupart occupées. Les murs portaient des écus rouillés et des armes d'hast alignées sur des râteliers. Aucun portrait du roi Charles n'ornait les lieux.

Ils traversèrent la pièce sous les regards curieux des clients, dont beaucoup jouaient aux échecs ou aux dames. Répétant ce que Hollis lui avait dit, Louis avait prévenu Gaston et César que l'auberge était fréquentée par des Français, d'abord des protestants arrivés à Londres après la Saint-Barthélemy, puis des opposants de Richelieu et de Mazarin. Parmi eux s'étaient à coup sûr glissés des espions.

Un homme corpulent s'approcha :

— Je suis maître Balfour, fit-il. Voulez-vous souper, messeigneurs ?

— Volontiers, dit César, mais nous voulons surtout une ou deux chambres. Nous sommes quatre.

L'aubergiste les examina, ayant deviné à leur accent qu'il s'agissait de Français. Venaient-ils rencontrer des compatriotes ? Son auberge était de plus en plus surveillée par les maudits papistes, et loger ces gens-là pourrait bien lui attirer quelques ennuis.

— Hélas, mes chambres sont toutes prises, dit-il en écartant les bras en signe d'impuissance.

Gaston plissa le front. Il avait vu une autre auberge à Charing Cross : le Golden Lion, mais y aurait-il de la place ? Allaient-ils devoir passer la soirée à chercher un endroit où dormir ?

— Nous sommes à Londres pour rencontrer sir Samuel Morland, intervint Fronsac. C'est un ami. On m'a dit que nous pouvions nous recommander de lui, ici.

— Vous connaissez sir Morland ?

— Oui. Nous lui avons rendu service, voici trois ans.

Maître Balfour se racla la gorge. Morland était désormais baronet, et toujours bon client. De plus, il avait été fort proche du Lord Protecteur, même s'il avait changé de camp, comme beaucoup, mais au moins était-il toujours protestant et, chaque fois qu'il le pouvait, aidait-il les puritains.

— Mary, conduit ces gentilshommes à la grande chambre. Ce sera deux shillings la nuit, et un par personne pour votre souper, décida-t-il.

— Parfait, portez-nous à dîner.

La nommée Mary les entraîna vers une vaste pièce correctement meublée d'un coffre, d'une chaise à retrait, de tabourets et de deux fauteuils tapissés ainsi que d'un grand lit à custodes dans lequel on pouvait tenir à cinq ou six. La servante, montée avec un bougeoir car tout était sombre, alluma un chandelier à trois chandelles de suif. César descendit ensuite avec elle pour quérir Bauer et faire monter les bagages.

Pendant ce temps, Louis et Gaston discutèrent près de la fenêtre ouverte, la chaleur étant là aussi insupportable.

— Il ne fait pas complètement nuit, pourquoi ne pas nous rendre tout de suite chez Morland ? proposa Tilly.

— Je suis aussi impatient que toi, mais nous risquons de le déranger à cette heure et, surtout, il est trop tard pour nous rendre ensuite au Swan. Il fera nuit, et si Mathurine Desfontaines est vraiment là et nous échappe, nous le regretterons.

— Tu as raison, soupons. Demain sera une rude journée.

23

Le samedi matin, ils se levèrent avant le soleil, déjà torturés par des essaims de mouches voraces décidées à les dévorer. On était le 28 août en France, mais seulement le 18 pour les Anglais qui avaient gardé le calendrier julien, comme l'expliqua Louis à Gaston et Bauer tandis qu'ils descendaient les marches conduisant à la salle. Peu de monde, sinon quelques fonctionnaires en chemin vers Whitehall ou l'Échiquier, et qui buvaient leur bière matinale.

Attablés, les Français se firent servir du pain et du fromage, bien sûr accompagné de bière. Durant le déjeuner, ils poursuivirent leur discussion sur le calendrier anglais. César raconta que, dans la marine anglaise, les heures étaient décalées d'une demi-journée par rapport à celles en vigueur en Angleterre elle-même. Gaston conclut qu'il ne comprendrait jamais les habitants de ce pays. Les agapes terminées, ils sortirent alors que l'aube naissait. La chaleur les frappa de nouveau.

Maître Balfour leur ayant indiqué où se trouvait la maison de Samuel Morland, ils s'y rendirent à pied, Saint Martin's Lane relevant de l'agréable promenade. Pour autant, chacun portait un pistolet dans une poche du justaucorps, Bauer en ayant même glissé un second sous sa ceinture, dans son dos.

La maison de Morland affichait la prospérité du jeune baronet. Dans l'écurie mitoyenne, un palefrenier nettoyait un carrosse noir aux portières et toit rouges. Les Français passèrent sous la colonnade et secouèrent la chaîne d'une cloche de cuivre. Presque aussitôt, un laquais en livrée apparut.

— Mon nom est Louis Fronsac, sir Morland nous connaît.

Le serviteur les fit entrer dans un vestibule carrelé en noir et blanc, puis dans un cabinet, en leur demandant de patienter.

La pièce était encombrée de machines de différentes tailles avec toutes sortes de rouages, roues et leviers, certaines en partie démontées alors que des pièces de bois et métal reposaient sur un coffre et une longue table.

Ils débattaient quant à l'usage de ces étranges engins lorsque Morland apparut.

— Monsieur le marquis ! Monsieur de Tilly ! Monsieur Bauer ! Si je m'attendais ! s'exclama-t-il avec un plaisir non feint.

La quarantaine, en justaucorps de drap noir, le mathématicien affichait un visage juvénile encadré de cheveux bouclés tirant sur le roux. Bien que souriant, son regard gardait une expression intriguée, soucieuse peut-être.

— Vous n'avez pas changé, sir Morland ! C'est pour nous un plaisir de vous revoir, déclara Louis en s'inclinant. Avez-vous des nouvelles de lady Hay ?

— Oui, très bonnes, même ! Nous nous voyons de temps à autre. Pas trop quand même, car ma femme est fort jalouse ! Vous ferez sa connaissance bientôt.

Il alla refermer soigneusement la porte.

— Êtes-vous à Londres suite à la visite que m'a faite lord Hollis ?

— Oui, répondit Louis, et, pour être francs, nous avons besoin de votre aide.

— Elle vous est acquise, pour autant que vous ne me demandez pas quelque chose de contraire à mes idées ou de déloyal envers mon roi.

— Rassurez-vous, il n'en sera rien, et je ne l'aurais même pas envisagé. Mais permettez-moi d'abord de vous présenter le fils de M. de Tilly, César.

Ce dernier s'inclina.

— Je l'avais deviné... La ressemblance.

— Nous avons beaucoup à vous dire, mais, avant tout, je voudrais vous raconter les grandes lignes de l'affaire dont s'est occupé lord Hollis. Vous nous direz ensuite si votre aide paraît envisageable ou non.

— Nous serions plus confortablement installés dans ma chambre, intervint Morland, seulement mon épouse s'y trouve. Dans cette pièce, personne ne peut nous entendre, aussi je préfère que nous restions là. Laissez-moi juste faire porter des chaises et un verre de xérès frais.

Morland sortit, héla un laquais, qui transporta trois chaises caqueteuses destinées à compléter les deux sièges déjà dans la pièce. Une servante apporta un plateau avec une carafe et des verres.

La boisson servie et la porte refermée, Louis résuma la visite de lord Hollis et évoqua en quelques mots ses entretiens avec le lieutenant du bailli du palais, Madame et Thomas Gombleton. Ensuite, il présenta au maître des Mécaniques royales le laissez-passer donné par l'ambassadeur afin de prouver ses dires.

Morland jeta un coup d'œil au document, sans y attacher particulièrement d'intérêt.

— Comment comptez-vous retrouver le saphir ?

— C'est là que nous avons besoin de vous. Voici ce que M. de Tilly a reçu avant notre départ.

Il sortit le billet révélant où se trouvait Mme Desfontaines.

— Tout cela pue le coup monté ! s'exclama Morland, autrefois espion.

— C'est l'évidence. Si Mme Desfontaines ne loge pas au Swan, on veut seulement nous y attirer, peut-être pour nous agresser ou nous causer du tort, peut-être seulement afin de nous suivre. Je préfère donc ne pas nous montrer. Dès lors, accepteriez-vous d'aller voir cette Mme Desfontaines, sous un prétexte futile ? Je peux vous la décrire d'après le portrait que le lieutenant du bailli du palais m'en a fait et, si vous découvrez qu'elle demeure effectivement au Swan, nous nous y rendrons à notre tour. Mais seulement à cette condition.

— Ma foi, cela me paraît raisonnable. Je connais le Swan où je me rends souvent. Si cette dame s'y trouve, son patron me le dira. Pouvez-vous me la dépeindre ?

Louis rapporta ce que M. Hourlier avait décrit.

— Cela devrait suffire. Souhaitez-vous que nous nous y rendions maintenant avec mon carrosse ?

— Je n'osais vous le demander.

Ils finirent leurs verres et sortirent dans le vestibule. Morland demanda un instant, quitta la pièce et revint peu après la tête recouverte d'un chapeau emplumé et le flanc serti d'une épée de parade. Le carrosse étant trop exigu pour cinq, Bauer monta près du cocher et la voiture se dirigea vers Charing Cross.

Le véhicule était confortable mais, hélas, envahi de mouches qu'il fallait sans cesse chasser d'un revers de main. Fronsac espérait que le trajet ne serait pas long, surtout après avoir aperçu des poux grouillant dans la perruque du maître des Mécaniques, assis à côté de lui.

Gaston prit la parole et raconta rapidement l'emprisonnement de son fils.

— La corruption des juges ne m'étonne pas, déclara Morland quand Tilly eut fait part du jugement. C'est, hélas, l'ensemble de la Cour qui l'est, et j'en viens à regretter le temps des puritains. Notre flotte manque de tout, car l'argent qui lui est consacré disparaît mystérieusement. Chacun se sert en chemin ! Vous avez vu mes machines ? J'ai inventé une pompe permettant d'éteindre les incendies à bord des navires, mais on prétend qu'il n'y a pas de fonds pour la financer alors que le feu représente le pire ennemi d'une flotte. Mon ami Samuel Pepys, secrétaire à l'Amirauté, est désespéré par la situation.

— Pourtant, sir Hollis m'a vanté les qualités et la probité de lord Clarendon, observa Fronsac.

— Opinion que je partage, mais à quoi sert-elle face à la dissolution des mœurs ? À Whitehall règnent le jeu, les blasphèmes, l'ivrognerie et les vices les plus abominables. Le roi n'écoute que ses maîtresses, et son frère, le duc d'York qui dirige la flotte, trompe sa propre épouse, la fille de Clarendon, avec toutes les catins possibles.

Ils débouchèrent sur Charing Cross, et Gaston désigna les membres humains exposés.

— Est-ce ici qu'ont lieu les exécutions ?

— Pas seulement. Les pendus sont exposés à Tyburn, d'autres dans Fleet Street. Mais cette place est pratique pour recevoir la populace. Voici six ans, on y a pendu, éviscéré et découpé en quartiers le major Harrison, maître de la Cinquième Monarchie et régicide. Vous ne pouvez imaginer la cohue et les clameurs de satisfaction qui ont retenti lorsque le bourreau a présenté sa tête.

— Une rude journée pour ce major, fit César.

— Il l'a plutôt bien pris. Il était fort joyeux, persuadé de bientôt trôner à la droite de Dieu.

Morland se garda de préciser qu'il avait connu le major, l'un des proches de Cromwell, quand lui-même travaillait pour le vieux Noll[1].

Le carrosse filait maintenant dans la rue qui longeait Whitehall. Par le fenestron, Morland s'adressa en anglais au cocher :

— John, arrête-toi dans New Palace Yard, pas trop près du Swan.

» Nous venons de franchir King Street Gate, expliqua-t-il aux Français en recourant à leur langue. Cette rue étroite accueille les courtisans et les officiers de la Cour qui n'ont pas trouvé de place à Whitehall, mais, les loyers étant hors de prix, beaucoup logent seulement dans les tavernes comme le Crown, Harper ou le Fox, que vous voyez de ce côté-ci.

Effectivement se succédaient des corps de logis en bois et plâtre avec enseignes d'auberge et de cabaret.

La voiture pénétra dans une ruelle conduisant à une grande place, et s'arrêta devant un établissement de boissons nommé le Dog.

La place était bordée par Westminster Hall, la tour de l'horloge et la Chambre des communes et, bien que vaste, encombrée de carrosses de toutes tailles et chaises de toutes formes. Des bandes de laquais s'occupaient des chevaux ou se moquaient bruyamment des deux corps agenouillés maintenus par les mains dans un

1. Surnom d'Olivier Cromwell.

pilori dressé sur une estrade. Le dos nu des condamnés montrait de sanglantes marques de flagellation. Morland les désigna :

— Des auteurs de libelles contre la maîtresse du roi, lady Castelmaine. Ils ont eu la langue percée hier, ont reçu vingt coups de fouet et doivent rester exposés là trois jours, dit-il d'un ton désapprobateur.

Et d'ajouter :

— Attendez-moi et ne vous montrez pas, car il pourrait y avoir des espions à l'intérieur de ces voitures.

D'un geste circulaire, il montra les véhicules stationnés et sortit.

— Bauer se trouve sur le siège, dit Tilly à Fronsac en désignant le cocher. Je vais le faire rentrer.

— Tu as raison, même si aucun espion ne peut le connaître.

Gaston s'adressa au Bavarois, qui les rejoignit.

Pendant ce temps, Morland avait gagné l'auberge en sifflotant. Il s'y rendait une ou deux fois par semaine, aussi plusieurs valets qui le connaissaient le saluèrent-ils respectueusement.

En entrant, il aperçut William Herbert, le cabaretier, attendit que ce dernier ait fini une discussion avec un officier de la garde et le rejoignit.

— Maître William, puis-je vous dire un mot ?

L'autre hocha la tête après avoir regardé alentour. Il savait que le maître des Mécaniques s'occupait plus ou moins d'espionnage et, à son ton de comploteur, devinait une intrigue dont il se réjouissait de connaître la confidence.

— Allons au cellier, sir, proposa-t-il.

Dans la sallette sombre débordant de caisses et paniers empilés où, dérangé, un rat s'enfuit furtivement, le visiteur murmura :

— J'ai besoin d'un renseignement tout à fait confidentiel, William.

— Vous pouvez compter sur mon silence, fit l'autre d'une voix aussi basse.

— Logez-vous une Française nommée Mathurine Desfontaines ?

Le cabaretier haussa un sourcil.

— J'ai une Mrs Desfontaines depuis trois jours. Elle occupe la première chambre de l'étage, mais je ne crois pas qu'elle soit française. Ou alors elle parle remarquablement notre langue.

— Seule ?

— Seule.

Et d'interroger, intrigué :

— Est-ce une criminelle ?

— Non, rassurez-vous, juste un témoin auquel je souhaite parler...

Morland sortit et gagna l'escalier, préoccupé. Se pouvait-il que la Desfontaines connaisse si bien l'anglais ? Et où se trouvait sa fille ? Il se remémora la description faite par Fronsac : la quarantaine, une taille de près de six pieds, des yeux bleus, une mouche naturelle sur la joue droite. Un buste généreux...

Il frappa à la première porte. Une voix de femme interrogea.

— Madame Desfontaines ? s'enquit Morland. J'ai une commission pour vous de la part de lord Saint Albans.

Il s'était exprimé en anglais.

La porte s'ouvrit et apparut une femme mince, de taille moyenne, aux yeux verts et à la peau fanée, sans marque sur le visage.

— Êtes-vous Mrs Desfontaines ?

— C'est moi.

— Je ne le crois pas ! répliqua-t-il alors d'un ton dur.

Il fit demi-tour et descendit l'escalier quatre à quatre, traversa la salle à toute allure sous le regard intrigué de l'aubergiste, jetant un œil rapide aux clients sans reconnaître quiconque.

Sur la place, il s'arrêta un instant devant le pilori, histoire de vérifier que personne n'était sorti derrière lui, puis se dirigea vers son carrosse. Au cocher, il ordonna de rentrer à Saint Martin's Lane.

Comme il ouvrait la porte du véhicule, Bauer s'apprêta à sortir.

— Non ! dit Morland. Nous nous serrerons. Filons au plus vite car la femme que j'ai vue n'est pas la vôtre, monsieur Fronsac.

Canto de La Cornette était assis dans une chaise à deux roues, véhicule tiré par un coltineur à l'aide de deux brancards, fréquent à Londres à l'instar des vinaigrettes parisiennes. Son compère Pichon se trouvait dans un recoin sombre du Swan, d'où il surveillait l'escalier. Depuis trois jours, les nervis du duc de Mazarin poireautaient à Londres. Suivant les conseils de Joachim d'Alancé, ils avaient recruté une prostituée dans le quartier de Southwark pour l'installer au Swan. À tour de rôle, l'un surveillait les abords de l'auberge, installé dans la chaise, l'autre gardait les lieux. Si Fronsac ou Tilly arrivait, impossible de le rater. Quant à la drôlesse, elle les préviendrait au cas où l'un d'eux parviendrait à tromper leur vigilance.

Pour l'heure, le coltineur bavardait devant le pilori en compagnie d'autres valets et se vantait de sa bonne fortune. Un Suisse (Canto et Pichon s'étaient présentés comme tels) avait loué sa chaise à la journée et cela depuis trois jours, expliquait-il. L'étranger restait à l'intérieur ou se faisait remplacer par un compère de temps en temps. À l'évidence, ces drôles attendaient quelqu'un !

C'est alors qu'il vit sortir son client, lequel se précipita vers lui.

— Retournez à la chaise, on part ! cria-t-il.

Au même moment, Pichon sortait, accompagné de la prostituée.

— Les as-tu vus ? lança-t-il.

— Non, mais j'ai reconnu le nommé Bauer. Ils sont dans le carrosse rouge et noir qui s'éloigne !

Sans en dire plus, il revint à la chaise en courant et lança au porteur :

— Suivez la voiture rouge, mais à bonne distance.

La chaise s'ébranla. Le véhicule de Morland se trouvait à deux ou trois cents pieds, n'allait pas vite dans la rue étroite aux encombrements nombreux. De temps en temps, Canto se retournait et, par l'ouverture arrière, apercevait Pichon le suivant d'assez loin.

À Charing Cross, il vit le carrosse s'engager dans Saint Martin's Lane et demanda au porteur de filer vers le Strand. Si Fronsac surveillait les véhicules derrière eux, il ne pourrait le repérer.

Canto descendit, paya le coltineur et gagna l'allée empruntée par les Français. Il vit Pichon et lui fit signe de poursuivre la filature.

Dans le carrosse, Louis avait remarqué la chaise, ainsi que d'autres voitures derrière eux, mais se rassura en constatant que toutes poursuivaient leur route vers le Stand. Donc personne ne les suivait.

Sir Morland laissa les Français à l'Old Slaughter, leur proposant de venir dîner à onze heures chez lui. Sa femme étant française, elle serait heureuse d'entendre des nouvelles du pays.

Comme il était neuf heures passées, Louis demanda à maître Balfour de leur faire monter de l'eau chaude car ils n'avaient pu se laver le matin. Bauer s'en serait volontiers passé, mais Fronsac lui rappela que la peste régnait en ville et combien la propreté demeurait la meilleure défense contre le mal. L'aubergiste promit aussi de leur envoyer un barbier.

Dehors, Canto avait rejoint Pichon.

— Ils sont là ! dit ce dernier en désignant la taverne. À quatre, dont le colosse. Mais je ne les ai vus que de loin : es-tu certain qu'il s'agisse d'eux ?

— Crois-tu que j'aurais oublié celui qui m'a presque brisé la mâchoire ? Il se trouvait avec le cocher, pas le moindre doute. Je vais entrer seul. Tu as dit toi-même qu'avec ma barbe ils ne pourront me reconnaître. Je me mettrai dans un coin sombre. Toi, poursuis dans cette allée et essaie de découvrir à qui appartient le carrosse.

— La drôlesse m'a dit qu'un Anglais l'avait interrogée. Un gentilhomme, d'après elle.

— Ils ont donc des compères. Il faut les connaître.

Deux heures plus tard, les Français sortaient de l'Old Slaughter. La salle de l'établissement se composant de deux pièces en angle, aucun n'avait remarqué le barbu attablé avec quelques clients.

En approchant de la demeure des Morland, ils ne firent pas plus attention à l'homme, fort éloigné d'eux il est vrai, appuyé contre une palissade.

Cette fois, ils n'eurent pas à faire sonner la cloche, car un chambellan les attendait. Sir Morland et son épouse, née Suzanne de Milleville et protestante comme lui, vinrent même à leur rencontre et les conduisirent dans une pièce où une table était dressée.

Le dîner fut fort gai et on n'y parla point des événements récents. Gaston demanda seulement à sir Morland à qui appartenaient les têtes humaines desséchées aperçues à une extrémité de New Palace Yard.

— Ce sont celles de Cromwell et de ses proches. Le roi a fait déterrer leurs cadavres et ordonné que leurs têtes soient exposées jusqu'à ce qu'elles tombent en poussière.

Ils passèrent immédiatement à des sujets moins sinistres. Le maître de maison, ayant présenté les Français comme des amis connus du temps où il s'était rendu dans les Grisons, Mme Morland n'eut de cesse de les interroger sur Paris et la cour de Versailles.

Fille du baron de Boissy, elle se montrait enchantée de pouvoir parler sa langue et de recevoir un marquis et un maître des requêtes issu d'une des plus vieilles familles de France. En vérité, ce fut Gaston qui fit les frais de la conversation, Bauer se contentant de dévorer plusieurs morceaux du jarret de veau au bacon agrémenté de saucisses, César n'éprouvant pas le besoin de s'exprimer, songeant seulement à sa vengeance contre Gombleton, et Louis restant plongé dans ses pensées. Il aurait donné cher pour savoir qui avait placé la fausse Desfontaines au Swan dans le seul but de les attirer et confondre là. Surtout, le préoccupait le fait de ne plus disposer de piste pour retrouver la femme et le saphir. Restaient les Gombleton : si César leur faisait peur, peut-être révéleraient-ils quelque chose d'utile sur le joyau.

À la fin du repas, Mme Morland suggéra un peu de musique. Elle alla chercher son luth, ainsi qu'une viole pour son époux, joueur de talent. César se joignit à eux quand on lui proposa une flûte, et ils firent résonner de concert plusieurs airs de France. Gaston découvrit ainsi son fils musicien.

Après l'intermède joyeux, ils retrouvèrent le cabinet de Morland.

— Qu'allez-vous faire, maintenant ? demanda-t-il à ses invités.

Gaston échangea un regard embarrassé avec Louis.

— Nous n'avons aucun moyen évident de mettre la main sur Mme Desfontaines, dit-il. Ne restent que les méthodes policières traditionnelles : interroger, interroger et interroger !

— Comment cela ?

— Arrivée à Londres, elle a bien logé quelque part, certainement dans une hôtellerie. On devrait se souvenir d'une Française accompagnée de sa fille.

— Envisagez-vous de poser ce genre de questions à toutes les hôtelleries et tavernes louant des chambres ? Il y en a des centaines ! persifla l'Anglais.

— Non ! Uniquement dans celles autour de Whitehall. Elle connaissait ce quartier puisqu'elle avait accompagné la reine Henriette. Il est possible qu'elle y soit revenue.

— En effet, reconnut Morland.

— Qui sait, la chance nous aidera peut-être, intervint Louis. Et la piste Gombleton demeure. Vous connaissez maintenant l'injustice dont César comme son armateur ont été victimes de la part de Richard Gombleton. Le fils de Gaston brûle d'aller s'expliquer avec lui. En parvenant à isoler les deux frères, peut-être nous feraient-ils d'utiles révélations sur le saphir.

— Si je suis prêt à vous accorder mon aide pour que le roi retrouve la pierre des Stuart, je refuse d'intervenir dans une affaire privée, même si le jugement contre M. de Tilly a été inique, annonça froidement Morland. D'autant que je ne connais pas ce négociant, tout en sachant qu'il s'agit d'un homme considérable.

— Vous en avez fait déjà beaucoup, sir Morland, le rassura Louis. Nous allons quitter l'Old Slaughter pour nous installer dans une auberge de Lombard Street, puisque c'est là que logent les Gombleton. Cela nous permettra de surveiller leurs déplacements. Pouvez-vous nous en conseiller une ?

— Deux bénéficient d'une bonne réputation : le Royal Oak et le White Horse. De grands établissements où l'on ne vous remarquera pas particulièrement.

— Au moins, nous sommes débarrassés de nos suiveurs grâce à vous, fit Gaston satisfait.

Il se leva, et Morland l'imita.

— Lorsque cette affaire sera terminée, ajouta Fronsac, je serai curieux de connaître l'usage de vos engins.

— Il y a là ma pompe à incendie, un système pour soulever un canon, des baromètres et plusieurs machines à calculer dont une permet de coder des dépêches. Revenez quand vous voulez pour en parler !

À l'Old Slaughter, ils annoncèrent à maître Balfour qu'ils s'en allaient. Fronsac demanda qu'un valet de l'auberge aille leur chercher un carrosse.

La voiture arriva une demi-heure plus tard. Ils y firent déposer leurs bagages et, alors qu'ils y montaient eux-mêmes, Morland arriva accompagné d'un laquais.

— Ah ! j'avais peur que vous ne soyez déjà partis ! J'ai quelques informations pour vous.

— Allons nous mettre à l'ombre, proposa Louis, la voiture étant en plein soleil.

Tandis qu'ils gagnaient l'écurie, Morland leur expliqua :

— Après votre départ, j'ai pensé à mon voisin, sir Chapman. Il possède plusieurs magasins et hangars destinés aux marchandises arrivant par bateau. Je suis allé l'interroger sur les Gombleton et il m'a dit ceci : les Gombleton possèdent une maison dans Chiswick Mall, à un mille de Londres. Ils y sont restés durant la peste mais viennent de revenir dans la Cité au nom de leurs affaires. Leur hôtel se situe quasiment face au Royal Oak.

— Alors nous logerons dans ce dernier, décida Fronsac. Décidément, nous vous sommes redevables de beaucoup, sir Morland.

— Si vous retrouvez le saphir, parlez de moi quand vous le remettrez au roi, suggéra l'inventeur.

— Nous n'y manquerons pas.

SECONDE PARTIE

« FIRE ! FIRE ! FIRE ! »

24

Les maisons de Lombard Street étaient quasiment toutes en bois, avec consoles d'encorbellement sculptées en forme de personnages, sirènes ou autres animaux fabuleux. Construites, pour la plupart, au cours des deux siècles précédents, elles présentaient des façades gothiques dont les fenêtres en arcs brisés s'ornaient de frises à motifs végétaux, de rosaces ciselées comme de la dentelle et de colonnettes enroulées de lierre surmontées de chapiteaux fleuris. Partout, des statues de saints surmontées de dais surveillaient le comportement des Londoniens.

La devanture du Royal Oak multipliait pinacles et clochetons tout droit jaillis d'un feuillage de chêne, chardon et vigne. Le carrosse laissa les Français devant la porte, un valet de l'auberge se précipitant pour prendre une malle des visiteurs avant de quérir de l'aide pour le reste des bagages.

En descendant, Louis parcourut les alentours des yeux. Les enseignes multicolores du quartier représentaient des ancres, des criquets, des aigles, des tours, des cloches et des licornes. Les maisons mitoyennes accueillaient des boutiques de bijoutiers ou de changeurs, à l'exception d'une autre auberge, plus petite que sa voisine et baptisée Les Trois Couronnes. Bauer et Gaston avaient déjà accompagné le valet porteur des sacoches, et Louis s'apprêtait à les suivre lorsqu'il remarqua César, immobile, observant fixement la maison d'en face, une luxueuse bâtisse au large portail où se balançait une enseigne représentant une ancre et une couronne.

— Une ancre pour l'armateur Richard Gombleton et une couronne pour son frère le bijoutier, dit Fronsac en prenant l'épaule du jeune homme.

— Oui.

— Entrons dans notre auberge, ton ennemi ne va pas s'échapper.

— Pour ça non !

Petit homme rondelet et volubile, l'hôtelier se nommait William Smith. Sa plus belle chambre venait de se libérer, annonça-t-il comme il se doit. Au deuxième étage, elle disposait d'une fenêtre sur la rue, et leurs voisins, des gentilshommes clients depuis deux semaines, se montraient fort discrets. Ils ne les gêneraient donc nullement.

Le groupe suivit les valets qui transportèrent leurs bagages. La chambre s'étendait en longueur, accueillait deux lits, des coffres aux flancs ciselés de chardons, une crédence ornée de feuillage en guirlande, ainsi que de confortables chaises à accoudoirs, un fauteuil et même un bahut sculpté d'animaux chimériques. Les murs étaient tendus de draperies plissées. L'endroit aurait été fort plaisant si les mouches, ici encore, ne s'étaient montrées aussi féroces qu'impudentes. Quant à la chaleur, elle semblait pire qu'à l'Old Slaughter.

César se rendit immédiatement au châssis de fenêtre, qu'il souleva afin de faire entrer un peu d'air, mais surtout de scruter la maison des Gombleton, espérant inconsciemment apercevoir d'emblée son ennemi. Découvrant, en face, plusieurs fenêtres ouvertes, un constat s'imposait : l'hôtel était habité.

Bauer et Gaston sortirent leurs armes des malles afin de vérifier que les silex étaient en place et les bassinets garnis de pulvérin. Louis, lui, examina la cuvette de la chambre pour se laver les mains, et constata qu'il n'y avait d'eau ni dans l'aiguière ni dans les brocs de faïence. Il décida donc de descendre en réclamer et se débarrasser, en même temps, de la monnaie de France chez un changeur de la rue. Craignant qu'on ne tente de voler son maître, Bauer voulut l'accompagner.

Alors qu'ils approchaient de la porte de la chambre voisine, celle-ci s'ouvrit et deux hommes apparurent. Dans l'obscurité de la galerie, les Français ne purent les dévisager, mais devinèrent qu'ils portaient des sabres sous leurs habits. Leurs voisins avaient les cheveux coupés court, rareté chez les gentilshommes où boucles et perruques étaient devenues l'usage ; l'un était très brun, le second roux, comme Gaston.

Maître Smith s'excusa mille fois de l'absence d'eau et en fit porter sur-le-champ, puis demanda à ses nouveaux clients s'ils souhaitaient souper dans leur chambre. Louis répondit par l'affirmative, devinant que César ne voudrait à aucun moment quitter son poste d'observation. Ensuite, direction le changeur le plus proche.

Après souper, Gaston parvint à convaincre son fils d'abandonner la surveillance pour effectuer une reconnaissance du quartier. S'ils devaient s'en prendre aux Gombleton lorsque ceux-ci sortiraient, ils avaient besoin de parfaitement connaître les lieux. Allant à pied jusqu'au grand pont, après avoir vérifié que le *São Felipe* était toujours à l'ancre, ils hélèrent une barque pour monter à bord.

Le capitaine, satisfait de les voir, crut qu'ils avaient terminé leur affaire. Gaston corrigea son sentiment, expliquant qu'ils venaient seulement lui dire où ils logeaient et que leurs recherches débutaient à peine. Ils revinrent ensuite sur la rive et rentrèrent au Royal Oak en passant devant les fossés de la Tour.

25

Dimanche 19 août, calendrier anglais

Il devait être un peu plus de cinq heures et ils savouraient la fraîcheur matinale devant des pots de bière et des morceaux de fromage et de pain qu'une servante venait de leur porter quand on gratta à leur porte. Bauer, épée en main, alla ouvrir avec méfiance.

Samuel Morland, en habit de flanelle noire, tricorne, perruque et épée de parade, entra, balaya la pièce et déclara d'un ton approbateur :

— Je vois que vous êtes bien installés, messieurs !

— Grâce à vous, répliqua Louis. Souhaitez-vous partager notre repas ?

— Pourquoi pas ! Mais nous avons peu de temps car je souhaite vous conduire chez l'un de mes amis qui habite ce quartier.

Intrigué, César abandonna sa garde pour s'asseoir sur le lit le plus proche et écouter. Les autres avaient pris les chaises et Fronsac laissé le fauteuil à leur visiteur.

— J'ai mentionné hier le nom de Samuel Pepys, peut-être vous en souvenez-vous. Il est secrétaire du conseil de la Marine et surintendant de l'avitaillement.

— C'est lui que vous voulez nous présenter ?

— Oui, mais je dois préciser d'avance qu'il s'agira peut-être d'une visite inutile.

Le maître des Mécaniques se racla la gorge.

— Je suis monté seul, mes laquais sont en bas car ce que je vais confier ne doit pas sortir d'ici… Si Pepys l'apprenait, vous pourriez me brouiller avec lui à jamais.

— Nous serons muets comme des tombes, assura Gaston, impatient d'entendre la suite.

— Voilà, Pepys sait tout ce qui se passe à la Cour. Il pourrait avoir vu cette femme à Whitehall, ou avoir entendu parler d'elle. Surtout, il fréquente la plupart des tavernes du quartier de Whitehall pour y rencontrer des capitaines de navire, des intendants, des officiers et toutes sortes de comptables ou commis de l'Amirauté, lui-même n'ayant pas de bureau au palais.

— Donc avoir aperçu Mme Desfontaines lui serait possible, conclut Fronsac. Mais pourquoi s'en souviendrait-il ?

— Parce que Pepys est un grand coureur de jupons ! Bien que marié à une fort jolie femme, il ne peut s'empêcher de regarder les autres et même, comme il me l'a révélé une fois, de les vaincre et de prendre son plaisir avec elles.

Bauer s'esclaffa, imité par Gaston.

— Je m'explique, poursuivit Morland qui désapprouvait cette hilarité : s'il a aperçu Mme Desfontaines, il a dû, le connaissant, ne pouvoir s'empêcher de lui faire un brin de cour, surtout si elle était accompagnée de sa fille. De plus, vous m'avez décrit cette dame de haute taille, or Pepys est petit et son épouse beaucoup plus grande que lui. Il a une singulière attirance pour les femmes plus grandes que lui, surtout celles avec de « grosses mamelles », comme il le dit lui-même[1].

Le Bavarois s'étouffant dans une succession de hoquets de rire, Morland se tut un instant.

Quand Bauer fut calmé, le mathématicien poursuivit :

— Enfin Pepys, comme moi marié à une Française, Élisabeth de Saint-Michel, se montre très attiré par votre pays. Vous voyez, l'interroger pourrait vous mettre sur une piste. Mais peut-être pas.

1. S. Pepys, *Journal*, 23 mai 1867.

— Cela vaut la peine d'essayer, approuva Fronsac. Comment lui présenterez-vous les choses ?

— Laissez-moi agir. Je le connais depuis longtemps, j'étais son tuteur à Cambridge lorsque nous étions tous deux au collège Magdalene, à Trinity Hall. En revanche, il n'est pas prudent de nous y rendre tous…

Son regard s'égara vers Bauer, faisant comprendre que le colosse, avec son hilarité déplacée, risquait de tout gâcher.

— Je vous accompagnerai avec Gaston. César et Friedrich resteront ici. D'ailleurs, ils surveillent la maison des Gombleton.

Le carrosse de Morland attendait dans une allée transversale à Lombard Street. Le laquais monta à l'arrière, et la voiture prit la direction de la Tour.

— Jusqu'à la Restauration, M. Pepys et sa femme habitaient près de Westminster, à Axe Yard, mais, depuis qu'il est secrétaire à l'Amirauté, Samuel bénéficie d'une maison dans l'hôtel de la Navy où se trouvent la plupart des bureaux de la flotte.

Un bref silence.

— Je demeure toujours surpris par sa carrière. Il n'était qu'un obscur commis de M. Montaigu, devenu lord Sandwich après avoir abandonné Cromwell pour Charles II, et se voit maintenant régulièrement reçu par le roi et son frère le duc d'York, qui écoutent ses avis avec intérêt.

Louis devina un brin d'aigreur dans le propos. Nul doute que les deux hommes ne s'aimaient pas tant que cela, aussi commençait-il à douter de l'utilité de leur visite.

On accédait à l'hôtel de la Navy, vaste bâtiment de pierre avec deux ailes latérales et une belle cour sablée, par une élégante allée boisée. En descendant du carrosse, un marin vint à leur rencontre. Reconnaissant le baronet Morland, ce dernier lui demanda avec déférence s'il venait voir M. Pepys. Le maître des Mécaniques confirma, et l'homme les accompagna dans un grand hall, puis, de là, les conduisit à l'habitation du secrétaire du conseil.

— En plus des bureaux, on trouve ici cinq corps de logis. Tous sont recherchés, car chaque maison dispose d'une dizaine de pièces et partage le grand jardin et les écuries. L'une d'elles est même occupée par Mme Villiers, la maîtresse du roi, fit Morland à voix basse.

— Monsieur Samuel Pepys, levé, travaille à ses comptes, dans son cabinet, leur expliqua le valet.

Mais comme il connaissait Morland, il conduisit directement les visiteurs auprès de son maître. Ce dernier écrivait en effet, assis devant une table encombrée de papiers. Devant lui, se dressait un boulier.

Il leva les yeux et déposa sa plume en découvrant les intrus, puis se dressa avec un regard inquisiteur.

Louis Fronsac fut surpris par sa taille. Le courtaud secrétaire de l'Amirauté ne dépassait pas cinq pieds. Un visage poupin aux joues rondes, nez épais, lèvres charnues, il affichait l'expression distante de ceux qui considèrent la plupart des gens comme des sots. Gaston, lui, remarqua surtout son élégance : le trésorier portait un habit de drap bien coupé et une longue perruque bouclée. En la voyant, Tilly regretta d'avoir laissé la sienne à Paris. Ses cheveux trop courts étaient ridicules, jugea-t-il.

— Sir Morland ! Quelle surprise..., fit Pepys d'un ton aimable teinté de réserve.

— Samuel, je suis confus de vous déranger à cette heure, mais j'ai pensé plus facile de vous rencontrer un dimanche matin.

— Effectivement, bien que j'attende des amis pour des expériences d'optique, fit le secrétaire de l'Amirauté en désignant une lunette de douze pieds posée près de son siège.

Fronsac nota tout de suite que Pepys ne montrait aucun enthousiasme à leur présence.

— Nous ne serons pas longs. Laissez-moi vous présenter le marquis de Vivonne, un proche du prince de Condé qui a également été au service de Mgr Mazarin. M. de Tilly, maître des requêtes au Conseil des parties, est son ami. Voici trois ans, nous avons été réunis dans une singulière affaire, en France.

Samuel Pepys hésita à demander laquelle, mais se retint. Il savait que Morland avait été espion pour Cromwell, et ne tenait en aucune manière à être mêlé à une intrigue susceptible de nuire à son avancement.

— Je suis très honoré de votre visite, messieurs, fit-il prudemment en français. Prenez donc place.

Il désigna des chaises, puis se rendit à la porte d'où il appela :

— Jane, portez-nous du cidre !

Il revint à sa table mais resta debout, légèrement méfiant car Morland avait une fois sollicité un prêt et il redoutait une requête similaire.

— Vous avez là une fort belle bibliothèque, jugea Louis afin de rompre la glace. Mon ami, M. de Tilly et moi-même possédons également quelques livres.

Le compliment parut toucher le petit homme, qui le gratifia d'un sourire satisfait.

— Je regrette de vous recevoir dans cette pièce minuscule et obscure. Je vais aménager dans un plus grand cabinet, mais, pour l'heure, il faut encore y poser des tentures. J'y installerai une plus grande bibliothèque, car j'ai bien d'autres livres dans ma chambre. J'aurai peut-être le plaisir de vous y recevoir un jour.

— Vous avez beaucoup d'ouvrages en latin, observa Gaston.

— Je le parle couramment, monsieur.

— *Me quoque*, renchérit Tilly d'un air indifférent, ce qui provoqua un haussement de sourcils surpris chez le secrétaire.

— Le marquis de Vivonne est venu en Angleterre à la demande de lord Clarendon pour une histoire très confidentielle, intervint Morland.

— Ah !

— Fronsac, montrez votre laissez-passer à M. Pepys.

Louis s'exécuta.

— Il s'agit d'une méchante affaire. M. le marquis a été chargé de retrouver un bijou de la Couronne, le saphir des Stuart, poursuivit le maître des Mécaniques.

— Je sais que cette pierre a disparu sous la dictature du Lord Protecteur, mais pourquoi vous, un Français, monsieur Fronsac ?

Ce fut Morland qui répondit encore :

— Le saphir était en France, apporté par la reine. Lord Hollis l'avait retrouvé, mais il a été volé cet automne par une femme qui habiterait désormais à Londres. Évidemment, on ignore où elle se cache. M. Fronsac a été choisi par lord Hollis et sir Nicholas en raison de sa grande expérience de ce genre d'enquête, tout comme M. de Tilly, autrefois commissaire de police.

— Mais je ne sais pas où se trouve ce saphir ! plaisanta Pepys pour masquer l'inquiétude qui le gagnait.

Que lui voulait-on ? Heureusement, l'arrivée de Jane, sa servante, lui permit de retrouver une contenance. La domestique servit à chacun un verre de cidre et se retira.

— Évidemment que vous ignorez où il est ! répondit Morland d'un ton amusé. En revanche, l'idée m'est venue que vous pourriez avoir aperçu cette femme...

— La voleuse ? s'exclama Pepys en plissant le front. À quel titre ?

— Elle a été femme de chambre de la reine Henriette et a séjourné à Londres en 1660. Si elle est revenue s'y cacher, nous pensons qu'elle a pu séjourner dans une hôtellerie ou une taverne de connaissance, par exemple autour de Whitehall, endroit qu'elle avait déjà fréquenté. Or vous vous rendez souvent dans les établissements de ce quartier. Il n'est donc pas impossible que vous l'ayez vue. Auquel cas, vous apporteriez une aide inestimable à ces messieurs si par chance vous vous souveniez d'elle. Et s'ils mettaient la main sur la pierre grâce à votre témoignage, le roi l'apprendra !

Pepys éprouva un brusque soulagement en comprenant enfin le pourquoi de leur visite.

— Mais j'ignore tout de cette personne ! dit-il. Je croise chaque jour des dizaines de femmes, comment saurais-je qu'il s'agit de la vôtre ?

— Elle se nomme Mathurine Desfontaines, monsieur Pepys, intervint Fronsac. Elle est très grande, près de six pieds. Plutôt jolie, la quarantaine, des yeux bleus, une mouche naturelle sur la joue droite et un buste généreux. On la dit accompagnée de sa fille.

Le trésorier de l'Amirauté s'abîma un moment dans le silence en se frottant le menton, fouillant ses souvenirs.

— Je me rappelle en effet une Française aussi grande que ma femme en compagnie de sa fille ! dit-il au bout de quelques instants en un petit rire. Je les ai vues cet automne, en novembre ou décembre je crois, dans une hôtellerie près du palais. J'ai abordé la mère, et je dois dire qu'elle s'est montrée peu aimable avec moi. J'ai cru comprendre qu'elles avaient une chambre dans l'établissement, mais ne me rappelle plus où c'était. Dans King Street, sans doute. Peut-être le Crown, Harper ou le Fox. Sinon, le Dog, dans New Palace Yard, ou alors à Charing Cross, au Goat, au coin de Saint Martin's Lane, voire au Harp and Ball.

— Vous n'avez pas plus de certitude ?

— Non, mais certainement dans ce quartier. Le patron de la taverne se souviendra certainement d'elle. Au Crown, interrogez William Wilkinson. Pour Harper, Henry Hayer vous répondra et au Dog, le tavernier s'appelle William Hargrave.

Louis s'adressa à Gaston :

— Nous pourrions y aller maintenant, qu'en penses-tu ?

— Quelques-unes de ces auberges seront fermées le dimanche et, pour les autres, certains clients préféreraient se pendre que de s'y rendre le jour du Seigneur. Vous n'aurez donc pas beaucoup de réponses aujourd'hui.

— Vous avez raison, nous y passerons demain. Monsieur Pepys, vous venez de nous rendre un immense service. Grâce à vous, nous avons quasiment la certitude que Mme Desfontaines se trouvait bien à Londres et allons peut-être la retrouver rapidement.

Il avait terminé son verre qu'il posa sur la table avant de se lever.

Ses compagnons l'imitèrent, et le secrétaire du conseil de la Marine, soulagé de leur départ, les accompagna. Une dame de haute taille, plutôt élégante et jolie, vint alors les saluer. Louis devina qu'il s'agissait de son épouse, car sir Pepys aurait pu tenir sous son bras !

Effectivement, ce dernier la présenta, et ils échangèrent quelques mots en français.

Morland les raccompagna au Royal Oak, satisfait. Louis promit de le tenir informé, et les deux amis regagnèrent leur chambre. Où ils découvrirent que César et Bauer n'étaient plus là.

26

Lundi 20 août

La veille, Gaston et Louis avaient longtemps attendu César et Bauer, revenus seulement après onze heures en expliquant avoir suivi les deux frères Gombleton.

— J'étais à la fenêtre, avait raconté le fils, quand j'ai vu sortir ce maudit armateur en compagnie de plusieurs valets et d'un autre bourgeois sacrément bien vêtu qui ressemblait beaucoup à Thomas Gombleton. Il s'agissait certainement de son père. Avec Bauer, nous nous sommes mis dans leurs pas, mais ils se sont seulement rendus à la messe à l'église voisine, St. Mary Woolnoth. Où nous n'avons rien pu faire.

— Attention, il ne faut surtout rien tenter en ville ! avait prévenu Louis qui craignait l'intrépidité du jeune homme.

— Nous nous sommes montrés très prudents, monsieur ! l'avait rassuré César. Et Gombleton n'a pu me reconnaître, tant il y avait foule dans l'édifice.

— J'ai même aperçu nos voisins qui ne nous ont pas vus, avait renchéri Bauer.

— Ceux de la chambre d'à côté ? avait questionné Fronsac.

— Oui, le rouquin et l'autre.

— Ici, tout le monde est censé aller à la messe, avait expliqué Gaston de Tilly. Enfin, les catholiques. M. Morland nous a indiqué que l'absence au service divin de l'Église d'Angleterre pouvait être réprimée par la justice.

— M. Pepys ne semblait pas sur le point de se rendre à un office ! avait cependant observé Louis.

— Peut-être sa position à l'Amirauté le justifie-t-il.

Ils avaient dîné sur place, puis poursuivi leur visite du quartier et longé la rivière où se succédaient des entrepôts. Gombleton devait bien en posséder un et s'y rendre de temps en temps. Le rencontrer dans ce genre d'endroit serait la meilleure des options, avait suggéré César.

Le matin, laissant les Tilly surveiller la maison Gombleton, Louis Fronsac et Friedrich Bauer s'étaient fait conduire en barque aux Westminster Stairs. De là, rejoindre King Street leur fut aisé.

Comme Louis l'avait observé deux jours auparavant, cette rue était longée de tavernes et d'hôtelleries, surtout du côté opposé à Whitehall. Avisant le Fox, un petit établissement qui disposait d'un jardin communiquant avec la salle, ils y pénétrèrent. Aucune femme n'était présente, sinon des servantes. Quelques clients les dévisagèrent avant rapidement de les ignorer. Ils s'installèrent à une table sous les ombrages et commandèrent de la bière.

Tandis que Bauer vidait sa pinte, Louis examinait les lieux en s'intéressant aux filles de salle : certaines se révélant plus bavardes que d'autres, une commère serait bien utile, songeait-il.

Une femme dans la trentaine s'arrêtait justement à toutes les tables pour plaisanter. Elle paraissait peu farouche, et beaucoup d'hommes tentaient de lui voler un baiser ou une caresse. Louis lui fit signe et, après plusieurs regards de biais, elle s'approcha, l'œil vif autant qu'égrillard. Il déposa sur la table un shilling d'argent à l'effigie de Charles Ier. La fille regarda la pièce, puis le client avec un air canaille, pensant qu'il lui annonçait quelque débauche.

— Je cherche une femme, dit-il en poussant la pièce vers elle. Une dame qui se trouvait à Londres en novembre ou décembre, avec sa fille de vingt ans à peu près. La mère est française, grande, avec des yeux bleus et une tache ici.

Il montra sa joue.

— Je ne l'ai pas vue, sir, répondit la servante, hésitant alors à saisir la pièce.

— Gardez-la, mais renseignez-vous. Si vous apprenez quelque chose sur elles, je loge au Royal Oak, dans Lombard Street. Mon nom est Fronsac. Il y aura une guinée d'or en récompense. La dame s'appelle Mathurine Desfontaines.

— Je vais me renseigner dès maintenant, promit-elle. Attendez un moment.

Ils terminèrent tranquillement leur bière ; Bauer en réclama même une seconde. Du coin de l'œil, Louis surveillait la fille de salle qui parlait à voix basse à des clients. En fin de compte, elle revint vers les Français :

— Personne ici ne l'a aperçue, sir.

Ils repartirent et s'arrêtèrent au Crown, établissement plus vaste et luxueux avec des tables recouvertes de nappes et des sièges tapissés. La plupart des clients étaient des gentilshommes de la Cour, en perruque et justaucorps de velours ou de taffetas agrémentés de longues basques, de jabots de dentelle et de canons aux hauts-de-chausses ou rhingrave. Quelques dames se trouvaient parmi eux, plusieurs riant bruyamment derrière leur éventail.

Louis passa entre les groupes, suscitant quelques regards moqueurs en raison de ses rubans noirs désormais démodés. Cependant, aucune réflexion ne fut prononcée tant le géant qui l'accompagnait, avec baudrier de cuir soutenant une lame de duel sous un justaucorps écarlate, mains comme des battoirs et visage féroce, incitait à la prudence. Et comme les gentilshommes présents portaient surtout des cannes et que les rares épées se résumaient à des armes décoratives, mieux valait ne pas tester leur éventuelle susceptibilité.

Nos deux Français s'installèrent à une table vide. Curieuse de savoir qui étaient ces nouveaux venus, une mignonne servante se précipita vers eux en prenant soin de tenir un pan de sa robe pour qu'il ne balaie pas la paille qui jonchait le sol. Louis lui demanda du vin et Bauer de la bière, boisson qui lui rappelait sa Bavière natale, même si celles qu'il avait déjà bues étaient parfumées aux épices.

— Je ne vous ai jamais vu ici, milord, fit la servante avec un sourire engageant.

— Nous venons d'arriver de France pour des discussions commerciales.

Elle partit et revint avec les boissons.

Louis posa un nouveau shilling et interrogea :

— Je voudrais profiter de ce voyage pour retrouver une cousine venue à Londres cet hiver avec sa fille. Je n'ai plus de nouvelles d'elles. Or, dans son dernier courrier, elle me disait qu'elle cherchait à loger dans King Street.

— Comment est-elle ?

Tandis qu'il la décrivait, l'Anglaise plissa légèrement le front. Et quand il révéla que sa parente s'appelait Desfontaines, elle prit le shilling et lui demanda de la rejoindre dans la cour. Comme elle s'éloignait, il la suivit.

Elle l'attendait près d'un tonneau vide.

— Je n'ai jamais aperçu cette dame, monsieur, mais je peux vous révéler quelque chose qui vous intéressera. Dans ce cas, me laisserez-vous la pièce ?

— Oui.

— D'autres que vous cherchent cette cousine, ou au moins la cherchaient. Au printemps, en mars ou en avril, un gentilhomme de la cour m'a déjà interrogée sur une Mme Desfontaines.

— Connaissez-vous ce gentilhomme ?

— Oui, monsieur. Mon maître, William Wilkinson, me l'a nommé quand je le lui ai montré car il vient fréquemment ici. Il se nomme Thomas Mordaunt. On le dit au service de lord Saint Albans, un gentilhomme très puissant proche du roi.

— Est-il ici en ce moment ?

— Non, je ne l'ai pas vu depuis des semaines.

Louis remercia pour l'information et regagna sa table en réfléchissant, à la fois rassuré et découragé. Rassuré, car il avait maintenant la quasi-certitude que Mme Desfontaines était bien venue à Londres. Découragé, car si Saint Albans recherchait la domestique de Madame l'hiver dernier, il l'avait sans doute déjà retrouvée et s'était approprié le saphir. Quoi qu'il en soit, inutile de poursuivre l'enquête ici. Sans doute même cette dernière était totalement dépassée, puisque ce Mordaunt avait forcément dû poser les mêmes questions dans toutes les tavernes et hôtelleries.

Bauer avait de la compagnie : deux charmantes dames étaient venues s'asseoir près de lui, attirées certainement par son physique de géant.

— Nous partons, Friedrich, décida Louis.

Le Bavarois lança des baisers à ses conquêtes et leur promit un prompt retour.

— Ce sont des dames de la Cour, justifia-t-il en sortant. Elles m'ont proposé une visite de Whitehall.

— Souviens-toi que sir Morland a expliqué que la Cour était un repaire de drôlesses. Tu les aurais rejointes, elles t'auraient dépouillé, ou fait dépouiller.

— Croyez-vous que je me serais laissé faire, monsieur ? gronda Bauer.

— Non, et les ennuis seraient arrivés à ce moment-là ! répliqua Louis d'un ton faussement attristé.

— Surtout les leurs, monsieur, répliqua le Bavarois en éclatant de rire, ce qui provoqua la fuite d'un chien qui sommeillait sur le revers de la rue.

Ils entrèrent chez Harper, taverne moins grande que le Crown dans laquelle quelques clients jouaient aux cartes ou aux échecs sur des sièges couverts de cuir. L'endroit semblait, lui, fréquenté par des clercs, des commis, des secrétaires et intendants, pour la plupart en jaquette de drap noir avec cravate blanche et tricorne sombre. Une délicieuse odeur de cuisine envahissait l'établissement, aussi Bauer proposa qu'ils y dînent.

Louis acquiesça, et ils s'assirent à une table déjà occupée par un petit bonhomme à tête de fouine essorillée sous un chapeau carré. L'individu lisait un livre.

Louis se présenta, expliquant être français et venu à Londres pour une affaire commerciale. L'autre répondit être maître au collège Saint-Paul et, désignant son absence d'oreilles, ajouta avoir été victime des républicains parce qu'il avait refusé de jurer fidélité à Cromwell, comme les autres maîtres de Saint-Paul, tous puritains. Il venait enfin d'être reçu par un secrétaire de lord Clarendon, qui lui avait promis cent livres d'indemnisation.

Un gargotier vint prendre leur commande, expliquant qu'il proposait des huîtres en saumure, du gigot de mouton ou de la longe de veau. Louis choisit les huîtres avec une pinte de vin tandis que Bauer demandait les trois et deux pintes de bière.

— Êtes-vous maître Henry Hayer ? interrogea Fronsac.

— Je le suis, milord.

— Vous connaissez certainement ma cousine, Mme Desfontaines. Elle loge à Londres depuis quelques mois et m'a recommandé votre maison.

— Ce nom ne me dit rien, milord.

Louis posa sur la nappe le shilling qu'il avait préparé, et décrivit celle qu'il recherchait. Mais, quand il eut fini, l'aubergiste se fendit d'une moue d'ignorance.

— Je pourrais me renseigner, suggéra-t-il en lorgnant la pièce d'argent.

— Prenez ça pour votre peine. Il y aura une guinée pour qui viendra me parler d'elle au Royal Oak. Mon nom est Louis Fronsac.

Le cabaretier saisit la monnaie et s'éloigna. Un moment plus tard, une servante apporta les plats et la bière de Bauer, laquelle était au raisin, ce qu'il n'apprécia pas.

Alors qu'il s'apprêtait à manger, l'attention de Louis fut attirée par un client barbu vêtu d'un pourpoint allongé couleur saumon et porteur d'une épée. La silhouette de l'homme, entré peu après leur commande, lui rappelait quelqu'un, mais sa curiosité n'alla pas plus loin : il n'y avait aucune raison qu'il connaisse un Anglais ici.

Ils dînèrent sans se presser, n'échangeant aucun autre propos avec leur voisin, plongé dans son ouvrage. Puis Bauer alla uriner dans la cour du cabaret et ils s'en allèrent.

Après leur départ, le maître de Saint-Paul resta un moment à lire avant de sortir et de se rendre à Whitehall. Quant au barbu, il avait vidé les lieux peu après Fronsac pour rejoindre son compère qui l'attendait sous un porche.

Fronsac et Bauer quittèrent King Street pour rejoindre New Palace Yard par la même rue que celle empruntée par le carrosse de Samuel Morland. Louis se souvenait du cabaret du Dog devant lequel la voiture avait stationné.

Ils y entrèrent. Une très grande salle et pas beaucoup de monde, essentiellement des gens de la marine, des officiers et des chargés d'écriture. L'endroit, confortable, était meublé de sièges couverts de cuir de Cordoue, les tables avaient des nappes, des lanternes de navire et des murs couverts de grands tableaux représentant des batailles navales trahissaient une volonté d'opulence. Un gros chien de bois trônait au-dessus d'un dressoir sur lequel étaient rangés verres, chopes, assiettes et écuelles. À une table, deux femmes – de basse extraction d'après leurs robes de toile et leurs cheveux non bouclés – clabaudaient en riant avec un gentilhomme. Les Français s'assirent près d'une fenêtre ouverte ; la chaleur restait pénible et les mouches toujours aussi féroces.

Deux servantes, une jeune et une plus vieille, bavardaient avec des officiers. Aucune ne s'occupa des nouveaux venus, mais cela convenait à Louis qui examinait lieux et gens avec attention. Un panneau près d'un escalier indiquait des chambres à louer au prix de deux shillings et trois pence la nuit.

Enfin la servante plus âgée vint vers eux et ils commandèrent du vin. Ce fut l'autre femme qui porta le pot et les verres.

— Je vois que vous louez des chambres ? dit Louis en sortant deux demi-couronnes.

— Pas pour ce que vous envisagez, milord, fit-elle sèchement. Je suis une honnête femme.

— Je suis simplement à la recherche de ma sœur, répliqua-t-il. Je crois qu'elle a logé chez vous.

Il poussa les pièces vers la fille.

— Aucune dame ne loge ici en ce moment, mais décrivez-la-moi, proposa-t-elle d'un ton radouci en prenant l'argent.

Fronsac s'exécuta.

— Elle porte le nom de son mari, M. Desfontaines, ajouta-t-il.

— Pourquoi la recherchez-vous ?

— Sa fille a suivi un officier rencontré à Brest. Ma sœur est partie à sa recherche, elle m'a écrit l'avoir retrouvée mais que le vaurien l'avait abandonnée. Et qu'elle manquait d'argent pour rentrer en France. J'étais moi-même hors du royaume et je n'ai appris cela que depuis peu. Elle me disait loger ici.

— Une femme nommée Desfontaines et sa fille ont bien demeuré ici, mais c'est le patron, M. Hargrave, qui s'est occupé d'elles. Je leur ai juste adressé la parole deux ou trois fois. Il faudrait interroger mon maître, mais il s'est rendu chez sa mère. Il sera de retour demain.

Gagné ! pensa Louis en échangeant un regard satisfait avec Bauer.

— Je reviendrai demain alors, promit-il avec un sourire laissant croire à la véracité de son histoire.

Ils burent leur vin avec plus d'allégresse, puis s'en allèrent.

— Inutile de poursuivre dans les autres auberges, décida Fronsac. Demain, on connaîtra la vérité sur Mme Desfontaines. Et puisque nous disposons d'un peu de temps et que nous avons beaucoup bu, je te propose de revenir au Royal Oak à pied. Cela nous fera visiter Londres.

Bauer grommela pour le principe, la chaleur s'avérant de plus en plus pénible et de grosses gouttes tombant de son front. Mais lui aussi ressentait le besoin de se dégourdir les jambes.

Ils gagnèrent Charing Cross en s'arrêtant un moment devant l'Holbein Gate qui marquait l'entrée du palais et où régnait un incessant passage de carrosses, puis devant Banqueting House, construit par Inigo, où Charles Ier avait été exécuté. Après ces pauses, ils suivirent le Strand et Fleet Street jusqu'à la cathédrale Saint-Paul. Tandis que Bauer se désaltérait d'une nouvelle bière dans une taverne, Louis flâna le long des étals de libraires qui entouraient la cathédrale et s'acheta un livre en français sur l'histoire de l'Angleterre.

Ils eurent ensuite quelques difficultés à retrouver Lombard Street à travers un dédale de rues étroites, sales, puantes et mal pavées, bordées de maisons à colombages, certaines branlantes sur des piliers de guingois près de s'écrouler. Louis dut à plusieurs reprises demander son chemin.

N'imaginant pas être suivis, les deux hommes ne remarquèrent jamais celui qui s'attachait à leurs pas. Quant à Pichon de La Charbonnière et Canto de La Cornette – le barbu que Louis avait remarqué –, après avoir constaté que Fronsac et son garde du corps rentraient au Royal Oak, ils avaient suivi un autre chemin afin de ne pas se faire repérer. Ayant pris logis aux Trois Couronnes, l'auberge en face du Royal Oak, ils savaient qu'ils les retrouveraient forcément.

27

Mardi 21 août

Fronsac et Bauer se rendirent dès le lever du soleil à la taverne du Dog. La veille, Louis avait raconté l'avancée de l'enquête à ses amis, récit ponctué de pertinents avis de Bauer au sujet des bières bues. Comme convenu, les Tilly n'avaient pas bougé… pas plus que les Gombleton ! Gaston, des fourmis dans les jambes, s'interrogeait sur la pertinence de cette attente qui pourrait durer des jours et des jours. Il regarda donc son ami repartir en quête avec envie.

Arrivé à l'auberge, aux clients plus nombreux que la veille, Louis parvint à s'adresser à maître Hargrave :

— Mary m'a parlé de vous, sir, fit le cabaretier qui paraissait embarrassé par les révélations de sa servante. Ainsi, vous seriez le frère de Mme Desfontaines ?

— Exactement.

— Hum… J'ai bavardé assez souvent avec elle et sa fille, et ni l'une ni l'autre n'ont fait allusion à un officier que la jeune dame aurait suivi, marmonna Hargrave sans cacher sa défiance.

— Pour quelles raisons se seraient-elles confiées à vous ? Ma sœur vous a-t-elle parlé de sa charge près de la reine Henriette et de son emploi auprès de sa fille, la duchesse d'Orléans ?

— Bien sûr ! répondit l'aubergiste d'un ton buté.

— J'ai été au service de Mgr Gaston d'Orléans, l'oncle du duc actuel et le frère de la reine Henriette[1]. Me croyez-vous homme à mentir ? déclara effrontément Louis.

— Non, non, sir, se défendit maître Hargrave, mais je ne peux rien vous dire d'intéressant car ces deux dames sont parties depuis des mois et ne m'ont jamais indiqué où elles se sont rendues.

Aux grands mots les grands remèdes, décida Fronsac qui tendit la guinée d'or qu'il avait préparée sans pour autant la lâcher :

— Combien de temps sont-elles restées chez vous ?

— Plus d'un mois, et moins de deux, milord.

Louis sourit intérieurement. Pour l'hôtelier, quelqu'un qui proposait une pièce d'or avait droit au titre de lord.

— Durant cette période, Mme Desfontaines a certainement reçu des visites. Elle connaissait du monde à Londres. Vous souvenez-vous des personnes venues ?

L'hôtelier hésitait, mais la pièce d'or était tentante.

— Les deux dernières semaines, quelqu'un les rencontrait tous les jours. J'ai cru comprendre qu'il s'agissait d'un avocat.

— Son nom ?

— Je ne sais pas, mais je pourrais l'apprendre.

Louis lui donna la guinée :

— Il y en aura une autre quand vous me le révélerez. Vous me trouverez au Royal Oak, dans Lombard Street. Je m'appelle Louis Fronsac, marquis de Vivonne.

Mercredi 22 août

Comme les deux jours précédents, à peine réveillé César se rendit à la fenêtre, ouverte toute la nuit en raison de la chaleur, et s'assit sur une chaise, à une toise de l'ouverture, afin de surveiller la vie des Gombleton. Comme la chambre du Royal

1. Gaston d'Orléans. Le duc de notre histoire est Philippe, frère de Louis XIV, dit Monsieur.

Oak demeurait dans l'obscurité, personne, en face, ne pouvait l'identifier.

Il avait maintenant une bonne connaissance de l'hôtel des deux frères. Le premier étage était habité par William. César l'avait aperçu plusieurs fois devant une fenêtre. Au niveau de la rue se trouvait la boutique du bijoutier, bientôt ouverte. Ni César ni son père n'étaient allés l'examiner pour ne pas se faire repérer, mais les clients arrivaient toujours en carrosse, étaient élégamment vêtus et les hommes portaient tous de longues perruques. À l'évidence, William Gombleton attirait une clientèle fortunée.

Richard Gombleton, lui, logeait au deuxième étage. César avait également aperçu sa silhouette devant les fenêtres. Le fils Tilly brûlait d'avoir l'armateur en face de lui, de lui faire rendre gorge, mais comment ?

Il se creusait l'esprit à ce sujet quand, manœuvré par des valets, un carrosse sortit par le portail mitoyen de la maison, passage qui communiquait avec une cour et des écuries.

— Père, monsieur Fronsac, venez donc ! appela-t-il.

Gaston accourut et Louis, qui se rasait, déposa la lame pour approcher à son tour.

— C'est la première fois que l'on voit leur carrosse, remarqua-t-il.

— L'un des Gombleton se rend quelque part, conclut Tilly.

— Je vais le suivre ! décida César.

— Je t'accompagne. Attendons néanmoins de savoir qui part. Et, pour qu'on ne te reconnaisse pas, tu mettras la perruque que j'ai achetée hier.

En échange de quatre livres, Gaston s'était en effet procuré une perruque dans St. Clement Lane, rue proche de l'auberge. Le perruquier proposait des modèles dont les boucles descendaient jusqu'à la taille, forme de chevelure que M. de Tilly avait trouvée particulièrement élégante.

César attrapa le postiche, qu'il cala sur sa tête en repoussant les boucles qui le gênaient, puis coiffa son tricorne afin de maintenir la perruque en place, ce qui provoqua l'hilarité de Bauer puisque le jeune homme ne quittait pas le carrosse des yeux et apparaissait quelque peu ridicule coiffé ainsi. Remettant l'ensemble droit, César boucla un sabre à sa taille et glissa un pistolet dans sa ceinture.

— Allons-y ! dit-il quand il vit l'armateur sortir de chez lui et monter dans le carrosse.

— Je ne vous accompagne pas, répondit Louis. Après ma visite d'hier, il est possible que quelqu'un vienne me communiquer le nom de l'avocat qui connaît la Desfontaines.

Gaston et César sortirent au moment même où leurs voisins de palier quittaient leur chambre. Tous quatre se saluèrent courtoisement et se séparèrent dans la rue.

Déjà le carrosse filait vers Grace Church Street. Heureusement, le véhicule n'allait pas vite à cause des encombrements, et les Tilly purent le pister tout en restant à bonne distance. La voiture roula jusqu'à la rivière pour s'arrêter près de Billing's Gate, où le cocher la conduisit dans une écurie. Richard Gombleton, accompagné de ce qui semblait être un secrétaire et deux valets armés de bâtons, descendit jusqu'au quai de bois. Un canot apparut. Le groupe embarqua et le bateau s'éloigna vers l'aval du fleuve.

Immédiatement, les Tilly se précipitèrent et, sous le regard des gardes qui surveillaient les débarquements, avisant un autre canot, montèrent dedans.

— Où va-t-on, messeigneurs ? s'enquit l'un des rameurs.

— Suivez la barque, là-bas ! ordonna Gaston en sortant un demi-shilling.

Les hommes ne posèrent pas de question et gagnèrent avec vivacité le milieu de la rivière.

La barque de Gombleton avait déjà dépassé la tour blanche et se dirigeait vers une goélette amarrée à un ponton quand César murmura à son père :

— Mais… c'est la *Lady Mary*.

— Le vaisseau de Bowman ?

— Oui.

Le canot de l'armateur rejoignit en effet le ponton et s'y amarra.

Gaston interrogea les rameurs en désignant la goélette :

— Quel est ce quartier ?

— St. Katharine's by the Tower, milord. C'est là que se trouve l'hôpital royal[1].

— Vous allez nous laisser après ce vaisseau et nous attendre un couple d'heures.

Il désigna un ponton ruiné, un quart de mille plus loin, et remit à un rameur une demi-couronne en argent frappée sous Cromwell.

— Entendu, monseigneur, mais faites attention à vous : il y a beaucoup d'entrepôts ici, et les portefaix ne sont pas toujours recommandables. Ils hantent les tavernes mal famées et n'hésitent pas à faire les poches des inconnus. Méfiez-vous aussi des drôlesses et des voleurs.

— Pas d'inquiétude ! le rassura Gaston en tapotant la crosse du pistolet à sa taille.

La barque se rapprocha, le rameur l'amarra à un poteau verdâtre et les Tilly descendirent.

— N'oubliez pas, attendez-nous ! lança Gaston.

---

1. L'église et l'hôpital, proches de la tour, avaient été fondés en 1147 par Mathilde, épouse du roi Stephen.

28

Mercredi 22 août

En haut de la grève se dressait un gibet sinistre, une poutre horizontale posée sur un double trépied où deux corps séchés étaient suspendus par des chaînes grinçantes. Le père et le fils passèrent devant, puis franchirent un terre-plein herbeux et gagnèrent une rue, en vérité un chemin poussiéreux et raviné bordé de baraques en bois et de hangars fermés surveillés par des gardes placides assis sur des troncs d'arbres. D'infects effluves de détritus, d'excréments et de putréfaction imprégnaient l'air.

Un peu plus haut, ils croisèrent un chemin qui leur permit de revenir vers le vaisseau de Bowman. Sur cette voie bordée de haies d'aubépine s'alignaient sans logique des masures insalubres et de misérables enclos avec quelques volatiles sur des tas de crottin et, parfois, une chèvre efflanquée en quête d'un peu d'herbe. Des chiens errants poursuivaient de gros rats musqués venus de la rivière. Les Français croisèrent un crocheteur qui transportait du bois flotté et n'aperçurent que des femmes et des enfants aux abords des cabanes.

Ignorant les regards suspicieux – on ne devait pas souvent voir dans ce quartier miséreux un homme avec la perruque de César –, ils s'arrêtèrent à l'embranchement d'un nouveau chemin charretier. La venelle, crevassée d'ornières, descendait jusqu'à la Tamise d'où remontaient de nouvelles odeurs nauséabondes, cette fois d'algues pourries.

— Allons par là ! proposa Gaston en désignant l'étroite voie de l'index. On ne doit pas être loin de l'entrepôt.

Les habitations qui bordaient cette sente étaient tout aussi décaties, insalubres, que celles déjà vues. Une meute de chiens aboya à leur vue. Ils passèrent devant ce qui semblait être un cabaret avec une poignée d'individus assis devant des tonneaux qui interrompirent leur partie de cartes en les considérant avec un intérêt suspect. Gaston les provoqua du regard en écartant son justaucorps, afin qu'ils aperçoivent bien son pistolet et son épée.

Père et fils poursuivirent leur chemin en restant sur le qui-vive. Enfin, à proximité du fleuve, ils découvrirent la *Lady Mary*. Alors ils s'arrêtèrent pour l'observer. Et constatèrent que des portefaix et marins transportaient de lourds ballots de toile du bateau à un entrepôt. César n'aperçut ni Gombleton ni Bowman, qui devaient certainement se trouver à l'intérieur.

— On ne peut rien faire de plus ici, annonça Gaston. Nous savons où est leur entrepôt, cela suffit. Nous reviendrons dès qu'on aura mis au point un plan d'attaque. Pour le moment, mieux vaut rentrer. Inutile de tenter plus la chance.

César grimaça. Être si près de ses tortionnaires et rebrousser chemin le faisait enrager. Mais la voix de son père étant raisonnable, il accepta de partir.

Ils repassèrent devant la taverne, où les clients les suivirent tout aussi méchamment des yeux avec des chuchotements que Gaston devina malveillants. Cependant, ils atteignirent le premier croisement sans encombre. Mais ils s'engageaient sur le chemin où ils avaient vu le crocheteur quand un homme, masqué d'un foulard, surgit de derrière une haie de houx en brandissant deux pistolets.

— Ne bougez plus…, ordonna-t-il.

— Et jetez lentement vos épées et vos pistolets par terre, ordonna une autre voix dans leur dos.

Gaston se retourna et, malgré l'écharpe qui lui couvrait bouche et nez, reconnut leur voisin de chambre, le roux. Celui-ci tenait un pistolet.

— Qui êtes-vous ? s'enquit-il d'un ton neutre.

— Obéissez, ou je tue d'abord le jeune ! Et n'espérez pas recevoir de secours ici.

Gaston écarta les mains pour signaler qu'il obtempérait. Il dégaina son épée qu'il lâcha, puis tira le pistolet à sa taille et le déposa calmement sur le sol en le tenant par le canon. César, voyant faire son père, l'imita.

— Pas d'autres armes ?

— Non.

— Je vais vérifier. Gare à vous si vous avez menti. Tentez quelque chose et vous êtes morts.

Le roux approcha et, de sa main libre, l'autre tenant un pistolet, palpa les flancs et le dos de Gaston. Puis, le contournant, il agit de même avec César tandis que son compère, à dix pas, gardait leurs cibles en joue.

— Maintenant répondez : pourquoi vous vous intéressez aux Gombleton ? interrogea ce dernier en approchant.

— Il m'a volé, expliqua César en s'efforçant de jouer l'indifférence.

— Et vous voulez le faire payer ? En d'autres temps, ça ne m'aurait pas dérangé, mais, en ce moment, vous nous gênez.

— Nous pouvons nous allier, proposa Gaston, écartant les bras en signe de bonne volonté. Nous vous laissons volontiers la fortune des Gombleton, si vous la convoitez. Nous désirons seulement les punir et leur reprendre un bien qu'ils ont volé.

— Quoi donc ?

— Un saphir qui appartient au roi.

À ces mots, le roux hurla :

— Maudits serviteurs de l'Antéchrist ! Tue-les, William !

Le coup de feu éclata comme le tonnerre, seulement c'est le nommé William qui chancela. Tandis qu'il s'affaissait, il appuya sur les détentes de ses armes, mais les balles se perdirent dans la poussière.

Gaston, qui avait vu César glisser sa main droite dans la profonde poche de son justaucorps à basques, se tenait prêt. Comme le rouquin lançait un regard incrédule vers son compère qui s'écroulait, Tilly se rua sur lui et attrapa le canon de son arme.

Son fils avait déjà bondi sur son sabre. L'ayant ramassé et dégainé, du tranchant il frappa William au cou, puis se retourna et embrocha celui que Tilly combattait en corps à corps.

En un instant, tout fut terminé.

— Qui étaient ces marauds ? fit un César haletant, essuyant sa lame ensanglantée sur le justaucorps de la seconde victime avant de la remettre au fourreau.

— Nos voisins !

Gaston arracha le foulard du prénommé William.

— C'est bien lui. « Serviteur de l'Antéchrist ! » : les jésuites ne m'avaient jamais encore accusé de ça ! s'exclama-t-il.

— Je vais regarder ce qu'il cache dans ses poches. Fouille l'autre et filons, le coup de feu va attirer du monde.

Gaston examina les vêtements du roux. Il en sortit un feuillet, mais, comme il n'avait pas ses bésicles, laissées au Royal Oak, ne put le lire. Cependant, cela ressemblait à une lettre. L'autre poche contenait une bourse garnie de pièces d'or qu'il s'appropria. Rien de plus. Dans les poches de William, César trouva quelques pièces d'argent et une clef. L'homme avait également une montre au cou.

Ils récupérèrent les pistolets, dont la crosse de l'un possédait de belles incrustations d'argent, et détalèrent. Plusieurs personnes sorties des taudis les regardaient, mais, les règlements de comptes devant être fréquents par ici, personne ne les interpella.

Ils ralentirent le pas en approchant de la rivière, après avoir glissé les armes de leurs agresseurs dans leurs dos.

— Quand je pense que tu t'étais moqué du pistolet de ma mère, plaisanta alors César.

— Et Dieu sait si je le regrette ! En vérité, c'est la deuxième fois qu'elle me sauve la vie, répondit Gaston non sans émotion.

César sortit la petite arme à crosse plate et canon très court de son justaucorps. Très imprécise, mais mortelle à courte distance. Comme elle se trouvait au fond de sa poche, quasiment dans une basque, celui qui l'avait fouillé n'avait rien senti.

Tout en marchant, Gaston prit le pistolet et le regarda, songeur. Mme Durier avait-elle eu l'occasion de l'utiliser ? Imaginait-elle qu'un jour il sauverait la vie de son fils ?

— Le tir a fait un gros trou dans mon habit, commenta César, qui avait fait feu depuis sa poche.

— Nous retournerons demain à St. Clement Lane. J'ai vu un tailleur, à côté de mon perruquier, et je te ferai réaliser un autre justaucorps. Tu l'as bien mérité. J'allais bondir sur le rouquin – qui, je crois, ne m'aurait pas raté – quand j'ai vu ta main glisser dans ta poche et compris.

Il rendit le pistolet alors qu'ils arrivaient à la barque.

— Ramenez-nous à Billing's Gate, demanda-t-il sans paraître une seconde perturbé par ce qui venait d'arriver.

Dans le canot, il tendit à son fils la lettre récupérée.

— Qu'y a-t-il d'écrit ? Je n'ai pas mes bésicles.

César parcourut la missive :

— Elle provient d'un nommé John Thurloe, secrétaire d'État du Commonwealth. C'est un acte officiel nommant John Harrison colonel des troupes de marine de William Penn, en Jamaïque, et William Aspinwall capitaine. S'ensuit une courte description afin de les reconnaître, John Harrison ayant une taille de six pieds et des cheveux roux, Aspinwall étant brun avec une cicatrice au bras. Le prénommé William, en somme !

— Ce sont nos marauds ! Des officiers qui venaient donc de la Jamaïque. Thurloe était ministre de Cromwell. Tu as remarqué leur coiffure ? Il devait s'agir d'anciennes têtes rondes. Harrison est un nom fréquent, mais le même que ce chef de la Cinquième Monarchie dont a parlé sir Morland. Peut-être sont-ils parents.

— Mais pourquoi des puritains s'intéressaient-ils à Gombleton ?

— On ne le saura sans doute jamais !

César tendit alors la clef :

— Je l'ai prise dans la poche du nommé Aspinwall. Regarde, c'est le même modèle que celle de notre chambre. On trouvera peut-être des explications en fouillant leurs affaires.

— Décidément, tu es plus adroit que moi ! plaisanta Gaston, particulièrement satisfait.

À Billing's Gate, ils débarquèrent et poursuivirent leur discussion en chemin :

— Ces deux-là avaient dû nous repérer derrière le carrosse, ce matin. Je ne me suis pas méfié et n'ai pas songé à regarder si nous étions suivis, regretta Tilly.

— Sans doute. Et ils devaient voguer dans une barque derrière nous, se demandant pourquoi nous nous intéresserions à Gombleton.

— Louis sera sacrément surpris de nos découvertes.

— Mais elles ne nous aideront guère, pour l'instant.

— Certes. On a toutefois échappé à un mortel danger ignoré.

Ils revinrent au Royal Oak en passant par St. Clement Lane, où Gaston montra la boutique du tailleur à César. À l'auberge, Fronsac et Bauer n'étaient pas là.

— Louis a dû recevoir la visite qu'il attendait ; cela veut dire que quelqu'un est venu lui parler de la Desfontaines. À l'heure qu'il est, peut-être l'interroge-t-il.

— Si on allait rendre visite à feu nos voisins ? suggéra César. Après nous dînerons : je suis affamé et je meurs de soif.

Ils sortirent. Profitant du couloir vide, ils glissèrent la clef dans la serrure de la chambre de Harrison et entrèrent.

La pièce ressemblait à la leur. Les deux puritains étaient des gens ordonnés, et rien ne traînait. Gaston ouvrit un coffre contenant des vêtements ainsi qu'un autre pistolet, un sac de poudre, un autre de balles et une boîte accueillant de la bourre, des silex et une poire de pulvérin.

César s'occupa des autres meubles et fit chou blanc : rien. Sur la table se trouvait de quoi écrire, mais seulement des feuillets vierges et une bible à couverture de cuir.

— On ne dégotera rien, marmonna le fils Tilly, réellement déçu.

Gaston parcourut lentement la chambre des yeux.

— Ces républicains risquaient leur peau s'ils étaient identifiés. À leur place, aurais-tu laissé des documents ou des objets compromettants à la vue des servantes ?

— Non, je les aurais dissimulés.

— Alors fouillons mieux.

Ils déplacèrent le coffre, le bahut et le dressoir, les vidèrent entièrement, sondèrent les boiseries, soulevèrent le matelas... et, là, découvrirent un livre et un portefeuille en chevreau débordant de papiers.

— Voilà ! fit Gaston, satisfait.

Le livre, imprimé en 1653, s'intitulait : *Brief description of the Fifth Monarchy, or Kingdom, that shortly is to come into the world.* L'auteur en était William Aspinwall.

— Notre gredin ! s'exclama César.

— Nous avons bien eu affaire à des puritains. Avant d'aller examiner ces documents chez nous, remettons un peu d'ordre, car les servantes viendront tôt ou tard porter de l'eau.

Le portefeuille contenait une suite de gravures représentant l'exécution du major général Thomas Harrison en octobre 1660, puis des lettres et plusieurs mémoires attachés à l'aide de cordons.

Gaston, qui avait chaussé ses bésicles, découvrit vite que les lettres étaient des copies adressées à des membres de la Cour, à sir Nicholas et lord Clarendon. Il mit aussi à jour plusieurs courriers rédigés en français, provenant du marquis de Louvois et de M. Hourlier, le lieutenant du bailli. Tous traitaient de l'affaire des joyaux.

— Je suis persuadé qu'on tient le portefeuille volé à sir Hollis ! conclut-il.

— Donc les brigands étaient certainement Harrison et Aspinwall...

— Exactement, et ce n'étaient pas des maraudeurs. Sir Hollis appartenait au parti de Cromwell durant les premières années de la révolution, et son secrétaire Petit était également un agent du Lord Protecteur. Ensuite ils ont rejoint le roi, et Hollis a même jugé les régicides ; peut-être a-t-il condamné Thomas Harrison ! À mon avis, ces deux-là cherchaient à punir ce qu'ils considéraient comme une trahison. Et si John Harrison était un parent de Thomas, peut-être aussi le venger.

— Pourquoi si tard ? Thomas a été supplicié voilà six ans.

— Ils se trouvaient à la Jamaïque. Va savoir dans quelles conditions. Peut-être ne pouvaient-ils rentrer en Angleterre. Cependant, à peine revenus ils ont commencé à agir. Nous ignorons s'ils n'avaient pas déjà tué d'autres compères ayant changé de parti.

— Mais pourquoi prendre ce portefeuille ? Et pourquoi le garder ?

— Ils l'ont volé en pensant y découvrir de l'argent, voire des effets de banque. Puis ils ont dû lire à l'intérieur quelque chose d'intéressant.

Gaston feuilleta les lettres et découvrit celle de M. Hourlier annonçant à sir Hollis avoir rendu le joyau à Thomas Gombleton. Un saphir de vingt mille livres. La lettre avait été annotée à l'aide une mine de plomb : *Thomas Gombleton's father is Richard Gombleton, goldsmith in Lombard Street.*

— Regarde. Voilà l'explication ! Ils voulaient saisir le père ou l'oncle pour obtenir la pierre en échange. Certainement avaient-ils besoin d'argent afin de financer leur religion !

— Mais ils auraient pu s'en prendre à n'importe quel bijoutier ou homme fortuné de Londres, objecta César.

Gaston fit la moue. Son fils avait raison. Mais sauraient-ils jamais la vérité ?

César ouvrit le livre à l'endroit où se trouvait un feuillet. Il s'agissait d'une page arrachée à un autre ouvrage dont on avait souligné quelques lignes : « ... Saphir, en hébreu, est le nom d'Ishtar... Le saphir est la substance des dieux... Le ciel ressemble à un saphir[1]... »

Le reste était un charabia autour de la Bête et du saphir.

Il lut ces extraits à haute voix avant de conclure :

— Le saphir devait jouer un rôle divin, ou maléfique, dans leurs délires. On ne saura sans doute jamais lequel, mais ils voulaient s'approprier celui des Gombleton. Cela explique la

1. Hugh Broughton, *The Works of the Great Albionean*, N. Ekins, 1662.

réaction d'Harrison quand tu leur as dit que toi aussi tu recherchais la pierre. Voilà pourquoi il nous a accusés d'être aux ordres de l'Antéchrist.

César hocha la tête, convaincu de la justesse du raisonnement.

— En somme, nous venons de sauver la vie des Gombleton, persifla-t-il.

— Provisoirement ! fit César dans un rire.

— Seulement, ce que nous venons de mettre à jour signifie que les accusations que sir Hollis proférait contre M. Jermyn – lord Saint Albans – ne sont en rien étayées. Ce n'est pas ce dernier qui a tenté de l'éliminer !

— Quelle conséquence en tirez-vous ?

— Difficile de conclure. En vérité, Jermyn a-t-il réellement joué un rôle dans l'affaire du saphir ? Rien n'est moins certain, désormais. J'espère que Louis aura du nouveau au sujet de Mme Desfontaines. Je ne vois que lui pour démêler un tel embrouillamini !

L'attention de César, qui ne cessait de regarder dans la rue, fut soudain attirée par le roulement d'un carrosse. Il se précipita vers la fenêtre.

La voiture de l'armateur venait de s'arrêter. Celui-ci en descendit, puis apparut Bowman.

— Le capitaine doit loger chez les Gombleton quand son navire accoste à Londres, suggéra Gaston, qui s'était avancé.

— Il faut que je vous parle de mon idée, père...

Dans la salle, l'aubergiste leur servit du jarret de porc et de la bière. Gaston lui demanda s'il savait quand M. Fronsac et son compagnon étaient partis.

— Il devait être onze heures, milord. La salle était pleine.

— Vous ont-ils dit quelque chose ?

— Non, milord, mais ils n'étaient pas seuls

— Une femme ?

— Non, milord, un gentilhomme.

— Sont-ils partis ensemble ?

— Oui, milord.
— Aviez-vous déjà vu ce gentilhomme ?
— Jamais, milord.
— L'inconnu a dû les conduire à Mme Desfontaines, conclut Gaston une fois le cabaretier éloigné. On reverra bientôt Louis et Friedrich qui rapporteront de bonnes nouvelles. Maintenant, parle-moi de ton idée.

César lança un regard circulaire afin de vérifier que personne ne les écoutait.

— J'y ai pensé en voyant la goélette. Je me suis souvenu d'une aventure avec des pirates remontant à mon premier voyage. Nous étions à Bombay et allions repartir quand un rajah de nos amis a prévenu le capitaine que Konadji Angria, le pirate le plus cruel et le plus audacieux de cette mer, venait de capturer une goélette dont il avait jeté l'équipage aux requins. Ce pillard attaquait les vaisseaux des Européens à l'aide d'une flottille de barques pleines de forbans sanguinaires qui lançaient des pots de feu sur le pont des navires dans le but de les incendier. Jusqu'alors on parvenait à contenir ces bandits en tirant sur eux au canon, mais avec le navire tout juste saisi Angria allait devenir invincible. De fait, plus aucun des vaisseaux présents dans le port de Bombay n'osait partir. Aussi mon capitaine proposa qu'on aille détruire la goélette nous-mêmes. Je fus volontaire, et, accompagnés de deux marins, Le Breton et moi partîmes un soir dans des canots en osier couverts de peau de bœuf. Profitant de la nuit venue, à proximité du camp des pirates, nous nous mîmes à l'eau, soutenus par des outres pleines d'air dont l'une portait un barillet de poudre. J'avais peur des requins, mais ils nous laissèrent tranquilles. À la goélette, nous avons attaché le baril au gouvernail, contre la coque, puis mis le feu à la mèche. Nous avions regagné nos canots quand l'explosion eut lieu. L'arrière du vaisseau fut détruit, et il coula immédiatement, emportant avec lui les barques pirates. Konadji Angria fut gravement blessé et, après, n'osa plus d'attaques pendant des mois.
— Tu songes à agir de même avec la *Lady Mary* ?

— Exactement.

— Séduisant. Mais si la perte de son navire causera du tort à Gombleton, cela ne dédommagera en rien les pertes de ton armateur.

— Déjà, je me serai vengé, rétorqua farouchement César. Ensuite, l'explosion du navire provoquera certainement des dégâts à l'entrepôt. Surtout, Gombleton sera immédiatement prévenu par les gardes du dépôt. Si l'explosion survient la nuit, l'armateur arrivera dans l'obscurité. Bowman sera avec lui, et dans la confusion, je pourrai agir à ma façon.

— Ouais ! approuva Gaston. Reste à trouver de la poudre.

— On l'achètera par petites quantités chez des armuriers. Et il y en avait déjà au moins une livre chez nos voisins.

Ils achevèrent leur repas en fignolant les détails du plan, puis remontèrent dans la chambre. Il était trois heures, et toujours pas de nouvelles de Louis Fronsac. César partit donc acheter de la poudre.

Six heures sonnaient à St. Mary quand il revint. Leurs amis, eux, n'avaient toujours pas reparu.

29

Jeudi 23 août

Ils eurent une nuit de cauchemar. Le père et le fils ne purent fermer l'œil, imaginant les pires éventualités : Louis et Friedrich étaient-ils tombés dans un traquenard organisé par ceux qui voulaient s'approprier le saphir ? Et s'il s'agissait plutôt d'autres suppôts de la Cinquième Monarchie ? Mais comment avait-on pu vaincre le colosse Bauer ? Gaston savait que seule une balle de plomb aurait pu empêcher le Bavarois d'agir. Et si ce dernier avait été tué, qu'en était-il de son ami ?

À l'aube, ils se levèrent hagards, indécis et désespérés. César n'alla pas même à la fenêtre surveiller les Gombleton. Tous deux n'éprouvaient aucun besoin de se sustenter.

Ils descendirent pourtant dans la grande salle afin d'interroger une nouvelle fois l'aubergiste sur l'homme venu chercher Louis et Friedrich. Hélas, ils n'apprirent rien de plus. Il s'agissait d'un bourgeois dans la quarantaine, cheveux courts et chapeau plat, leur assura-t-on.

— Je pourrais recommencer l'enquête de M. Fronsac, me rendre dans les établissements qu'il a visités et poser à mon tour des questions sur Mme Desfontaines, suggéra César. À coup sûr, les interrogations ont éveillé l'attention de celui qui les a attirés dans un piège. En agissant de même, cet ennemi recommencera et, quand il viendra ici, nous le prendrons au filet.

Un bon traquenard, jugea Gaston, qui, pourtant, le repoussa :

— Attendons encore une journée. Je n'arrive pas à croire que nous n'aurons aucune nouvelle. Si demain nous n'avons rien appris de plus, nous ferons comme tu le proposes et irons demander conseil à M. Morland.

En vérité Tilly, si combatif de tempérament, se sentait anéanti par la disparition de son ami et craignait maintenant de perdre son fils si ce dernier reprenait cette maudite enquête.

La journée s'écoula lentement, dans le silence et l'angoisse. César aurait voulu convaincre son père, mais le sentait si accablé qu'il n'osait insister. Quant à Gaston, un ressort semblait s'être rompu chez lui. Il ne savait que faire, que décider.

Pour ne pas demeurer uniquement dans le chagrin et les tourments, tous deux dînèrent puis soupèrent dans la salle de l'auberge, écoutant vaguement les conversations, les rires et les chants autour d'eux, tout en lançant des regards pleins d'espoir chaque fois que la porte de l'établissement s'ouvrait.

Une nouvelle nuit suivit, au sommeil entrecoupé de réveils angoissants.

Vendredi 24 août

Au saut du lit, M. de Tilly avait pris sa décision. Il se rendrait chez sir Morland et lui expliquerait la situation. Le mathématicien, baronet, connaissait du monde à la Cour et lui indiquerait les personnes qui assuraient la police. Si Louis et Bauer avaient été tués, leurs corps seraient forcément découverts. Gaston avait besoin de savoir.

Ils descendirent, l'âme en peine. César demandait à l'aubergiste d'envoyer un valet héler un carrosse quand entra une jeune fille accompagnée d'un bourgeois vêtu de noir, dans la quarantaine. Le couple s'approcha du tenancier qui appela alors un serviteur.

— Je cherche M. Fronsac, déclara l'inconnu en anglais. Il a fait savoir qu'il logeait ici.

— Quand avez-vous vu M. Fronsac ? intervint Gaston d'un ton si vif que l'autre témoigna de sa surprise en reculant d'un pas.

— Le connaissez-vous, sir ?

— Je suis son ami ! Il a disparu depuis deux jours, rugit M. de Tilly en français.

— Disparu, dites-vous ? Je ne comprends pas, déclara le bourgeois, également en français.

— Je peux vous expliquer... Voulez-vous monter dans notre chambre ? Il s'agit d'une affaire grave, poursuivit Gaston en se maîtrisant.

Il se tourna vers César :

— Mon fils, César de Tilly...

Il n'acheva pas sa phrase car il découvrit un César pétrifié devant la jeune fille qu'il ne quittait pas des yeux. Elle-même, qui devait avoir entre seize et dix-huit ans, semblait atteinte d'une singulière confusion. Surmontant sa surprise, le père se retourna vers le bourgeois :

— Je vous en prie... Nous avons à parler.

— Entendu. Mon nom est Thomas Halloway, avocat de Lincoln's Inn[1].

Gaston commanda de la bière, du pain et des anchois, et tous quatre gagnèrent la chambre.

Quand chacun fut assis, M. de Tilly prit la parole en voyant que l'avocat et la jeune fille restaient silencieux. Il avait décidé de ne pas cacher grand-chose car seul comptait, à ses yeux, le sort de Louis :

— J'ai accompagné à Londres mon ami M. Fronsac, marquis de Vivonne, où il voulait interroger une dame nommée Mathurine Desfontaines. Quelqu'un nous a indiqué l'avoir vue dans une taverne près de Whitehall, et, lundi et mardi, il y a questionné

1. La plus célèbre et la plus ancienne société de formation d'avocats, qui joue aussi le rôle d'ordre pour la profession.

plusieurs personnes à son sujet. Mercredi, mon ami attendait des visites mais, lorsque je suis rentré, car j'avais dû m'absenter, il n'était plus là. L'hôtelier m'a raconté qu'un homme était venu le chercher. Depuis, il n'a plus reparu.

— Étrange, fit Thomas Halloway sans marquer cependant beaucoup d'étonnement. Soyez assuré toutefois que je n'y suis pour rien. C'est maître Hargrave, le patron du Dog, qui m'a prévenu hier qu'un M. Fronsac, du Royal Oak, recherchait sa sœur et sa nièce. Pour votre gouverne, sachez que Mme Desfontaines n'a aucun frère...

— Je suis confus de ce pieux mensonge, mais Louis devait gagner la confiance des servantes pour obtenir des réponses.

— Admettons. Maintenant, dites-moi pourquoi votre ami désirait interroger Mme Desfontaines ?

— Malheureusement, cette information ne m'appartient pas. Toutefois, puisque vous paraissez connaître cette dame, je veux bien lui répondre en personne si vous me conduisez auprès d'elle. Peut-être ses réponses m'aideront-elles à retrouver mon ami.

— J'en doute. Mme Desfontaines n'a jamais entendu parler de M. Fronsac et se rend rarement à Londres.

— Vous la connaissez donc.

— Je suis Françoise de La Pasnière, intervint alors la jeune fille. La fille de Mme Desfontaines.

César demeura bouche bée, et Gaston se montra tout autant interloqué, songeant pourtant qu'il aurait dû s'en douter.

— Madame la duchesse d'Orléans nous a précisé que Mme Desfontaines avait une fille... de votre âge, bafouilla-t-il. Mais je ne m'attendais pas à ce que vous veniez nous voir.

— C'est donc Madame qui vous envoie ? interrogea Françoise de La Pasnière.

— Non. Encore une fois, je ne peux révéler les raisons de notre voyage qu'à votre mère.

— Comme vous voulez, fit l'avocat en haussant les épaules imperceptiblement. Êtes-vous prêt à nous accompagner chez elle ?

— Oui, répliqua Tilly sans hésiter.

Il avait pertinemment compris qu'on cherchait à l'attirer dans un piège, certainement celui-là même où était tombé Louis, mais lui ne se ferait pas prendre et les scélérats paieraient cher leur traîtrise.

Il lança un bref regard à son fils, mais ce dernier demeurait tellement en admiration devant la jeune fille qu'il ne vit rien. Cette naïveté le contraria fort, aussi se leva-t-il sans ajouter un mot, alla prendre son pistolet génois à quadruple canon et, ostensiblement, le plaça dans la ceinture de ses hauts-de-chausses.

Françoise de La Pasnière et César se levèrent de concert. Ce dernier hésita à montrer sa défiance, mais finalement saisit à son tour un pistolet. Celui de sa mère était déjà en place dans la poche trouée de son justaucorps.

— Mon carrosse attend dans la rue, dit l'avocat sans faire la moindre remarque sur le comportement méfiant des deux hommes.

Lui-même ne portait ni épée ni arme apparente.

Ils sortirent. Dans la rue, le carrosse était une petite voiture légère tirée par un seul cheval ; ils se serrèrent, les deux Tilly ensemble sur le banc de devant.

— Où allons-nous ? s'enquit Gaston.

— Dans Southwark. De l'autre côté de la Tamise.

— Par le pont ?

— Bien sûr.

— Connaissez-vous cet endroit ? interrogea Halloway alors que le carrosse se mettait en branle.

— Non, monsieur.

— Ce *borough*, comme on l'appelle aussi, appartient à l'évêque de Winchester, qui y a son palais. La juridiction de la Cité ne s'y applique pas. L'endroit est ce que nous appelons une *liberty*, avec ses propres pouvoirs et privilèges.

— Un peu comme l'enclos du Temple à Paris ?

— Je crois, en effet, mais Southwark est beaucoup plus étendu.

— C'est là que vit Mme Desfontaines ?

— Oui, répondit l'avocat sans hésiter. Voyez-vous, je l'ai rencontrée voilà six ans, quand elle se trouvait à Londres avec la reine mère, pour le couronnement de Charles II. Je me suis mis à son service, et nous nous écrivions de temps en temps. Je sais parfaitement ce qui s'est passé en France. Quand elle est arrivée à Londres, elle a cherché à me revoir. Mais elle vous expliquera tout cela mieux que moi.

Un silence. Il reprit :

— Je suis l'avocat de M. Thomas Davies. Avez-vous déjà entendu ce nom ?

— Non, monsieur.

Il se racla la gorge et Gaston devina une révélation embarrassante.

— Compte tenu des avantages que proposait l'évêque de Winchester, Southwark s'est développé autour d'activités disons… parfois réprimées par la morale.

— La prostitution et le jeu ? suggéra Gaston, qui s'en doutait.

— C'est cela, mais aussi le théâtre et les combats d'animaux.

— Quel genre de combats ? s'enquit César.

— Un ours ou un taureau contre des chiens furieux, par exemple. On a édifié sur cette rive plusieurs théâtres. C'est au Globe que le grand Shakespeare et sa compagnie jouaient, là aussi que se sont construits les premiers amphithéâtres pour les combats d'animaux. Au début de ce siècle, il y avait quatre ou cinq théâtres et plusieurs arènes. Sir Philip Henslowe, régisseur de la troupe des Hommes de lady Élisabeth[1], les possédait presque tous. Il était aussi le propriétaire de plusieurs maisons de prostitution et du jardin aux Ours, qu'on appelle encore la Fosse-aux-Ours, dont l'intitulé dit tout. Avec son beau-fils, acteur, il a fait construire le plus grand et le plus beau des théâtres : le Hope, qui pouvait servir à la fois d'arène et de scène où jouer la comédie. Le Hope a duré une cinquantaine d'années avant d'être fermé par

1. The Lady Elizabeth's Men était une compagnie d'acteurs formée sous le patronage de la princesse Élisabeth, sœur du roi Jacques Ier.

les puritains. À la Restauration, M. Thomas Davies, qui avait la charge de maître des ours sous le règne de Charles Ier, a racheté l'endroit avec son fils et dépensé deux mille livres pour édifier un nouveau Hope. Comme avocat, je m'occupe de ses affaires juridiques, car il ne s'agit pas seulement d'un bâtiment, mais aussi d'une auberge mitoyenne, d'écuries, d'étables, de chenils et d'enclos. Le travail ne manque pas pour faire fonctionner une telle entreprise. Lorsque j'ai revu Mme Desfontaines, elle souhaitait se cacher, craignant certaines personnes de la Cour…

— Lord Saint Albans ? lâcha Gaston.

— Vous savez ? En effet. Or le Hope avait besoin de quelqu'un capable d'assister le régisseur. Lui s'occupe des troupes et des animaux, mais une personne de confiance et de goût chargée de l'entretien des bâtiments, du mobilier, des sièges, des tentures et des coussins, entre autres, devenait indispensable. J'ai proposé la charge à Mme Desfontaines et à sa fille, et leur ai trouvé une maison à deux pas du théâtre. C'est l'endroit où nous nous rendons.

Gaston n'avait prêté aucune attention au chemin parcouru alors que le carrosse s'arrêtait devant une porte fortifiée marquant l'entrée du pont. Les passages étaient lents à cause du trafic et des travaux de construction de différentes demeures de l'autre côté.

— Avez-vous déjà pris le pont ?

— Pas encore.

— Il est très long et entièrement recouvert de maisons et d'hôtels, à l'exception de cette partie qui a brûlé en 1663. Un incendie d'une puissance incroyable. On a même craint que la ville entière ne se consume. Dieu nous garde d'un autre feu !

De nouveau un arrêt, alors qu'ils allaient s'engager sous une maison.

— Le passage n'est pas très large, et certains cochers ou charretiers arrêtent leur voiture n'importe où. À partir d'ici, vous ne verrez plus la rivière durant un moment.

La galerie intérieure était bordée de boutiques, tout comme le petit Pont ou le pont Notre-Dame à Paris, avec les mêmes encombrements et tracas de circulation, désagréments provoqués par des étals qui avançaient trop sur la chaussée, une foule importante, des cavaliers, charrettes et voitures en surnombre.

— Il y avait autrefois ici une chapelle construite par Henri II consacrée à saint Thomas Becket, mais Henri VIII l'a fait transformer en logements et boutiques.

L'avocat désigna le bâtiment de pierre devant lequel ils passaient lentement. Son amabilité et les doux regards échangés par Françoise et César avaient fait fondre la méfiance de Gaston qui, s'il n'avait sans cesse pensé à Louis et Bauer, aurait presque apprécié ce voyage.

Le véhicule atteignit enfin une portion du pont sans bâtisse ni échoppe. De nouveau, on apercevait le fleuve. La jeune fille expliqua qu'ils avançaient sur un pont mobile que l'on levait lorsque de gros vaisseaux remontaient jusqu'à Westminster.

Revinrent ensuite le corridor et les commerces. L'un d'eux était une belle taverne peinte en vert dont l'enseigne représentait un ours.

— Il y a plus de deux cents habitations sur le pont, ici sept étages sont au-dessus de nos têtes, plaisanta Thomas Halloway. Nous passons sous Nonsuch House, l'une des plus hautes de ces constructions.

De nouveau, un passage vide de maisons apparut, vite suivi d'une kyrielle de boutiques. À la sortie de cette dernière galerie, Gaston aperçut, sur la terrasse d'une tour, les têtes plantées au bout de lances vues le jour de leur arrivée. Sur un flanc du pont se dressaient aussi deux cages de fer dont l'une occupée par une femme en haillons attachée par des chaînes de telle sorte qu'elle ne pouvait s'asseoir. Un panneau la qualifiait de voleuse. Comme la voiture était une nouvelle fois arrêtée en raison des encombrements, l'avocat désigna les crânes parcheminés :

— Nous atteignons l'autre côté du pont. Depuis toujours on y expose les têtes des pirates, des traîtres comme celles de grands criminels. Cette porte s'appelle Great Stone Gate. Au-delà, nous entrerons dans Southwark.

— Vous parlez parfaitement ma langue, monsieur Halloway, observa Gaston.

— Ma mère était française. Elle se nommait Françoise de Grosmesnil. Ses parents, venus de Normandie, se sont installés à Londres à la mort du roi Henri IV, craignant la reprise des troubles religieux après le crime de Ravaillac.

Le carrosse déboucha devant un édifice religieux.

— St. Saviour, l'église de l'évêque, énonça Françoise en la montrant. À côté, vous voyez son palais.

Le véhicule contourna le lieu de culte et emprunta une rue étroite, mal pavée, bordée de constructions en encorbellement à un ou deux étages.

— À partir d'ici, vous ne verrez que des *stews*, autrement dit des maisons de drôlesses, ricana Thomas Halloway. Toutes appartiennent à l'évêque qui encaisse les loyers. Les garces font sa fortune ! Plus loin, ce sont surtout des tavernes, dont presque toutes organisent des combats de coqs ou de chiens.

— La rue s'appelle Clink Street, ajouta la jeune femme.

Effectivement les cabarets se succédaient, largement reconnaissables avec leurs immenses enseignes de bois peint : ici une tête de sanglier, plus loin un chien et un canard, ailleurs un archer vert, une tête de taureau, voire un cygne à deux têtes.

Au bout de la voie apparurent de grands enclos, des jardins et des vergers. Au milieu des plantations se dressait une haute construction de forme circulaire avec auberge attenante.

— Le Hope ! expliqua l'avocat.

À la rue pavée, succédèrent des allées de terre riches de trous et défoncées d'ornières. Ils croisèrent quelques cavaliers, des paysans et des femmes vulgaires qui s'arrêtèrent pour les voir passer, espérant des clients.

— Entre le Hope et la rive s'étend un village. Vous en voyez les toits, plus loin. C'est là que logent mademoiselle et sa mère. On appelle cette rue Bear Street, et l'on peut y accéder en barque par Bear Garden Stairs. C'est dans ce quartier que se tenaient les combats d'ours et de taureaux sous le règne précédent, avant que les puritains les interdisent.

Le carrosse pénétra dans la cour d'une taverne dont l'enseigne arborait une sirène.

— Nous nous arrêtons ici. La voiture appartient à l'aubergiste. La maison de Mme Desfontaines se trouve juste derrière, annonça l'avocat d'un ton neutre qui mit soudain Gaston en alerte.

Il parvint à alerter son fils par un plissement du front une fois que ce dernier eut aidé Françoise à descendre du véhicule.

Au bout de la cour, le groupe franchit un passage voûté, en pierre, et déboucha dans un verger où se dressait une maison en colombages et plâtre. Pas d'étage, un toit de chaume, deux fenêtres de part et d'autre de la porte. Aucune âme qui vive, sinon un gros mastiff qui se précipita vers les intrus en jappant.

— Du calme, Gorgeous ! ordonna Françoise.

Le chien s'arrêta et lui lécha la main.

L'avocat en tête, ils pénétrèrent dans une pièce tout en longueur, au sol de gros carrelage rouge. Le mobilier, simple, massif, sans décoration ni sculpture, se composait d'un grand coffre, de deux bahuts situés de part et d'autre d'une cheminée et d'un lit à colonnes. Une belle tapisserie représentant la fuite en Égypte ainsi qu'une statue de sainte Catherine en bois apportaient un peu de douceur. Deux bancs et des tabourets s'alignaient contre un mur ainsi que le plateau d'une table. Quant au plafond, il était formé de poutres et de planches peintes.

— Attendez un instant, annonça l'avocat, je vais prévenir Mme Desfontaines.

Il se dirigea vers l'une des deux portes de la pièce, qu'il ouvrit sans s'annoncer. Françoise resta avec les Tilly et s'approcha d'une fenêtre, gardant Gorgeous à ses pieds. Prudent, Gaston souleva un pan de son justaucorps et sortit son pistolet qu'il garda main pendante. César le considéra en fronçant les sourcils, puis regarda la jeune fille, laquelle, une main devant la bouche, se montrait fâchée. Aussi ne toucha-t-il pas à sa propre arme, au grand mécontentement de son père.

La porte s'ouvrit et Mme Desfontaines apparut, maître Halloway dans son sillage. Tous deux les menaçaient de pistolets.

— Monsieur de Tilly, jetez votre arme au sol et ne tentez rien. Je tire vite et fort sûrement.

Gaston regarda ce qu'elle tenait. De gros pistolets à silex de calibre 12[1] au chien bien relevé. Que l'un d'eux soit touché par l'une de ces balles et il était mort.

Il obtempéra, comprenant du coup comment Louis et Bauer avaient été pris.

---

1. Le calibre (en unités par livre) correspond au nombre de balles rondes de bon diamètre que l'on peut faire avec une livre de plomb.

30

Vendredi 24 août

— Maintenant, monsieur de Tilly, expliquez-moi ce que me veut M. Fronsac.

— Est-il nécessaire de me menacer, madame ?

— Oui, car je ne vous connais pas et parce que j'ai suffisamment souffert à cause de mauvaises gens.

— Mon nom est Gaston de Tilly. César, ici, est mon fils. Mon ancêtre a été anobli à Saint-Jean-d'Acre. Il n'y a aucune tache sur nos armes. J'ai été commissaire de police à Paris, procureur à l'Hôtel du roi et je suis maître des requêtes au Conseil des parties. Voilà, vous me connaissez.

Silence.

— Ce n'est pas moi qui vous recherche, poursuivit-il, mais mon ami Louis Fronsac. Hélas, il semble avoir dérangé quelques personnes influentes puisqu'il a disparu depuis deux jours. Si vous savez quelque chose le concernant, je vous conjure de me le dire.

— J'ignore tout de lui, même son existence. Que me voulait-il ?

— Je préférerais vous le dévoiler sans témoins.

— Je n'ai rien à cacher à ma fille. Ni à M. Halloway.

Gaston hésita à poursuivre, mais puisque cette femme l'autorisait à parler…

— Il s'agit de votre séjour à la Bastille.

— J'ai été innocentée de toutes les accusations portées contre moi, répliqua-t-elle avec vivacité.

Elle baissa ses armes et ajouta :

— Que savez-vous de ce que l'on me reprochait ?

— D'avoir assassiné un bijoutier qui logeait chez vous.

— Une infâme et fausse accusation. Voulez-vous connaître la vérité ?

— Volontiers, car il est vrai que je n'ai entendu que des propos à charge.

— J'ignore ce que vous connaissez de ma vie, aussi commencerai-je par mon mariage, mais vous pouvez m'interrompre si vous désirez des précisions. J'ai épousé M. de La Pasnière en 1644, il était alors valet de chambre d'un gentilhomme de M. de Pomponne de Bellièvre, qui rencontra la reine Henriette en Angleterre en 1646. Quand celle-ci s'exila en France, elle constitua sa maison, et ce gentilhomme lui céda mon époux. Je devins donc l'une de ses dames de compagnie peu après la naissance de ma fille Françoise. Ce fut une période difficile. Nos gages n'étaient pas souvent payés et les serviteurs ne restaient pas dans la maison. Puis mon mari décéda d'une fièvre et je devins veuve, avec ma fille de cinq ans. La reine me garda quand même à son service – il est vrai que je ne lui coûtais presque rien – grâce à la confiance que m'accordait M. Jermyn, son majordome. Madame Henriette avait pour seule ressource les bijoux et les objets précieux qu'elle avait emportés et que le même Jermyn vendait ou mettait en garantie. C'est mon époux qui recevait financiers et bijoutiers pour ces opérations discrètes, car le majordome avait toute confiance en lui. À son décès, je l'ai naturellement remplacé dans cette mission sensible. J'ai vu ainsi passer MM. Hoyau, Gombleton, Fontenay et bien d'autres que l'on m'accusera ensuite d'avoir eus comme complices lorsque je serai enfermée à la Bastille. J'avais donc des relations privilégiées avec M. Jermyn, sans être pour autant sa maîtresse, contrairement à maintes clabauderies. Il avait d'autres femmes bien plus belles que moi à disposition, dont la reine elle-même. Mais celle-ci était particulièrement jalouse et, un jour, en Angleterre, elle nous trouva ensemble, lui s'adressant à moi à voix basse de fort près, et elle en fut mécontente. Peu après, lors d'une scène, elle me traita de catin, exigeant que je quitte sa maison.

» Qu'allais-je devenir avec ma fille désormais âgée de onze ans ? Heureusement, M. Jermyn ne m'abandonna pas et me fit entrer dans la maison de Mme Henriette quand celle-ci vint en France.

Elle se tut un instant et dévisagea Gaston.

— Je sais ce que vous pensez, monsieur de Tilly. M. Jermyn n'a pas agi ainsi gracieusement, et vous avez raison. Mais vous vous trompez sur ses motivations. Lord Saint Albans est un homme brutal et possessif. Je l'ai vu souvent battre la reine Henriette, des femmes de sa maison et même des gentilshommes. Mais, la première fois qu'il porta la main sur moi, je lui tins tête avec un canivet et lui montrai que je ne me laisserais pas faire. Je ne suis pas une femme fragile, monsieur de Tilly. On me l'a d'ailleurs toujours reproché. Mon comportement le surprit, mais il l'accepta et me laissa tranquille. J'avais, d'un coup, gagné son estime. Malgré cela, il me considérait comme son bien, sa chose, attitude qu'il avait avec tous les gens de sa maison. Il refusait qu'on le quitte, moi plus encore, tant je connaissais de secrets inavouables. Voilà pourquoi il demanda à la sœur du roi de me prendre à son service. Même loin de Paris, il gardait un œil sur ma personne. La laisse était longue, mais serrée.

» Je logeai d'abord dans un bouge du palais des Tuileries et, après le mariage de ma maîtresse, j'obtins une chambre au Palais-Royal. J'aurais pu m'en satisfaire, mais je découvris vite la malhonnêteté et la débauche inimaginables régnant dans la maison d'Orléans. Monseigneur ne pensait qu'à son plaisir et ceux qui fréquentaient la cour de Madame jouaient des sommes folles le soir en trichant à qui mieux mieux. Les coucheries étaient courantes et les valets imitaient leurs maîtres. La malice et l'imposture se cachaient dans le cœur des habitués du château. Un homme se trouvait au centre de ces infamies : Duflos, valet de chambre du duc. Un jour, je le surpris cherchant à séduire ma fille. Vous devinez que si M. Jermyn ne m'avait pas fait peur, je n'allais pas craindre un faquin subalterne. Ayant toujours une dague sous ma robe – je la garde encore –, je sortis l'arme et le prévins que si je le voyais encore tourner autour de Françoise, je le transformerais en eunuque.

Gaston ne put s'empêcher de sourire.

— Quelques jours plus tard, l'intendant du palais me fit appeler. Il m'accusa d'avoir cherché à me procurer du poison et m'annonça que je devais partir. Je demandai des preuves, des témoins, alors il reconnut que la dénonciation provenait de Duflos. À mon tour, je le mis en cause, et Madame fut informée. Elle se montra fort embarrassée, voulant éviter le scandale, et elle préféra me proposer cent livres pour m'en aller en silence. Elle promit aussi de me louer une maison près du palais, logement dont je pourrais sous-louer une chambre ou deux, ce qui me procurerait une rente. N'ayant pas le choix, j'acceptai.

» Beaucoup de personnes faisant affaires avec les gens du duc cherchaient un logis discret à proximité, aussi me les envoyait-on. C'est ainsi qu'un jour je reçus Fontenay, déjà vu avec M. Jermyn, mais qui ne me reconnut pas. Il venait rencontrer Duflos au sujet d'une entreprise – louche forcément – qu'ils préparaient ensemble. Or le lendemain de son arrivée se présenta Hoyau avec valet et servante. Lui me reconnut et insista pour louer une chambre chez moi. Je trouvai singulier qu'il ait préféré ma maison puisque avec deux serviteurs il aurait été mieux installé dans une hôtellerie, alors j'ai cherché à savoir ce qu'il manigançait.

» Quand j'ai constaté qu'il allait retrouver Fontenay dans sa chambre, j'ai écouté leur conversation depuis la pièce mitoyenne. J'appris ainsi que ce dernier transportait des bijoux tenus d'un dénommé Lescot, décédé depuis, et Hoyau l'accusait de les avoir volés. Il menaçait même de le dénoncer, à moins de partager avec lui. Un accord se fit entre eux et, pour le sceller, Hoyau l'invita à souper dans sa propre chambre. Le logis se trouvait au deuxième étage. Par intuition, alors qu'ils dînaient, je collai mon oreille à la porte pour écouter. Au bout d'un moment, j'entendis Hoyau annoncer à son valet que le somnifère s'était montré efficace. Ensuite, lui et ses domestiques étranglèrent Fontenay dont je perçus les râles d'agonie. Effarée, je ne pus me retenir de pousser un gémissement. Alors je fus découverte. J'ai cru ma dernière heure arrivée, mais je sortis ma dague et Hoyau ne parvint pas à m'intimider. Il se contenta de me menacer et déclara que, si je parlais, il me dénoncerait comme auteur du crime et me ferait rouer. Face à trois personnes, que vaudrait ma parole ? Ils partirent le soir même tandis que je restais avec le cadavre.

» Finalement, je rangeai la chambre de Fontenay, le couchai pour faire croire à une crise d'apoplexie. Plus tard, dans la journée, la servante à mon service le découvrit. On crut à une mort naturelle. J'étais donc persuadée que tout serait oublié, mais, à quelque temps de là, Mme Fontenay vint prendre les affaires de son mari et m'accusa de l'avoir volé car, bien sûr, Hoyau avait emporté les bijoux dont elle connaissait l'existence.

» On m'arrêta, ainsi que ma servante, et nous fûmes interrogées au Châtelet. Lorsque je protestai de mon innocence et expliquai avoir été au service de Madame, on me transféra à Saint-Éloy où un conseiller au Parlement me questionnerait à huis clos afin d'éviter tout scandale. Peu après, le bailli du palais m'envoya à la Bastille où j'appris mon incarcération à la demande d'un ambassadeur anglais dont j'ignorais jusqu'à l'existence ! On me confronta avec Hoyau, lui aussi emprisonné, mais pour d'autres raisons : à lui, on reprochait la possession de bijoux mal acquis. À cause de cet homme, je fus accusée de meurtre et de vol. Pour me défendre, je dénonçai comment il avait tué Fontenay chez moi, mais il m'incrimina en retour, assurant avec perfidie que c'est moi qui, au contraire, l'avais empoisonné et étranglé. Je niai cette infâme machination et demandai qu'on fouille chez lui pour retrouver les bijoux de Fontenay, précisant que ses domestiques – dont je livrais les noms – étaient ses complices. Le valet et la servante furent arrêtés, et on retrouva effectivement plusieurs des diamants chez mon accusateur. La servante donna de son côté le nom d'un M. Gombleton qui avait acheté des bijoux à son maître. Ce Gombleton, je le connaissais pour l'avoir vu avec M. Jermyn ! Les exempts dénichèrent chez lui un saphir de grande valeur dont il se montrait incapable de justifier l'origine. Grâce à moi, on avait mis la main sur une bande de fripons, mais on ne me mit pas hors cour[1] pour autant, le bailli du palais restant persuadé que j'avais tué M. Fontenay.

» J'écrivis alors à plusieurs reprises à Madame, la suppliant d'obtenir mon élargissement. Après tergiversations et un long moment, elle décida enfin d'intervenir et on me libéra en septembre. Quelques jours plus tard, la duchesse me fit chercher pour me conseiller de quitter rapidement la France. Terrorisée, j'acceptai. Elle me promit cent pistoles si je partais en Angleterre, assurant qu'elle préviendrait lord Jermyn de me trouver une place à Londres.

Gaston hochait la tête à chaque affirmation, car celles-ci lui paraissaient convaincantes.

— Et vous êtes arrivée à Londres, où vous logiez au Dog, fit-il benoîtement.

— Oui, monsieur.

— Seulement vous oubliez de dire que, avant votre départ de Paris, vous vous êtes rendue chez M. Gombleton où, sous la menace d'une dague, vous vous êtes fait remettre le saphir des Stuart ! déclara-t-il d'un ton dur.

Mme Desfontaines parut tomber des nues.

— Pas du tout ! Mais je suis effectivement allée voir M. Gombleton pour lui expliquer que je n'avais aucune responsabilité dans ses ennuis.

— Une singulière courtoisie envers un fripon, objecta Tilly non sans ironie.

— Je ne souhaitais pas le faire, monsieur, protesta-t-elle, mais Madame l'avait exigé. Au sortir de la Bastille, je suis allée la trouver afin de la remercier. Une dizaine de jours plus tard, comme je vous l'ai raconté, elle m'a fait chercher dans la maison que j'occupais rue Traversière. Elle avait entendu qu'on allait

1. La mise hors cour correspondait à la suspension des poursuites dans la justice de l'Ancien Régime.

m'arrêter de nouveau et m'a donc conseillé de quitter Paris, et même la France. Elle m'a affirmé qu'un coche partait vendredi de la rue Saint-Denis et suggéré de le prendre. Je devais passer ce même vendredi matin chez elle où elle me remettrait les cent pistoles. Le jour dit, j'avais déjà quitté ma maison et ma fille avait fait porter nos malles à l'auberge d'où partait le coche – je vins la voir comme prévu. Et en me remettant l'argent promis, Madame m'a demandé d'aller m'excuser auprès de M. Gombleton. J'ai obéi, mais l'entretien fut bref et glacial. Ensuite, j'ai retrouvé ma fille qui m'attendait à la voiture.

— Vous n'avez pas menacé ni frappé ce bijoutier ?

— Moi ? Bien sûr que non ! Comment aurais-je pu le faire alors que plusieurs domestiques se trouvaient dans la maison ?

— Ce n'est pas ce qu'il nous a affirmé, ni ce qu'a déclaré le lieutenant du bailli !

— Gombleton a menti et abusé le lieutenant, déclara-t-elle avec assurance.

— Tout ce que vient de raconter ma mère est exact, monsieur ! intervint Françoise.

— Je vous crois, mademoiselle ! assura un César plein de chaleur.

Gaston demeurait silencieux. Qui mentait ? s'interrogeait-il. Mme Desfontaines paraissait sincère et M. Halloway un honnête homme. Entre eux et Gombleton, dont l'oncle était un voleur, il préférait croire la femme. Cependant, si ce qu'elle affirmait était vrai, Gombleton avait gardé le saphir. Pour qui ? Jermyn ? Plausible. Seulement, le courrier envoyé par Thomas Mordaunt à son maître affirmait qu'il n'avait pas retrouvé le joyau. À moins que cette affirmation, venue de sir Nicholas, ne soit le résultat d'une manœuvre de Jermyn ? Si ce dernier savait ses lettres décryptées, il pouvait avoir dupé sir Nicholas. Auquel cas, le prétendu vol relevait de la machination conduite par lord Saint Albans.

Gaston s'efforçait de relier les faits évidents, comme le faisait toujours son ami Fronsac : Madame tenait régulièrement informé Jermyn – son propre père – de l'affaire des joyaux. Ce dernier voulait le saphir, mais sans que Hollis l'apprenne. Il avait donc fait libérer Mme Desfontaines, à qui Madame avait ordonné de s'excuser auprès de Gombleton. Ce dernier, sous les ordres de ce Mordaunt au service de Jermyn, avait clamé qu'elle l'avait menacé et volé. Ensuite Mordaunt avait emporté la pierre, ordonnant au bijoutier d'accuser Mme Desfontaines. Dès lors, Hollis et la police n'iraient pas plus loin dans leurs enquêtes. Restait à expliquer comment Thomas Mordaunt avait persuadé Gombleton de se prêter à ce jeu aussi complexe que redoutable. Mais, là encore, lord Saint Albans avait les moyens de le convaincre : un peu d'argent, des menaces sur son père et son oncle, voire sur lui-même. Comment aurait-il pu résister ?

De telles explications étaient plausibles, même si seuls Jermyn et Mordaunt auraient pu les confirmer.

— Avez-vous rencontré lord Saint Albans à Londres ? interrogea Tilly.

— Bien sûr ! Je l'ai prévenu dès que ma fille et moi nous sommes installées au Dog. J'avais choisi de loger dans cette taverne tenue par un cousin de M. Halloway.

Elle se tourna vers ce dernier qui, entre-temps avait déposé ses armes.

— J'avais rencontré M. Halloway en 1660, et nous étions devenus amis.

Elle n'en dévoila pas plus.

— Quand M. Jermyn est venu me voir, il m'a remis vingt guinées et promis de me trouver une place. Je l'ai cru. Mais le temps passait et aucune offre de travail ne venait. N'ayant rien à faire, je me posais beaucoup de questions sur ce que j'avais connu depuis des mois, sur ces bijoutiers et la manière dont ils s'étaient procuré les joyaux anglais. Je me rendis alors compte que je savais bien des choses dérangeantes sur lord Saint Albans, et que, dès lors, je me retrouvais à sa merci. Un jour, il se présenta accompagné de Thomas Mordaunt, que j'avais déjà rencontré avec son frère à Paris chez la reine Henriette. Il déclara abruptement m'avoir trouvé un époux. Je répondis en plaisantant que je n'en avais nul besoin, mais il rétorqua qu'une femme honnête ne pouvait demeurer veuve et vivre dans une taverne. Mordaunt expliqua alors que ce futur mari était l'un de ses lieutenants. Un homme de grande qualité que tous deux reviendraient me présenter.

» Affolée, comme je voyais régulièrement M. Halloway, je le suppliai de me sortir de ce mauvais pas. C'est ainsi qu'il me proposa de travailler ici. Et cette solution me convient : même si je dois rester cachée, car je devine que Mordaunt me cherche, au moins ma liberté est préservée et mes inclinations non bafouées.

Thomas Mordaunt se trouvait donc au cœur de l'affaire. Et si c'était lui qui était venu chercher Friedrich et Louis ? L'hypothèse paraissait séduisante et vraisemblable à Gaston, car, en posant des questions, son ami avait pu attirer l'attention d'un espion de Jermyn. Auquel cas il devait saisir cet individu et l'interroger. Il saurait ainsi si Mme Desfontaines disait vrai, si Jermyn possédait bien le saphir, et apprendrait peut-être ce qu'il était advenu de Louis.

— Où puis-je rencontrer ce Mordaunt ? demanda-t-il.

— Ici ! répliqua l'avocat. Lorsqu'il vient à Londres, sir Thomas ne rate jamais les combats de chiens, d'ours ou de taureaux. Il y assiste parfois en compagnie de ses frères, le vicomte John Mordaunt et Henry, comte de Peterborough.

— Quand aura lieu le prochain spectacle ?

— Cet après-midi même ! Les combats se déroulent les mardis et vendredis, les autres jours étant réservés au théâtre. Mais qu'espérez-vous ? Les Mordaunt se déplacent toujours avec deux ou trois douzaines de gentilshommes et spadassins. Ils circulent en carrosses et, s'ils vont vider quelques bières au Dog ou au Green Man, ils rentrent ensuite à Whitehall. Vous ne pourrez jamais les approcher, ni ici ni là-bas.

— Ne vont-ils pas parfois fricoter avec des drôlesses ?

— Certains hommes de leur suite, sûrement, mais pas Thomas Mordaunt. Et encore moins ses frères. Pourquoi le feraient-ils alors que toutes les femmes à Whitehall sont des catins ?

À ces paroles, Gaston déduisit que Halloway n'appréciait pas du tout les gens de la Cour. Était-il puritain ? Sans doute pas, puisque avocat d'un organisateur de combats d'animaux, spectacle interdit par les républicains, mais les hommes ne sont-ils pas pétris de contradictions ?

— Je veux quand même apercevoir ce Thomas Mordaunt. Il se pourrait que ce soit lui qui ait attiré mes amis dans un piège, auquel cas peut-être se rendra-t-il où il les a enfermés. Au demeurant, je n'ai aucune autre piste.

À la moue dubitative de Halloway, Gaston frissonna. L'avocat admettait que Fronsac ait pu être pris, mais doutait que Mordaunt l'ait laissé vivre.

31

Mme Desfontaines alla déposer ses pistolets à côté de ceux de M. Halloway.

— Me croyez-vous, monsieur de Tilly ? s'enquit-elle, un soupçon d'inquiétude dans la voix.

Il posa son regard sur son fils, qui opina.

— Je vous crois, fit Gaston en accompagnant ses paroles d'une inclinaison de tête. Et je regrette que M. Fronsac ne soit pas présent, car ce que vous venez de révéler aurait modifié son point de vue.

— Avez-vous fait le voyage d'Angleterre pour me ramener en France ? À cause de l'accusation de M. Gombleton ?

— Non, deux motivations nous ont conduits ici. La première concerne mon fils, et s'il souhaite vous en parler, il le fera. La seconde touche au saphir des Stuart. M. Fronsac a accepté de tenter de le retrouver. Voilà pourquoi il voulait vous rencontrer.

— Quelle ironie, puisque je ne l'ai jamais eu !

— Qui lui a demandé d'entreprendre cette recherche ? s'enquit l'avocat.

— Je préférerais que ce soit lui qui vous le confie... J'espère qu'il pourra le faire, se corrigea-t-il, le cœur serré. Maintenant, si vous pensez que son commanditaire souhaite ensuite conserver ou vendre la pierre, rassurez-vous, M. Fronsac s'est engagé à la rendre à la couronne d'Angleterre.

Gaston ramassa son arme, qu'il replaça dans son dos, à l'intérieur du justaucorps, et poursuivit :

— Quand commencent les combats ?

— À deux heures.

— Donc nous n'avons guère de temps. De quelle manière me montrerez-vous M. Mordaunt, s'il vient au Hope ?

— Je vais vous installer dans une loge, au dernier étage du théâtre. De là, on bénéficie d'une vue d'ensemble sur la salle sans être vu. M. Mordaunt et ses amis se placent toujours au même endroit. Au retour, je vous propose de dîner ici afin de sceller notre accommodement, proposa Mme Desfontaines.

— Avec plaisir, accepta Gaston.

Françoise et sa mère partirent prévenir les domestiques d'acheter une tourte au poisson et deux canards grillés chez un rôtisseur. Pendant ce temps, César interrogea M. Halloway sur les combats.

— Il s'agit de spectacles violents et fort sanglants, monsieur. Des mastiffs affamés sont opposés soit à un ours, soit à un taureau. Dans le premier cas, la bête est enchaînée par le cou à un poteau et on lâche cinq ou six chiens, ou alors les dogues sont dirigés par leur maître. L'ours attaqué se défend à coups de griffes et de dents et, bien qu'entravé, il parvient souvent à éventrer les chiens et à l'emporter, ce qui est préférable pour son propriétaire puisque cet animal coûte une fortune. Les ours les plus forts sont d'ailleurs acclamés du public et bien soignés. Ainsi Harry Hunks, fort bel animal, se voyait récompensé à chaque combat ! De grosses sommes sont pariées durant ceux-ci, tant sur la victoire de l'ours que sur le nombre de chiens survivants. Dans le cas d'un combat avec un taureau, ce dernier est généralement attaché à une corde de quinze pieds de long, et les chiens ne sont plus des mastiffs mais des bulldogs. Les taureaux se défendent à coups de sabots et de cornes, mais sont généralement vaincus et déchiquetés, après avoir cependant tué nombre de chiens. Là encore, les paris sont importants.

— Quel prix paie-t-on pour assister à cette boucherie ? intervint Gaston.

— De deux à trente livres, selon la place et le spectacle. Et l'exhibition attire aisément un millier de spectateurs. La recette peut atteindre jusqu'à vingt mille livres.

— Mazette ! Vingt mille livres ! Une belle somme pour un massacre !

— Certainement, mais un massacre hors de prix car, à chaque combat, les entraîneurs perdent facilement deux ou trois chiens. Les ours coûtent une fortune, même s'ils participent à plusieurs assauts, et les taureaux viennent d'Espagne, ce qui est très onéreux.

Remarquant l'air désapprobateur du père comme du fils, Halloway ajouta :

— Je devine votre blâme et l'approuve. C'est un spectacle cruel et barbare. D'ailleurs, les puritains le trouvaient tellement immoral qu'ils l'ont interdit sous Cromwell. Mais songez que le vice finance la vertu : le théâtre est ruineux sans mécène, et ce genre de massacres finance les pièces de Shakespeare et de Benjamin Jonson.

La discussion ne se poursuivit pas car Françoise revint dresser la table. César, galant, se proposa de l'aider. Gaston sortit avec l'avocat.

— Connaissez-vous ce Mordaunt ? demanda-t-il.

— Pas personnellement, mais je l'ai rencontré à plusieurs reprises. Capitaine des troupes royales, fidèle à lord Saint Albans, il a la redoutable réputation d'être sans pitié ni morale.

— Dans quel camp vous trouviez-vous avant la Restauration ? osa Tilly avec un sourire sans joie.

— Au début, comme tous les Anglais, dans celui du Lord Protecteur contre la dictature du roi Charles. Mais lorsque le pays est parti à la dérive, à la mort du vieux Noll, j'ai suivi la vague et me suis rallié à Charles II.

Gaston songeait à la Fronde. Ce qu'il connaissait de la révolution anglaise était fort différent des événements de France. Cromwell avait défendu la liberté avant de devenir un impitoyable dictateur, tandis que les frondeurs refusaient seulement, eux, des impôts qu'ils jugeaient iniques. Les conséquences des deux guerres civiles avaient également été radicalement différentes. La Fronde avait fait naître un absolutisme royal qui interdisait désormais toute liberté de pensée ou religieuse, alors qu'à l'inverse la Restauration anglaise laissait vivre la liberté des mœurs et pensées.

Les deux hommes discutèrent un moment de ces paradoxes, interrompus lorsque Mme Desfontaines vint les chercher.

Servis à table par une jeune servante et un valet, ils échangèrent des banalités tant que ces domestiques furent présents. César parla surtout de sa mère et de sa vie de marin, et Mme Desfontaines rapporta quelques anecdotes relatives à la cour de Madame.

Mais, après que le valet eut porté des fruits et se fut retiré, César détailla son emprisonnement et les malversations de Richard Gombleton, l'oncle du bijoutier ayant accusé Mme Desfontaines. La révélation provoqua la surprise de l'ancienne femme de chambre comme de sa fille.

— Si je comprends bien, votre ami Fronsac était venu pour madame (l'avocat désigna Mathurine Desfontaines), et vous pour le négociant…

— C'est cela.

— Mais que comptez-vous faire contre lui ? interrogea encore Halloway.

— Rien, tant que je ne saurai ce qu'est devenu mon ami.

Le silence s'installa un moment. Françoise guignait César, et ses expressions montraient son inquiétude, car elle devinait qu'il pourrait retourner en prison, voire pire s'il osait s'attaquer à l'armateur. L'avocat, lui, considérait les deux Français avec une certaine admiration, tout en étant persuadé de leur prochain échec. Quant à Mme Desfontaines, elle paraissait plongée dans ses pensées, jusqu'au moment où elle déclara, en se levant :

— Je vais vous conduire au Hope.

Les autres l'imitèrent. Ils sortirent et gagnèrent à pied la massive construction. Ayant franchi un pontet surmontant un ruisseau qui alimentait une mare envahie de canetons et cygnes, ils traversèrent la prairie où se dressait le théâtre. Sur une dizaine de pieds, la construction se composait de briques, ensuite ce n'était que colombages et plâtre. Vers le levant, du côté de Clink Street, une foultitude de gens arrivaient à pied et à cheval ; les interjections des cochers qui demandaient aux badauds de s'écarter afin de ranger leur carrosse parvenaient déjà jusqu'aux Français.

— L'entrée principale se situe de l'autre côté, expliqua l'avocat. Nous allons passer par la porte de service utilisée pour les animaux.

Ils longèrent un enclos avec une grande étable. Appuyés contre la barrière, des hommes bavardaient en commentant la musculature de quelques taureaux en train de paître paisiblement. Halloway les salua d'un geste de la main.

— L'une de ces bêtes combattra tout à l'heure, dit laconiquement Halloway.

Sur leur gauche, provenait le vacarme d'aboiements.

— Il y a un chenil, là-bas. Des mastiffs qui servent quand on manque de chiens pour les combats.

Du côté opposé à l'enclos des taureaux, se dressait un petit bâtiment accolé au Hope.

— Il s'agit de l'auberge des Ours dansants, qui appartient également à M. Davies. En sortant du spectacle, les spectateurs s'attardent toujours un moment dans l'établissement pour vider une pinte d'ale ou de vin en commentant les assauts. Durant les combats, les servantes vendent aussi des boissons dans des gobelets à deux pence le verre. Une entrée directe de l'auberge ouvre sur l'arène[1].

S'approchant d'une large porte de chêne surmontée d'un petit auvent de planches, Halloway sortit de sa poche une clef, qu'il fit tourner dans la serrure. Il tira le battant.

Empreint de curiosité, Gaston s'avança à la suite de Mme Desfontaines, mais fut déçu. Ils se trouvaient dans une sorte d'antichambre en bois et plâtre sans le moindre meuble. Le sol était dallé, recouvert de paille, et l'endroit puait l'écurie. Aux murs, des chaînes et des piques étaient suspendues à des râteliers.

1. Samuel Pepys en parle, ayant dû l'emprunter une fois.

En face, une épaisse porte avec une lucarne à côté et, le long du mur, un escalier raide et étroit. De l'autre côté, une seconde porte. L'avocat s'y rendit et l'ouvrit. Les Tilly s'approchèrent: il s'agissait d'une pièce en longueur, presque une galerie, avec deux ouvertures vers la salle ainsi que des fenestrons. Dans l'endroit, meublé d'armoires, de coffres, de deux tables, de bancs et de chaises, traînaient de vieux chapeaux déformés, une robe déchirée, des étoffes de diverses couleurs, une épée rouillée: il y avait même des gants et des lanternes sur une console, sans oublier des pots de toutes tailles, des cuvettes et des cruches.

— Ici, les comédiens se préparent, expliqua l'avocat.

Il revint sur ses pas et s'engagea dans l'escalier que Mme Desfontaines et sa fille avaient déjà emprunté. Resté dans la pièce, Gaston s'approcha d'un des fenestrons et regarda. Il découvrit une salle plus ou moins octogonale avec trois balcons d'étage partitionnés en loges et, en bas, une haute barrière qui séparait une galerie surélevée de l'espace central dallé qui était recouvert d'herbes séchées. Deux colonnes de bois soutenaient un balcon s'avançant sur la salle. À l'évidence, il s'agissait d'une loge pour les gens de qualité. Le premier étage se trouvait à environ douze pieds de l'arène, le second un peu moins haut et le troisième, sous le toit, faisait au moins quatorze pieds de hauteur.

Un flot continu de spectateurs pénétrait bruyamment dans les lieux. Gaston céda sa place à son fils et gagna l'escalier.

À chaque palier, une porte close avec regard grillagé, qui permettait d'observer la salle. Il les ignora et grimpa jusqu'au dernier niveau. En haut, il pénétra directement dans une loge contenant quatre rangées de bancs surélevés recouverts de coussins écarlates. L'avocat et les deux femmes l'attendaient en discutant.

Il s'approcha de la rampe et balaya la salle des yeux. Effectivement, depuis cette hauteur, on voyait tout ce qui se passait sur la scène comme dans les étages, à l'exception des deux galeries mitoyennes, à droite et à gauche. Toute une cohue bigarrée se déversait tumultueusement dans les balcons. Les femmes, très nombreuses, s'agglutinaient entre elles.

Halloway le rejoignit :

— Le public est surtout issu de la populace de basse extraction, comme les apprentis, les garçons bouchers, les marins et les haquetiers[1], même si on voit des gens de Whitehall, de l'Amirauté ou du Parlement, dit-il avec un brin de mépris. Tous viennent s'amuser et, pour ceux qui le peuvent, parier. Aujourd'hui, l'entrée dans la galerie du bas est à deux livres, il en coûte entre quatre et six pour accéder aux étages. Et le moindre pari atteint quatre livres.

Sur le sol de la scène, transformée en piste de combat, des valets ajoutaient du foin et, dans les tribunes, des servantes de l'auberge circulaient les bras chargés de plateaux garnis de gobelets de vin.

Soudain, des exclamations déferlèrent. On venait de faire entrer le taureau. Piqué par des pointes de fer, terrorisé, l'animal galopa droit devant lui et heurta d'une corne l'une des hautes barrières de bois. Le choc fut d'une telle violence que toutes les planches de la clôture tremblèrent. Se dégageant, le bovidé entreprit de chercher une sortie en courant en cercle. Mais il n'avait aucune échappatoire. C'est là qu'il allait mourir.

Sur les bancs ou debout, la populace hurlait menaces et appétence de sang et de violence. Dominant l'épouvantable vacarme de ce chaudron infernal, des trompettes sonnèrent depuis une loge et un semblant de calme revint. Même le taureau parut s'apaiser. Un héraut s'avança au bord de la barrière et annonça que quatre chiens, accompagnés de leurs maîtres, allaient attaquer l'animal et que les paris pouvaient être pris.

Les clameurs reprirent lorsqu'entrèrent sur la piste des individus tenant en laisse d'énormes bulldogs. Le taureau, lui, resta immobile, fixant les chiens et devinant en eux de mortels adversaires. Les bêtes aboyaient furieusement, tiraient sur les cordes

1. Conducteurs de charrettes.

qui les retenaient, ayant hâte de mordre, lacérer, arracher. La tension et l'excitation atteignirent d'un coup leur paroxysme.

L'un des maîtres laissa son chien se précipiter. Mal lui en prit. Le taureau baissa la tête et l'embrocha à une de ses cornes. Éventré, le bulldog fut lancé en l'air et retomba dans les tribunes, aspergeant de sang le public. Les autres maîtres lâchèrent alors leur animal pour venger la victime. Les dogues attaquèrent le taureau aux mollets, mais celui-ci les repoussa à coups de sabots. Un chien en reçut un dans la tête, un autre eut la patte brisée et le troisième fut piétiné, ses boyaux fumants jaillissant même sous l'assaut.

La salle hurlait de plaisir ! Quatre chiens mis hors de combat en quelques instants, cela ne s'était jamais vu.

Fou de rage, un homme sauta dans l'arène muni d'une canne de fer et se précipita vers le taureau… qui l'encorna en un instant. Immédiatement, des valets repoussèrent l'animal et ramassèrent le corps gémissant du fier-à-bras afin de le mettre à l'abri.

Ignorant ces combats sanglants et sauvages, les deux femmes et l'avocat recherchaient Thomas Mordaunt parmi les groupes de gentilshommes installés dans les plus belles loges, mais sans y parvenir. Tilly parcourait également les galeries des yeux, espérant repérer quelque indice sur la disparition de son ami tout en sachant cet espoir vain. Soudain, son regard s'arrêta sur un individu.

— Impossible…, balbutia-t-il.

— Quoi donc, mon père ? demanda César tout juste arrivé à son côté.

— Au premier étage, regarde l'individu fardé de rouge, au tricorne posé sur des cheveux jaunasses. Il porte un pourpoint à basques lavande et hurle plus fort que tout le monde. Un barbu est près de lui.

— Et alors ?

— Je le connais !

— Comment est-ce possible ?

— Il se nomme Pichon de La Charbonnière. C'était un scélérat aux services duquel le cardinal Mazarin recourait pour ses affaires louches !

— Que fait-il ici ?

Gaston se posait la même question. Il savait qu'après la fausse accusation contre le cardinal de Retz, Pichon, Canto et Sociendo avaient été condamnés aux galères, puis que les deux premiers avaient été libérés. Mais découvrir vingt ans plus tard Pichon au Hope l'éberluait ! Quant au barbu, aussi excité que son voisin, il avait la silhouette de Canto. Invraisemblable... Pour quelles raisons ces scélérats se trouvaient-ils à Londres ?

— Je me le demande...

Vivaient-ils en Angleterre ?

— Monsieur Halloway, dit-il, avez-vous déjà vu ces deux individus ?

Il les désigna.

— Jamais. Et vous, mesdames ?

— Non plus, répondit Mme Desfontaines. Les connaissez-vous, monsieur de Tilly ?

— Oui, et pas en bien...

L'esprit en ébullition, il échafaudait moult conjectures quant à la présence des coquins, lorsqu'une supposition invraisemblable se fit jour... Et si leur présence avait un rapport avec la disparition de Louis ? Et si l'un d'eux était allé trouver son ami et Bauer ? Il s'agissait de pendards, certes, mais de pendards adroits, malins même, rusés. Auraient-ils pu convaincre Fronsac de leur bonne foi pour l'attirer dans quelque piège ? Gaston en doutait tant il savait son ami méfiant, mais exclure totalement l'hypothèse se révélait impossible. Au demeurant, il y avait un moyen simple de connaître la vérité : les interroger.

Les trompettes sonnèrent. Un nouveau combat s'annonçait.

— Pourrait-on les attirer quelque part afin de les questionner ? demanda-t-il à l'avocat.

— Ont-ils un rapport avec la disparition de votre ami ?

— Je l'ignore. Mais ils le connaissent et tous deux ont été condamnés pour quantité de friponneries bien qu'ils aient systématiquement échappé au gibet. Je ne m'explique pas leur présence à Londres.

Halloway réfléchit un instant avant de dire :

— Êtes-vous prêt à perdre dix guinées ?

— Évidemment.

— Donnez-les-moi. Je vois quelques drôlesses en bas que je connais. En échange de ces belles pièces, elles accepteront de quitter le spectacle et d'attirer ces messieurs dehors.

De nouveau, quatre chiens étaient entrés en lice, que le taureau considérait en un mélange de peur et de fureur.

Gaston remit l'argent à l'avocat.

— Il faudrait qu'elles les conduisent dans un endroit tranquille, où je ne serai pas dérangé.

— Donc, pas dans une auberge… À proximité, je ne vois que le chenil.

— Voilà qui serait parfait ! approuva Gaston en songeant que les aboiements étoufferaient tout autre bruit. Est-il fermé à clef ?

— Non. Qui irait s'en prendre à ces chiens ? Seuls ceux qui les nourrissent arrivent à les approcher, tant ils sont féroces.

32

L'avocat quitta la loge alors que les combats se poursuivaient. Cette fois, un molosse avait sauté au cou du taureau et planté ses crocs. Le pauvre animal ruait en tous sens pour s'en débarrasser.

Gaston dédaignait le spectacle qui suscitait une excitation frénétique de la populace, certains spectateurs encourageant le chien, d'autres lui préférant le bovidé. Lui suivait des yeux maître Halloway en train de se frayer un chemin dans la galerie du bas. L'avocat s'arrêta devant un groupe de femmes de mise vulgaire. Il leur parla, et plusieurs secouèrent négativement la tête ; mais, quand il montra les pièces d'or, elles changèrent d'avis. Finalement, il repartit avec deux catins.

Gaston les perdit du regard quand ils sortirent, puis les vit réapparaître à l'étage. Les femmes se dirigèrent vers Pichon et son compagnon.

D'abord, ceux-ci les repoussèrent. Le combat leur semblait plus intéressant : deux chiens avaient tellement mordu les pattes du taureau que celui-ci venait de mettre genoux à terre. Le bulldog accroché à la nuque du bovidé était finalement tombé, mais, lorsque sa proie chuta, il la mordit sauvagement au ventre. Le sang coula à flots, provoquant les rugissements de la salle. La curée commençait ; le taureau était perdu.

Pichon et l'autre parurent alors plus attentifs aux propositions des drôlesses. Après un tel spectacle, ils avaient besoin d'un autre type de distraction. Ils discutèrent un moment, puis Gaston les vit s'éloigner, l'avocat dans leur sillage.

Mme Desfontaines et sa fille n'avaient rien perdu de la scène ; Tilly s'adressa à elles :

— Guidez-nous au chenil ! demanda-t-il.

Ils descendirent quatre à quatre.

L'abri des chiens se trouvait près de la berge. Les deux femmes leur indiquèrent le chemin et les laissèrent s'y rendre seuls. Elles préféraient ignorer ce qui allait advenir.

Gaston et César se hâtèrent pour arriver avant les couples. Une précaution inutile, puisque les Français flirtaient en route et ne se pressaient pas.

Pour accéder au chenil, bâtiment carré en bois et torchis dont les minuscules fenêtres étaient situées à six pieds du sol, une seule porte. Quand ils approchèrent, un déluge d'aboiements féroces les accueillit : les animaux avaient repéré leur odeur.

Gaston tira la porte et découvrit un corridor étroit bouché par une grille fermée. De l'autre côté s'étendait une cour terreuse bordée de cellules closes par des herses. À l'intérieur de chacune, un, deux ou trois mastiffs jappaient en essayant de repousser les barreaux, énormes bêtes pesant au moins cent à cent cinquante livres.

Au-dessus des cellules s'étendait une galerie à barrière. De part et d'autre du corridor partaient des escaliers y conduisant.

Les Tilly montèrent. Il n'y avait rien en haut, sinon un toit de chaume. Gaston nota que les herses fermant les cages pouvaient se lever à partir de là et donc faire sortir les dogues.

Ils redescendirent, quittèrent le chenil et cherchèrent à l'extérieur un bosquet où se dissimuler. Là, protégés par une haie d'aubépine, ils attendirent.

Ce ne fut pas long. Rapidement retentirent des rires de femmes et les plaisanteries salaces d'hommes. Mais, en se rapprochant, ces derniers cessèrent de badiner :

— Vous voulez qu'on entre ? Sûrement pas ! J'ai vu ce que les mastiffs ont fait au taureau.

— Aucun risque, milord, on y vient tout le temps ! minauda l'une des prostituées. Les chiens sont en cage, et le gardien nous laisse sa chambre dans la journée. Suivez-nous, on prendra du bon temps !

Se laissant fléchir, Pichon et le barbu avancèrent. Ils arrivaient à la porte lorsque les Tilly surgirent, pistolet au poing.

— Mesdames, dit César en anglais, vous pouvez vous retirer, il nous faut parler à ces messieurs.

Pichon allait rétorquer quand il reconnut Gaston de Tilly. Surpris, d'un coup il perdit toute contenance et resta bouche ouverte. Quant à Canto, qui n'avait jamais rencontré l'inconnu, il ne comprenait rien.

— Vous semblez me connaître, monsieur Pichon. Or si moi j'ai eu l'occasion de vous apercevoir, je sais que vous, vous ne m'avez jamais abordé.

— Je... je...

— Alors d'où me connaissez-vous ? Répondez, car je n'ai guère de patience ! gronda Tilly.

Gaston avait vu les deux hommes vingt ans auparavant durant une assemblée des rentiers de l'Hôtel de Ville, après que Louis les lui eut désignés. Mais eux auraient dû ignorer qui il était.

— Devant chez vous... Je... je vous ai vu sortir de votre maison, admit le coquin qui n'était pas parvenu à concocter un mensonge convaincant.

— Quand ?

— Il y a deux semaines.

Comme Louis le pensait, sa maison était espionnée, songea Gaston. Décidément, ces deux-là avaient beaucoup à raconter. Il considéra attentivement le barbu.

— Maintenant, je vous remets... Vous êtes M. Canto. Où se trouve votre comparse Sociendo ?

— Dieu l'a rappelé, monsieur. Mais vous, pourquoi et de quel droit nous menacez-vous ? Nous ne vous avons causé aucun tort. Nous sommes ici pour nous amuser et vous nous tenez en joue.

— Entrez là, ordonna Gaston sans répondre tandis que les femmes s'éloignaient en se demandant ce qui allait arriver à leurs galants.

— Entrez ! répéta Tilly, un ton plus fort. Ou M. Canto reçoit une balle dans le ventre !

Les scélérats obtempérèrent.

— Détachez vos baudriers et laissez tomber vos épées.

Ils obéirent.

— Maintenant, montez cet escalier.

— Pourquoi ?

— Voulez-vous votre balle de plomb maintenant, monsieur Pichon ?

Le pendard s'exécuta. Canto l'imita. Gaston suivit, toujours menaçant, tandis que César empruntait l'autre escalier et rejoignait les deux prisonniers en faisant le tour de la galerie.

— Je vais vous poser une question simple. Le premier qui me donnera une réponse satisfaisante aura la vie sauve. Le second sera en revanche dévoré par les chiens.

Il s'adressa à son fils :

— César, vas-y.

Dans leur taillis, tous deux avaient discuté de la manœuvre à conduire. Que César mit en pratique sur-le-champ. Il souleva une première herse, libérant deux dogues, puis une autre fermeture et enfin une troisième. Les six mastiffs se ruèrent dans la cour, aboyant à qui mieux mieux, en bondissant vers les hommes dans la galerie, mâchoire ouverte, comme pour tenter de leur arracher un membre. À l'évidence, ils étaient en rage et affamés.

Gaston poursuivit :

— Avez-vous compris ?

— Vous… êtes fou, bredouilla Pichon, les yeux exorbités de terreur.

— Vous avez mille fois mérité la corde, alors pourquoi ne pas nourrir ces braves animaux ? Maintenant, répondez à ma question : où se trouve M. Fronsac ?

Lancée au culot, l'interrogation visait à faire croire qu'il savait les deux marauds capables de donner la réponse. Une chance sur deux que cela soit le cas, avait-il dit à César.

— C'est pas nous ! hurla Pichon.

— Non, pas nous…, glapit Canto en secouant la tête. Mais on sait où sont MM. Fronsac et Bauer ! Pitié !

Le soulagement qui envahit Gaston fut tel qu'il crut chanceler et se retint à la rampe.

— J'attends vos révélations, parvint-il à dire, mais attention, je saurai si vous mentez, et alors… les chiens…

D'un geste du pistolet, il désigna la cour où les molosses aboyaient furieusement, réclamant pitance.

— Lui et M. Bauer sont emprisonnés dans la prison de la rue Clink, près d'ici ! lâcha Pichon en reculant.

— Blessés ?

— Non, monsieur. On n'y est pour rien, on vous le jure ! Depuis son arrivée à Londres, nous suivions M. Fronsac sur ordre de monseigneur le duc de Mazarin. M. Bauer et lui ont quitté le Royal Oak en chaise avec un inconnu et se sont rendus au White Hart, dans High Street. À pied, derrière eux, nous avons vu la voiture entrer dans la cour du White Hart, alors nous les avons imités. Dans l'auberge, il y a trois cours en enfilade. La voiture a filé au fond et, depuis la deuxième cour, nous avons tout vu. MM. Fronsac et Bauer sont descendus tandis qu'apparaissaient sur la galerie d'étage une dizaine d'hommes équipés de mousquets, de fusils et de pistolets. Vos amis ont dû rendre leurs armes et ont été attachés. M. Bauer a même été frappé.

Tandis que Pichon parlait, Gaston observait les lésions purulentes qui le défiguraient. À coup sûr des piqûres de puces que le pendard avait grattées, ces vermines courant également dans la barbe de Canto.

— Qui étaient ces gens ?

— Je ne sais, monsieur ! affirma Canto d'une voix blanche. Mais des gentilshommes à coup sûr. Celui qui commandait a ensuite conduit vos amis dans Clink Street. À bonne distance, on a constaté que MM. Fronsac et Bauer étaient ligotés. Quand des gens ont demandé ce qu'on leur reprochait, le chef a dit qu'il s'agissait d'espions français.

— Sont-ils toujours dans la prison ?

— Aucune idée, monsieur. Nous ne sommes pas restés car, si on nous avait vus, on nous aurait battus, voire pire. Nous nous apprêtions à rentrer en France dans quelques jours, assura Pichon.

— Venons-en à vous, justement. Pourquoi surveiller ma maison ? Depuis quand suiviez-vous M. Fronsac, et pour quelle raison ?

— Un proche de monseigneur le duc de Mazarin nous a engagés. On devait vous filer à Londres pour savoir si vous alliez découvrir une certaine Mme Desfontaines. Je connaissais M. Fronsac d'une vieille histoire en Normandie, mais pas vous, alors je suis allé faire le mendiant devant votre porte pour vous apercevoir. Ensuite, on est partis en Angleterre, et comme il était impossible de vous suivre, le serviteur du duc vous a envoyé une lettre prétendant que cette Mme Desfontaines serait au Swan. Donc à nous de vous y attendre. Une catin engagée a joué le rôle, moi, j'étais dans une chaise à porteurs et Canto dans la salle. Je ne vous ai pas vu, ni M. Fronsac, mais j'ai reconnu M. Bauer dans un carrosse. Après il suffisait de se mettre dans vos pas, d'arriver au Royal Oak et de prendre une chambre à la taverne en face.

— Nous suivre, soit, mais quelles étaient les instructions du duc envers nous ? s'enquit durement Gaston.

— Si vous retrouviez cette Mme Desfontaines, nous devions... vous empêcher d'aller plus loin, avoua Canto en baissant les yeux.

Gaston interrogea son fils du regard. Avait-il des questions ? Pour sa part, il en savait assez et trépignait de se rendre à la prison de Clink. Comme dans toutes les geôles du monde, il devait être possible de rencontrer les détenus moyennant quelques pattes graissées. Quant aux marauds, qu'ils aillent se faire pendre ailleurs, pensa-t-il, ayant déjà un moyen efficace de se débarrasser définitivement d'eux.

César ayant signalé qu'il n'avait rien à ajouter, Tilly demanda encore :

— Combien vous a donné le duc ?

— Cent pistoles, monsieur.

— Videz vos poches et jetez vos bourses au sol.

Complètement vaincus, mais reprenant espoir de ne pas être déchiquetés puis dévorés vivants, ils obtempérèrent et laissèrent tomber chacun un sac sonnant et trébuchant sorti d'une poche.

— Allez là-bas ! ordonna Gaston. César, récupère le contenu de ces bourses.

Son fils s'appropria une cinquantaine de pistoles espagnoles, plus une dizaine de guinées et des shillings d'argent.

— Maintenant, un conseil, retournez en France, car si je vous croise de nouveau...

— Mais comment rentrerons-nous, monsieur, sans rien ? Laissez-nous au moins quelques shillings, supplia Canto.

— Débrouillez-vous !

Faisant signe à son fils de partir, Gaston descendit. En bas, les Tilly ramassèrent les armes des pendards et les emportèrent sous les aboiements renouvelés des mastiffs.

Mme Desfontaines, sa fille et l'avocat les attendaient non sans inquiétude.

— Mes amis sont vivants et enfermés dans la prison de Clink Street ! clama Gaston en arrivant.

— La prison de l'évêque ! fit Halloway.

— Oui. Peut-on visiter les prisonniers ?

— Vous, sûrement pas. Moi, oui. Je peux même obtenir leur libération sous caution.

— Je vous devrai encore ça ! remercia Gaston.

Il raconta alors le récit édifiant des deux coquins.

— Envoyés par le duc de Mazarin, incroyable ! s'offusqua Mme Desfontaines.

— Par l'héritage du cardinal, le duc possède énormément d'objets provenant de la reine Henriette. À coup sûr, il redoutait que Louis ne découvre des faits compromettants et ne le contraigne à les rendre, conclut Gaston. S'il savait combien on se contrefiche de cela !

Il ajouta quelques propos sur la folie de M. de La Meilleraye et demanda :

— Pouvons-nous vous accompagner à la prison ? Nous attendrons dehors.

— Évidemment.

Ils partirent tous les cinq. Rassuré sur la santé de Louis Fronsac et Friedrich Bauer, persuadé qu'il serait aisé de les libérer en payant, César livra en riant quelques détails sur la sorte d'expédition punitive du chenil.

Bâtiment de brique à un étage avec cour jouxtant le palais de l'évêque, la prison se dressait face à l'auberge du Cygne à deux têtes. Les deux femmes et les Tilly se rendirent dans cet établissement pendant que maître Halloway, une bouteille de bière achetée au tenancier à la main, entrait dans le pénitencier.

Dans le bureau des écrous, un vieil homme, assis à une table, lisait un livre devant une fenêtre ouverte sur le jardin de l'évêque. Sur un banc, sommeillait un geôlier.

Si les délits étaient nombreux dans Southwark – bien qu'il s'agisse de rixes plutôt que de vols ou de meurtres de sang-froid –, une fois pris, les prisonniers ne passaient guère de temps en détention. En revanche leur séjour était éprouvant. Enchaînés par le cou à la poutre d'une grande salle, ils pouvaient à peine bouger. Ceux qui bénéficiaient d'une cellule, principalement les femmes, devaient lutter contre les rats avides de voler leur nourriture et cherchant à les avaler dans leur sommeil.

Le juge de l'évêque prononçait ses jugements une fois par semaine. Des peines lourdes, puisque la plupart des prévenus étaient pendus, le plus économique et simple des châtiments. Pour les délits mineurs, les coupables se voyaient « seulement » flagellés, marqués au fer ou exposés dans des cages devant le pont voire dans High Street, et ce quelle que soit la saison. Beaucoup en trépassaient aussi sûrement que sur le gibet.

En tant qu'avocat de Davies, Halloway venait souvent pour tirer des cachots des personnes travaillant au Hope. Il invoquait l'*Habeas corpus* et payait les cautions, ce qui sauvait la vie des prisonniers.

Avec un peu de chance, espérait-il, il ferait libérer les Français en échange de quelques centaines de livres. Gaston de Tilly lui avait dit avoir suffisamment d'argent pour remettre n'importe quelle somme.

— Salut, Billy, dit-il au greffier en offrant la bouteille comme le voulait l'usage lorsqu'on souhaitait obtenir une faveur. Je suis là pour des prisonniers.

— Je m'en doutais, maître. Vous venez rarement me rendre visite ou pour rencontrer John.

Il désigna le geôlier et éclata d'un rire joyeux, révélant une mâchoire édentée.

— Alors, c'est pour qui, cette fois ? Andrew, qui a brisé le crâne d'un compagnon de beuverie, ou Robert, qui a étranglé sa femme ? Ils travaillent pour vous, non ?

— M. Davies ne m'a rien indiqué à leur sujet. Non, je viens pour deux Français...

— Ah !

Le visage du greffier se ferma.

— Puis-je les voir ?

— Non, monsieur.

— Pourquoi ? Je suis leur avocat.

— Parce qu'ils ne sont plus ici.

— Ah bon. Où sont-ils ?

— À la Tour. On est venu chercher ces espions avec une cage de fer quelques heures après leur arrestation.

— Accusation fausse ! Il s'agit d'un traquenard conduit par quelques-uns de leurs ennemis à la Cour. Ces Français travaillent en fait pour le grand chancelier.

— Alors vous n'aurez aucune peine à les faire élargir.

L'avocat sortit une guinée d'or :

— Raconte-moi ce que tu as appris.

— On les a amenés mercredi. Une troupe conduite par sir Thomas Mordaunt les avait saisis au White Hart. Il m'a dit de les garder dans une cellule le temps de prévenir le lieutenant de la Tour et de faire venir une barque avec une cage. J'ai obéi et les ai mis aux fers. Je sais que Thomas Mordaunt est au service de lord Saint Albans et s'occupe d'espionnage. Le soir, revenu avec des geôliers de la Tour, ils ont emmené les deux Français. J'ignore la suite, monsieur.

— Dans quel état étaient les prisonniers ?

— Bon. L'un d'eux, un géant, avait reçu un coup de poing, mais rien de grave.

Halloway le remercia. Et repartit pour l'auberge fort pessimiste. Primo parce qu'il n'avait pas ses entrées à la Tour, secundo parce que les détenus enfermés pour espionnage en sortaient généralement la tête séparée du tronc à cause du bourreau.

— Pouvez-vous visiter des prisonniers là-bas ? s'enquit Gaston de Tilly après que l'avocat eut livré son compte rendu.

— Difficile. Pas impossible, mais difficile. Les détenus voient parfois des visiteurs, mais pas un avocat comme moi. Ne connaissez-vous personne à la Cour qui puisse intervenir ?

— Même si j'arrivais à obtenir une audience de sir Nicholas, je doute qu'il s'oppose à lord Saint Albans.

— Demandons conseil à sir Morland, proposa César.

— Tu as raison. Maître Halloway, où peut-on prendre un carrosse à destination de Londres, ici ? Sir Morland loge près de Charing Cross.

— Le plus simple est d'embarquer à Bear Stairs, intervint Françoise. Une barque nous conduira rapidement de l'autre côté de la Tamise.

— Nous ? fit César.

— Ni ma mère ni moi n'allons vous laisser seuls ! affirma-t-elle tandis que Mme Desfontaines souriait.

— Nous partirons ensemble, décida Halloway.

33

Deux jours auparavant : mercredi 22 août

Les Tilly partis, Louis proposa à Bauer d'aller vider une chope de bière et de savourer un morceau de tourte à l'oie, plat déjà apprécié la veille.

Une fois attablés dans la salle, après qu'on les eut servis, Louis s'adressa au cabaretier. Ayant découvert des puces et punaises dans leurs lits, il voulait qu'une servante change les draps et lave les planchers au savon. En attendant que ce grand nettoyage soit réalisé, il demanda qu'on porte dans leur chambre une cuve à baigner et de l'eau chaude afin que son compagnon et lui puissent se laver entièrement. Ensuite, ils donneraient chemise et linge de corps sales à faire blanchir.

Bauer approuva, ayant à Mercy pris l'habitude de la propreté. De plus, il savait la peste endémique à Londres, et son maître lui avait affirmé que la propreté protégeait du mal.

Un barbier était venu raser Fronsac. Dans leur logis maintenant à peu près propre, bien que toujours envahi de mouches, une lingère était en train d'emporter le linge sale quand on frappa à l'huis.

Bauer, prudent, saisit son pistolet, vérifia la présence de pulvérin dans le bassinet et releva le chien avant d'ouvrir.

Un bourgeois dans la quarantaine, en veste lie-de-vin à parement de toile noire, chemise à rabat et nœud de ruban, cheveux courts et chapeau plat en feutre, sans épée – bien sûr –, se tenait devant eux. Louis se leva alors de la chaise dans laquelle il lisait.

— Je cherche M. Fronsac, annonça l'inconnu en un français sans accent.

— C'est moi, monsieur.

— Mon nom est Edward Hill. Maître Hayer m'a dit que vous logiez ici.

Louis plissa le front, ne s'attendant pas à une telle affirmation.

— Le patron du Harper ?

— Oui, monsieur. Vous lui avez indiqué que vous recherchiez votre cousine Mme Desfontaines.

— C'est juste. La connaissez-vous ?

— Je suis son logeur. Je l'ai rencontrée chez Harper cet hiver, avec sa fille. Elle était en quête d'un logement et j'en disposais d'un. Hier, maître Hayer m'a parlé de vous et me voici. Je peux vous conduire chez elle.

— Lui avez-vous expliqué que son cousin se trouvait à Londres ?

— Non, monsieur, car j'ignore si elle souhaite des visites.

Il se racla la gorge.

— Maître Hayer m'a parlé d'une récompense...

— En effet, répondit Fronsac, à la fois satisfait et surpris. Un brin méfiant aussi, car, s'il espérait une visite, il comptait surtout sur l'apparition d'une personne envoyée par maître Hargrave.

— Je vous remettrai une guinée quand nous serons chez elle. Où demeure-t-elle ?

— Dans Southwark, monsieur, de l'autre côté de la rivière. Il faut prendre le pont.

— Je vais demander une voiture.

— Inutile, monsieur, je suis venu avec ma chaise.

— Entendu. Bauer, nous partons. Prends ce dont tu as besoin...

Ce qui signifiait : arme-toi. Mais le Bavarois n'avait aucun besoin de tels conseils, il ne sortait jamais sans pistolets à silex ni épée.

Louis enfila son justaucorps – il était en chemise –, puis se dirigea vers le coffre sur lequel reposaient deux pistolets. Il en glissa un dans une des poches à rabat. Aucune épée : il n'en portait jamais.

La chaise était en fait une voiture à deux roues et deux étroites banquettes, guère plus confortable qu'une charrette. Louis en avait vu nombre de similaires dans Londres, attelées à un seul cheval, elles offraient l'avantage de se faufiler partout.

Le logeur fit facilement tourner le véhicule en s'aidant des mors de l'animal, puis demanda à Fronsac et Bauer de s'installer sur le siège arrière. Prenant les rênes, il fit claquer un fouet ; la chaise s'ébranla.

— Méfiance, souffla Louis à Bauer.

Lequel hocha la tête et posa ostensiblement un pistolet sur ses genoux. La voiture découverte avait un avantage, songeait Louis : on ne pouvait les surprendre.

Coincés dans les encombrements du pont, tous deux restèrent sur leurs gardes. Était-il trop méfiant ? se demandait Fronsac. Après tout, l'aubergiste de Harper pouvait avoir réellement passé le message et Mme Desfontaines vraiment recherché un logis hors de la cité et loin du palais de Whitehall.

À la fin du pont, le conducteur se tourna vers eux :

— Nous voici à Southwark. Mme Desfontaines a une chambre un peu plus loin, dans l'auberge du White Hart.

La voiture poursuivit lentement son chemin, sans cesse gênée par des piétons, ralentie par des charrettes à bras. Enfin le cocher la fit franchir un porche et entrer dans une grande cour entourée de galeries sur deux étages. Des clients y bavardaient, appuyés sur les rambardes.

Lorsqu'elle entra dans une deuxième cour, sombre et sans vie, la méfiance de Louis revint d'un coup. Il sortit à son tour un pistolet.

— Nous sommes arrivés ! annonça le logeur.

Un troisième porche et la chaise déboucha dans un troisième espace. Edward Hill sauta de son siège et lança d'une voix neutre :

— Elle habite au premier étage, je vais la prévenir.

— Attendez ! ordonna Louis en descendant à son tour, tandis que Bauer agissait de même de l'autre côté.

— Voulez-vous m'accompagner ? s'enquit leur guide, pour le moins surpris.

— Oui, avancez ! commanda Louis, pistolet brandi.

Mais, brusquement, l'homme se retourna, frappa violemment la main qui tenait l'arme et empoigna Fronsac. Bauer, réagissant en un éclair, hurla de lâcher son maître quand, à l'instant même, les portes d'étage s'ouvrirent, découvrant une douzaine d'hommes tous armés de fusils à silex qui mettaient les Français en joue.

Le Bavarois bondit d'un coup derrière un des gros piliers de bois qui supportaient la galerie.

— Lâchez M. Fronsac ! hurla-t-il en visant le conducteur de la chaise, menace bien inutile puisque ce dernier se servait de Louis comme d'un bouclier.

Soudain, une porte s'ouvrit dans son dos et un individu frappa le colosse avec une crosse. Il s'écroula.

— Laissez-vous faire ou vous subirez son sort ! cria celui qui tenait Louis.

— D'accord, obtempéra ce dernier.

À l'aide de cordes, un assaillant attacha les poignets de Fronsac, l'autre entrava Bauer avant de lui assener quelques gifles destinées à lui faire reprendre conscience.

— Que nous voulez-vous ? grogna Fronsac à celui qui les avait conduits et qui paraissait commander la troupe.

Pas de réponse.

Le chef annonça juste :

— Allons-y !

On les poussa vers la sortie des cours. S'inquiétant de Bauer dont un filet de sang rougissait la chevelure, Louis lui lança un regard interrogateur, mais le Bavarois dit qu'il allait bien. Il en serait quitte pour une grosse bosse. Rassuré, Fronsac examina leurs agresseurs. Plusieurs portaient perruque et épée : des gentilshommes. Et si le chef avait les cheveux courts, c'était qu'il portait lui aussi habituellement une perruque. À coup sûr il s'agissait d'un homme entraîné aux affrontements, vu la façon dont il l'avait désarmé. Tout indiquait un soldat, mais également quelqu'un fréquentant la Cour. Ces gens-là devaient être des estafiers à la solde de Jermyn, peut-être appartenant au fameux Trust évoqué par lord Hollis. Quoi qu'il en soit, comme on ne les avait pas tués, c'est qu'on voulait les interroger. Mais où les conduisait-on ? Fronsac songeait aussi à Gaston : son ami allait forcément partir à sa recherche, mais comment parviendrait-il à le retrouver ? Pourquoi avoir oublié de lui laisser une lettre ?

Ils gagnèrent la grand-rue. Des badauds interpellaient la troupe pour savoir qui étaient les prisonniers, et invariablement le chef les qualifiait d'espions français. Dans une autre rue bordée d'auberges, le convoi s'arrêta ensuite devant un bâtiment de brique à un étage proche d'un grand hôtel et face à l'auberge du Cygne à deux têtes. Le chef fit entrer les prisonniers dans une salle de taille modeste où se tenaient un vieillard, assis à une table, et ce qui semblait être un geôlier. Fronsac devina qu'il s'agissait d'une prison.

— Milord ! bredouilla le vieil homme en se dressant d'un bond.

Milord… Il s'agissait bel et bien d'un gentilhomme, conclut Louis.

— Billy, je t'amène deux prisonniers à garder jusqu'à ce soir. Je reviendrai les prendre avant la tombée de la nuit.

— Dois-je les enchaîner ?

— Oui. Et s'ils ne sont plus là à mon retour, je te ferai pendre devant ta porte.

— L'évêque vous laisserait pas faire, milord, ricana le vieux.

— Crois-tu ? grinça le chef, en un sourire.

En somme, ils plaisantaient et se connaissaient.

— John, celui-là – Louis –, enchaîne-le dans la salle par le cou, les pieds et les mains.

Poussé par le prénommé John, Fronsac franchit une porte dotée de lourds verrous, descendit quelques marches dans l'obscurité, puis suivit un couloir à peine éclairé par une lanterne à chandelle de suif, distinguant vaguement des cachots grillagés et des corps couchés dans la paille. L'endroit puait les déjections, la sueur et la peur. Quelques prisonniers se levèrent. Une femme en haillons quémanda à boire ; Louis lui-même avait la gorge sèche. Il était terrorisé, se rassurait vaille que vaille en pensant qu'il ne resterait dans ce dépotoir que quelques heures.

Deux hommes sortis d'une alcôve, corpulents, hirsutes, sales, apparurent lorsque le prénommé John appela. L'un tenait une lanterne en fer.

— Enchaînez-le dans la grande salle ! Il y en a un second après lui, déclara le geôlier.

D'une poigne de fer, le garde à la lanterne broya l'épaule de Louis avec sa main libre et le força à franchir une porte voûtée tout juste déverrouillée. L'autre, retourné dans son bouge, réapparut les bras chargés de chaînes, de cadenas, et tenant une seconde lanterne.

La pièce, paillée, puait l'urine. Deux corps bougèrent tandis que des rats s'enfuirent en couinant.

— Assieds-toi là !

Gorge serrée, tremblant de tous ses membres, Fronsac obtempéra. L'un des porte-clefs, accroupi, lui posa des anneaux reliés par une barre de fer aux chevilles. Un cadenas condamna la fermeture. Ensuite, il tira une chaîne attachée à une poutre de bois scellée au mur. À l'extrémité des anneaux, un cercle de fer s'ouvrait avec une charnière. Le porte-clefs le passa alors au cou de Fronsac, puis verrouilla. Après quoi il tira un coutelas de l'étui qu'il serrait à sa taille et trancha les liens du détenu. Il plaça aussi des bracelets reliés par une autre chaîne à ses poignets et boucla les cadenas.

— J'ai soif, déclara Fronsac.

Pas de réponse. Les gardes sortirent en refermant la porte. Brusquement, l'obscurité devint totale.

En se déplaçant sur les fesses, Louis se rapprocha de la poutre. Un prisonnier lui parla, mais dans un tel charabia et avec un accent si prononcé qu'il ne comprit rien. Un poids d'atroce solitude lui tomba sur les épaules. Que le frottement des rats n'allégea en rien.

Peu après, Bauer connut le même triste cérémonial.

Lorsque les gardiens partirent, ce dernier dit juste :

— J'écluserais bien une bière.

— Moi aussi. Mais on a quelques mauvaises heures à passer, en attendant, avait répondu Fronsac.

— On s'en sortira, monsieur, et celui qui nous a fait ça le paiera cher.

Louis ne pipa mot, pas certain qu'ils s'en sortent.

34

Il s'était assoupi. Bauer avait noué la conversation avec l'un de leurs voisins qui parlait un peu allemand. Ce marin hollandais, accusé d'avoir triché aux cartes, devait être jugé le lundi suivant et craignait le pilori. Il leur dit qu'on porterait de l'eau et du pain aux détenus seulement le lendemain matin.

Pourtant des bruits de verrous retentirent. La porte s'ouvrit.

Les porte-clefs entrèrent et se plantèrent devant les Français.

— Laissez-vous faire, menaça l'un d'eux d'une voix rauque, sinon gare. On vient vous chercher.

Il déverrouilla les colliers de cou, puis la barre reliée aux mollets.

— Debout !

— Et la chaîne ? demanda Fronsac.

— Vous la gardez.

Bauer et lui se levèrent. John était là.

— À boire, demanda Louis.

— Vous aurez de l'eau en haut, monsieur.

Le groupe gagna le bureau des écrous. Celui qui les avait trompés les attendait, sourire aux lèvres et pistolet à la main.

— Bon séjour ? persifla-t-il.

Les prisonniers gardèrent le silence. Le prénommé John alla chercher une cruche et un pot de terre dans une niche du mur, emplit le récipient et le donna à Fronsac.

Louis le prit avant de le passer à Bauer qui en but la moitié.

— Où allons-nous ? s'enquit Fronsac.

— Dans une autre prison.

Ils sortirent après que le geôlier eut donné les clefs des fers aux nouveaux gardiens. Dehors, il y avait deux hommes armés, l'un d'un pistolet, l'autre d'un fusil à silex, guère inquiets ni vigilants. Bauer évalua rapidement ses chances : les mettre hors de combat serait possible, mais où s'enfuir après, surtout avec ces chaînes ?

— N'essayez pas ! souffla une voix dans son dos. Vous seriez pendus dès ce soir.

Le Bavarois tourna la tête vers son maître, qui lui fit comprendre d'attendre une autre occasion.

Escortés, ils prirent un chemin qui les conduisit à la Tamise et, de là, gagnèrent un ponton où attendait une grosse barque à fond plat avec deux mariniers ainsi qu'un gentilhomme. On les fit asseoir à l'arrière, les gardiens les menaçant de leurs armes. Quand tout le monde fut à bord, les nageurs se mirent à ramer.

Le soleil déclinait. Louis observait la ville qui s'étendait devant ses yeux. La barge ne se dirigea pas vers Whitehall, mais vers la Tour. Très vite, il fut certain que celle-ci était leur destination.

Un moment plus tard, le bateau approcha d'un passage voûté encadré de tours rondes. Une herse fut soulevée à mi-hauteur, la barque se glissa dessous puis atteignit un escalier où se tenaient des gardes en casaque de velours violet à passements argentés, tous brandissant une hallebarde. Des valets attrapèrent une corde lancée par un marinier, et la barge fut amarrée.

— Ce passage est fort bien nommé, vu les circonstances et votre crime : il s'appelle la porte des Traîtres, plaisanta l'homme qui les avait piégés. Vous êtes arrivés à destination !

L'embarcation quittée, ils grimpèrent péniblement une volée de marches et débouchèrent sur une allée. Partout, ce n'étaient que murailles, tours crénelées et portes fortifiées. Encadrés de gardes, ils suivirent les gentilshommes, eux-mêmes précédés d'un sergent hallebardier ; le groupe franchit un passage voûté entre deux tours et poursuivit jusqu'à un bâtiment rectangulaire adossé à l'enceinte extérieure. Devant la construction s'étendait ce qui avait été autrefois un jardin, désormais espace morne piqué de quelques arbres rachitiques, prairie brûlée par le soleil.

Derrière retentirent des grincements. Louis se retourna et constata qu'on refermait une lourde porte ferrée. Ils n'avaient plus aucune voie de sortie.

Devant une porte ogivale, le sergent secoua la chaîne d'une cloche et, par un judas, s'adressa à quelqu'un de l'autre côté de l'huis. Louis entendit le mot « Élisabeth ».

La porte s'ouvrit. On les fit pénétrer dans une salle humide où se tenaient deux hallebardiers en casaque de velours ainsi qu'un geôlier. Tous s'inclinèrent devant les gentilshommes. En face, une autre porte ferraillée.

— Je vous amène des prisonniers, annonça le sergent en anglais. Enfermez-les à l'étage et traitez-les correctement.

— Doivent-ils garder les fers ?

— Bien sûr que non ! répliqua le gentilhomme les ayant saisis. On ne s'échappe pas d'ici ! D'ailleurs, ils ne sont pas là pour longtemps. William, ajouta-t-il à l'intention d'un de ses hommes, donne les clefs au geôlier. Il faudra faire rapporter les chaînes à la prison de l'évêque.

Le gardien prit le trousseau et désigna à Fronsac une loge depuis laquelle grimpait un escalier circulaire et étroit.

— Mettez-vous là, monsieur.

Il y avait un banc sur lequel Louis s'assit, tendant les bras. Le geôlier débloqua le cadenas des poignets et ôta les anneaux. Bauer était resté dans la grande salle sous la surveillance de ceux qui les avaient conduits.

— Veuillez monter, monsieur, et entrer dans la salle de l'étage.

Fronsac emprunta les degrés en se frottant les poignets. Il n'avait pas gardé les fers longtemps, mais déjà sa peau était écorchée. En haut, il déboucha dans une double salle ogivale, plutôt basse, mal éclairée par trois fenêtres étroites protégées par des barreaux de fer rouillés. Il découvrit un très large lit, une table, un banc et un coffre. Sur la table, une cruche et des pots de terre. Dans un coin, une chaise à retrait. Observant qu'il n'y avait personne derrière, il poursuivit l'ascension de l'escalier et atteignit une terrasse. Là-haut, il comprit pourquoi on l'avait laissé seul : impossible d'aller nulle part. D'un côté, s'ouvrait un à-pic donnant sur le jardin abandonné et le cheminement qu'ils venaient de prendre, de l'autre s'étendait un fossé plein d'eau. Le tout parcouru, plus bas que la terrasse, par un chemin de ronde inaccessible.

Il retourna dans la salle et examina la porte. Celle-ci était percée d'une ouverture grillagée et possédait deux verrous sans cadenas, bien qu'un anneau de fer laisse penser qu'on pouvait en poser un. Il vit Bauer apparaître, suivi du geôlier et d'un hallebardier.

— Vous avez de l'eau dans la cruche. Je peux vous faire porter des repas à quatre shillings chacun depuis un rôtisseur de Tower Street, proposa le gardien quand Bauer fut entré à son tour.

— J'ai faim et soif, grommela ce dernier. Allez nous chercher à dîner maintenant. Avec beaucoup de vin !

Louis fouilla ses poches. Sa bourse était bien pleine, mais il devinait qu'on allait tout faire pour la lui vider rapidement. Il donna deux doubles shillings et des ducats[1] d'argent. L'homme partit satisfait. Certainement garderait-il la moitié de la somme.

Les verrous furent poussés.

Les deux prisonniers effectuèrent le tour de leur cellule. Les fenêtres, qui disposaient de volets intérieurs, donnaient vue sur la grande tour blanche. À l'embrasure, les murs atteignaient deux pieds d'épaisseur : impossible donc de les creuser. Aucune ouverture par ailleurs, sinon une cheminée.

Louis emplit deux pots d'eau.

— À ta santé, mon ami ! Au moins est-on mieux ici qu'à Southwark.

— Comment sortir de cette prison ? maugréa Bauer quand il eut vidé le sien.

— Ce qui m'inquiète plus, c'est l'ignorance de Gaston à notre égard.

1. Le ducat hollandais valait environ trois shillings.

Le Bavarois alla s'allonger sur le lit. Louis le regarda un moment avant de l'imiter. Mieux valait se reposer. Pour l'instant.

Une heure plus tard, la porte s'ouvrit. Par la grille, on avait dû vérifier où ils se tenaient dans la pièce. Le garde entra, puis le geôlier et deux porteurs de paniers qu'ils déposèrent sur la table avant de se retirer.

Bauer s'approcha, guignant le garde et le geôlier du coin de l'œil. Étaient-ils seuls ?

— Inutile d'espérer forcer le passage ! annonça un inconnu en pénétrant à son tour dans la chambre.

Âgé d'une cinquantaine d'années, corpulent, le gentilhomme affichait un visage sévère illuminé cependant par un regard pétillant presque chaleureux. Il était suivi de quatre hallebardiers en violet.

— Vous ne parviendriez que dans le jardin. Or il n'existe aucun moyen de franchir les différentes portes et corps de garde sans laissez-passer. Perdez donc toute espérance. Personne ne s'est jamais évadé d'ici, conclut-il d'un ton quasi peiné.

L'inconnu, en justaucorps noir passementé de galon, portait une longue perruque châtaine et une cravate de dentelle. Hauts-de-chausses, bas noirs et souliers à boucle complétaient sa tenue.

— Monsieur Fronsac, commença-t-il en s'inclinant respectueusement, je n'ai pas l'honneur de vous connaître, aussi autorisez-moi à me présenter. Mon nom est John Robinson, connétable de la Tour, membre de la Chambre des lords. Si vous avez la moindre requête, faites-la-moi connaître et j'essaierai de la satisfaire. J'espère ne pas vous garder longtemps.

— Vais-je être libéré ? demanda Louis en s'asseyant sur le lit.

— Je ne crois pas, répondit le connétable en balançant du chef. Vous êtes un espion, m'a-t-on dit.

— Non.

Robinson haussa les épaules, comme si le sujet ne l'intéressait pas.

— Dans ce cas, quel sera notre sort ?

— J'en suis désolé pour vous… Sa Majesté prendra sa décision dans quelques jours. J'espère qu'elle ne sera pas trop désagréable.

— N'aurai-je pas de procès ?

— Je ne pense pas.

— Va-t-on nous pendre ?

— On tranche la tête des gentilshommes, monsieur, et vous êtes marquis.

Tiens, songea Louis. Qui le lui a révélé ?

— Me voilà rassuré, ironisa-t-il. Pouvez-vous me dire qui m'a arrêté et conduit ici ?

— Comme il ne m'a pas ordonné de garder le silence, je le peux. Il s'agit du colonel Thomas Mordaunt.

— Qui est-ce ?

— Vous l'ignorez ? Le frère de sir Mordaunt dirigeait l'armée secrète de notre roi Charles durant la dictature des républicains. Son frère l'a remplacé dans la chasse aux espions. Il est au service de lord Saint Albans.

— J'ignore tout de ces gens, affirma Louis. Je dispose d'un laissez-passer de lord Clarendon.

— Je ne suis pas juge, monsieur Fronsac, et vous souhaite de pouvoir plaider votre cause. Cependant, je comprends les craintes de lord Saint Albans qui semble en revanche, lui, bien vous connaître. Le pays bruisse de rumeurs inquiétantes sur le retour des membres de la Cinquième Monarchie, les visions de Walter Gostelo qui annonce que Londres se consumera[1], la venue prochaine de l'Antéchrist et même un mystérieux Precious Man qui disposerait d'une armée de mille huit cents hommes. On parle aussi de la venue de Mene Tekel, le fils de Nabuchodonosor, et même de l'Apocalypse que nous prépareraient les Français à l'instigation de la reine mère. Vous voyez que les craintes et complots ne manquent pas !

Louis ne cacha pas son ironie :

---

1. Il tenait ce discours : « *The coming of God in Mercy, in vengeance ; beginning with fire, to convert, or consume, at this so sinful city London.* »

— Croyez-vous vraiment que je puisse être l'un de ces fanatiques ?

— Je l'ignore, monsieur.

— J'ai droit à un avocat dans votre pays.

— Malheureusement non, car vous êtes au secret. Quand j'ai demandé à sir Mordaunt d'obtenir du Conseil privé la possibilité de vous recevoir à ma table, comme il est d'usage pour les prisonniers de qualité, il m'a répondu que lord Saint Albans exigeait que personne ne connaisse votre présence ici.

Sur ces paroles, il s'inclina et se retira. Les gardes et valets suivirent, la porte fut refermée.

Indifférent à ce qui venait d'être révélé – pour le moins inquiétant –, Bauer commença à vider les paniers qui contenaient, outre deux écuelles et des cuillers, plusieurs flacons de vin, des pâtés, du pain, de la tourte, des tranches de mouton froid et un pot de terre garni de porc bouilli et pois.

— Un régal ! s'exclama le Bavarois.

Louis examina les victuailles étalées sur la table.

— Mais pas de couteau, mon ami. Quand on aura mangé, il faudra réfléchir au moyen de sortir d'ici en un seul morceau. Je tiens à garder ma tête.

35

Dans un hôtel tout neuf construit à l'angle d'une nouvelle place située au nord du palais de Saint James, espace qui serait baptisé plus tard Saint James Square et que l'on comparait déjà à la place Royale, lord Saint Albans s'entretenait avec Thomas Mordaunt.

— Lord Robinson a-t-il fait la moindre remarque quand vous lui avez annoncé l'arrivée de deux prisonniers ?

— Aucune, milord. Il me connaît et sait que je suis à vous.

— Lui avez-vous dit de ne parler à personne de ces deux-là ?

— Oui, milord.

— Pensez-vous que ces Fronsac et Bauer soient seuls à Londres ?

— Il n'y avait personne d'autre en leur compagnie lorsque Fronsac posait ses questions de taverne en taverne. Et personne non plus au Royal Oak. Madame la duchesse d'Orléans ne vous a-t-elle pas écrit que deux individus enquêtaient sur le saphir ?

— Oui, elle m'a bien nommé Fronsac, mais n'a pas livré le nom de son compère. J'aurais aimé être sûr de l'absence d'un troisième comparse.

— Rien ne l'indique.

— Vous avez raison, je suis trop méfiant. Mais passons à la suite. Je ne tiens pas à ce que le roi ou le Conseil privé découvrent l'existence de ces prisonniers. Si c'était le cas, Clarendon tenterait de les faire libérer.

— Je peux les faire pendre dès demain.

— Je préfère agir avec prudence. Je me donne une semaine. Si rien ne se passe, vous vous rendrez à la Tour dans la nuit de samedi à dimanche et ordonnerez l'exécution. Qu'elle ait lieu en toute discrétion. Une pendaison rapide à un créneau suffira. Ensuite, vous ferez ensevelir les corps au cimetière d'All Saints.

36

Prévenu par son portier que le gentilhomme roux et son fils, déjà venus, se présentaient accompagnés de deux dames, une jeune et une plus âgée, ainsi que d'un inconnu, Samuel Morland devina qu'il s'agissait de MM. de Tilly et supputa que les femmes pouvaient être la fameuse Desfontaines et sa fille. Mais pourquoi lui rendre visite ?

C'est donc avec curiosité qu'il fit entrer les visiteurs dans son cabinet, pièce où il travaillait toujours à l'élaboration de sa fameuse pompe à eau révolutionnaire, fort utile en cas d'incendie. Optimiste, il ne désespérait pas d'arriver à convaincre le roi d'en financer la fabrication après s'être heurté au refus du lord-maire de Londres, qui n'en voyait pas l'utilité.

— Quel plaisir de vous revoir, messieurs de Tilly, dit-il en les accueillant.

Guignant les dames et l'avocat, il ajouta :

— M. Fronsac n'est pas avec vous ?

— C'est de lui que je viens vous parler, sir. Mme Desfontaines et sa fille nous accompagnent. Maître Halloway est avocat.

Prudemment, Morland inclina la tête sans questionner plus avant, bien que la curiosité le démangeât de plus en plus. La porte étant toujours ouverte, il s'adressa au portier qui attendait :

— Faites porter des chaises et le pot de sherry qu'on m'a offert hier.

Le domestique s'en alla et le baronet proposa aux dames de s'asseoir sur les sièges disponibles. Ensuite, Gaston s'expliqua :

— M. Fronsac a interrogé plusieurs aubergistes, comme M. Pepys le lui avait conseillé. La recherche a débouché sur une funeste conséquence : un homme est venu au Royal Oak alors que je ne m'y trouvais pas et a emmené MM. Fronsac et Bauer, certainement en faisant croire qu'il les conduisait à Mme Desfontaines. C'était un piège, mon ami a été capturé.

— Est-il… ? s'inquiéta le mathématicien.

— Seulement prisonnier, actuellement enfermé dans la Tour de Londres comme espion. Je viens de l'apprendre.

— Fâcheux, ça ! grimaça Morland tandis que son regard se tournait de nouveau vers les dames.

— J'ai découvert ceci grâce à Mme Desfontaines, ajouta Tilly en la présentant. Heureusement, les questions de M. Fronsac étaient également parvenues aux oreilles de M. Halloway, son avocat. Il m'a rendu visite alors que je m'inquiétais de la disparition de Louis, et m'a conduit chez madame, qui s'est pleinement justifiée. Elle n'a jamais volé M. Gombleton, et ce qui lui est arrivé est le résultat d'une intrigue conduite par lord Saint Albans. D'ailleurs, je viens d'apprendre que Fronsac a été saisi par Thomas Mordaunt.

On gratta à la porte et Morland, le visage fort préoccupé par ce qu'il venait d'entendre, alla ouvrir pour se donner le temps de réfléchir.

La servante et les deux valets installèrent des chaises et déposèrent verres de cristal et flacon de sherry sur la table. Morland leur ordonna de se retirer et servit lui-même chaque visiteur avant de déclarer :

— Donc Saint Albans disposerait du saphir ?

— Certainement.

— Qu'attendez-vous de moi ?

— Un conseil. Comment rendre visite à M. Fronsac à la Tour ?

— Il faudrait en savoir plus sur les motifs de l'accusation. Saint Albans et Mordaunt connaissent-ils votre présence à Londres ?

— Sans doute pas.

— Il serait ennuyeux qu'ils l'apprennent et que vous soyez arrêtés à votre tour.

Un bref silence.

— Pour cette raison, et pour d'autres, je l'avoue, il me paraîtrait dangereux de prévenir sir Nicholas ou lord Clarendon. Avec le roi fantasque que nous avons, il n'est pas certain qu'ils puissent obtenir la libération de vos amis, mais Saint Albans apprendrait à coup sûr votre existence, et le fait que je vous aide. Nous risquerions donc tous de nous retrouver à la Tour !

— Je comprends. Croyez-vous qu'on puisse torturer mes amis pour les faire parler ?

— Non, dit Morland en secouant la tête. Contrairement à la France, on torture rarement en Angleterre, et uniquement sur ordre du roi ou du Conseil privé. Saint Albans ne se risquera pas à le demander.

— Je dois tout entreprendre pour sortir Fronsac et Bauer de là, dit Gaston un peu rasséréné.

— On ne s'évade pas de la Tour. Quant au lieutenant qui en est le connétable, lord John Robinson, je le connais un peu. L'homme est incorruptible, donc inutile d'envisager de le soudoyer. Grand maître de la corporation des drapiers, colonel, baronet, il a été shérif et maire de Londres.

Gaston de Tilly goûta le sherry, dont il n'aima pas la saveur, et reposa son verre, d'un coup désemparé. Il ne savait que dire. Morland, son seul espoir, venait de lui décrire une situation sans issue.

— Peut-être Mme Hay…, laissa alors tomber le maître des Mécaniques.

Les Tilly lui lancèrent un regard plein d'expectative.

— Lady Percy Carlisle connaît bien la Tour, où sa mère a été enfermée, à cause de moi je le reconnais. Vous vous souvenez d'elle, n'est-ce pas ?

Lady Percy Carlisle était la fille de lord Carlisle, favori de Jacques Ier puis de Charles Ier, ambassadeur en France et maître espion. Son épouse l'avait imité dans ce métier de l'ombre où on l'avait connue sous le nom de Milady[1], femme redoutée par ses adversaires pour son sang-froid, sa dureté et son immoralité. Après la disparition de son mari, durant la république, la comtesse n'avait eu de cesse de conspirer contre Cromwell. Finalement, Samuel Morland ayant déchiffré un message secret qu'elle avait envoyé à l'un de ses partisans, elle avait été enfermée dans la Tour. Où, malgré tortures et maltraitances, elle n'avait rien livré sur ses complices mais, le jour de sa libération, n'était plus qu'une âme brisée qui avait trépassé à la Restauration.

Furieuse, sa fille Percy avait développé une immense haine à l'encontre du mathématicien, jusqu'à l'épreuve qu'elle-même avait endurée en France lorsqu'elle recherchait le mystérieux trésor d'Henri IV[2]. Malgré leur inimitié, sir Morland, resté à ses côtés, l'avait sauvée. Elle avait alors admis qu'il n'était pas le mauvais homme qu'elle croyait. De plus, alors que la Révolution l'avait ruinée, il avait obtenu pour elle une pension de quelques centaines de livres qui lui permettait de tenir son rang et de continuer à habiter la maison familiale de Little Salisbury House, sur le Strand.

— Comment l'oublier ? répondit Gaston. Mais pourquoi aiderait-elle M. Fronsac, après ce qu'il lui a fait ?

— C'est une noble femme. Elle a été entraînée dans cette mauvaise affaire d'Étretat par son intendant John Brett, ancien mousquetaire d'un régiment de la garde dont on murmure qu'il était son véritable père et qu'il avait une forte influence sur elle. Elle a regretté ces épisodes de sa vie, en particulier les meurtres commis par les scélérats qu'elle avait engagés. M. Fronsac et vous-même vous êtes montrés fort généreux avec elle, et avec moi d'ailleurs. Depuis, elle s'est souvent exprimée à votre sujet en bien, car nous sommes devenus proches après nous être détestés. Elle m'a même à plusieurs reprises assuré qu'elle espérait pouvoir, un jour, vous témoigner sa reconnaissance.

---

1. Voir *Les Ferrets de la reine*, du même auteur.
2. Voir *Le Grand Arcane des rois de France*, du même auteur.

Évidemment, les deux femmes et l'avocat écoutaient sans comprendre. Même César ne saisissait pas tout, bien que son père lui eût raconté les grandes lignes de l'affaire durant leur voyage entre Paris et Calais.

— J'admets cela, mais en quoi pourrait-elle aider à la délivrance de M. Fronsac ?

— Je ne sais, il va falloir le lui demander. Comme je viens de vous le dire, elle connaît parfaitement la Tour, ses gardiens et les officiers qui y vivent. Peut-être saurait-elle comment aborder l'un d'eux et le corrompre.

Enfin une proposition lui donnant un peu d'espoir ! Gaston bondit :

— Dans ce cas, allons lui parler. Maintenant !

Aussitôt dit, aussitôt fait : ils s'entassèrent dans le carrosse de Morland et la voiture fila vers Charing Cross, puis s'engagea sur le Strand.

Un peu pédant, Morland faisait le guide pour les Français :

— Robert Cecil, comte de Salisbury et lord trésorier de Jacques Ier, a engagé la construction d'un grand hôtel sur les jardins qu'il possédait entre le Strand et la Tamise. Près de la rivière, il a fait ériger une plus petite maison qu'on a nommée Little Salisbury House afin de la distinguer de l'habitation principale : Great Salisbury House[1]. Elle appartient aux Carlisle, mais lady Percy a été contrainte de l'hypothéquer.

Gaston n'écoutait pas, il ne songeait qu'à Louis et Bauer. Dans quelles conditions ses amis étaient-ils prisonniers ? Enduraient-ils leur séjour forcé à la Tour ? Tilly connaissait suffisamment les prisons pour savoir combien l'existence s'y avérait terrible. Il se rattachait à l'espoir que lady Percy Hay l'aiderait, mais comment ?

La voiture franchit un portique pour s'engager dans une allée avant de s'arrêter devant un bel hôtel aux colonnades de pierre blanche.

---

1. En 1672, James, le troisième comte de Salisbury, obtint le droit de lotir autour de son hôtel, et Little Salisbury House fut détruite, donnant naissance à Salisbury Street.

Ils descendirent alors qu'un valet s'avançait. Le domestique, reconnaissant Morland, les fit pénétrer aussitôt dans un vestibule au sol de marbre, mais vide de mobilier ou tentures. La mère de lady Hay avait bel et bien vendu tout ce qu'elle possédait pour lever des troupes en faveur de Charles II, dévouement bien mal récompensé ensuite par le roi.

Ils n'attendirent guère. Peu fortunée, lady Percy sortait rarement de chez elle et ne recevait pas. D'où la conviction de Morland que ses amis et lui la trouveraient chez elle.

Elle apparut, vêtue d'une robe de toile indienne simple, retroussée sur une jupe, et d'un corsage à basques sur lequel retombaient les longues boucles de sa chevelure. Peu de broderies, mais des galans multicolores un peu partout. Les difficultés financières de la comtesse n'avaient fait disparaître ni sa coquetterie ni le charme indéniable qui émanait d'elle lorsqu'elle cherchait à séduire. En somme une fort jolie femme, malgré un nez un peu long, que Gaston appréhenda tout en notant le joyeux sourire qu'elle affichait en le reconnaissant.

— Monsieur de Tilly ! s'exclama-t-elle. Jamais je n'aurais osé imaginer que vous me rendriez visite.

Son regard s'égara alors vers les deux femmes et le jeune homme.

— Avez-vous des nouvelles de M. Fronsac ?

— Je viens justement vous parler de lui, milady. Puis-je vous présenter Mme Desfontaines, sa fille, ainsi que mon fils ?

Lady Percy leur tendit sa main à baiser, dissimulant habilement sa surprise, car si elle avait deviné dans le jeune homme le rejeton de Tilly, elle avait cru que la dame était son épouse accompagnée de leur fille.

— Rien de grave ? s'enquit l'hôtesse en fronçant légèrement les sourcils.

— J'aurais préféré vous rencontrer en d'autres circonstances, milady…

À ce ton sérieux, elle comprit que M. de Tilly avait des ennuis. Et Fronsac également.

— Allons dans ma chambre, proposa-t-elle.

Si elle avait rejoint les visiteurs *via* une pièce mitoyenne du vestibule, cette fois elle emprunta le grand escalier. Gaston remarqua qu'il ne possédait plus de tapis, comme il avait observé la quasi-absence de serviteurs dans cette si vaste maison.

Au palier, elle appela :

— Jeanne !

Une femme de chambre apparut.

— Apportez-nous du cidre.

Elle les fit entrer dans une chambre d'apparat, pièce uniquement meublée d'un grand lit à la courtepointe ternie par le temps, et de deux banquettes tapissées quelque peu élimées.

Lady Percy s'excusa de la modestie du décor, devinant les pensées des visiteurs :

— Ma mère a tout vendu pour le roi. Et moi ce qui restait afin de survivre. Même la maison est hypothéquée. Aussi, sans la pension obtenue par sir Morland, je serais à la rue. Mais prenez place et expliquez-moi quels ennuis rencontre M. Fronsac qui, je l'appréhende, sont bien plus graves que les miens.

Ils s'assirent, qui sur les banquettes, qui sur le lit.

— M. Fronsac est enfermé dans la Tour de Londres, laissa tomber Morland.

Brusquement blanche, lady Percy Hay serra de toutes ses forces l'accoudoir de sa banquette. Des souvenirs qu'elle s'efforçait d'oublier lui revinrent avec violence à l'esprit. Elle revit sa mère emprisonnée dans Cradle Tower. Lady Carlisle, qui avait été la femme la plus belle et désirée de la cour de Charles Ier, était devenue une sorcière aux cheveux gris et au regard vide, incapable de parler après des mois de tortures et violences.

— Pourquoi ? demanda-t-elle d'une voix sourde.

— Laissez-moi vous faire connaître les raisons de notre venue à Londres, intervint Gaston.

Comme elle hochait du chef, il débuta par la visite de lord Hollis à Mercy, puis déroula leurs enquêtes à Paris. À ce point du récit, il s'interrompit car la servante apporta le cidre et des verres.

37

Une fois servi, Gaston reprit le cours de l'histoire en évoquant les recherches conduites par Louis dans les tavernes de King Street, puis parla de sa disparition et de la visite de maître Halloway au Royal Oak. Il expliqua la manière dont il avait reconnu deux coquins français en plein Hope, comment il les avait interrogés et ce que ceux-ci avaient avoué. Maître Halloway renchérit en décrivant sa visite à la prison de Clink.

Tilly garda sous silence le rôle de son fils et leur rencontre avec Samuel Pepys, jugeant prudent de ne pas mettre en cause ce dernier.

— Je connais Saint Albans, déclara la comtesse une fois la narration achevée. Cet être est dur, brutal, sans pitié. Si c'est lui qui a fait saisir M. Fronsac, je crains le pire.

Et d'ajouter, après un silence :

— Vous-même, monsieur de Tilly, pourriez devenir le prochain prisonnier de la Tour.

Un lourd et pénible silence s'installa, chacun songeant à la possibilité d'être arrêté comme complice.

— Il faut d'abord savoir où M. Fronsac et son serviteur sont enfermés, reprit-elle d'un ton ferme.

À ces paroles, Gaston se sentit soulagé. Elle acceptait de lui venir en aide.

— Avez-vous le moyen de le découvrir ?

— Je connais lord Robinson, le lieutenant de la Tour. Ma mère a financé le régiment dont il était colonel. C'est un homme d'honneur. Aussi, à moins que M. Fronsac ne soit au secret, il me dira où il est enfermé.

— Vous allez vous compromettre et je m'y refuse, l'arrêta Gaston en secouant la tête. Ne pouvez-vous savoir de quoi il retourne sans passer par lui ?

Elle plongea longuement dans ses pensées avant de déclarer :

— Peut-être. Je dois y réfléchir avant de vous livrer une réponse. Tout cela est si soudain... Auriez-vous l'amabilité de revenir demain, disons vers cinq heures ?

— Entendu.

Gaston se leva.

— Vous serez amenée à graisser quelques mains. Laissez-moi vous donner de quoi être généreuse, proposa-t-il.

Elle opina du chef et il lui remit vingt guinées.

Morland suggéra de les ramener chez eux, mais Mme Desfontaines et sa fille préféraient prendre un canot au Salisbury Stairs, situé à quelques pas. Elles proposèrent ensuite aux Tilly de venir dîner le lendemain, ce qu'ils acceptèrent.

Gaston et son fils retournèrent donc à pied au Royal Oak, pour la première fois depuis deux jours avec un peu plus d'espoir. L'avocat, qui habitait près de Covent Garden, fit un bout de chemin en leur compagnie, leur signifiant qu'il ne souhaitait pas s'impliquer plus avant dans les problèmes de M. Fronsac. Ce que Gaston comprenait parfaitement.

Le crépuscule tombait, apportant un peu de fraîcheur. Ils auraient voulu examiner la Tour et son enceinte, mais il était trop tard. Ils se promirent de s'y rendre le lendemain.

Le samedi, à l'aurore, ils filèrent vers Tower Street, puis firent lentement le tour du fossé et du mur qui le longeait. Gaston et César ne découvrirent aucun passage, sinon quelques ponts-levis auxquels on accédait en barque et qui étaient levés. Même en franchissant la première enceinte à l'aide de cordes et crampons, puis en traversant le fossé à la nage, impossible de passer par-dessus le deuxième rempart.

Restait l'entrée principale. Seulement la garde y était nombreuse et vigilante. Le moral de Gaston avait sombré quand ils partirent pour Southwark.

César, lui, avait le cœur plus léger. La simple idée de retrouver Françoise lui permettait un peu d'évacuer les tracas qui les hantaient.

Après le dîner, durant lequel César meubla l'angoisse en parlant de son expérience de marin puisque son père s'abîmait dans le silence, ils se promenèrent tous les quatre avec le chien Gorgeous, puis prirent un canot à destination de Salisbury Stairs.

Bien qu'ils soient arrivés en avance, la comtesse de Carlisle les reçut immédiatement, cette fois dans un salon. Fort excitée, elle prit la parole dès qu'ils furent assis.

— Hier, je me suis souvenue d'une évasion dont ma mère m'avait parlé, un jour où j'étais allée lui rendre visite. Mais, à l'époque de sa détention, elle me tenait tant de propos incohérents que je n'y prêtais pas d'importance. Ce matin, j'ai rencontré un ancien hallebardier qui m'autorisait à lui remettre des friandises parce qu'il avait été soldat sous les ordres de mon intendant, M. Brett. Bien qu'à l'article de la mort, il garde une bonne mémoire et m'a détaillé cette évasion.

Gaston ne perdait pas un mot de son récit.

— L'histoire est arrivée à la fin du siècle dernier, en 1597, à un prêtre jésuite enfermé dans Salt Tower[1]. Tenez, j'ai dessiné un plan des lieux afin que vous compreniez aisément.

Elle se dirigea vers une desserte et s'empara d'une feuille de papier sur laquelle elle avait représenté l'enceinte et indiqué deux tours : Salt Tower et Cradle Tower.

— John Gerard, poursuivit-elle, avait été questionné et torturé, pendu par des chaînes afin qu'il dénonce les autres jésuites présents dans le royaume.

» Après avoir soudoyé un gardien, il fut autorisé à rejoindre un autre prisonnier catholique : John Arden, enfermé lui depuis

1. La religion catholique romaine était alors interdite en Angleterre.

déjà dix ans. Leurs exécutions étant proches, on avait jugé qu'ils pouvaient librement parler de leur foi avant de rencontrer le Seigneur. Arden était détenu dans la Cradle Tower, précisément là où ma mère fut également enfermée.

Elle désigna l'endroit sur le plan.

— Évidemment, les catholiques ne pouvaient s'enfuir puisqu'ils restaient consignés ensemble. Et même s'ils étaient parvenus à sortir, ils auraient dû franchir le mur d'enceinte et le fossé. Impossible !

» Cependant, on les laissa plusieurs fois prendre l'air sur la terrasse de la Cradle Tower, où notre jésuite constata un jour qu'une corde tendue entre la terrasse et une barque sur la Tamise faciliterait sans doute une évasion. Réussissant à prévenir des amis, ceux-ci lui firent parvenir une longue cordelette, à moins qu'ils ne l'aient fabriquée, et les deux hommes commencèrent à desceller la pierre retenant le verrou de la porte menant au toit. Une nuit, ils atteignirent la terrasse et lancèrent la cordelette lestée d'un poids. Mais un homme les vit. Croyant qu'ils pêchaient, il entama une discussion avec eux. Quant à la barque qui patientait, elle ne put rester à cause de la marée.

» Une autre tentative eut lieu le lendemain. De nouveau, les prisonniers parvinrent sur la terrasse, lancèrent la cordelette, toujours lestée ; cette fois, leurs complices y attachèrent une corde. Les deux catholiques la tirèrent et parvinrent à descendre le long du filin tendu au-dessus du fossé. Gerard faillit tomber – il avait eu les poignets abîmés –, mais il parvint quand même à la barque qui les attendait.

— Croyez-vous possible de réitérer un tel exploit ? s'enquit Gaston, pour le moins sceptique. D'abord, il faudrait savoir où Fronsac et Bauer se trouvent, puis leur faire passer une cordelette…

— Ils sont dans la Cradle Tower ! Ce matin j'ai promis cinq guinées à l'ancien hallebardier s'il découvrait où était incarcéré M. Fronsac. Voici une heure, sa fille est venue. Elle-même a épousé un hallebardier, qui s'est renseigné. Je connais bien cette prison et puis vous assurer que mieux vaut qu'ils soient détenus là que dans la Little Ease, ce cachot qui fait juste trois pieds carrés !

— Donc, il suffirait d'aller les voir, de convenir d'une nuit pour l'évasion et de leur passer une cordelette ?

— Non, car depuis un autre mur a été construit le long du fossé, justement pour empêcher que ce genre d'évasion ne se reproduise. Mais j'ai eu une meilleure idée. Pleine d'aléas, toutefois.

— Je vous écoute.

— Les hallebardiers en service à la Tour sont de deux ordres : les ordinaires et les extraordinaires. Ces derniers, les plus nombreux, gagnent trois fois moins que les premiers. J'ai demandé à cette femme si son mari, qui fait partie des extraordinaires, pourrait me laisser entrer lorsqu'il serait de garde. En échange de cinquante guinées ; ce que son homme gagne en un an. Elle m'a assuré qu'elle le convaincrait, mais qu'il ne ferait rien de plus puisqu'il risquait la corde s'il était pris. Pour ma part, cela me convient : une fois entrée dans la forteresse, je saurai aisément me rendre à la Cradle Tower.

— Admettons, dit Gaston, mais vous laissera-t-on rencontrer les prisonniers ?

— À moins que les choses n'aient changé, il n'y a qu'un geôlier et un hallebardier, voire deux, dans cette tour. Avec un peu de chance, l'un d'entre eux m'aura vue à l'époque où je rendais visite à ma mère. Je prétendrai apporter des livres et des friandises à M. Fronsac. Que M. Robinson m'y a autorisée. Me voyant déjà dans la cour intérieure, pourquoi douteraient-ils ? Ces gens-là n'ont guère d'imagination ! Lorsque je visitais ma mère, on me demandait un laissez-passer à l'entrée, mais jamais pour pénétrer dans sa prison.

— Bien, mais la corde ?

— C'est là que j'aurai besoin de vous, mesdames, dit lady Percy Hay avec un air de comploteuse.

— Vous pouvez compter sur nous ! lui assura d'emblée Mme Desfontaines. Je ferai tout pour aider M. Fronsac.

— Tant mieux ! Car toutes deux, nous aurons vingt pieds de corde entourée sur nos corps depuis nos seins jusqu'aux reins. L'attirail nous grossira un peu, mais les hommes aiment !

Elle se mit à rire, ce qui détendit tout le monde.

— Le gardien fouillera le panier dans lequel nous aurons placé les provisions destinées aux prisonniers, mais pas nous. D'ailleurs, avec nos robes légères, que cacherions-nous ? Il nous demandera de jurer ne pas avoir de couteaux et, s'il se montre vraiment méfiant, de soulever nos robes jusqu'aux cuisses. Il verra notre anatomie certes, mais pas une seconde les cordes qui s'arrêteront au mont de Vénus ! Seulement, après il voudra nous accompagner. Alors voici ce que j'ai prévu pour donner les cordes à M. Fronsac sans que le geôlier s'en rende compte.

Elle s'expliqua, et les deux femmes approuvèrent. Gaston se rendit alors compte combien lady Hay avait hérité des talents de duplicité de sa mère.

— Admettons que tout cela se déroule sans accroc. Ils devront quand même monter sur la terrasse la nuit de l'évasion. Comment feront-ils ? demanda Tilly.

— Pour le moment j'admets n'avoir aucune idée de la façon dont ils pourraient s'y prendre. M. Fronsac devra trouver un moyen, mais je l'en sais capable.

— Je l'espère ! Et ensuite ?

— Bauer et lui n'auront qu'à glisser jusqu'au fossé. La nuit de samedi à dimanche, la semaine prochaine, me paraît favorable ; d'abord parce que la garde est réduite ces jours-là, ensuite parce que la marée sera haute, donc le fossé bien plein. S'ils chutent, ils tomberont dans l'eau et non sur une grève où ils pourraient se briser un membre. Savent-ils nager ?

— Oui, répondit Gaston en songeant que ce projet d'évasion ressemblait fort à celui du cardinal de Retz, qui, s'il avait réussi, avait en revanche mal fini pour Paul de Gondi[1].

1. À la fin de la Fronde, Paul de Gondi, devenu cardinal de Retz, avait été emprisonné dans le château des ducs de Bretagne, à Nantes. Le cardinal Mazarin, qui le haïssait, l'aurait gardé prisonnier sa vie durant si Fronsac et Tilly n'avaient décidé de le sortir de sa geôle. Après avoir distrait l'attention de ses gardes, le cardinal de Retz était descendu des murailles le long d'une corde. L'évasion avait réussi, mais, plus tard dans sa fuite, Gondi était tombé de cheval et s'était brisé l'épaule, une blessure qui devait le faire souffrir tout au long de sa vie. Cette évasion est relatée dans *La Vie de Louis Fronsac*, du même auteur.

— Ils nageront jusqu'au mur extérieur, poursuivit-elle. Vous serez de l'autre côté avec une corde et un grappin. Quand ils arriveront, vous grimperez et les ferez passer. À vous ensuite de quitter Londres au plus vite, par bateau.

Le silence s'installa. Finalement, Gaston déclara :

— C'est, en effet, un plan plein d'aléas…

— Oui, mais le seul que je peux vous proposer.

38

Jeudi 23 août

Les deux prisonniers avaient passé leur soirée à regarder à travers les fenêtres. Devant eux s'étendait le jardin, fermé par un grand bâtiment plutôt élégant ; à droite se dressait une tour et, à gauche, apparaissait une porte fortifiée flanquée de deux tourelles. Peu de monde passait par là, à part des gardes à hallebarde, de rares civils, clercs ou commis pressés. Une fois seulement, ils avaient vu deux gentilshommes sortir du grand bâtiment et gagner la porte fortifiée.

Eux-mêmes étaient arrivés par cette voie ouvrant sur l'escalier où avait accosté la barque. En se souvenant des visites du quartier faites les premiers jours de leur présence à Londres, Louis savait pertinemment que l'entrée principale de la Tour se trouvait encore plus loin, vers la gauche. S'ils s'évadaient, parviendraient-ils seulement à l'atteindre ? Et à franchir ce passage ?

Que de questions sans réponse. Quoi qu'il en soit, ils ne devaient rester les bras ballants.

— Bauer, nous crois-tu capables de retirer un de ces barreaux ?

— Avec un outil et du temps, certainement.

— On commencera demain.

Le vendredi, dès qu'un peu de lumière leur permit d'y voir plus clair, ils fouillèrent la chambre et les meubles afin de dénicher un ustensile apte à se transformer en outil de fortune. Comme ils ne découvrirent rien, Bauer jeta son dévolu sur une ferrure du coffre. Mais les ferrailles étant solidement rivetées, sans instrument il ne parvint même pas à les arracher. Le Bavarois recourut alors aux grands moyens : il retourna le coffre de sorte que le couvercle s'arrache, brisé en partie. Ensuite, il lui fut plus aisé de tordre l'une des ferrures jusqu'à la rompre.

Restait à dissimuler ces déprédations. Ayant remis le couvercle, ils déposèrent par-dessus leurs justaucorps, dont ils n'avaient aucun besoin à cause de la chaleur. Le geôlier n'oserait jamais fouiller leurs affaires, se persuadait Louis.

Ce travail les occupa toute la journée.

Le samedi matin, Bauer s'attaqua à l'un des barreaux de la fenêtre du milieu, celui qui branlait le plus. Le plan ourdi était des plus simples : fabriquer une corde de fortune avec le drap du lit et, une fois le barreau ôté, descendre dans la cour durant la nuit. Là, ils essaieraient de trouver un passage et gagner le pont de l'entrée de la Tour, où ils tenteraient le tout pour le tout. C'était un plan fou, sans quasiment aucune chance de réussite, mais Fronsac et Bauer préféraient mourir en s'enfuyant que passifs sous la hache du bourreau.

Leurs travaux se poursuivirent le dimanche. À tour de rôle, ils creusaient l'appui de la fenêtre et camouflaient ensuite le trou à l'aide d'un mélange d'eau et de poussière de roche. Celui qui n'érodait pas découpait des bandelettes de drap et les tressait pour un faire un filin. Bauer avait appris à son maître comment s'y prendre, et Louis ne s'en sortait pas trop mal.

Deux fois dans la journée, le geôlier leur apportait un copieux repas qui écornait toujours plus la bourse de Fronsac, mais celui-ci jugeait la dépense utile : en faisant chercher des mets à l'extérieur, les détenus conservaient le moral et espéraient gagner la confiance et la gratitude du gardien. De fait, ce dimanche matin, pour fêter le jour du Seigneur, Louis invita ce dernier à partager leur pitance, lui proposant un souper le soir sur la terrasse afin de mieux dissimuler leurs « fouilles » et d'éviter le soleil qui cognait trop fort dans la journée.

Le geôlier accepta facilement. Louis devina qu'il avait déjà dîné avec des prisonniers.

Le repas se prolongea jusque dans la nuit. Le gardien mangea tout son soûl, même plus que Bauer, et raconta maintes histoires. Il leur assura que la plupart des prisonniers finissaient par être libérés et conseilla de garder espoir. Surtout, qu'ils ne tentent aucune évasion, les prévint-il, car celles-ci échouaient immanquablement et ceux qui les avaient conduites finissaient dans un cachot, la Little Ease, dont ils ressortaient brisés, voire morts. Répondant à la curiosité de Fronsac, il fit aussi quelques commentaires sur l'endroit où ils se trouvaient. Le bâtiment devant eux était la galerie de la Reine, autrefois habité par des femmes de Henry VIII, mais désormais uniquement utilisé comme prison. Une partie avait dû être transformée en corps de garde pour les hallebardiers. Quant au jardin abandonné, il avait été le clos privé de ce logis dorénavant vide.

Malgré les avertissements, le lendemain ils poursuivirent évidemment leurs travaux. Cependant, après ce qu'ils avaient appris, Louis n'envisageait plus de descendre dans le jardin, mais plutôt de passer de la terrasse au chemin de ronde, puis de glisser vers le fossé. Hélas, pour y parvenir ils devraient inviter une nouvelle fois le gardien, mais cette fois le maîtriser et bâillonner. Le tout en disposant d'une corde assez longue et solide, ce qui était loin d'être le cas.

Seulement, une fois le fossé atteint, par quel miracle franchir l'enceinte extérieure ? Bauer était persuadé qu'ils trouveraient une solution, mais rien n'était moins sûr, surtout en pleine nuit.

En tressant les lambeaux du drap de lit, Louis tentait aussi de comprendre l'attitude de Jermyn. Certainement les questions posées dans les tavernes l'avaient-elles alerté. Il disposait sûrement d'espions, ou plus simplement de fidèles, qui l'avaient informé. Il avait alors envoyé Mordaunt et le piège s'était refermé. Mais que recherchait lord Saint Albans ? Si personne n'était venu les interroger, c'est qu'on n'envisageait pas d'apprendre ce qu'ils savaient et ce qu'ils faisaient à Londres. La conclusion qui s'imposait lui fit froid dans le dos : Jermyn s'apprêtait à les éliminer et, s'il n'avait pas encore agi, c'est qu'il n'avait pas pu. À moins qu'il ne recherche aussi Gaston et César et n'envisage de les tuer tous les quatre.

Louis en venait à penser que, en tentant une évasion, même s'il était pris, sa tentative forcerait le destin et arriverait aux oreilles de quelqu'un à la Cour. Si Clarendon, Nicholas ou Hollis l'apprenaient, ne les tireraient-ils pas de là ? Un espoir, faible, subsistait en lui.

Mardi 29 août

Rassasiés du pain et du fromage restés de la veille, Fronsac et Bauer avaient bu quelques brocs d'eau avant de se remettre à entailler le scellement de la barre de fenêtre. Le travail avançait de façon satisfaisante puisque, désormais, le barreau bougeait. Tandis que le Bavarois était à l'ouvrage, Louis observait la cour, songeant à ce qu'ils feraient une fois le passage libre. Il n'avait pas encore pris de décision.

Soudain, il vit apparaître trois femmes, qui arrivaient depuis la porte fortifiée. Silencieuses, elles se dirigeaient vers la prison, sans le moindre garde pour les accompagner. Puis elles disparurent à ses yeux. À coup sûr, ces visiteuses se rendaient à la Well Tower, la tour la plus à droite de la leur. Mais pour y faire quoi ? Rencontrer un prisonnier ? Il ne le saurait sans doute jamais. La présence de ces inconnues lui fit penser à Julie et à ses enfants, lui qui s'était presque fait à l'idée de ne jamais les revoir.

Soudain, retentirent des paroles et résonna le bruit des verrous.

— Bauer ! prévint-il.

Ce dernier se retourna et d'instinct s'appuya contre la fenêtre après avoir glissé la ferrure dans son dos.

La porte s'ouvrit.

— Vous avez de la visite, messeigneurs ! claironna le geôlier.

Les trois femmes aperçues entrèrent. Avec stupéfaction, Louis reconnut lady Carlisle et devina qui était la plus grande, celle à la petite tache sur la joue. Que signifiait cette situation ? Il se composa un visage indifférent et s'inclina :

— Milady, quel plaisir de vous revoir, dit-il en avançant pour lui baiser la main.

— Le plaisir est pour moi, monsieur le marquis. J'ai appris votre infortune et je ferai tout mon possible à la Cour pour qu'elle ne dure pas. En attendant, je vous ai porté quelques friandises et un livre, car la lecture soulage tous les maux, répondit lady Hay.

— C'est vraiment très gentil. En effet, lire me manquait terriblement.

— Vous connaissez mes dames de compagnie, madame Desfontaines et sa fille Françoise, ajouta la comtesse, sourire figé.

— Bien sûr, je les ai rencontrées en France.

Mathurine Desfontaines exécuta une petite révérence, imitée par sa fille. Toutes deux tenaient des gants à la main.

— J'espère que l'ouvrage vous plaira…, ajouta lady Hay en prenant le panier que portait Françoise.

Elle le déposa sur le lit et, soudain, vacilla puis s'effondra sur la courtepointe.

— Mon Dieu, elle a son malaise ! s'écria Mme Desfontaines.

— Qu'arrive-t-il ? s'inquiéta le geôlier.

— C'est son mal lunatique ; il se déclenche en cas de peur lorsque les souvenirs de sa mère lui reviennent violemment. Revoir la chambre où la comtesse de Carlisle a été enfermée a dû provoquer la crise. Elle ne dure pas, si on peut la saigner…

— Dois-je aller quérir le barbier de M. le Connétable ? s'enquit le geôlier, bouleversé.

— Peut-être pas, fit Mme Desfontaines en prenant le pouls de sa fausse maîtresse. Son cœur bat régulièrement et Françoise a toujours avec elle de la racine de valériane, de la fleur d'oranger et du camphre. Il suffira de les mélanger à de l'eau chaude et de lui humecter le visage avec. Peut-on faire chauffer de l'eau ici ?

— En bas, dans ma loge, milady !

— Allons-y, décida Mme Desfontaines.

D'autorité, elle et sa fille, qui avait sorti un sachet et un flacon d'une aumônière, filèrent vers la porte. Affolé, le geôlier les suivit, songeant qu'on risquait de le poursuivre si la comtesse trépassait dans la prison.

— Aucune question, monsieur Fronsac ! déclara lady Hay en se relevant dès qu'ils eurent disparu.

Sous le regard stupéfait de Louis, elle souleva sa robe jusqu'à la taille, dévoilant sans pudeur jambes et ventre nus, et, surtout, l'harnachement qui entourait son bassin.

— Aidez-moi, vite !

En quelques instants, la corde fut retirée, dissimulée dans le coffre, puis Fronsac l'aida à se rhabiller tandis qu'elle lui glissait à voix basse :

— M. de Tilly m'envoie. Sachez que Mme Desfontaines est innocente de ce dont on l'a accusée. Samedi, à partir de minuit, soyez sur la terrasse. Avec les cordes, descendez dans le fossé et traversez-le à la nage. M. de Tilly se tiendra sur le mur extérieur et vous appellera en imitant le bruit d'une tourterelle. Il aura une corde.

— Milady, je vous devrai la vie !

— Pensez-vous pouvoir monter sur la terrasse ?

— Nous y avons déjà dîné avec le geôlier. Je suppose qu'il acceptera une nouvelle fois.

— Parfait. Alors vous devrez le maîtriser. Mais, dans la nuit, le hallebardier fait des rondes, vérifie que la tour est bien close et, quand il y a des prisonniers, frappe à la porte de la loge du geôlier pour demander le mot. S'il vient avant minuit, ce sera à vous de répondre.

— Mais comment saurai-je ce mot ?

— Vous pourriez l'obtenir du geôlier par la force, mais s'il vous en donne un faux, cela provoquera l'alarme. Mieux vaut donc connaître le bon. À notre arrivée, la porte de la tour était ouverte et le soldat de garde se trouvait dans la salle. Quand je lui ai dit qui j'étais et raconté que j'avais reçu de M. Robinson le droit de vous visiter, il a tout gobé et m'a fait ouvrir la loge du portier en prononçant: «Scotland». C'est le mot du jour, mais il aura changé d'ici samedi.

Louis écoutait attentivement, se souvenant à son tour que le sergent qui les avait conduits avait dit: «Élisabeth».

— Je reviendrai samedi pour apprendre le bon…

Elle s'interrompit quand Mme Desfontaines apparut depuis l'escalier. À son tour, celle-ci souleva sa robe et dévoila une autre corde.

— Vite! fit lady Percy.

En un tour de main, elle déroula le filin du ventre de l'ancienne dame de compagnie, qui se réajusta en criant:

— Françoise, madame la comtesse vient de reprendre ses sens!

Bauer avait déjà camouflé la corde dans le coffre.

La jeune fille remonta à toute allure, suivie du portier. Ils trouvèrent Mme Hay assise sur le lit avec Mme Desfontaines en train de la faire boire.

— Ai-je eu un malaise? s'enquit la jeune comtesse, les yeux dans le vague.

— Oui, madame, mais cela n'a pas duré, heureusement.

— Quelle horreur que cette maladie, soupira-t-elle. Excusez-moi, monsieur Fronsac, je ne peux m'attarder car il me faut une saignée. J'essaierai de revenir samedi avec de meilleures nouvelles. Le livre que je vous ai donné vous apportera certainement des consolations, lisez-le.

Louis lui baisa la main, Bauer s'abîma dans une révérence et, soutenue par Mme Desfontaines, lady Hay disparut.

— Quelle affaire! s'exclama Fronsac en s'asseyant sur le lit.

— Je ne comprends rien, monsieur.

— Si on sort d'ici, Gaston nous expliquera… À condition que ce plan hasardeux ne constitue pas un nouveau piège.

— Croyez-vous, monsieur? Au moins, nous avons des cordes…

Louis songea alors au livre et à l'insistance de lady Percy pour qu'il le lise! Il fouilla dans le panier, prit l'ouvrage, un petit in-octavo en anglais : *The Chronicles of Edward Holmes under the Regency of the Duke of Bedford written during the reign of Henry VI.* Il tourna la première page et, au dos, reconnut d'emblée l'écriture de Gaston. Un message ! Voilà pourquoi elle lui en avait recommandé la lecture !

Il plongea dans le texte fébrilement.

Son ami détaillait ce qui s'était passé depuis leur disparition sur une page pas suffisamment grande pour que le récit soit complet. Louis feuilleta donc avec avidité le livre et sourit en découvrant un feuillet au dos vierge rempli d'une fine écriture. Il le lut et rechercha une autre page blanche, découvrant qu'elle était également annotée, puis il en trouva une autre encore. La lecture de ce courrier si particulier terminée, il sut avoir eu raison de douter de la culpabilité de Mme Desfontaines.

Il rapporta tout à Bauer.

Se levant du lit, il constata que Mme Desfontaines et sa fille avaient oublié leurs gants sur le sol. Surprenant, se dit-il. Comment pouvaient-elles les avoir oubliés toutes les deux ? Il les ramassa et remarqua les paumes en cuir épais et les tailles en rien adaptées à des mains féminines.

Un sourire illumina son visage. C'était pour tenir les cordes.

— On a un nouveau cadeau, Bauer.

Sur Tower Street, devant l'église All Hallows-by-the-Tower, Gaston et son fils attendaient. Angoissés comme jamais. Ils avaient vu les trois femmes franchir Bulwark Gate, l'entrée extérieure de l'enceinte qui précédait Lion Gate et le pont sur le fossé. Tous deux savaient pertinemment le risque qu'elles prenaient. Qu'on les interroge un peu trop, que l'homme ayant promis de les laisser passer les trahisse, que les gardes aux différentes portes intérieures soient plus vigilants que prévu, et elles étaient perdues.

Deux heures s'écoulèrent. Gaston étouffait d'appréhension, se surprenant même à prier, ce qu'il ne faisait jamais. Comment agir si elles ne revenaient pas ?

Mais le miracle eut lieu : elles apparurent !

Sans se presser, elles se dirigèrent vers eux.

— Nous les avons vus, ils vont bien, et nous leur avons laissé les cordes, murmura lady Percy.

Le soir même, Gaston se rendit en barque jusqu'au brigantin portugais et avertit le capitaine Cristobal de son arrivée le samedi vers une heure du matin avec son ami Fronsac et M. Bauer, lesquels embarqueraient. Il transportait leurs bagages.

Quant à César et lui, ils resteraient à Londres et s'occuperaient des Gombleton.

Le lendemain de la visite de lady Hay, Louis convia de nouveau le geôlier à souper avec eux sur le toit. Désormais en confiance, ce dernier accepta. Le jeudi, *idem*, ainsi que le vendredi. Leur cerbère en vint à prendre l'habitude de ces repas agréables et se montra d'autant plus satisfait que les prisonniers lui laissaient le choix des plats et vins à commander au rôtisseur et tavernier.

39

Samedi 1er septembre

Louis et Friedrich avaient été réveillés par un roulement de tonnerre. La chaleur était telle que cela ne les surprit pas. Un orage s'annonçait. Pourtant, quand le jour fut levé, ils observèrent avec surprise le ciel sans nuages. Et constatèrent malgré tout qu'au loin les grondements ne cessaient point.

Après un frugal repas composé de pain et de porc froid, ils attendirent devant les fenêtres l'arrivée de lady Percy. Durant des heures interminables, ils ne virent passer que des hallebardiers et un prisonnier encadré de gardes conduit Dieu sait où.

Vers dix heures, le geôlier se présenta pour recevoir les huit shillings du repas. Évidemment, les détenus évoquèrent l'orage qui semblait s'éloigner.

— Ce n'est pas le tonnerre, messieurs, déclara le gardien en riant. Mais un navire de notre flotte qui, au large, s'en prend à un maudit hollandais. Je l'ai appris tout à l'heure.

— Tant mieux. Je craignais une averse drue, qui nous aurait ôté le plaisir de souper avec vous sur la terrasse.

— Pas de risque aujourd'hui !

Le geôlier alla bientôt donner des ordres à un valet de la galerie de la Reine chargé de quérir chercher les repas chez le rôtisseur.

Midi sonna à l'église St. Katharine by the Tower. L'angoisse gagnait les deux Français. La dernière fois, lady Hay s'était présentée le matin. Pourquoi ne la voyait-on pas ? Et si elle ne pouvait venir ? Et si on l'avait empêchée d'entrer dans la Tour ou, pire, l'avait interpellée ? Les deux compagnons échangeaient des regards inquiets.

Enfin, alors qu'ils perdaient tout espoir, ils virent les trois femmes franchir la porte fortifiée. Le soulagement les envahit.

Peu après, elles pénétrèrent dans la chambre, escortées par le geôlier.

Après les salutations, Louis demanda à la comtesse si elle allait mieux, ce à quoi celle-ci répondit par l'affirmative. S'étant ensuite assise sur le lit, ses compagnes se plaçant sur le coffre, elle raconta aux prisonniers avoir vu un proche du roi qui avait promis d'intervenir en leur faveur. Aux mimiques de son visage, Louis releva le mensonge.

Après quoi, elle se tourna vers le geôlier et déclara devoir livrer une information confidentielle à M. le marquis. Sans attendre de réponse, elle se leva et entraîna Fronsac vers la fenêtre où elle lui glissa le mot : « Brenda ».

Elle revint ensuite vers le gardien et lui expliqua :

— Je devais informer M. le marquis du nom du gentilhomme proche de Sa Majesté, mais celui-ci a insisté pour conserver son incognito, car cette intervention pourrait lui causer du tort.

— Je comprends, approuva l'autre.

— Au fait, monsieur Fronsac, j'ai aussi rencontré M. de Telleme et son fils Auguste à la Cour.

— J'aurais plaisir à les revoir.

— Je le leur dirai si je les croise de nouveau.

Ils échangèrent de vagues banalités avant que les visiteuses s'en aillent. Mme Desfontaines et sa fille n'avaient pipé mot.

L'après-midi se déroula avec une effroyable lenteur. Louis, qui avait rappelé au geôlier qu'ils l'attendaient pour souper, se préoccupait du sort du gardien une fois l'évasion découverte, aussi se promit-il de laisser l'homme entravé et bâillonné dans leur chambre pour qu'il puisse déclarer avoir été surpris. Restait qu'il dénoncerait lady Hay. Bien sûr, elle nierait, de fait, aucune preuve contre elle n'existait, mais à coup sûr il lui faudrait quitter Londres quelque temps. Persuadé que Jermyn avait le saphir, Fronsac se promettait de ne pas quitter Londres sans lui avoir fait rendre la pierre. S'il y parvenait et la rendait au roi, il n'aurait aucun mal à faire lever les accusations contre Percy Hay.

Évidemment, il ignorait que Gaston voulait qu'il rentre en France.

Cinq heures sonnaient à St. Katharine quand le geôlier tout enjoué les fit monter sur la terrasse.

En haut, si on ne disposait ni de table ni de sièges, des sortes de bancs de pierre se dressaient le long des créneaux, à différents endroits, pour déposer armes et munitions en cas de besoin. Ils seraient de nouveau utiles aux agapes des détenus. Le geôlier avait fait acheter un gros pâté de dinde froid, des morceaux d'oie grillée et trois flacons de vin. Bauer de son côté avait monté écuelles et pots, et chacun s'était confortablement installé sur les deux bancs abrités du soleil par la tourelle de l'escalier. Entre deux bouchées, le Bavarois raconta quelques exploits guerriers de sa jeunesse et, en même temps, remplissait régulièrement le pot du geôlier que celui-ci vidait d'une seule lampée, assortissant chaque fois sa libation d'un « Haaa ! » satisfait. La chaleur restait étouffante.

Lorsque le soleil se mit à décliner, le geôlier annonça venu le moment de redescendre. Il se leva, chancela, et Bauer le rattrapa. Non pour lui éviter une chute mais pour le frapper à l'arrière du crâne. Les deux prisonniers descendirent le corps inanimé dans leur chambre, le bâillonnèrent et l'attachèrent solidement avec la corde qu'ils avaient fabriquée. Puis Fronsac se rendit dans la loge, qu'il fouilla. Il y dénicha un autre morceau de corde, utile pour renforcer les entraves du ligoté.

Certains que le gardien ne pourrait se libérer, ils remontèrent sur le toit et, accroupis afin qu'on ne puisse les voir d'en bas, ils gagnèrent les créneaux sud afin d'examiner le chemin de leur fuite.

Au-delà du fossé, qui s'emplissait avec la marée montante, s'étendait un mur d'enceinte d'environ dix pieds. D'où les prisonniers se trouvaient, ils apercevaient le quai défendu par quatre canons, et un ensemble de constructions posé au bord de l'eau servant à loger certains serviteurs du château. Des maisons auxquelles on pouvait accéder par barque ou à pied depuis l'extrémité du quai, du côté de Thames Street. D'où ils se trouvaient, ils ne pouvaient voir la porte fermant ce passage, mais Louis l'avait remarquée lorsqu'ils avaient tenté de faire le tour de la fortification, au surlendemain de leur débarquement à Londres.

— Je descends maintenant, Bauer, car je ne sais à quelle heure passera le hallebardier pour sa ronde. Reste, peut-être apercevras-tu Gaston.

Dans la chambre, le gardien avait repris connaissance et le regardait avec terreur en gargouillant sous son bâillon. Louis vérifia qu'il ne pouvait se délier et alla s'installer dans sa loge.

De nouveau le temps s'écoula, interminable. La nuit était tombée quand, peu après dix coups sonnés à St. Katharine, on frappa à la porte. Fronsac saisit le pistolet, prêt à tirer si on lui demandait d'ouvrir.

— C'est William ! Le mot ? cria une voix.

— Brenda ! répliqua Fronsac.

— Bonne nuit, l'ami !

La main tremblante, Louis glissa le pistolet à sa ceinture et remonta. En passant dans la chambre, il vérifia l'état du prisonnier – qui tenta de dire quelque chose –, puis prit les cordes et les gants et gagna la terrasse.

L'obscurité n'était pas complète en raison d'un ciel clair, étoilé, avec une demi-lune bien lumineuse. Il s'approcha de Bauer, qui se retourna en l'entendant :

— Regardez la barque là-bas, monsieur, dit ce dernier. Près du quai et des maisons, M. de Tilly et son fils sont aux rames.

— Tout se passe pour le mieux. Il restera cependant à descendre cette maudite muraille.

Il donna les cordes et les gants au Bavarois.

— Je vous montrerai comment faire, le rassura ce dernier en nouant ensemble une extrémité de chaque filin.

Après quoi, il entreprit d'ajouter des nœuds tous les deux pieds.

— Ils vous empêcheront de glisser. Le plus facile est d'attraper solidement la corde, d'appuyer vos pieds contre le mur, ensuite de se laisser descendre en marchant contre la paroi. Avant de commencer, retirez tous vos vêtements, sauf les chausses et la chemise.

Louis obtempéra en regardant la barque de ses amis. Dans une heure, nous serons libres, songea-t-il en se demandant si Gaston aurait prévu des habits secs pour eux.

Au même moment, une troupe à cheval menée par Thomas Mordaunt quittait l'hôtel de lord Saint Albans et filait vers Charing Cross. L'un des cavaliers brandissait une torche de cire pour éclairer leur route.

Ils prirent le Strand, Fleet Street, passèrent le pont sur le ruisseau, débouchèrent devant Saint-Paul et, là, filèrent à droite vers Thames Street qu'ils empruntèrent ensuite jusqu'à la Tour. Tous en justaucorps sombres et tricornes noirs, épée de duel et pistolets dans leurs fontes, ils allaient au trot, ne parlaient pas, comme absorbés par la mission qui les attendait. À la selle de l'avant-dernier, deux cordes bien graissées luisaient aux rares lumières. Les quelques Londoniens qu'ils croisaient les regardaient avec inquiétude, devinant une sombre entreprise.

Ils atteignirent la Tour plus d'une demi-heure après leur départ.

Minuit sonna et le roucoulement d'une tourterelle se fit entendre.

— Le moment est venu ! décida Bauer qui venait de voir la barque de Gaston accoster.

Après avoir enfilé les gants et solidement attaché la corde à un merlon, il la déroula sans bruit jusqu'à ce que son extrémité pénètre dans l'eau. Monté sur le créneau, il prit alors le filin à deux mains en recommandant :

— Faites comme moi, monsieur.

Le Bavarois bascula en projetant ses pieds contre la muraille, puis entama sa descente. Louis, sans le quitter des yeux, se demandait s'il serait capable d'un tel exploit. Comme Gaston, il songea à l'évasion du cardinal de Retz. S'il rentrait en France, il aurait des choses à raconter à Paul de Gondi !

Presque au niveau de l'eau, Bauer lâcha la corde et commença à nager sur place silencieusement.

Gants aux mains, Louis saisit à son tour fermement la corde et entama sa propre descente. Au début, il resta cramponné au filin, les pieds posés sur un nœud, incapable de bouger tant la peur le travaillait. Puis, dominant ses nerfs, il parvint à relever les jambes qui touchèrent le mur. Un coup de pied et il s'en écarta.

Alors, lentement, il déplaça les mains et commença à descendre.

À la porte au Lion, Thomas Mordaunt s'annonça en présentant un ordre écrit de lord Saint Albans. Sa troupe et lui passèrent, franchirent le pont-levis, la Middle Tower puis la Byward Tower sans encombre, et filèrent par l'allée entre les deux enceintes.

Peu après, la Cradle Tower se dressa devant eux.

L'homme qui tenait la torche descendit de cheval et secoua la cloche à plusieurs reprises. Très vite, une voix ensommeillée interrogea, de l'autre côté.

— Le mot ?

— Brenda !

Le hallebardier tira les verrous. La troupe pénétra.

— Que se passe-t-il, milord ? demanda, inquiet, l'homme en reconnaissant Mordaunt.

— Rien qui te concerne. Fais ouvrir la loge du gardien !

L'autre obéit et frappa à la porte.

Aucune réponse.

Celui à la torche frappa à son tour, cette fois avec le manche de son pistolet.

Rien.

Mordaunt blêmit. L'absence de réponse n'était pas normale.

— Enfoncez la porte ! ordonna-t-il.

Un de ses sbires donna un coup d'épaule, mais l'huis, ferré et solide refusa de céder. Sans outil, impossible !

— Allez chercher des haches et du renfort à la Lanthorn Tower ! gronda Mordaunt.

Le hallebardier détala vers la porte fortifiée qui communiquait avec la tour et où se trouvait un arsenal. En même temps, il donna l'alerte et, très rapidement, surgirent une dizaine d'hommes munis de haches.

Frappant des fers à coups redoublés, la porte fut vite brisée. Les guerriers s'engouffrèrent.

— Pas de geôlier ! Loge vide.

— À l'étage !

Ils se précipitèrent, leurs pas résonnant avec violence sur les marches. Quand ils découvrirent le gardien ficelé sur le lit, sans douceur, Mordaunt arracha son bâillon.

— Où sont-ils ? hurla-t-il.

— En haut, seigneur... Pitié, gémit le malheureux.

— Faites tirer le canon ! Alerte d'évasion ! ordonna l'autre, fou de rage, avant de grimper sur la terrasse.

La descente lui paraissait interminable. Il se sentait à bout de forces. Il était même sur le point de flancher quand, enfin, Fronsac sentit la main de Bauer qui lui touchait le pied.

— Vous y êtes, *bozieu*, souffla le Bavarois.

N'en pouvant plus, Louis lâcha prise, mais Bauer parvint à le retenir et à le faire glisser sans bruit dans l'eau vaseuse.

— J'ai vu M. César, ajouta le colosse. Il se trouve déjà en haut du mur, en face.

Louis entreprit de traverser le fossé à la nage. L'eau froide fit disparaître la tension qu'il avait éprouvée, mais c'est pris d'une nouvelle appréhension qu'il scrutait le mur d'en face où il voyait César couché au sommet. Restait encore à franchir cet obstacle.

Comme la rive du fossé remontait, Bauer et Fronsac purent se redresser, bien que leurs pieds s'enfonçassent dans la boue.

La corde pendait, alors Louis la prit, mais Bauer, devinant sa fatigue, lui proposa de monter sur ses épaules. Le Bavarois, joignant le geste à la parole, s'accroupit et, s'aidant du filin, Louis grimpa sur son dos. Quand le colosse se releva, Fronsac se retrouva à deux pieds du sommet. Il se hissa un peu plus haut avec la corde et put attraper la main de César. Cette solide poigne lui fit atteindre le couronnement du mur. Bauer monta à son tour avec la corde. De nouveau, César tendit le bras et le Bavarois se hissa en haut.

Le couronnement du mur faisait tout juste un pied de largeur. Après avoir amarré le crampon, préalablement entouré d'étoffe pour ne pas faire de bruit, César envoya la corde de l'autre côté. Louis descendit le premier. Il n'eut guère de chemin à faire puisque Gaston l'attrapa. Puis vinrent les tours de Bauer et enfin César.

Louis se précipitait déjà à la barque, accostée à quelques pas, quand il découvrit avec stupeur Mme Desfontaines et sa fille. Le temps de les questionner ne lui fut pas accordé, car, au même instant, éclata un coup de feu.

Il se retourna. Bauer et Gaston accouraient, César descendait du mur. Personne n'était touché !

— C'est venu de ta prison, fit Tilly. Filons, on a dû nous voir !

Le groupe embarqua. Le père et le fils se mirent aux rames tandis que le Bavarois scrutait la tour au sommet de laquelle plusieurs silhouettes menaçantes apparaissaient.

— Allons-nous toujours au *São Felipe* ?

— Oui, répondit Gaston. Personne ne nous verra y accoster.

Louis allait demander aux femmes ce qu'elles feraient ensuite, mais Mme Desfontaines ne lui en laissa pas le temps :

— Messieurs, il y a là des vêtements secs, mettez-les, dit-elle en présentant un grand panier.

Les explications pouvant attendre, Fronsac jugea plus important d'enfiler des habits décents, ses chausses et sa chemise étant trempées. Il les retira et s'habilla en laissant à Bauer les vêtements les plus amples. Une paire de pistolets les attendait au fond du panier.

Maintenant, plus rien ne pouvait leur arriver, se dit-il. Dans dix minutes, ils se réfugieraient à bord du brigantin, enfin en sécurité.

Mais retentit un coup de canon. Vite suivi d'un deuxième et même d'un troisième tir.

— L'évasion est signalée, expliqua Gaston. Mais ils ne nous trouveront jamais, ajouta-t-il tandis que leur embarcation longeait, à une centaine de pieds, une frégate qui, toutes voiles ferlées, avançait doucement sur son erre et grâce à l'effet de la marée, s'apprêtait à jeter ses lourdes ancres au large de la Tour.

La veille, avant l'aurore, Charles Sloane, capitaine de la frégate *HMS Drake* chargée de surveiller l'embouchure de la Tamise, avait accroché un brigantin et une frégate hollandaise au large de Margate. Il avait coulé le premier et démâté la seconde par une canonnade, particulièrement précise et meurtrière.

C'étaient les coups de tonnerre que Fronsac et Bauer avaient entendus le samedi matin.

Ayant confié le commandement du navire ennemi à son premier lieutenant, Sloane avait décidé de faire réparer ses avaries à Deptford, en amont de Greenwich, où se situaient les docks royaux, et de prévenir l'Amirauté. La *Drake* et sa prise avaient donc remonté la Tamise, mais, à Deptford, on avait demandé au capitaine d'aller annoncer lui-même sa victoire à Whitehall, les réparations pouvant attendre. Comme la marine manquait de tout, ce beau succès permettrait d'obtenir peut-être les subsides nécessaires.

À minuit passé, la *Drake* approchait donc de la Tour, et plus précisément du pont où Sloane comptait faire relâche tandis qu'il se ferait personnellement conduire à Whitehall en canot et qu'un de ses lieutenants se rendrait au bureau de la Marine informer M. Pepys.

En entendant un, puis deux, puis trois coups de canon, qui plus est provenant de la Tour, Charles Sloane avait compris. Les procédures, il les connaissait. Et celle-ci signifiait une évasion ! Immédiatement, il fit allumer les fanaux et donner l'alerte. Du haut d'un mât, un marin découvrit alors une barque garnie de six personnes en train de s'éloigner à vive allure. Averti, un officier, à l'aide d'un porte-voix, ordonna à la barque de mouiller.

Gaston ignora l'injonction, espérant échapper à la nasse qui se mettait en place. Hélas, son fils l'avertit que, avec un tel nouvel adversaire, les fugitifs ne pouvaient plus gagner le *São Felipe*. La frégate menaçante avait une telle puissance de feu qu'elle coulerait le navire portugais s'ils tentaient d'y accoster.

— On n'a pas le choix, dit-il à son père, il faut aller à terre au plus vite.

Gaston, désespéré de ce nouveau contretemps, en convint. Alors, ramant avec l'énergie du désespoir, ils se dirigèrent vers le premier quai en bas de Thames Street.

Dans la barque, Louis, Bauer et les femmes regardaient avec crainte le lourd navire qui allait s'en prendre à eux. Combien de temps fallait-il pour armer un canon ?

Seulement, il n'y eut pas de canon, et le Bavarois aperçut la flamme des mousquets dont on allumait les mèches.

— Couchez-vous ! hurla-t-il.

À peine avait-il prononcé ce conseil que déjà retentissait le crépitement de la fusillade. Les femmes hurlèrent. Heureusement, à cause de la houle, le tir fut imprécis, et les balles passèrent au-dessus d'eux ou tombèrent dans l'eau. Bauer prit alors la place de Gaston, persuadé qu'il ramerait plus vite. Une manœuvre utile puisque, grâce à sa force, le canot parvint à atteindre le quai avant un second tir. Gaston sauta sur les planches, tendit la main à Mme Desfontaines tandis que César attrapait Françoise et l'entraînait sans ménagement derrière de gros ballots de laine protecteurs. Louis et le Bavarois coururent se réfugier derrière des caisses, qu'ils atteignaient à peine lorsqu'une nuée de mitrailles s'abattit sur eux.

La ferraille brisa planches, piloris, murs de magasins et déchiqueta nombre de marchandises. Mais, par chance, ballots et caisses avaient joué leur rôle de rempart efficace.

— Par là ! cria Gaston en indiquant une ruelle.

Les fuyards détalèrent et débouchèrent dans Thames Street.

40

La nuit de samedi 1er au dimanche 2 septembre

Depuis la terrasse de la Tour, Mordaunt avait aperçu César au sommet du mur. Aussitôt, il arma son pistolet, le visa et tira, mais trop tard, l'inconnu avait disparu. Déjà ses hommes avaient rejoint l'affidé de lord Saint Albans et, devinant la barque et les ombres qui grimpaient à bord, firent feu à leur tour. Sans succès à une telle distance.

Comprenant que ces représailles étaient vaines et que les fuyards allaient disparaître, Mordaunt bouillait de fureur.

— L'alerte a-t-elle été donnée ? demanda-t-il, rageur, à son lieutenant.

— Oui, milord.

Justement, le premier coup de canon retentit.

— Leur barque traverse la rivière, sir…

La remarque rendit Mordaunt encore plus en colère. Il sentait que les Français allaient lui échapper !

— Je sais, j'ai des yeux, moi aussi ! cracha-t-il.

C'est alors qu'il vit des fanaux s'allumer sur un vaisseau proche, une frégate royale, d'après son pavillon. La nuit portant loin les sons, il entendit les injonctions ordonnant au canot de mettre en panne. La barque poursuivit sa route, mais en se dirigeant vers les quais. Rien n'était perdu, songea-t-il.

— S'ils abordent, on les rattrapera, osa déclarer, craintivement, le lieutenant.

Le regard noir de son chef l'incita à ne rien ajouter quand, heureusement pour lui, un vacarme de mitraille retentit. Allait-il atteindre la barque des évadés ? Hélas, les fugitifs ne semblaient pas avoir été touchés. Ils approchaient même du quai.

— Aux chevaux ! vociféra Mordaunt.

Les hommes du Trust dévalèrent l'escalier, bousculant les hallebardiers sur leur chemin. En traversant la salle du bas, Mordaunt ordonna qu'on lui donne toutes les torches de la tour. En un instant, la troupe du bras droit de lord Saint Albans s'en empara, puis monta en selle. Elle dut cependant s'arrêter à chaque porte puisque, dès le coup de canon, celles-ci avaient été fermées. Mordaunt fut même contraint de montrer son laissez-passer toutes les fois, ce qui accrut encore sa furie.

Au corps de garde de Lion Gate, des cavaliers se rassemblaient, mais sans savoir où se diriger : s'ils savaient une évasion en cours, ils ignoraient de quelle manière agir. Mordaunt leur ordonna de le suivre. Une fois hors de la Tour, la troupe galopa à bride abattue vers Thames Street.

Fronsac, Bauer, les Tilly et les deux femmes débouchèrent dans Thames Street, rue étroite bordée de maisons à un ou deux étages bâties en colombages de bois et plâtre.

— Où va-t-on ? interrogea Louis.

Bauer lui glissa en main l'un des deux pistolets pris dans la barque. Gaston et César en tenaient chacun un et en conservaient un autre à la ceinture.

— Nous serons pourchassés partout ! commenta César. Dans une heure, la ville grouillera de soldats. Il faut impérativement se cacher.

— On devrait traverser le pont. Dans Southwark, nous serons en sécurité, proposa Louis.

— Sera-t-il ouvert à cette heure ?

— Je l'ignore, répondit Mme Desfontaines, avec l'air grave d'une personne doutant de leur sort.

— C'est trop dangereux, décida Gaston. Nous ne connaissons pas les procédures qui suivent le tir au canon d'alerte. En outre, il nous faudra un quart d'heure pour atteindre l'autre côté où, si la garde est prévenue, nous nous retrouverons pris dans une nasse.

— Essayons de gagner la rivière par une ruelle et de voler une barque, suggéra César.

— Oui, mais seulement après le pont, intervint Mme Desfontaines. Car avant nous serons sous le feu de la frégate.

Tous approuvèrent cette remarque de bon sens. Ils filèrent le plus vite possible, passant sous les galeries de bois entre les maisons – quand il y en avait – afin de rester invisibles. Mais, dans la rue sombre au pavage irrégulier plein de trous et ornières, avancer rapidement se révélait impossible. De surcroît, toutes sortes d'objets ou d'ordures encombraient la voie, quand ce n'étaient pas des cadavres d'animaux. Plusieurs fois, ils chutèrent en heurtant tonneaux brisés, morceaux de ferraille, briques de construction ou étals oubliés.

Ils arrivaient au pont quand le son d'une cavalcade les fit se figer. Bauer se retourna et distingua vaguement les chevaux, puis entendit les cris :

— C'est eux ! Devant ! À mort !

— Maudits godons ! Ils sont déjà là ! clama le Bavarois.

Affolés, se ressaisissant, les fuyards cherchèrent désespérément un endroit où se cacher car, dans cette grande rue, les cavaliers les tailleraient en pièces à coups de sabre. Gaston aperçut alors une ruelle étroite débouchant sur leur gauche.

— Par là ! cria-t-il.

Ils s'y engouffrèrent. Dans cette ruelle de commerces de boucherie, ossements et peaux sanglantes jonchaient le sol tandis que quelques carcasses désossées couvertes de mouches pendaient à des crochets. Des galeries de bois reliaient les maisons à colombages, certaines passant même au-dessus de la rue.

Seulement, les cavaliers les avaient vus bifurquer et l'un d'eux arrivait déjà au croisement.

— On les tient ! Ils sont dans Pudding Lane ! hurla-t-il, ayant aperçu des ombres.

— Si on reste dehors, ils nous rattraperont, intervint Gaston à mi-voix. Il faut forcer une porte et filer par les étages, les galeries ou les cours d'une maison !

Déjà, Bauer et César donnaient de grands coups de pied et d'épaule à chaque battant rencontré, mais portes et volets, solides, ne cédaient pas ! Diable, on avait peur des voleurs dans ce quartier portuaire !

Ils arrivèrent devant un boulanger – du moins c'est ce qu'indiquait l'enseigne de bois qui se balançait au milieu de la rue, et sur laquelle était écrit en grosses lettres « Farriner Baker » de part et d'autre d'un gros pain –, et Gaston balança un violent coup de botte. La porte s'ébranla. Bauer se précipita alors sur l'huis et, sous son poids, les gonds cédèrent.

Ils entrèrent.

Il s'agissait bien de l'atelier d'un boulanger, son four en brique éteint, même si quelques braises rougissaient encore et fournissaient un peu de luminosité, l'attestant.

César remarqua des caisses empilées portant l'inscription SHIPS BISCUIT. Des biscuits destinés à la marine ! Le boulanger devait travailler pour la Navy. À côté s'empilaient des fagots. Un escalier, une échelle plutôt, donnait accès aux étages. Mais trouveraient-ils une issue là-haut ?

Gaston et Bauer cherchèrent plutôt un passage vers une cour. Et ils découvrirent une porte sous l'escalier. Le Bavarois entreprit de lever les barres de bois qui la fermaient, mais une serrure verrouillait le tout. Comment faire ?

— Ils arrivent ! annonça, à voix basse, Mme Desfontaines qui guignait dans la rue.

— Ils descendent de cheval, renchérit sa fille. À coup sûr, ils vont fouiller les maisons.

Sous la pression Bauer recourut aux grands moyens : il enfonça finalement la porte. Qui céda, ouvrant sur une cour avec galerie sur pilotis.

— Par là ! cria-t-il.

Gaston le suivit afin de vérifier que la voie était libre, César fit avancer Françoise et sa mère tandis que Fronsac restait pour surveiller la porte de la rue. Mais alors que les femmes passaient sous l'escalier, un homme de Mordaunt apparut, attiré par le vacarme causé, une torche et un pistolet en main. Voyant César, sans sourciller il tira.

En vérité, deux coups de feu claquèrent ; car Fronsac avait appuyé sur la gâchette de son arme le premier en voyant le fils de son ami menacé. L'homme bascula, lâchant sa torche qui... roula sur les fagots. Le bois, sec, s'embrasa en un instant.

Sans eau ni sable, alors que les flammes montaient déjà haut, Fronsac comprit qu'il ne pouvait éteindre le foyer et rejoignit César en courant.

Entendant les coups de feu, Mordaunt et ses sbires accoururent. Mais, arrivés devant la maison du boulanger, impossible d'y pénétrer, les flammes sortaient par la porte.

— Réfugiés dedans, à coup sûr ils sont cuits ! se réjouit le lieutenant de Mordaunt.

— *By Jove*, ce sera un avant-goût de l'enfer qui les attend, approuva ce dernier, mais il faut quand même vérifier qu'ils n'ont pas trouvé d'issue.

Une fenêtre s'ouvrit à l'étage, d'où une femme hurla au milieu d'un nuage de fumée.

— Au secours ! On brûle ! La fumée !

Maintenant, tout le bas de la boulangerie s'enflammait et on y voyait même comme en plein jour.

— Sautez sur l'auvent de la maison d'à côté ! cria Mordaunt.

La femme disparut. Un homme se montra à son tour, cette fois à deux pieds de l'auvent, se tenant aux dormants avant de sauter, suivi aussitôt par un autre individu en train de porter sa femme dont la robe, noircie, semblait avoir déjà brûlé. Avec l'aide du premier, la victime fut lentement descendue.

Déjà des voisins accouraient en se lamentant :

— Au feu ! hurlait l'un.

— Qui a provoqué l'incendie ? enrageait un autre.

— Il faut l'éteindre ! Ma maison va s'enflammer si on ne l'arrête pas !

— De l'eau, vite ! Des seaux. À la rivière !

— Trop tard ! assena un badaud, aussi effaré que lucide.

De fait, l'auvent pris par les fuyards s'embrasait à son tour, communiquant le feu aux poteaux qui le soutenaient et à la bâtisse voisine.

D'autres habitants aidaient le boulanger à descendre.

— Ma fille Hanna est brûlée ! Qu'on appelle un médecin ! hurlait-il désespéré.

Le valet de la maison déposa alors la prénommée Hanna sur une charrette, et des femmes s'activèrent autour d'elle. Lui interrogea, affolé :

— Où est Mary ? Qui a vu Mary ?

Il n'apprendrait plus tard que celle qui était sa cousine et sa bonne, ayant eu peur de mettre un pied sur l'auvent, avait été la première victime de l'incendie.

Indifférent à leur sort, Mordaunt bouscula les voisins et interpella Farriner, qui tapotait la main de sa fille gémissante :

— Des espions français sont entrés chez vous et ont mis le feu ! Y a-t-il une autre sortie ?

— Non... Non, balbutia l'artisan tandis que, dans un craquement terrible, la toiture de sa demeure s'effondrait.

Tout le monde s'écarta, effrayé en constatant que, déjà, deux autres maisons brûlaient malgré les efforts désespérés de quelques volontaires jetant de dérisoires seaux d'eau dans les flammes. La fumée envahissait tellement la rue qu'il devenait impossible de respirer sans étoffe devant la bouche.

Le valet, qui avait entendu la question, rattrapa un Mordaunt de retour vers les chevaux.

— À couse de l'émotion, mon maître ne sait plus ce qu'il dit, milord. Sous l'escalier, une porte donne sur une courette.

— Et de là ?

— On peut atteindre une galerie qui débouche dans Fish Street.

— Vous avez entendu, vous autres ? lança Mordaunt à ses gens. À cheval !

Les hommes du Trust coururent à leurs montures et, en passant par Thames Street, atteignirent Fish Street.

Attirés par les coups de canon comme les cris d'incendie, les habitants étaient sortis de chez eux, beaucoup de monde se trouvait dans la rue. Où la fumée s'épaississait, créait de grosses volutes alimentées par le vent soufflant de l'Orient.

Partout retentissait l'affreuse clameur :

— *Fire ! Fire ! Fire !*

La troupe d'hommes de Jermyn fit écarter les badauds et remonta approximativement au niveau de la maison de Farriner. Des flammes de vingt pieds de haut s'élevaient désormais au-dessus des toits. Mordaunt s'adressa à la badaudaille terrorisée :

— Qui sait où arrive le passage qui sort de chez Farriner ? hurla-t-il.

— Là, milord ! Mais le feu gagne partout, brailla une femme. Il faut l'arrêter ou nos maisons vont brûler !

Tout un chacun approuva, persuadé que ces gentilshommes apportaient moyens et idées pour vaincre l'incendie. Mais, indifférent aux espoirs et plaintes, Mordaunt regarda l'endroit désigné. Quand il aperçut un portail de bois ouvert, il dit à son lieutenant

— Va voir !

L'autre mit pied à terre et alla examiner le vantail :

— On a tiré les verrous, milord !

— Ils sont donc passés par là ! Maudits soient ces Français ! Où peuvent-ils bien être ?

— La rivière ! C'est leur seul moyen de fuir, milord.

— Tu as raison, filons aux quais.

La troupe s'ébranla, repoussant la foule de plus en plus nombreuse qui encombrait la voie et se mettait à hurler d'effroi. Mais lord Saint Albans se moquait de leur sort.

Arrivés à Thames Street, ils prirent Churchward Alley qui conduisait aux quais.

Les pontons de planches étaient encombrés de caisses, de ballots et de paniers. La fumée commençait à atteindre la Tamise.

Ils parcoururent lentement la rive, espérant débusquer les fugitifs. Sans découvrir personne.

Ils les avaient perdus.

Sous l'escalier de la boulangerie, César tomba dans les bras de Louis :

— Vous venez de me sauver la vie, monsieur ! Comme j'avais rangé mon pistolet dans la poche de mon justaucorps, le temps que je le sorte, j'étais mort. Vous êtes un sacré bon tireur !

— Je me suis entraîné jeune ! ironisa tristement Fronsac, qui n'éprouvait aucun plaisir à prendre la vie d'un être humain. Filons ! Tout s'embrase !

En sortant, ils se heurtèrent à Gaston :

— Qu'est-il arrivé ? s'inquiéta-t-il. J'ai entendu les coups de feu.

— J'ai dû tirer sur l'un de nos poursuivants qui, en tombant, a enflammé les fagots du boulanger. Espérons que l'incendie sera maîtrisé.

— Peu nous importe ! L'avantage est qu'on ne peut nous poursuivre, maintenant. Mais dépêchons : si nous restons, la fumée va nous étouffer.

Dans la cour, ils retrouvèrent les femmes, protégées par Friedrich.

— Trouvons une sortie ! fit Gaston.

Ils filèrent par une galerie de bois supportant des maisons, tandis que César et Louis donnaient aux unes et aux autres des explications. La galerie se terminait par un portail clos de verrous. Bauer les tira. Ils se retrouvèrent dans une rue.

— Fish Street, dit Mme Desfontaines. Par là on accédera au pont et on trouvera des barques. Les mariniers travaillent presque toute la nuit.

Ils gagnèrent les quais en courant. Régulièrement, Louis se retournait et constatait combien le feu prenait de l'ampleur. Les flammes dépassaient les toits, le vacarme des foyers venait jusqu'à eux, partout retentissait le cri tant redouté :

— *Fire ! Fire ! Fire !*

D'autres bâtisses avaient dû prendre feu. Quant à la fumée, elle les recouvrait, eux aussi. Au point que Françoise, un mouchoir devant la bouche, toussait sans cesse.

Aux quais, pas de mariniers ni la moindre lanterne allumée. Sans doute étaient-ils partis voir l'incendie. Les barques aux pontons, vides, étaient retenues par des chaînes afin qu'on ne les vole pas. Et, malgré sa force, Bauer ne parvint à en détacher aucune. Ils poursuivirent donc jusqu'à l'embarcadère suivant : la même difficulté les bloqua. Gaston commençait à craindre qu'ils ne puissent traverser la rivière quand Mme Desfontaines assura qu'ils trouveraient forcément des passeurs plus loin.

Ils avaient repris leur marche lorsque retentit un hennissement, suivi du trot de cavaliers. La flamme des torches illumina la sinistre bande.

— Ce sont eux, dit Louis d'une voix paniquée. Si on reste sur les quais, ils vont nous voir.

— Mais où aller ?

— Au Royal Oak ! décida Gaston.

— C'est le premier endroit où Mordaunt va nous chercher, objecta Fronsac.

— Non. J'ai un plan !

41

La nuit de samedi 1er au dimanche 2 septembre

Deux heures du matin avaient sonné à Saint-Paul quand ils arrivèrent au Royal Oak. L'hôtellerie ouvrait très tôt – quatre heures, car beaucoup d'habitants du quartier s'y arrêtaient avant de débuter leur journée, qu'ils travaillent dans les bureaux de Westminster, de l'Amirauté ou de Whitehall, sur les marchés comme dans leurs boutiques ou ateliers.

Gaston savait que l'hôtelier et ses deux servantes se levaient à trois heures afin de préparer la salle et d'allumer le feu. Les fugitifs avaient donc une petite heure à attendre avant de frapper à la porte. Ils se dissimulèrent dans un recoin situé entre deux maisons où l'on ne pouvait les voir, planque et attente dont Gaston profita pour raconter de quelle manière ils avaient découvert l'entrepôt des Gombleton et leur rencontre avec les furieux de la Cinquième Monarchie. Après quoi, Louis fit le récit de leur capture. Il remerciait de nouveau Mme Desfontaines quand retentit le tocsin dans toutes les églises du quartier. Des volutes de fumée parvenant jusqu'à eux prouvaient que l'incendie n'était pas éteint. Louis, d'un coup, eut mauvaise conscience en songeant que plusieurs Londoniens avaient perdu leur maison en partie à cause de lui.

Enfin, du bruit retentit dans l'auberge. S'étant concertés, Gaston, son fils et les deux Françaises se rendirent à la porte et frappèrent au battant à plusieurs reprises avant d'enfin percevoir des pas étouffés. Une voix de femme hésitante demanda ce que voulait le ou les visiteurs. Tilly répondit seulement qu'il logeait à l'auberge. On lui ouvrit, et une fille de salle le reconnut.

— Le tocsin a sonné, savez-vous pourquoi, sir ? demanda-t-elle.

— Non, mais j'ai aperçu de la fumée, répondit Gaston en entrant.

— Sûrement un incendie. Prions pour qu'il ne soit pas trop proche.

Les femmes pénétrèrent à leur tour, suivant vite César dans l'escalier. En les voyant, la servante, comprenant que les clients ramenaient des drôlesses pour finir la nuit, gratifia Gaston d'un sourire complice auquel il répondit :

— Ces dames ne souhaitent pas qu'on apprenne qu'elles sont venues ici… Je compte sur votre discrétion.

Il lui donna un double shilling. Ébahie par la somme, la fille fit une génuflexion.

— Merci, milord.

— Vous ne m'avez pas vu, je ne suis pas dans l'auberge, entendu ? murmura-t-il. Et si vous m'oubliez complètement, vous recevrez une guinée lorsque nous nous en irons.

À l'étage, César ouvrit leur chambre et celle des suppôts de la Cinquième Monarchie. Mme Desfontaines et sa fille s'installèrent dans cette dernière tandis que les Tilly récupéraient leurs vêtements, leurs armes et le drap de leur lit. Ils passèrent ensuite à leur tour dans la chambre voisine.

Les femmes avaient commencé à déchirer un drap en longues bandes. Les hommes les imitèrent avec celui qu'ils avaient apporté, puis tous quatre tressèrent solidement les bandeaux entre eux. Tous s'efforçaient d'aller le plus vite possible, Louis et Friedrich, qui attendaient dehors, pouvant à tout instant être découverts.

Enfin, la corde de fortune fut prête. César ouvrit la fenêtre et grimpa sur l'appui. Par chance, leur étage se situait en surplomb avec un autre encorbellement au-dessus pour l'étage supérieur.

Les fermes[1] débordantes, qui dépassaient, étaient sculptées en têtes de saints. Éclairé par une lanterne, César accrocha la corde de fortune après avoir vérifié qu'aucune lumière ne brillait en face.

En bas, Fronsac guettait. Dès qu'il vit descendre le filin improvisé, il l'attrapa et, Bauer accroupi, recommença son épopée de la Tour. Se tenant à la corde, il grimpa sur les épaules du Bavarois, lequel se releva ; alors il n'eut qu'à se hisser d'un pied pour saisir le bras de César, puis entrer dans la chambre, vite imité par son comparse.

Une fois réunis, ils tinrent conseil.

— Reposons-nous quelques heures, conseilla Gaston. Ensuite, Mme Desfontaines et Françoise rentreront chez elles. On ne les recherche pas, donc elles franchiront le pont sans encombre.

— Et vous ? s'enquit l'ancienne dame de compagnie de la reine Henriette.

— Dans la matinée, nous n'aurons aucun mal à trouver une barque capable de nous conduire à notre navire. Louis et Bauer embarqueront et rentreront en France.

— Je ne partirai pas, Gaston, affirma alors Fronsac en secouant vigoureusement la tête. Déjà parce que tout laisse à croire que lord Saint Albans possède le saphir. Ensuite parce que, étant donné son comportement envers Mme Desfontaines et après ce qu'il m'a fait, il me doit des explications et la remise de cette maudite pierre !

— Louis ! Il dispose de centaines de serviteurs, des gens du Trust, et nous ne sommes que quatre ! protesta son ami.

— Je trouverai un moyen de lui faire rendre gorge, grogna Fronsac en accompagnant sa décision d'un geste de la main.

Bien que ce ne soit pas dans son tempérament, il voulait châtier l'homme qui s'en était pris à lui sans raison.

— Inconscient ! Et, en plus, on te recherche ! grommela Tilly.

1. Poutres qui soutenaient l'encorbellement.

— Je trouverai où me cacher. Si nécessaire, Samuel Morland nous aidera. Au demeurant, tu auras besoin de notre aide pour corriger Gombleton, car je suppose que tu veux rester pour lui.

— Entendu ! soupira Gaston. Alors autant t'informer tout de suite des intentions de César.

Et d'expliquer leur projet : mettre le feu au navire de Bowman pour attirer l'armateur, lequel tomberait alors entre leurs mains.

— Voilà un plan excellent ! approuva Louis. Qu'en dis-tu, Friedrich ?

— J'ai hâte d'incendier ce bateau, monsieur. On manque de brasiers ici !

Le Bavarois éclata d'un rire tonitruant que Louis interrompit d'un geste, craignant qu'il n'alerte la maisonnée.

— J'irai avec vous, monsieur de Tilly, décida soudain Françoise en s'adressant à César.

— Et moi, je suivrai ma fille !

— Pas question ! intervint Gaston.

— Et pourquoi donc ? N'avons-nous pas été utiles jusqu'à présent ? De plus, je suis concernée. M. Fronsac ne vient-il pas d'énoncer que M. Jermyn doit aussi me rendre des comptes ?

César ne se mêla pas de la controverse. Égoïstement, il souhaitait que Françoise ne le quitte pas. Quant à Louis, il jugeait désormais Mme Desfontaines comme une alliée et il reconnaissait qu'elle avait fait ses preuves.

— Je rends les armes ! fléchit Gaston, malgré tout contrarié. Mais je propose qu'on ne perde pas de temps. Dès huit heures, partons vers St. Katharine.

— Oui ! approuva César.

— Cela me convient, accepta Louis.

Personne ne sollicita l'avis de Bauer, mais tous avaient entendu sa hâte de brûler le bateau de Gombleton.

Il devait être sept heures et César se trouvait à la fenêtre d'où il observait avec inquiétude la cohue qui fuyait l'incendie, tandis que les fumées devenaient de plus en plus épaisses et l'aigre odeur du feu de plus en plus prégnante. Il vit alors surgir une vingtaine de cavaliers. La troupe de gentilshommes armés mit pied à terre et se sépara en deux groupes : l'un se rendit d'emblée à l'auberge voisine, celle de Canto et Pichon, tandis que l'autre poussa sans ménagement la porte du Royal Oak.

— Attention, voici nos amis ! alerta César ceux qui s'étaient assoupis.

Louis et Bauer se glissèrent dans le lit où les deux femmes, réveillées, leur firent de la place. Les courtines étaient fermées.

Vacarme dans l'escalier, puis coups à la porte d'à côté, celle de leur ancienne chambre. Comme Gaston avait veillé à ne pas la fermer à clef, ils entendirent les visiteurs entrer, fouiller, s'interpeller, puis ressortir.

Dans la foulée, on frappa évidemment chez eux. Alors César, en chausses et chemise, approcha de la porte :

— Que voulez-vous ? demanda-t-il en anglais.

— Ouvrez ou gare !

Il s'exécuta. Quatre hommes se tenaient devant lui. Mordaunt se trouvait-il parmi eux ?

— Qui êtes-vous, et de quel droit forcez-vous ma porte ! osa-t-il protester en affichant un air furieux.

— Êtes-vous seul ?

— Non. Avec un ami... et des dames.

Le rideau de la courtine s'écarta. Mme Desfontaines sortit la tête :

— *Who is it, darling?*

Des catins ! Celui qui commandait les perquisitionneurs réprima une grimace. Fronsac et le gros n'étaient pas ici !

— Excusez-nous, dit-il.

Ils s'en allèrent et montèrent à l'étage supérieur.

Plus tard, ayant visité toutes les chambres, Mordaunt et ses hommes se réunirent dans la grande salle.

— Vous ne l'avez pas trouvé, votre M. Fronsac, hein ! gronda l'aubergiste, mains à la taille et torse agressif en avant. Je vous avais dit qu'il n'était plus ici. Vous avez dérangé tous mes clients ! Comme si j'avais besoin de ça, avec l'incendie qu'approche !

Si Mordaunt s'était présenté comme étant au service de lord Saint Albans et en quête d'un prisonnier évadé nommé Fronsac, qui avait logé dans l'hôtellerie, « un espion français » avait-il précisé, l'aubergiste n'avait guère apprécié sa morgue. Ayant reconnu l'individu venu chercher son client et Bauer quelques jours plus tôt, il sentait du louche dans la manœuvre. Peut-être les Français étaient-ils réellement des espions, mais l'attitude condescendante, violente, en terrain conquis, de ce Mordaunt l'avait fâché. Comme lui déplaisait ce qu'on colportait sur lord Saint Albans et ce qu'il avait fait aux républicains. Dès lors, à cet aubergiste ancienne Tête ronde, le monarchiste agressif ne faisait pas peur. De plus, il ne croyait guère ce que l'autre lui avait conté. Pourquoi lord Saint Albans s'en prendrait-il à un espion de Louis XIV alors que tout le monde le savait soutien du roi de France ?

Méprisant, Mordaunt lui jeta une guinée d'or.

— Pour le dérangement ! dit-il.

— Votre rouquin du premier étage se la coule belle ! ricana alors l'un des hommes.

— M. Aspinwall ? s'étonna l'aubergiste.

— Sais pas. Le rouquin qu'on a vu, fit l'autre en haussant les épaules.

— Ce doit être lui.

La servante, qui écoutait, ne pipa mot. Ce n'était pas Aspinwall mais M. de Tilly et son fils qu'elle avait fait entrer avec des catins.

Dès la bande partie, elle se précipita à l'étage et frappa chez les Français. Aucune réponse. Elle entra. La pièce, vide et mise à sac, l'effraya.

Elle frappa à la porte de la chambre d'à côté.

— Que voulez-vous ? mugit une voix.

— Parler à M. de Tilly.

Silence. Au bout d'un moment, le battant s'entrebâilla et un pistolet parut, tenu par un Gaston en justaucorps avec épée à la taille.

— Venez ! ordonna-t-il sèchement.

La fille de salle s'exécuta et, ébahie, découvrit Fronsac et Bauer en train d'enfiler des vêtements ayant appartenu à MM. Harrison et Aspinwall. M. de Tilly jeune emplissait, de son côté, deux besaces de petits sacs et multiples objets. Quant à la jeune fille, elle peignait les boucles de la plus âgée.

— M. Fronsac est ici..., fit-elle, étonnée.

— Nous partons ! annonça Gaston.

— Attendez, j'ai quelque chose à vous dire. Ceux qui ont fouillé l'auberge étaient au service de lord Saint Albans. Ils nous ont dit que vous étiez des espions. Pour mon maître, vous étiez sir Aspinwall, et moi, je n'ai pas parlé de vous.

— C'est bien, ma fille ! Je vous ai promis une guinée. En voici deux, dit Gaston en fouillant son gousset.

— Je peux éloigner mon maître tandis que vous partez.

— Merci. Faites-le, nous descendrons dans quelques minutes.

— N'allez pas vers la Tamise, un incendie fait rage, ajouta-t-elle. Plus de trois cents maisons auraient déjà brûlé. Le feu s'étendrait au long de Fish Street, près du pont.

— Nous nous rendons à Whitehall, mentit Gaston.

Le vent venant du levant se montrait de plus en plus violent. Enveloppés de panaches de fumée, ils se dirigèrent vers la Tamise par Saint Clement Lane. Beaucoup d'habitants discutaient dans la rue, se consultaient pour savoir s'ils devaient vider leurs maisons et se réfugier ailleurs. Mais où ? Déjà, certains chargeaient leurs biens les plus précieux dans des charrettes pour les porter dans des églises où ils seraient à l'abri.

À Cannon Street, une incroyable cohue regardait, désemparée, les maisons en proie aux flammes. Un immense brasier semblait s'étendre jusqu'à la rivière. Face à l'effrayant spectacle, ils s'arrêtèrent un moment, hésitant à continuer. Sous leurs yeux, le toit d'un bâtiment s'enflamma. Des sons sinistres retentirent. Chaleur infernale, fumée qui piquait les yeux et faisait tousser malgré les mouchoirs couvrant les visages, l'Apocalypse semblait en marche.

Un homme interpella la populace :

— Personne ne pourra arrêter ce feu ! Le diable nous l'a envoyé pour nous punir de nos péchés ! glapit-il.

— Le diable a bon dos ! répliqua hargneusement une matrone qui, avec son fils, tirait une charrette débordant de ballots. C'est Farriner, le boulanger de Pudding Lane, qu'a pas éteint son four et nous a ruinés !

— On parle plutôt de Français, hasarda un Londonien à l'habit couvert de cendres.

— La plus grande partie de Fish Street est en feu ! hurla un gamin qui arrivait en courant de là-bas.

— C'est le démon ! hurla derechef le prédicateur improvisé. L'église Saint Magnus est entièrement consumée. Toutes les églises brûleront ! Même Saint-Paul !

Soudain, une troupe de cavaliers apparut, escortant un carrosse.

— Voilà le lord-maire ! cria quelqu'un.

Les gens se pressèrent contre la voiture en demandant de l'aide.

— Seigneur ! Que puis-je faire ? leur cria l'édile. Je suis à bout de forces, comme vous. Resté debout toute la nuit, je n'ai de cesse de faire démolir des maisons pour arrêter l'incendie, mais il avance plus vite que nous ! Il faut détruire les constructions de Saint Clement, mettez-vous-y tout de suite, sinon la rue brûlera.

La populace protesta. Comment accepter d'abattre sa propre demeure, sa vie, ses souvenirs ? Surtout lorsqu'au fond de soi on pense, on espère que le feu épargnera son toit ?

De tels débats n'intéressant pas Fronsac et ses amis, ceux-ci, malgré les risques encourus, décidèrent de poursuivre vers la Tamise.

Dans Saint Michael Lane, un tableau désolant s'offrit à eux. Sur leur gauche, tout le quartier était la proie des flammes, et le feu se propageait à une vitesse incroyable à cause du vent, gagnant maison après maison. Le crépitement des brasiers, le fracas de l'effondrement d'une bâtisse, les cris, les pleurs, tout traduisait la catastrophe en route.

S'écartant le plus possible de l'incendie, tant la chaleur dégagée se montrait intenable, ils s'engagèrent dans une traverse où ils virent des malheureux, pourtant suppliés par des voisins, refuser de quitter qui un logis, qui un jardin, alors que les lieux seraient bientôt léchés par les flammes. Des gouttelettes et flocons de braise incendiaient les constructions par groupes de trois ou quatre, voire cinq ou six. Le fléau se communiquait immédiatement de l'un à l'autre, et plus vite encore lorsque les habitations possédaient des toitures de chaume. Le plus effarant, aux yeux de Gaston, était de ne voir personne essayer d'éteindre les foyers, chacun se souciant d'abord de sauver ses biens.

En se pressant, ils atteignirent le quai où un autre effrayant spectacle les saisit : dans un désordre indescriptible, des centaines de personnes se ruaient sur les rares embarcations disponibles ou tentaient de porter leurs biens dans les chalands pris d'assaut qui attendaient à quelque distance de la rive. Cris, vociférations, menaces couvraient avec peine le vacarme des flammes. Coups de poing et de bâton s'échangeaient pour grimper dans les canots encore vides. L'homme devenait bête.

Vers le pont, les entrepôts aussi sombraient sous les assauts du feu. Alors qu'ils s'embrasaient les uns après les autres, des déflagrations retentissaient sans cesse, tonneaux de rhum, de vin, d'huile, d'eau-de-vie, de goudron, de poix ou de poudre explosant les uns après les autres, alimentant la catastrophe. Des morceaux de bois incandescents projetés en l'air retombaient en grandes gerbes dans la rivière ou sur les maisons alentour, provoquant chaque fois de nouveaux incendies.

— Impossible de dénicher la moindre barque dans cet enfer ! cria César. Allons plus loin !

Mais, vers leur droite, la cohue paraissait plus tumultueuse encore.

— On ne trouvera rien ! conclut Gaston dépité, après avoir vainement cherché.

— Mieux vaut remonter vers Lombard Street, proposa Mme Desfontaines. En prenant ensuite Fenchurch, nous contournerons la Tour par le nord et atteindrons St. Katharine. C'est un long chemin, mais on évitera le feu puisque le vent le pousse dans la direction opposée. Et peut-être trouvera-t-on en route un carrosse de location.

— Entendu.

Ils firent demi-tour, sur un sol parsemé de charbon de bois brûlant provenant des éclats de charpentes propulsés par les explosions. Harassés, éperdus, effrayés aussi devant l'ampleur du désastre, ils devaient sans cesse faire des détours à cause de rues impraticables, de voies bouchées, d'artères encombrées de débris en flammes. Ils ne se rendaient plus compte de l'heure, tant le ciel était obscurci de fumée, tant survivre devenait leur seul désir. Seules la faim et la soif leur indiquaient que la matinée se terminait.

Enfin parvenus à Cannon Street, ils furent sidérés par les changements survenus depuis leur passage. Régnait désormais une épouvantable pagaille. La rue grouillait de chevaux, de charrettes chargées de coffres et de ballots, de Londoniens prêts à se marcher dessus pour mettre leurs affaires à l'abri. Sous le vent, qui redoublait d'intensité, des dizaines de nouvelles maisons s'embrasaient. On voyait les habitants évacuer leurs habitations en jetant leurs biens les plus précieux dans des chariots depuis leurs fenêtres, véhicules qui bouchaient tout passage. Quant à ceux qui ne disposaient d'aucun moyen de transport, ils fuyaient avec seulement des sacs ou des hottes à même le dos. Dans un état proche de l'égarement, la plupart pleuraient et se lamentaient en constatant qu'aucun moyen n'était mis en place pour essayer d'éteindre l'incendie, d'endiguer le fléau. Le fruit de toute une vie de labeur partait en fumée.

Gardant serrée l'étoffe recouvrant leurs visages, nos amis allaient s'engager dans Saint Nicholas Lane, rue parallèle à Saint Clement Lane, encombrée d'une immense foule se rendant dans Lombard Street, afin d'y chercher la sécurité, quand Bauer aperçut, grâce à sa haute taille, une troupe de cavaliers arrivant dans leur direction.

— Mordaunt ! lâcha-t-il.

42

— Dispersons-nous dans la cohue, murmura Gaston à son fils, qui fit passer la consigne aux autres fuyards. Ils avaient décidé de ne plus parler français après avoir entendu qu'on suspectait certains compatriotes d'avoir allumé l'abominable incendie. Une déclaration qui avait plus encore culpabilisé Louis, bien qu'en vérité le coupable soit un homme du Trust.

Pour ne pas attirer l'attention de leurs poursuivants, Bauer s'éloigna afin d'aider un couple à charger une charrette, les autres se trouvèrent également une occupation, se comportant en habitants du quartier. César prit par exemple Françoise par le bras et s'engagea dans Saint Nicholas Lane, suivi par Mme Desfontaines quelques pas derrière eux.

À l'instant où les cavaliers débouchaient retentit une nouvelle explosion et s'envola un nuage de braises qui retomba, incandescent, sur la foule et les chevaux. Des hurlements retentirent. Plusieurs bêtes, brûlées par des brandons, firent chuter leurs cavaliers. Des gens intervinrent pour maîtriser les animaux et éteindre les vêtements en train de s'enflammer. Dans la confusion et la quasi-obscurité provoquée par l'épaisse fumée, Bauer fila vers l'église Saint-Clement. Louis releva le mouchoir sur son visage et gagna également la rue, en prenant soin de faire un détour qui l'éloignait de Mordaunt et ses sbires.

S'étant ensuite tous retrouvés, ils se pressèrent vers Lombard Street.

Dans cette rue également grouillante, beaucoup de gens évacuaient à leur tour leur demeure, craignant que le feu ne gagne le quartier. Fatigués et assoiffés, les Français s'arrêtèrent à une taverne. Avec sa bière, Bauer commanda de la tourte froide à l'aubergiste en arguant qu'il avait besoin de prendre des forces. Dans l'établissement, les conversations allaient bon train. On parlait du feu, évidemment, et surtout des maudits Français qui l'avaient allumé. Fronsac, silencieux, éprouvé par les dramatiques événements qu'il vivait depuis plusieurs heures, n'en fut que plus meurtri. Le voyant si sombre, César le rassura en déclarant :

— Ce n'est pas vous, monsieur, mais Mordaunt le responsable !

Louis opina tristement et, dans son for intérieur, il se jurait que Saint Albans paierait.

Ils repartirent après ce repas frugal vite avalé. Guidés par Mme Desfontaines, les fuyards marchaient à bon pas dans Fenchurch Street quand ils s'écartèrent pour laisser passer un carrosse à quatre chevaux. Leur surprise – et leur peur – fut grande lorsque le véhicule s'arrêta devant eux. Un piège ? Un autre ennemi ? Les avait-on percés à jour ? Lorsque la tête joviale de Samuel Pepys apparut à une fenêtre, ils n'en crurent pas leurs yeux.

— MM. Fronsac et Tilly ! Je n'imaginais pas vous rencontrer ici ! dit ce dernier en français, ayant reconnu ses visiteurs.

La fumée n'avait pas gagné ce quartier, les Français ne portaient plus d'étoffes sur leurs visages.

— Monsieur Pepys ! Quel plaisir de vous revoir. Mais quelle tristesse que ce soit en de telles circonstances, répondit Louis.

— Avez-vous vu le feu de près ?

— Au plus près, même ! Nous étions à l'entrée du pont, où nous voulions prendre une barque afin de nous rendre aux quais, vers St. Katharine. Hélas, aucun canot n'était disponible. Nous avons vu des centaines de maisons consumées. C'est l'enfer là-bas. Même Cannon Street commençait à brûler.

— Je sais, je m'y trouvais également. Je suis allé voir le roi ce matin et lui ai conseillé de faire appel à l'armée afin que les soldats démolissent les maisons et, ainsi, fassent barrage aux flammes. Je m'apprêtais à aller voir ce qui a été décidé.

Tout en parlant, malgré la situation dramatique, Pepys ne pouvait s'empêcher de guigner les deux femmes. Gaston s'en aperçut et fit les présentations :

— César est mon fils et M. Bauer le garde du corps de M. Fronsac. Quant à Mme Desfontaines et sa fille Françoise, vous les avez déjà rencontrées, je crois. Nous les avons retrouvées grâce à vous, et elles nous ont appris bien des choses. La principale étant qu'elles sont innocentes de tout ce dont on les accusait.

— Vous m'en voyez ravi ! De si charmantes dames ne pouvaient avoir un fond mauvais, assura Samuel avec un sourire fripon.

Mme Desfontaines lui rendit sa frivolité assortie d'une petite révérence. Elle avait deviné, et peut-être reconnu, le coureur de jupons puisque Pepys l'avait abordée quelques mois plus tôt dans son auberge.

Il n'en fallait pas plus pour séduire le secrétaire de l'Amirauté :

— Mais, excusez mon indiscrétion, monsieur le marquis : pourquoi voulez-vous vous rendre près de St. Katharine ?

— Je dois y rencontrer un informateur, répondit vaguement Louis. Mais, dans l'incapacité de dénicher un canot, nous nous apprêtions à contourner la Tour à pied.

— Vous allez beaucoup marcher ! Ne préférez-vous pas profiter de mon embarcation ? J'ai envoyé des valets en retenir une à l'embarcadère de Saint-Paul. Je compte observer le feu depuis la rivière, et cela ne me pose aucune difficulté de vous déposer au-delà de la Tour.

Louis observa Gaston, qui approuva.

— Seulement, aurez-vous de la place dans votre carrosse ? demanda ce dernier qui avait constaté la présence d'un homme.

— On se serrera ! Cette voiture de location est très vaste ! Montez donc !

César ouvrit la porte et fit passer les femmes. Mme Desfontaines s'assit près du secrétaire de l'Amirauté, qui s'était, lui, serré contre son voisin. Elle prit sa fille avec elle, tandis que Bauer, Louis, Gaston et César s'installaient sur la banquette d'en face.

— Le capitaine Moone est le secrétaire de lord Belasyse, expliqua Pepys en présentant son voisin.

Il s'adressa à lui :

— M. le marquis de Vivonne est un ami personnel de lord Hollis. M. de Tilly est maître des requêtes auprès du roi de France.

Les hommes se saluèrent, et la voiture repartit.

— Lord Belasyse m'a fait l'honneur de venir dîner chez moi. Je suppose que vous ne le connaissez pas mais, durant la guerre civile, cet homme important commandait le Nœud Scellé[1], un service secret qui combattait le Lord Protecteur.

— Lord Hollis m'a parlé du Trust, avança Louis.

— Il s'agissait de concurrents, monsieur, intervint Moone. Nous étions aux ordres de Sa Majesté, tandis que le Trust de lord Saint Albans agissait pour son propre compte.

— Quelle épouvantable catastrophe que cet incendie, poursuivit Pepys, qui ne tenait pas à ce qu'on évoque le passé, les Français pouvant l'interroger sur son rôle. J'espère que Sa Majesté aura fait le nécessaire et que tout sera terminé ce soir.

À son ton, on devinait qu'il en doutait fort.

La voiture avançait lentement tant Lombard Street était surchargée de charrettes et chariots fuyant les feux.

— Chère madame Desfontaines, vous connaissez donc la reine mère…, poursuivit-il.

— Ainsi que sa fille, Mme la duchesse d'Orléans, monsieur, dont j'étais dame de compagnie.

— Habitez-vous à Londres, désormais ?

— Oui, monsieur.

1. Le *Sealed Knot*.

— Il faudra que je vous invite à dîner, avec votre charmante fille.

— Ce sera un honneur pour nous, monsieur, minauda-t-elle.

Pepys lui prit alors la main, sous le regard effaré de Gaston.

— Figurez-vous que ce matin, avant d'aller à Whitehall, je me suis rendu à la Tour dont je connais bien le lieutenant, M. Robinson. Je lui ai demandé ce qu'il pouvait entreprendre pour lutter contre le feu qui, à ce moment-là, était circonscrit à Pudding Lane et pouvait être maîtrisé, mais il m'a répondu que ses hallebardiers avaient été réquisitionnés pour rechercher deux espions français évadés dans la nuit. Incroyable, non ?

— Incroyable ! affirma Tilly en changeant de couleur alors que Louis demeurait muet de saisissement.

Robinson avait-il livré son nom, ou Pepys se jouait-il d'eux… ?

— Cela faisait soixante-dix ou quatre-vingts ans qu'il n'y avait pas eu d'évasion à la Tour. Je me suis souvenu alors d'avoir vaguement entendu le canon dans la nuit, mais c'était déjà le cas la veille. Comme les canonnades en mer portent loin, je n'y avais pas prêté d'attention.

— A-t-on retrouvé ces évadés, monsieur ? s'enquit Gaston en s'efforçant de prendre une voix normale.

— Je l'ignore et, sincèrement, peu m'importe.

Personne ne reprenant la parole, Pepys se contenta d'assaillir de sourires languissants Mme Desfontaines sous les regards inquiets et quelque peu outrés de tant d'audace des autres passagers.

Soudain, il reprit la parole :

— Pensez-vous parvenir à retrouver ce que vous cherchez ?

— J'ai bon espoir.

— J'espère que vous viendrez me raconter cette aventure quand ce sera terminé.

— Nous n'y manquerons pas.

La voiture déboucha devant Saint-Paul, quartier plutôt calme même si un flot ininterrompu de Londoniens arrivait pour entreposer leurs quelques biens dans l'église où ils se pensaient à l'abri des flammes… et des voleurs.

43

Après le départ de Gaston de Tilly, Canto de La Cornette et Pichon de La Charbonnière avaient éprouvé un lâche soulagement. Échapper à l'effroyable mort que leur promettaient ces deux fous les soulageait.

Ils avaient aussitôt quitté Southwark pour retourner à leur auberge. Puisqu'ils payaient leur séjour d'avance et une fois par semaine, y demeurer jusqu'au dimanche ne créerait aucun souci. Mais ensuite ?

Dans leur chambre, ils avaient retrouvé ici et là quelques piécettes, menue monnaie qui leur permettrait au moins d'acheter un peu de pain en attendant de dénicher un bateau capable de les ramener en France. Sur place, ils se feraient fort d'assurer à Alancé que Fronsac était perdu puisque emprisonné et qu'il ne sortirait de la Tour qu'une fois mort. Ils enjoliveraient l'histoire en racontant que c'étaient eux qui l'avaient fait prendre, et recevraient sans trop de difficulté la seconde partie de leurs gages.

Mais encore fallait-il réussir à rejoindre le continent.

Ils avaient vite constaté qu'aucun bateau français ou hollandais ne mouillait dans le port de Londres. Celui qui les avait débarqués quelques jours plus tôt était flamand et, s'ils trouvèrent une nef venant de Gand, son capitaine leur réclama cinquante livres pour les conduire à Calais.

À force de chercher, un Portugais accepta de les engager comme gardes-chiourmes. Il partait en Afrique charger une cargaison d'esclaves noirs qu'il vendrait dans les îles et avait besoin de gardiens aptes à mater d'éventuelles révoltes. Et quand il reviendrait au Portugal, il les débarquerait. Il leur donnerait même quelques escudos pour gagner la France.

Bien qu'il s'agisse d'un périple de plusieurs mois, n'ayant pas le choix, les pendards avaient accepté.

Le dimanche, en fin de matinée, ils avaient donc quitté leur hôtellerie munis de leurs bagages en vue de gagner le port et de se faire conduire à bord.

C'est alors qu'ils découvrirent l'incendie. Stupéfaits, ils s'arrêtèrent en bas de Grace Church Street et regardèrent le quartier devenu la proie des flammes. Ne pouvant passer, ils filèrent vers Tower Street afin de rejoindre Billing's Gate par une rue transversale.

La voie empruntée était envahie par une cohue de charrettes tirées par ceux qui fuyaient le foyer, de pauvres véhicules délabrés qui portaient de maigres biens. Affolement, peur et douleur se lisaient sur les visages noirs de fumée des Londoniens effarés. Évidemment, ces carrioles et tombereaux allaient dans le même sens et empêchaient la circulation. Or le capitaine avait recommandé aux Français d'être à bord avant midi, la marée ne permettant pas de les attendre.

À un moment, craignant d'être en retard, Canto s'efforça de se faufiler entre deux véhicules. N'y parvenant pas, il grimpa sur la roue de l'un et fit tomber un ballot de linge. La propriétaire l'interpella hargneusement et le contraignit à reculer. En fureur, le Français la bouscula avec une telle violence qu'elle chuta. Devant l'arrogance du malotru, son mari riposta en lui assenant un coup de bâton. Touché, enragé à cause de la douleur brusquement ressentie, Canto tira son épée. Les insultes fusèrent, puis les menaces. Pichon voulut s'interposer et demanda le calme en excusant son ami, mais, par malheur, le fit en français.

— Des Français ! Ce sont des Français ! hurla la femme à terre. C'est eux qui ont mis le feu !

— On tient les incendiaires ! hurla un gamin.

— À mort ! Pendez-les !

Canto, dépassé, fut alors frappé dans le dos par un coup de canne et s'effondra. Pichon fut ensuite maîtrisé. La foule, hurlante, allait les écharper sur place, lorsque le constable s'interposa.

— Que se passe-t-il ? demanda le représentant de l'ordre.

— Les Français qui ont allumé l'incendie, on les a capturés.

— Les espions ! Il faut prendre les espions.

— On est pas des esp…, protesta Pichon qui reçut un soufflet en pleine face, agression le faisant taire, puis un coup de planche qui lui fit perdre conscience.

Une main lui arracha une poignée de cheveux, un poing lui brisa les côtes. Par terre, Canto, roué de coups, subissait le même sort. Les Londoniens voulaient punir ceux qui les avaient ruinés.

— Pendons-les !

— Oui, à la potence !

— Dans une cage !

— Éventrez-les !

— Je vais les conduire au juge, protesta le constable.

— Non ! À mort !

La rumeur que l'on venait d'attraper les incendiaires se répandit plus vite que le feu et se transforma en vérité. Les corps ensanglantés des prétendus criminels passèrent de main en main. Diable, ils ne pouvaient être pendus n'importe où ! Oui, mais « heureusement » il y avait le gibet près de Billing's Gate. Alors les plus féroces s'y rendirent en traînant par les pieds les Français.

À Billing's Gate, la potence portait déjà deux corps, mais il restait de la place. Quelqu'un, dans la foule, lança une corde. Les furieux les y attachèrent par le cou.

Pas morts, ceux-ci se débattirent un moment sans comprendre pourquoi ils subissaient ce sort aussi injuste que cruel.

44

Dimanche 2 septembre

Le passager de Pepys descendu du carrosse, le véhicule poursuivit sa route vers l'embarcadère de Saint-Paul. En chemin, le trésorier le fit de nouveau arrêter en apercevant des personnes qu'il connaissait, employés du bureau de la Marine qu'il présenta comme MM. Carkesse et son frère. Par manque de place, ces deux-là grimpèrent à côté du cocher.

Sur le quai s'agitait une cohue humaine encore plus immense qu'ailleurs, agressive et désemparée. Les gens paraissaient prêts à tout pour obtenir une barque, et si la barge de Pepys n'avait pas été gardée, ils l'auraient sans hésiter prise d'assaut. Nos amis montèrent donc à bord sous les regards furieux des désespérés coincés à terre. Les rameurs l'éloignèrent au plus vite du quai.

Au milieu du fleuve, les passagers purent observer les effroyables dégâts de l'incendie et sa terrible progression. Les larmes aux yeux, Pepys désigna Pudding Lane, devenu un tas de braises rougeoyantes. Il montra aussi des charpentes calcinées où s'élevaient la veille encore de belles églises et des magasins richement approvisionnés. Des dizaines de milliers de livres de marchandises étaient parties en fumée en quelques heures. Pourtant, par miracle ou parce que plusieurs maisons avaient déjà été détruites lors d'un précédent incendie, les constructions du pont n'avaient, elles, pas été atteintes.

Alors que la barge descendait le fleuve, Pepys fit part de son inquiétude renouvelée en remarquant que le foyer semblait gagner l'aval. Si les flammes s'approchaient de la Tour et remontaient vers le nord, elles atteindraient les bureaux de la Marine et incendieraient sa propre demeure, bâtisse dans laquelle il venait d'achever de coûteux travaux. Pour cette raison, il voulut examiner de plus près la progression du fléau et, après le passage sous le pont, fit approcher l'embarcation de Billing's Gate, que les flammes épargnaient encore. Gaston, lui, eut le regard attiré par les vêtements de deux corps accrochés à une potence. Des tenues qu'il avait déjà vues. L'un des pendus portait un justaucorps à passements écarlates, l'autre un pourpoint à basques crasseux de couleur lavande.

— Je veux voir de près ces condamnés ! cria-t-il aux rameurs.

— Pourquoi ? s'étonna Pepys. Ce ne sont que des gueux.

— Je crois les connaître ! César, qu'en penses-tu ?

— On dirait les marauds de Southwark.

— M'expliquerez-vous ?

— À Southwark, voici quelques jours, nous avons été pris à partie par des truands. Ces deux-là, j'en suis quasiment certain !

— Cela ne m'étonne guère. Southwark grouille de coquins ! affirma Pepys.

— Louis, leurs visages ne te disent rien ?

La barque voguait alors à quelque deux cents pieds du gibet.

— L'un d'eux ressemble à Pichon de La Charbonnière !

— C'est bien lui !

— Comment ont-ils pu finir au bout d'une corde ? s'étonna César.

— On a dû les prendre en flagrant délit de vol, ou pire, assura Pepys. Dans ce cas, surtout avec l'incendie, mes compatriotes ne sont pas tendres… Qui plus est avec des Français… Le nom de Pichon de La Charbonnière est français, n'est-ce pas ?

— Oui, ils devaient fuir… À coup sûr s'étaient-ils réfugiés en Angleterre pour échapper au bourreau, fit évasivement Gaston. Bon, nous en avons assez vu, leur sort ne m'intéresse plus !

Les rameurs ramenèrent la barque vers le milieu du fleuve, où se trouvaient d'innombrables chalands débordant de biens de valeur. Pepys fit observer à ses passagers qu'un sur trois portait un virginal[1], certainement l'un des objets les plus précieux de ceux qui fuyaient les flammes.

Leur barge s'avançait maintenant vers la Tour. César remarqua que la frégate les ayant agressés était toujours là, tandis que Gaston désignait à Louis le *São Felipe* qui devait les attendre. Ensuite, la barque approcha de l'entrepôt des Gombleton. Alors Tilly demanda aux marins de les laisser après le vaisseau à l'ancre (celui du capitaine Bowman). Pepys confirma l'ordre et prévint ses passagers qu'il ne pourrait venir les rechercher puisqu'il devait remonter à Whitehall et rencontrer le roi comme le duc d'York afin de leur relater ce qu'il avait vu.

L'embarcation accosta à l'arrière de la *Lady Mary*. Nul besoin de se cacher, estima César, puisque personne ne connaissait leurs visages et, au demeurant, personne ne prêta attention à eux car marins et gardiens se trouvaient sur le quai ou à l'avant du vaisseau pour observer l'incendie dont les flammes dépassaient dorénavant les toits et les murailles de la Tour.

Une fois l'équipage de Pepys reparti, nos amis filèrent vers la rue par laquelle étaient arrivés Gaston et son fils quelques jours plus tôt. En passant, le petit groupe nota l'absence de marins à la poupe de la *Lady Mary*.

Engagés sur le chemin, rapidement ils s'arrêtèrent derrière un mur couvert de lierre, à l'abri des regards. César sortit les grossières grenades de poudre noire préparées avec des pots de terre. Il vérifia leurs mèches, puis les distribua en expliquant à ses compagnons ce qu'ils devaient faire. Lui s'élancerait le premier, les autres n'auraient qu'à l'imiter.

Ayant décidé de l'ordre d'action, chacun devant allumer sa mèche à son tour, il mit le feu à un petit flambeau de cire qui lui permit d'embraser le cordon de coton de son pot. Puis il se

1. Sorte de clavecin.

précipita vers la poupe de la *Lady Mary* et… lança sa grenade sur le pont.

Son père le suivit, puis Bauer. Enfin Louis et les deux femmes.

Dès le premier jet, le pont s'enflamma, échauffé par le soleil qui l'avait accablé toute la journée et dont le goudron servant à étanchéifier les planches commençait à fondre.

Les marins, rassemblés tous à la proue, ne se rendirent pas compte du feu. Il fallut la troisième bombe pour qu'ils perçoivent le danger et se précipitent. Mais il était trop tard pour approcher du brasier : les cordages goudronnés des mâts s'enflammaient déjà. Et quand ils virent d'autres grenades tomber, incrédules quant à l'origine d'un tel assaut, ils furent figés de surprise.

Le premier officier, responsable du bâtiment en l'absence du capitaine, comprit, lui, qu'ils étaient attaqués. Seulement, d'une part il ne pouvait riposter – sauf à envoyer ses hommes à terre au risque de les faire abattre par un ennemi inconnu –, d'autre part il n'avait pas fait installer de pompe sur le pont. Le temps d'aller en chercher une dans la cale, déjà la fumée empêchait toute action d'extinction. Les flammes continuèrent avec frénésie leur ascension le long des mâts et atteignirent bientôt les vergues, menaçant de communiquer le feu au magasin du quai. Une autre catastrophe s'annonçait.

N'ayant pu prendre de bonnes décisions, s'apercevant de la propagation du désastre, le lieutenant devina le navire perdu. Au moins pouvait-il encore sauver l'entrepôt de M. Gombleton. Il ordonna donc de couper les cordes retenant la *Lady Mary* au quai et, à l'aide de perches, fit éloigner la goélette des pontons. Rapidement entraînée par le courant, celle-ci gagna le milieu de la rivière… où elle s'enflamma entièrement.

Se déroula alors un spectacle infernal. Vêtements embrasés, les marins se jetaient à l'eau en hurlant, mais beaucoup ne savaient pas nager. Et, sur le quai, les quatre gardes de l'entrepôt n'eurent pas le temps de réagir ni les moyens de leur porter secours à cause de la soudaineté du drame. Si la décision du lieutenant avait sauvé le magasin, si deux gardiens trouvèrent un canot pour aller repêcher les marins qui se débattaient dans la Tamise, d'autres se noyèrent ou périrent brûlés.

N'ayant rien manqué du désastre, conscient de l'incrédulité donc de la faiblesse des gardes restants, Gaston jugea le moment favorable. Avec sa petite troupe, il se précipita vers eux. Surpris, et non armés, ces derniers se rendirent immédiatement aux hommes qui brandissaient des pistolets sous leur nez. Gaston et Friedrich les firent entrer dans l'entrepôt, où le Bavarois les attacha avec des cordons achetés par le fils Tilly quelques jours plus tôt.

Pendant ce temps, Louis et César allèrent chercher Mme Desfontaines et sa fille, leur demandèrent de rejoindre le hangar, puis attendirent les habitants des masures alentour, beaucoup ayant dû voir l'embrasement du navire. De fait, une poignée d'hommes et de femmes vinrent s'informer, craignant que le feu de Londres n'ait pris de l'ampleur et atteint leur quartier.

Se présentant comme un lieutenant de la *Lady Mary*, César expliqua qu'un marin qui descendait dans la cale avec une lanterne avait glissé et, en chutant, provoqué l'incendie. Ce qui les rassura.

Et d'ajouter :

— La lanterne est certainement tombée dans le baril de poix ouvert pour colmater une fuite et pas refermé. Le goudron chaud s'est embrasé. J'ai coupé les amarres pour que les flammes ne se propagent pas au quai et au magasin, et j'ai envoyé un canot récupérer les marins. On maîtrise la situation.

— On va vous aider, monsieur, proposa un grand maigre.

— Inutile, hélas. Il n'y a plus rien à faire. En revanche, un ou deux d'entre vous pourraient prévenir M. Gombleton. Je ne vais pas avoir le temps, avec les blessés à soigner. Il y aura deux guinées à gagner.

— Je veux bien m'y rendre, annonça le grand maigre, regard brillant à l'annonce de la récompense. Thomas, mon fils, viendra avec moi.

— Savez-vous où habite M. Gombleton ?

— Dans Lombard Street, sir, mais j'ignore exactement où.

— En face du Royal Oak. Vous lui direz que la *Lady Mary* a brûlé après un accident et qu'il doit venir vite avec le capitaine Bowman.

Fronsac remit deux guinées au messager, qui partit aussitôt à bon train de l'église St. Katharine by the Tower. À pied, il en avait pour une heure.

Les autres curieux seraient volontiers venus sur le quai pour en savoir plus, mais Fronsac et César, qui barraient le passage, les en dissuadèrent. Aussi firent-ils demi-tour et retournèrent-ils à leurs occupations. Après tout, l'essentiel était que le quartier soit préservé de l'incendie qui ravageait une grande partie de la ville.

Les gardiens dans la barque, déjà à une centaine de pieds, n'avaient évidemment rien vu, occupés à sauver les marins qui s'efforçaient de nager.

Ils revinrent à la rive avec cinq survivants, dont le lieutenant vilainement brûlé. Mais, alors que le canot abordait, ses occupants se trouvèrent nez à nez avec quatre hommes armés de pistolets. Sous la contrainte, incrédules, ils furent conduits dans l'entrepôt, eux aussi entravés. Les femmes donnèrent quelques soins aux blessés, mais aucun ne comprenait ce qui arrivait.

Le succès des Français était donc complet. Il n'y avait plus qu'à attendre la venue de Gombleton et Bowman.

Louis sortit regarder l'incendie qui faisait rage. Incroyablement hautes, des flammes rouge sang dépassaient les clochers des églises et les fortifications de la Tour. Le couchant ressemblait à un brasier monstrueux et maléfique. L'obscurité, qui s'étendait, rendait ces lueurs de mort et dévastation encore plus apocalyptiques. Fronsac avait le cœur serré comme dans un étau.

Dans le hangar, Bauer surveillait ses prises tandis que les Tilly fouillaient les ballots, caisses et tonneaux de marchandises. Tous deux découvrirent alors plusieurs milliers de livres de girofle, de la mélasse à rhum pouvant alimenter l'ensemble des tavernes de la ville, des feuilles de cuivre indispensables aux navires, ainsi que des balles de soie et de tissus indiens de grande valeur, des jarres de vanille et même de safran, sans oublier toutes sortes d'autres fournitures exotiques fort recherchées.

Il y avait même – une aubaine ? – des tonnelets de poudre, de poix et de goudron, ces derniers destinés à calfeutrer les coques de bateaux. La vengeance allait pouvoir s'accomplir de bien des manières.

Gaston commença par vider la mélasse sur la soie, heureux de gâcher à tout jamais les luxueuses étoffes de Gombleton. César, lui, vida au sol les clous de girofle et la vanille avant de les napper de goudron et de résine. Une lueur de revanche joyeuse brillait dans leurs yeux

— Que faites-vous ? glapit le lieutenant. Vous allez ruiner M. Gombleton !

— Je suis venu pour cela, rétorqua César en riant, plein d'allégresse en songeant chaque seconde à la punition qu'il infligeait à ceux qui l'avaient fait souffrir et avaient tué ses hommes.

— Vous êtes fous !

— Vous le seriez devenu comme moi si vous aviez enduré ce que MM. Gombleton et Bowman m'ont fait subir, gronda-t-il d'un ton brusquement sec.

Ne sachant que répondre, persuadé d'avoir affaire à un dément, le lieutenant jugea prudent de garder désormais le silence, priant pour que son capitaine arrive avant que la cargaison ne soit complètement vandalisée et perdue.

César et son père eurent le temps de gâcher la plus grande part des marchandises. Après quoi, ils préparèrent des flambeaux de résine à l'aide d'étoffe, puis allumèrent des lanternes dans cet endroit de plus en plus sombre.

— Vous allez propager le feu partout ! s'effraya un marin.

— Ne craignez rien, on vous mettra dehors avant que l'entrepôt brûle, répliqua le fils Tilly.

— Mais qui êtes-vous ? lança le lieutenant, maintenant désespéré.

César abandonna à son père la suite des préparatifs et s'approcha de l'officier :

— Je suis lieutenant de marine, comme vous, assena-t-il d'une voix froide, calme et ferme. Par dépit et cupidité, Bowman, votre capitaine, m'a accusé à tort alors que mon cotre relâchait à Plymouth. M. Gombleton a fait saisir mon navire. Plusieurs de mes marins sont morts dans vos geôles, et je n'ai été libéré que contre une rançon inique. Comment réagiriez-vous à ma place ?

Le lieutenant déglutit sans répondre.

— Aujourd'hui, je vais donc châtier Bowman. Quant à Richard Gombleton, il sera ruiné. Mais rassurez-vous, à vous je n'en veux pas personnellement. Aussi, lorsque je mettrai le feu au magasin, vous aurez auparavant été libérés.

— Mes hommes sont morts également, gronda le lieutenant.

— C'est juste ! À cause de Bowman. Je suis en guerre contre lui, sir. Et cette guerre, votre capitaine l'a provoquée. Vous n'aurez qu'à lui réclamer des comptes à la fin, s'il est encore vivant.

— Envisagez-vous de le tuer ?

César allait répondre quand Fronsac accourut :

— Une barge arrive !

Gaston intervint :

— Déjà ? Les gens d'ici sont partis voici à peine une heure. Ils ne peuvent avoir fait si vite !

En fouillant l'entrepôt, Bauer avait mis à jour une belle réserve d'armes. Il s'était servi, avait calé deux pistolets supplémentaires à sa ceinture, ce qui faisait ressembler son ventre à un râtelier bien garni, et tenait un tromblon à grenaille. Gaston avait également complété son armement.

Après avoir demandé aux femmes de surveiller les prisonniers, les hommes sortirent devant l'entrée de l'entrepôt. Comme il faisait sombre, ceux de la barge, s'ils pouvaient apercevoir des silhouettes, seraient incapables de distinguer leurs visages.

Pleine de meubles, de paquets, de ballots et de caisses, l'embarcation avançait bientôt à une cinquantaine de pieds du ponton. Quatre rameurs la manœuvraient. À l'avant se tenaient trois hommes portant perruque. Étant donné le peu de clarté, impossible de discerner leurs traits, mais César crut reconnaître Richard Gombleton et le capitaine Bowman, qu'il désigna du doigt à ses compagnons.

À peine la barge abordait-elle que l'un des hommes à perruque sautait sur le ponton en criant :

— Mon navire ! Où est mon navire ! Holà, vous autres ! Où est la *Lady Mary* ?

À ces paroles, Fronsac et Gaston comprirent que Richard Gombleton n'avait pas été prévenu. S'il apparaissait avec cette barque pleine, c'était parce que son frère et lui craignaient l'incendie de Londres et venaient simplement mettre leurs biens à l'abri dans l'entrepôt.

45

Deux valets descendirent de la barge et aidèrent le troisième homme à perruque à faire de même pendant que les rameurs amarraient l'embarcation.

— Mais répondez ! Où est mon navire ? hurla l'armateur.

Silence.

Devinant un coup fourré, Bowman dégaina son sabre et s'avança prudemment vers l'entrepôt et les silhouettes.

César fit alors quelques pas en avant, également sabre à la main.

— Enfin je vous revois, capitaine !

— Vous ! s'exclama l'Anglais en le reconnaissant d'emblée puis reculant d'un pas.

— Moi. Nous avons quelques comptes à régler.

— Qui êtes-vous ? intervint Richard Gombleton, tandis que le troisième homme extirpait un petit pistolet de sa jaquette.

— Je suppose que vous êtes William Gombleton, énonça alors Gaston en se montrant à son tour, le menaçant avec deux pistolets d'arçon. Tentez de remonter le chien de votre arme et je vous fais sauter la tête.

Les deux frères se ressemblaient : même corpulence, même nez en tomate et épaisse lippe dédaigneuse. William paraissait cependant plus jeune.

— Et vous, qui êtes-vous ? s'enquit ce dernier, la voix mal assurée et le regard fixé sur les armes de Tilly.

Il avait d'ailleurs baissé la main qui tenait le pistolet.

Au bateau, on avait compris qu'il y avait embusque et querelle. Les bateliers ne tenant pas à en faire les frais, l'un des marins commença discrètement à détacher l'amarre.

— Bou*ch*ez, et *che* vous transforme en chair à pâté ! clama Bauer en se montrant, tromblon menaçant.

— Monsieur Gombleton, veuillez jeter votre arme dans la Tamise, ordonna Gaston. Et si d'autres parmi vous en cachent une, qu'ils agissent de même. Toute dissimulation sera punie de mort lorsque nous vous fouillerons.

William Gombleton obtempéra. Après une hésitation, son frère sortit un pistolet de la poche de son justaucorps et l'imita. Les valets se désarmèrent également.

— Maintenant, rassemblez-vous par ici ! ordonna Fronsac en brandissant une paire de pistolets dont l'un des canons indiquait le mur de l'entrepôt.

Devant ces individus surarmés et décidés, marins et valets obéirent sans hésiter.

— Par le diable, mais qui êtes-vous ? cria l'armateur.

— M. Bowman m'a reconnu, monsieur Gombleton, mais apparemment vous m'avez oublié. Il est vrai que, au tribunal de Plymouth, vous n'avez vu qu'un marin amaigri par le typhus et les privations. Je suppose que vous vous souvenez tout de même du procès où vous avez payé un juge pour obtenir la moitié de la cargaison de mon cotre.

Richard Gombleton pâlit et ne put maîtriser un tremblement de mains. Cet homme venait se venger, le punir. Jusqu'à quelle extrémité était-il prêt à aller ? Et où était son navire ? Qui étaient les compagnons du garçon ?

César reprit en tournant la tête vers Bowman :

— Ainsi, je n'aurai pas été loyal lorsque nous nous sommes battus à Boston ? Je vais donc vous offrir l'occasion de prendre votre revanche, capitaine.

— Attendez ! intervint Richard Gombleton en s'efforçant d'user d'un ton conciliant. À quoi sert de se battre ! Nous pouvons régler ce différend honorablement... Dites-moi seulement où est mon navire, la *Lady Mary*, et je suis prêt à réparer tous mes torts.

Du sabre, César indiqua la rivière :

— Au fond.

— Quoi ! Vous n'avez pas fait ça ! Un vaisseau de vingt mille livres ! hurla l'armateur, les yeux écarquillés.

À cet instant, Bowman se jeta brusquement sur le fils Tilly, sabre au clair. César s'y attendait et exécuta un contre-tranchant qui arrêta l'assaut.

Le capitaine anglais rompit et considéra lentement son adversaire. Il pressentait que le combat serait à mort, un duel sans salut ni courtoisie. Les deux frères l'avaient compris également et se rapprochèrent, comme pour se protéger mutuellement, devinant que ces quatre étrangers souhaitaient provoquer leur ruine, et peut-être même leur fin.

César attendait, lame à mi-hauteur. Les conseils des maîtres d'armes de la salle de la rue du Jour lui revenaient. Sur le navire portugais, il avait pratiqué quelques assauts avec son père et Bauer, donc il se sentait en confiance.

Bowman haletait lentement, genoux fléchis, préparant une attaque. Dans son dos, à moins d'un mille, l'incendie faisait rage, prenait de l'ampleur, dévorait maisons et églises aussi loin que le regard portait. Fronsac observait la scène, songeant qu'il n'avait jamais connu une aussi effroyable situation. Pourquoi César risquait-il sa vie ainsi ?

Le capitaine porta alors son attaque, bras tendu. Un coup de pointe que le jeune homme para. Mais il s'agissait d'une feinte, et la lame anglaise se releva pour s'abattre sur l'épaule du fils de Gaston, qui s'écarta à temps afin de ne pas être tranché en deux.

Un gémissement retentit dans le dos de Louis. Qui ne se retourna pas, craignant que les gens des Gombleton n'en profitent. Au demeurant, c'était inutile, il avait deviné Françoise sortie de l'ombre pour assister au duel.

À son tour, César engagea son fer et repoussa Bowman. Les deux duellistes ferraillèrent un long moment, les lames se heurtant à coups redoublés, provoquant des pluies d'étincelles et des sons de fer sinistres.

Gaston s'inquiétait. Quelle sottise d'orgueil avait commise son fils en décidant de ce duel avec un rude jouteur ! Pour autant, en son for intérieur, il savait qu'il aurait agi de même.

Une pause. Les deux adversaires s'observèrent de nouveau, silencieux, transpirant à grosses gouttes. Le sabre, arme terrible, épuisait. À l'épée on pouvait égratigner, non avec cette lame lourde qui tranchait mortellement.

Bras tendu, Bowman repartit en avant, exécutant avec dextérité une série de battements. Seulement, son adversaire avait trouvé son rythme. Sa tête dirigeait sa main et il écartait chaque fois la lame ennemie avec souplesse, sans chercher à toucher l'assaillant, lequel allongea à un moment le bras et tenta une estocade. Que le fils Tilly para. Mieux, cette fois son propre sabre atteignit Bowman au flanc. Du sang rougit d'un jet la jaquette du capitaine.

— Assez ! hurla Richard Gombleton dans une sorte de sanglot.

Le jeune lieutenant ignora la supplique et, jarret tendu, poussa à son tour une attaque. Le capitaine anglais recula sous la violence des coups. Maintenant, César avait décidé de ne plus jouer l'élégance et revenait à son propre jeu : âpre et rude, tête baissée, comme un sanglier.

Bowman para une nouvelle fois et tenta une botte que César évita avec souplesse. L'Anglais frappa de taille dans un effort désespéré, mais, alors que sa lame s'abaissait sur son adversaire, ce dernier saisit son sabre à la moitié du fer avec sa main gauche et rabattit la lame de Bowman avec une telle force que celui-ci trébucha. Le fils Tilly frappa alors son adversaire au cou, lui tranchant quasiment le col.

— Le coup du paysan ! murmura Gaston. Un moyen sûr de tuer son adversaire et de n'être point tué !

— Assassin ! sanglota Richard Gombleton.

— Le duel a été honorable, rétorqua Fronsac. Voulez-vous le poursuivre en remplaçant votre capitaine ? On vous prêtera une épée…

— Vous paierez ce crime au centuple ! menaça le frère de l'armateur en regardant avec effroi le dernier soubresaut du capitaine Bowman, qui s'immobilisa finalement dans une flaque de sang.

Terrorisés, rameurs et valets se signèrent.

— Pour l'heure, c'est vous qui allez payer, intervint Gaston. César, quelle somme t'a volée M. Gombleton ?

— Mon cotre et sa cargaison représentaient six mille livres, mais ce n'est pas le seul préjudice qu'il doit réparer. Deux de mes marins sont morts en prison, laissant leurs familles démunies, les dix autres ont vécu l'enfer pendant deux mois, et moi-même ai failli trépasser dans le ponton. Je chiffre ces dommages à huit mille livres.

— Soit quatorze mille livres. Monsieur Gombleton, de quelle manière comptez-vous payer ?

— Vous êtes fol ! s'insurgea l'armateur qui, de la tête, chercha autour de lui une aide impossible.

— Nous n'avons pas le temps de discuter. Si vous ne payez pas, nous mettrons le feu à votre magasin.

— Non ! Il contient ma fortune en marchandises !

— Alors payez !

Désespéré, hagard, de grosses larmes roulant sur ses joues, l'armateur se tourna vers son frère, sollicitant un conseil.

— Nous paierons ! décida farouchement le bijoutier, mais accordez-nous quelques jours. En attendant, je peux vous rédiger tout de suite une reconnaissance de dette.

— Je n'ai aucune confiance en vous, monsieur Gombleton, intervint Fronsac. Vous appartenez à une famille de menteurs, une famille qui a le mensonge dans le sang.

— Comment osez-vous ? s'offusqua le frère.

— Parlons de votre fils Thomas, voulez-vous ? Il s'agit bien de votre fils, n'est-ce pas ?

— J'ai un fils prénommé ainsi, en effet… Mais en quoi cela vous concerne-t-il ? Qui êtes-vous, bon Dieu ?

— Gaston, peux-tu voir ce que transporte cette barge ? demanda Louis sans répondre.

— Je vous interdis ! gronda l'armateur en faisant un pas en avant.

— Tss-tss ! Pas bou*ch*er, glousa Bauer en levant le canon de son tromblon.

Tilly se rendit à la barque, jetant au passage un bref coup d'œil aux rameurs et valets qui priaient silencieusement le Seigneur afin qu'Il les délivre de ces fous furieux.

— Votre fils possédait un saphir provenant de la Couronne de votre pays, reprit Louis. Lord Hollis a proposé de le lui acheter afin de le rendre à votre roi, mais, alors que l'accord allait être conclu, ce rejeton aussi honnête que sa parenté a déclaré qu'une femme lui avait volé la pierre.

Silence de Gombleton. Un silence traversé par le grondement déchaîné de l'incendie.

— Comment savez-vous cela ? bredouilla enfin le bijoutier.

— Vous vous interrogez sur nous ? Nous sommes français, ainsi que vous l'avez deviné. Mon ami Gaston est maître des requêtes au Conseil du roi et le père de César, le marin que vous avez ignominieusement rançonné. Moi-même ai été chargé d'enquêter sur les malversations de Thomas Gombleton. Maintenant, répondez : confirmez-vous les tractations sur le joyau et la déclaration de votre fils quant à son vol ?

Une hésitation, suivie d'un :

— Oui.

— Votre fils est donc un menteur ! Personne n'a volé le saphir.

— Comment pouvez-vous affirmer une telle contre-vérité ? Il y a même eu enquête du bailli du palais ! protesta le bijoutier.

— Celui-ci a été abusé. Madame Desfontaines ! appela Louis.

La dame de compagnie de Madame apparut à la porte du magasin.

— Avez-vous dérobé le saphir de M. Gombleton ?

— Non, monsieur. M. Gombleton est un menteur.

— Vous voyez ? fit suavement Fronsac, auquel n'échappait pas que Richard Gombleton tournait sans cesse son regard vers la barque.

— Cette femme ment ! affirma le bijoutier.

— Malheureusement pour vous, elle dit la vérité. Et j'en ai les preuves. D'ailleurs, à mon retour en France, je ferai arrêter votre fils, et soyez assuré qu'il révélera tout à l'exécuteur de la haute justice. Mais, étant bon prince, je vous laisse une chance de me dévoiler la vérité, monsieur Gombleton…

À ce moment se produisit une interruption ; car Gaston, de retour de la barge, s'approcha de Louis et lui glissa quelques mots à l'oreille, lesquels ne provoquèrent aucune réaction. Après quoi, M. de Tilly alla parler tout aussi discrètement à son fils et à Bauer.

Fronsac reprit :

— Messieurs Gombleton, par avidité, vous avez causé d'immenses torts à M. César de Tilly et à Mme Desfontaines. Je viens d'apprendre que cette barge recèle de quoi les indemniser et je m'en contenterai. Dès lors, vous m'êtes inutiles. Si vous ne dévoilez pas sur-le-champ la vérité quant au saphir, M. Bauer, qui a une grande habitude de cet exercice, vous logera à chacun une balle dans la tête. Rassurez-vous, vos gens seront libres de partir, ainsi que les prisonniers détenus dans le magasin. Évidemment, nous mettrons le feu à votre entrepôt. Vous avez dix secondes.

Bauer donna son tromblon à César et s'avança vers Richard Gombleton, un pistolet brandi vers sa tête, avec le chien du silex levé.

— À ma demande, mon fils a cédé le saphir. Il n'avait pas le choix, sinon on m'aurait envoyé en prison, déclara le bijoutier sans hésiter.

— Qui vous menaçait ?

— Lord Saint Albans.

Louis dissimula son soulagement. Tout s'emboîtait parfaitement.

— Racontez…

— Voici un an, environ, j'ai eu la visite d'un gentilhomme se prétendant proche de lord Saint Albans. Je le connaissais de vue et savais qu'il disait vrai. Il m'a d'abord parlé du saphir des Stuart, puis m'a assuré que mon fils l'avait en sa possession. Je suis resté évasif, alors il m'a expliqué que lord Saint Albans ne voulait pas que Thomas vende le saphir à lord Hollis, mais souhaitait l'acheter lui-même. Je lui ai demandé pour combien et il m'a répondu : cinq mille livres, ce qui a provoqué mon hilarité, Hollis m'en ayant proposé seize. Mon visiteur m'a alors assené que c'était sa dernière offre. Qu'il avait rassemblé suffisamment de documents sur cette pierre précieuse lors de ses séjours en France qui, si je refusais son offre, seraient remis à la cour de justice en train d'enquêter sur les joyaux de la Couronne disparus. Que ce saphir avait été volé et vendu en France par Cromwell et sa clique de républicains, et que mon fils et moi-même étions dès lors complices des régicides. Que la loi exigeait que les possesseurs de joyaux royaux les restituent. Qu'il me ferait donc enfermer à la Tour et obtiendrait l'expulsion de mon fils qui me rejoindrait.

» Que pouvais-je faire ? J'ai accepté l'offre et écrit à Thomas de remettre le saphir à ce gentilhomme.

— Qui se nommait ?

— Sir Mordaunt.

Bref échange de regards satisfaits entre Louis et Gaston.

— Madame Desfontaines, allez dans la barque avec votre fille, décida Fronsac.

— Qu'allez-vous faire ? demanda l'armateur.

Pas de réponse.

Les deux femmes traversèrent le quai, suivies des yeux par les Gombleton et leurs gens. Louis s'adressa alors à eux :

— Rendez-vous dans l'entrepôt. Vous y trouverez les gardes et les survivants de la *Lady Mary*.

— Vous n'avez aucun droit de saisir ma barque ! glapit l'armateur.

— Estimez-vous heureux de demeurer vivant, c'est déjà beaucoup.

Bauer menaça les vaincus du tromblon, qui s'exécutèrent en traînant les pieds.

César fit monter les femmes dans l'embarcation et, une fois les Gombleton dans l'entrepôt, Gaston, Louis et Bauer les rejoignirent.

Les hommes saisirent les rames. César s'installa à gauche, sur le banc avant, et Françoise se mit près de lui. Bauer prit la rame de droite. Gaston et Louis s'assirent donc sur le banc arrière, Mme Desfontaines entre eux. Meubles, caisses, paniers, coffres et ballots s'accumulaient sous leurs yeux.

La barque s'éloigna du quai, César la guidant vers le milieu du fleuve. Mais à peine avait-elle pris de la distance que plusieurs hommes sortirent du magasin, brandissant fusils et pistolets, armes restées dans l'entrepôt. L'un d'eux visa le bateau, tira… et son pistolet explosa dans sa main, le blessant au torse.

Et pour cause : dans l'après-midi, après avoir choisi ce dont ils auraient besoin, Bauer avait rempli les canons des armes restantes avec des balles enrobées d'une bourre couverte de poix et d'énormément de poudre. Quand le silex avait allumé le pulvérin et déclenché l'explosion, la balle était restée prisonnière du canon qui avait éclaté.

— Où allons-nous ? s'enquit César tandis que Bauer se tordait de rire de sa méchante farce.

— Mme Desfontaines, pouvons-nous nous rendre chez vous ?

— Évidemment, mais que pensez-vous faire du contenu de la barque ?

— Vous l'offrir, à l'exception des six coffres de fer découverts par Gaston dans cette huche. Seulement, il faudrait débarquer là où on trouvera des porteurs. Du monde sera nécessaire pour transporter le tout chez vous.

— Françoise, guide M. de Tilly vers l'embarcadère de Sainte-Mary.

Si la nuit était tombée, on y voyait comme en plein jour à cause de l'incendie enflammant la rive droite. La barque s'approchait du pont quand, soudain, Bauer s'alarma :

— Le *São Felipe* est parti !

Gaston se redressa. En effet, le bateau portugais avait disparu, remplacé par une frégate. Pourtant, il était encore présent lorsque Samuel Pepys les avait conduits vers St. Katharine.

Le capitaine Ridolfo Cristobal les avait abandonnés !

46

La désertion du navire portugais soulevait un nouveau problème, mais l'incendie occupait toutes les pensées de Louis. La fournaise formait une immense arche de feu de plus d'un mille de long. À chaque instant, un nouvel embrasement de bâtiments, d'églises, d'entrepôts ou de maisons survenait. Dans un vacarme épouvantable, les constructions s'effondraient sur la rive. Même à la distance où leur barge se trouvait, Fronsac entendait les craquements des toitures en train de s'écrouler et les cris de désespoir des malheureux qui perdaient tout.

Gaston était également atterré par l'abominable spectacle, conscient que rien ne pourrait arrêter le feu, que la ville entière risquait de se consumer. Devinant le sentiment de culpabilité de son ami, il s'efforça une nouvelle fois de le rassurer :

— N'oublie pas que c'est Saint Albans, la cause de ces horreurs ! C'est lui qui t'a saisi, lui qui t'a enfermé, lui qui t'a fait poursuivre quand tu t'es évadé, et c'est l'un de ses hommes, sur le point de tuer mon fils, qui a provoqué ce désastre.

— Je ne l'oublie pas, fit tristement Louis. Mais je me dis que si nous n'étions pas venus à Londres, rien ne serait arrivé.

— Le passé ne peut être changé, et nous allons avoir de rudes explications avec cet homme, conclut Tilly.

En ramant, Louis opina sans dire un mot.

À l'avant de la barque, César suivait les indications de Françoise pour atteindre l'arche qui permettait de passer sous le pont. La nuit ne le gênait pas, l'incendie éclairant autant que des milliers de flambeaux, mais les petits bateaux étant nombreux autour d'eux, il dut forcer le passage dans la flottille pour s'engager sous la voûte.

Une fois de l'autre côté du pont, Mlle de La Pasnière désigna l'embarcadère, maigrement éclairé par des torches et des lanternes, mais où l'on apercevait quand même une foultitude de sinistrés. Beaucoup de ces malheureux, assis sur des malles, des caisses et des coffres, paraissaient hébétés, d'aucuns s'interpellaient, demandant des nouvelles de voisins et d'amis, d'autres encore, plus nombreux, pleuraient en se sachant réduits à la plus extrême misère. Des enfants criaient, pleurnichaient car ils avaient faim, froid ou simplement sommeil.

— Nous allons avoir du mal à trouver des porteurs, s'inquiéta César, et devoir demeurer vigilants, avec tout ce monde.

Françoise hocha la tête. Elle connaissait Southwark et savait qu'on y trouvait plus de truands que d'honnêtes portefaix. Or les malheureux transportant leurs possessions constituaient des proies faciles qui allaient forcément attirer les coquins.

César expliqua à Bauer les manœuvres à entreprendre pour rejoindre le ponton en évitant de heurter d'autres barques, ce qui aurait pu faire tomber des gens à l'eau. Alors que leur barge approchait de la rive, Mme Desfontaines intervint :

— Je ne peux accepter ce mobilier, monsieur Fronsac. Il représente une fortune et je n'ai rien fait pour la mériter.

— Ces biens n'appartiennent à personne, répondit Louis. En ce moment, des milliers de gens perdent tout ce qu'ils possèdent. Peut-être même la maison des Gombleton a-t-elle brûlé et n'en reste-t-il que des cendres. Ce que nous venons de saisir est une prise de guerre, et je n'oublie pas que grâce à vous je suis sorti de la Tour.

— Mais ce mobilier… C'est bien trop !

— Qu'en ferions-nous ? Vous vendrez ce que vous voulez, juste indemnisation après les fausses accusations du fils Gombleton.

Un choc. La barque heurta un poteau de bois, Bauer sauta sur le quai. Ayant saisi la corde d'amarrage, il arrima l'embarcation et chercha des yeux quelques portefaix à héler. Malheureusement, personne ne paraissait disponible : alentour, sur la rive et dans le chemin qui débouchait au quai, une cohue de sinistrés recherchait la moindre charrette ou voiture capable de transporter les rares biens sauvés du désastre.

Gaston, Louis et César rejoignirent le Bavarois. Ils convinrent que Friedrich resterait au bateau avec Louis, tandis que les autres partiraient en quête d'un véhicule.

Par chance, Mme Desfontaines reconnut le conducteur d'un chariot tiré par deux mules, tout juste apparu sur le chemin. Elle le désigna à Gaston. Vêtu d'une jaquette de toile couleur ardoise, l'individu apportait chaque jour le fourrage destiné au Hope et venait ensuite se faire payer chez elle.

Seulement, à peine le véhicule s'approcha-t-il qu'une poignée de réfugiés se précipitèrent vers le conducteur en le suppliant de transporter leurs biens. Heureusement, ce dernier distingua Mme Desfontaines, qui s'était avancée, et fit écarter les fâcheux.

— Peter, quel bonheur de vous voir ici ! dit-elle.

— Je viens rendre service, milady, et ça me permet de gagner un peu d'argent. Avez-vous aussi été frappée par ce désastre ? s'inquiéta le prénommé Peter.

— J'ai aidé mes amis à vider leur maison, qui doit être brûlée à cette heure. Il faut transporter leurs possessions chez moi. Je vous donnerai cinq guinées si vous nous aidez avec votre chariot.

— Je l'aurais fait pour rien, milady, répondit le conducteur, ébahi par la somme qui correspondait à ses gains de plusieurs semaines pour le Hope.

— Il y aura deux ou trois voyages. La barge se trouve là-bas, précisa-t-elle.

Sous les regards rogues et envieux des réfugiés non parvenus à obtenir un moyen de transport, les Français firent un premier chargement dans lequel Gaston plaça deux des six coffres de fer. Les caisses, lourdes, laissaient entendre un tintamarre de ferraille prouvant combien elles étaient emplies de pièces ; compte tenu de leurs poids – environ cinquante livres chacune –, la plus grande partie de cette monnaie devait être en or.

On mit également sur le chariot un bahut, un virginal hollandais magnifiquement peint protégé par une couverture, plusieurs caisses, des ballots de rideaux et de tentures, ainsi qu'un petit meuble contenant une riche argenterie.

Durant ce premier déménagement, Gaston nota les regards intéressés d'une bande de gueusards portant épées ou coutelas. Comme les coquins paraissaient se concerter, il prévint Louis et Bauer de rester sur le qui-vive : on ne pouvait exclure une agression, même sur les quais. Père et fils Tilly vérifièrent le pulvérin de leurs pistolets, et Gaston remit une première arme à Mme Desfontaines, une seconde à sa fille.

Enfin rempli, le chariot s'ébranla lentement. Son conducteur marchait en tenant la bride d'une des mules pour les encourager, car les bêtes n'avaient aucune envie de faire des efforts à une heure où d'ordinaire elles se trouvaient dans leur écurie. Gaston et Mme Desfontaines restaient près du conducteur tandis que César et Françoise suivaient le véhicule.

Comme d'autres voitures et charrettes circulaient devant et derrière eux, ils ne risquaient pas de mauvaises surprises. Hélas, à partir de Clink Street, les autres réfugiés se dirigèrent vers High Street. Dès lors, leur sécurité s'amenuisait.

Le long de la rue en direction du Hope, les tavernes devinrent rares. Et quand le convoi s'engagea dans un chemin bordé de hautes haies, il pénétra dans une quasi-obscurité, l'incendie n'éclairant plus cet endroit-là ; seule la lanterne du chariot fournissait un peu de lumière. Les cris et les pleurs des sinistrés ne retentissaient plus. Le silence s'étendait, ponctué uniquement par le grincement régulier des roues dans les ornières. Parfois des jappements de chiens se déchaînaient pour cesser aussi vite. Sur leur droite se dressait la haute silhouette du Hope. Mais pourraient-ils atteindre leur destination sans guet-apens ?

L'instinct de Gaston, aux aguets, lui assurait qu'on les observait. Depuis qu'ils avaient quitté Clink Street, il avait d'ailleurs identifié plusieurs bruissements inquiétants au point de faire signe à son fils de se tenir prêt. Lorsqu'il perçut le lent déclic d'un chien de pistolet qu'on dressait, bruit venu de sa gauche, sans hésiter il fit feu avec son arme à quadruple canon. Un cri retentit, puis le vacarme d'une bande qui détalait.

— Continuez ! ordonna-t-il au conducteur qui s'était arrêté.

Le convoi poursuivit donc. Au bout de deux ou trois cents pieds, Gaston reconnut la forme de l'auberge à l'enseigne de sirène. Des lumières brillaient à l'intérieur. Sans doute l'établissement accueillait-il des réfugiés. Ils s'en rapprochèrent quand Mme Desfontaines désigna un toit de chaume :

— Là-bas, ma maison !

Ils débouchèrent dans le verger et la charrette avança jusqu'à l'entrée de la maisonnette. Un chien aboya.

— Anne ! Daniel ! C'est moi ! cria Mme Desfontaines.

La porte s'ouvrit et le mastiff surgit, se jetant sur sa maîtresse en manquant de la faire tomber.

— Du calme, Gorgeous ! s'exclama-t-elle en le caressant.

— Milady, nous étions si inquiets, fit le valet d'une voix émue.

— Je vous avais dit de ne pas l'être. Aidez ces messieurs à faire entrer le mobilier dans la salle.

Elle désigna le chariot.

Tout le monde s'attela au travail, à l'exception de la servante que Mme Desfontaines envoya à l'auberge, munie de quelques shillings, acheter tourtes et viandes froides et demander au cabaretier le prêt de deux ou trois valets.

Deux solides garçons d'écurie arrivèrent peu après avec un gros panier de nourritures appétissantes. Rassurés par cette présence, César et son père repartirent avec le charretier. Volets et portes closes, même une bande de gueux n'aurait pu pénétrer dans la demeure.

Nous l'avons dit, la maison ne possédait pas d'étage mais bénéficiait d'un vaste grenier sous son toit de chaume. Depuis la salle basse, deux portes permettaient d'accéder, pour l'une au cabinet de travail de Mme Desfontaines – où se trouvait également le grabat d'Anne –, pour l'autre dans une cuisine avec potager, pièce disposant d'un cellier mitoyen. C'est dans cette cuisine que se situait l'échelle conduisant sous la charpente, là même où Daniel posait sa propre paillasse.

Il avait été convenu que les Français s'installeraient là et utiliseraient deux matelas de laine des Gombleton, aussi Daniel transporta-t-il sa couche dans le cellier.

Quand les Tilly revinrent une heure plus tard avec un deuxième chargement, la salle de la maison était quasiment transformée en entrepôt. Le long du mur de la cheminée s'empilaient meubles et caisses, la statue de sainte Catherine était serrée entre des coffres et ballots, et ce qui n'avait trouvé place était entassé dans le cabinet.

Le père et le fils repartirent pour assurer l'ultime chargement, aller et retour durant lequel aucun incident ne se produisit. C'est en revenant de ce trajet, tandis que Louis et Friedrich marchaient en tête, que les Tilly parlèrent d'avenir : César annonça tout de go à son père qu'il souhaitait épouser Françoise.

La demande contraria fort Gaston. Durant sa jeunesse, lui-même s'était volontiers enflammé pour toute jeune fille qu'il rencontrait : aussi craignait-il que son rejeton n'ait le même tempérament que lui.

— Où vivrez-vous ? s'enquit-il prudemment afin de ne pas le fâcher.

— Je resterai à Londres.

— Dans combien de temps les Gombleton t'auront-ils retrouvé ? argua son père. Sans compter Mordaunt, qui reste sur nos traces. Devrai-je revenir de France pour tenter de te délivrer quand tu seras emprisonné ? Et que deviendra Françoise, si tu te fais prendre ?

César, sans réponse, resta mutique.

Ils n'en parlèrent plus jusqu'à leur retour.

Gaston fit monter les coffres de fer dans le grenier. Où Bauer entreprit d'arracher les cadenas à l'aide d'une barre d'acier.

Comme tous le pensaient, les caisses débordaient de monnaies d'or de différentes origines. D'après Louis, la somme totale devait représenter entre vingt et vingt-cinq mille livres. Les Gombleton venaient donc de payer leurs dettes, et au-delà, même. Quant à l'ameublement, les plus riches pièces étaient des tapisseries rehaussées d'or et d'argent, un cabinet chinois orné d'incrustations, des pendules, des torchères en bois sculpté et même un lit démonté au châssis recouvert de draperies. Revendus, ces objets représentaient facilement trois mille livres.

Minuit avait sonné depuis longtemps ; ils étaient affamés, ayant seulement ingurgité un vague morceau de pain trouvé dans l'entrepôt des Gombleton. Daniel avait dressé la table dans le peu d'espace encore disponible. Anne servit ce qu'elle avait rapporté de l'auberge, accompagné de quelques flacons de vin, avant de se retirer dans le cabinet. Daniel, lui, avait déjà gagné le cellier.

Après cette journée fort rude, Mme Desfontaines demanda aux Français ce qu'ils comptaient faire désormais, les assurant qu'ils pouvaient demeurer chez elle aussi longtemps qu'ils le désiraient.

César ne cacha pas sa satisfaction.

— Nous devons dénicher un bateau pour rentrer en France, à moins que nous ne retrouvions notre vaisseau portugais, dit Gaston.

— Et reprendre le saphir à lord Saint Albans, ajouta Fronsac.

— Tu n'y penses pas ! intervint son ami. Maintenant que tu connais la vérité, il suffit de la communiquer à lord Hollis qui parviendra à récupérer la pierre bien plus aisément que nous.

— Tu oublies ce que Jermyn m'a fait, et l'incendie qui dévore la ville.

— Je n'oublie rien ! s'insurgea Gaston. Mais nous sommes quatre quand Saint Albans dispose de dizaines d'hommes. D'ailleurs, on ne parviendra même pas à entrer chez lui ! Et puis, tu ne crois pas avoir déjà beaucoup demandé à la chance ?

Comme Louis demeurait silencieux, César fit des signes à son père. Celui-ci grimaça en secouant la tête, et porta un verre à ses lèvres pour dissimuler son expression. Mais, devant l'insistance de son fils, il déclara :

— Madame Desfontaines, vous avez remarqué que César s'est montré empressé auprès de votre fille…

Françoise rosit et sa mère hocha lentement la tête.

— Il s'est mis en tête de l'épouser, et je dois vous avouer que je n'y suis pas favorable.

— Je le comprends, fit Mme Desfontaines en baissant les yeux.

— Ce n'est pas ce que vous croyez, se justifia Gaston, voyant qu'elle imaginait son opposition à une mésalliance. César voudrait rester à Londres avec elle, mais je trouve cette éventualité trop dangereuse. De plus, comment vivrait-il ici en gardant son armateur de La Rochelle alors que l'Angleterre se trouve en guerre avec la France ?

Le silence s'installa. Chacun comprenant l'absence de solution. Françoise se mit à pleurer.

— Puis-je donner mon avis ? s'enquit Louis.

— Évidemment ! répondit Gaston.

— Si elle rentre en France, Mme Desfontaines sera blanchie puisque nous témoignerons en sa faveur. Et César dispose maintenant de la maison de Mme Durier. Pourquoi n'y logerait-il pas Françoise et sa mère tant qu'il vit chez toi ? Entre deux voyages pour son armateur, il retrouverait Mlle de La Pasnière aussi souvent qu'elle le souhaite, et tous deux prendraient le temps de décider de leur avenir.

Gaston approuva lentement.

— Qu'en penses-tu, César ?

— Ce serait magnifique, sourit béatement le jeune Tilly.

— Et vous, madame Desfontaines ?

— Je pourrais l'accepter, si cela ne cause pas de tort à M. de Tilly, mais j'ai aussi des attaches à Londres.

Louis devina qu'il s'agissait de M. Halloway.

— La guerre ne durera pas, et la traversée n'est pas si longue.

— C'est juste…

— Merci, mère ! s'exclama Françoise en essuyant ses larmes.

— Décidément, monsieur Fronsac, je vous devrai beaucoup. Ma disculpation et le bonheur de ma fille.

— Et moi, je vous dois la vie, madame.

De nouveau, le silence s'installa jusqu'à ce que Mme Desfontaines déclare :

— M. de Tilly a affirmé avec juste raison que vous ne pourriez pénétrer chez lord Saint Albans.

— Oui.

— Mais moi, je le peux !

47

Le mardi 4 septembre, vers dix heures, un carrosse de location pénétra dans la grande cour d'un bel hôtel en pierre blanche situé à l'angle d'une place au nord du palais de Saint James. Il s'arrêta devant le perron à balustres. Le cocher alla ouvrir la porte de la voiture d'où deux femmes descendirent.

Même ici, à des centaines de yards de l'incendie, l'odeur du feu était prégnante, des volutes de fumée enveloppaient les visiteurs et une couche de cendres recouvrait le sol.

Un valet en livrée attendait devant la porte. La visiteuse la plus âgée lui adressa quelques mots, à la suite desquels il la fit entrer dans le vestibule. À l'intérieur, il appela le majordome, qui n'était pas loin. Ce dernier demanda aux dames de patienter sur l'une des banquettes tapissées de cuir gaufré. Trois gentilshommes attendaient déjà sur une autre banquette. Des solliciteurs ou des gardes du corps ? Impossible à savoir. Après de vagues salutations aux visiteuses, ils se murèrent dans le silence.

Le majordome revint rapidement et indiqua aux visiteuses de le suivre dans le grand escalier au sommet duquel trônaient les armes de l'ancien intendant de la reine mère : un croissant entre deux étoiles auréolé de la devise royale : « Honi soit qui mal y pense. » La plus âgée des dames trébucha sur un degré mais se rattrapa à la rampe, ce qui lui permit de remarquer la volée de marches en dessous, qui conduisait aux sous-sols.

À l'étage, le majordome s'arrêta devant la première porte d'une galerie bordée de cabinets ciselés et de tablettes de marbre sur lesquelles reposaient des vases de jaspe ou d'albâtre, ainsi que d'élégantes statuettes de bronze. Le plancher, couvert d'un tapis de Turquie en une seule pièce, scintillait.

Le serviteur entra. Les femmes le suivirent, impressionnées par la richesse des lieux, passèrent une antichambre et découvrirent une grande pièce lumineuse percée de deux hautes fenêtres – fermées – d'où l'œil apercevait les flammes de l'embrasement de Londres.

Les murs, revêtus de splendides lambris de chêne en partie habillés de tapisseries représentant des sujets mythologiques, les émerveillèrent. De part et d'autre de la cheminée s'étalait une collection d'incunables de grande taille. Une console à plateau de marbre supportait une superbe horloge. Derrière se trouvait un magnifique miroir à bordure octogonale.

Un lit à colonnes torses et balustres trônait sur une estrade. Dans l'une des ruelles, lord Saint Albans se tenait sur un large fauteuil, tandis qu'un coiffeur frisait ses longs cheveux naturels et qu'un barbier taillait sa barbe qu'il portait à l'ancienne, comme feu le cardinal Mazarin.

Mme Desfontaines avait seulement annoncé au majordome arriver de France et être au service de la reine Henriette. L'ayant aperçue à la Cour six ans plus tôt, le serviteur l'avait crue. Elle n'avait donc pas donné son nom, aussi Jermyn ne s'attendait-il pas une seconde à la voir apparaître, qui plus est chez lui.

Il écarquilla les yeux et se dressa en découvrant la femme et la fille qu'il recherchait vainement depuis des mois.

— Vous, madame !

— Moi, milord, qui viens me jeter à vos pieds avec mon enfant afin d'obtenir votre protection.

Joignant le geste à la parole, Françoise et elle s'agenouillèrent.

— Sortez, vous autres ! ordonna-t-il aux coiffeur et barbier.

Les serviteurs ramassèrent leurs affaires et disparurent en un clin d'œil.

Jermyn s'avança vers les visiteuses et tendit la main à Mme Desfontaines.

— Relevez-vous, mesdames, et prenez un siège.

Elles obtempérèrent et s'assirent sur un banc tapissé garni d'épais coussins.

— Où étiez-vous ? s'enquit-il d'un ton dur en regagnant son fauteuil. Et pourquoi vous enfuir sans rien me dire ?

— À Woolwich[1], monseigneur. J'ai quitté Londres en veillant à ce que personne ne sache où j'étais en apprenant être de nouveau recherchée à Paris pour un prétendu vol. Des agents de M. le marquis de Louvois s'étaient mis à ma recherche, et le ministre envisageait de demander mon extradition à votre roi, m'a-t-on assuré.

— Calembredaine !

— Hélas, non, milord. Pas plus tard qu'hier, des gens se sont présentés chez moi. Des Français. Ma fille les a reçus car, ayant vu leur troupe par une fenêtre, je me suis méfiée et cachée. Ils ont demandé à me rencontrer et Françoise leur a rétorqué avec présence d'esprit que je logeais à Londres quelques jours. Mais ils ont promis de revenir.

— Comment savaient-ils où vous habitiez ?

— Voilà un mystère que je ne comprends en rien, car j'avais pris toutes mes précautions, monseigneur. Peu de gens, et uniquement des amis, connaissaient ma demeure. Pourtant, ils m'ont trouvée.

— Pourquoi être allée à Woolwich ?

— Au Dog, j'ai rencontré un officier de marine qui vivait là-bas.

Elle rosit légèrement sous son maquillage de céruse.

— Je venais d'apprendre être encore accusée en France et, désespérée, je refusais de retourner à la Bastille ! Il m'a proposé un logis près de chez lui.

Perplexe, Jermyn se frotta la moustache. Il avait fait chercher les deux femmes partout, mais pas aussi loin de Londres.

1. Woolwich, à quelques milles de Londres, était le siège de chantiers navals et d'un arsenal militaire depuis 1512.

— Rassurez-vous, vous ne risquez rien. J'écrirai au marquis de Louvois, et ces accusations disparaîtront.

— Mais ces hommes sont ici, monseigneur ! Comment m'ont-ils retrouvée ? Ils disposent certainement d'un grand nombre d'agents secrets dans tout Londres.

Le comte resta silencieux. La Desfontaines avait raison, même si cette vérité le faisait enrager, lui qui avait toujours été certain de connaître sur le bout des doigts les réseaux d'espionnage de Louis XIV. Qui étaient ces gens ? Des policiers ? Non, impossible. À coup sûr, il s'agissait des amis du Fronsac qui s'était évadé et que Mordaunt n'avait pas été fichu de rattraper.

— Ont-ils dévoilé leurs noms ?

— Non, milord, mais, une fois remontés en selle, ma fille a entendu l'un d'eux appeler celui qui commandait « monsieur le marquis ».

Vivonne ? songea immédiatement le comte. Sa fille, la duchesse d'Orléans, ne lui avait-elle pas écrit que le dénommé Fronsac était marquis de Vivonne ?

— À quoi ressemblait cet individu, mademoiselle ?

— La cinquantaine, monsieur, des cheveux bruns, gris, une fine moustache et des rubans noirs aux poignets. L'un de ses compagnons l'a appelé Louis.

Fronsac ! Nul doute !

— Vous m'avez indiqué qu'ils étaient plusieurs ?

— Oui, monsieur, huit. Et ma fille a précisé « armés comme des soldats ». L'un, une sorte de géant, portait même un corselet, un casque et un fusil.

Le satané Bauer ! conclut lord Saint Albans. Maudits Français !

— Ils ont annoncé qu'ils reviendraient aujourd'hui, intervint Françoise, mais que si ma mère réapparaissait rapidement, elle pouvait les voir à la Bull Tavern.

Ils avaient révélé leur adresse, ces amateurs ! se réjouit Saint Albans, brusquement rassuré par l'information. Cette fois, Fronsac et ses marauds ne lui échapperaient pas !

Il tira un cordon et provoqua un tintement étouffé éloigné.

Un laquais parut.

— Allez me chercher M. Mordaunt.

Le domestique obtempéra.

— Je vais envoyer mes gens à Woolwich, et ils se saisiront de ces Français, mesdames. Ensuite, vous serez définitivement tranquilles.

— Merci, milord, mais s'ils me trouvent à Londres entre-temps ? Ils disposent de complices nombreux et redoutables. J'ai l'impression d'être la victime d'une puissance quasi maléfique ! Nous avons quitté Woolwich à cinq heures du matin, déguisées, tant nous avions peur d'être repérées. Dans la barque qui nous a menées à Westminster, j'ai cru mille fois les apercevoir. Nous envisagions de loger dans une auberge de Tower Street, mais toute la ville brûle en ce moment. C'est effroyable. À croire que le démon s'est mis à leur service. Où nous réfugier pour être enfin en sécurité ?

Sans doute Jermyn fut-il touché par ce ton implorant et désespéré. Sans doute aussi – et plus cyniquement –, les craintes de Mme Desfontaines l'arrangeaient-elles.

— Si vous acceptez mon hospitalité, je vous laisserai une chambre à l'étage au-dessus. Vous pouvez y demeurer tant qu'on n'aura pas pris ces maudits espions, offrit-il.

— Je vous remercie de votre bonté, milord. J'accepte votre hospitalité avec reconnaissance, surtout pour ma fille.

On gratta à la porte.

— Entrez !

Thomas Mordaunt resta interdit en découvrant les deux femmes, mais parvint à ravaler ses questions.

— Thomas, Mme Desfontaines et sa fille viennent me demander de leur porter secours. Voici ce qu'il en est : elles étaient parties se réfugier à Woolwich, craignant que le marquis de Louvois ne les enlève en Angleterre, mais Fronsac les a retrouvées…

— Fronsac ? ne put s'empêcher de s'étonner le capitaine en écarquillant les yeux.

— Tu as bien entendu. Après son évasion, ce damné n'est pas rentré en France comme tu le pensais. Au contraire, il a poursuivi son enquête et retrouvé Mme Desfontaines.

— Mais de quelle manière ?

— Il semble bénéficier de plus de complices qu'imaginé. On réglera ça plus tard. Il a cependant commis une faute : déclarer à la fille de Mme Desfontaines qu'il attendait sa mère à l'auberge du Bull.

— Je connais, fit lentement Mordaunt.

— Tu vas aller là-bas et t'occuper de lui et de ses compères.

— Oui, milord. J'ai même une revanche à prendre.

— Attention, ils sont au moins huit, d'après Mlle de La Pasnière. Armés et dangereux. Et rien ne dit qu'ils logent vraiment au Bull. Réquisitionne tous les gentilshommes de l'hôtel en plus de ceux du Trust. Soyez équipés comme pour une bataille. Vous formerez des barrages dans toutes les rues de Woolwich. Ils ne doivent pas échapper.

— Ils n'échapperont pas, milord, assura farouchement Mordaunt.

— Une dernière chose...

Un bref silence.

— Aucun prisonnier. Sauf peut-être Fronsac, pour le faire parler.

Mordaunt opina, un sourire cruel aux lèvres.

— Va ! En partant, avertis James qu'il vienne me voir.

Il sortit.

— James, mon intendant, va vous conduire dans un appartement. Tant que M. Mordaunt n'aura pas réglé le sort de Fronsac, évitez de quitter l'hôtel.

— Je suis rassurée ici, milord. Si nous sortons, nous resterons dans la cour ou le jardin.

L'intendant entra :

— James, des chambres sont libres au deuxième étage. Faites-en préparer une pour mesdames et envoyez-leur une chambrière. En sortant, faites revenir mon coiffeur.

Les femmes se levèrent et exécutèrent une profonde révérence avant de suivre l'intendant.

Dans la galerie, ce dernier leur déclara :

— Il y a deux pièces inoccupées, je vous laisserai choisir, mesdames.

Elles le suivirent dans la galerie du deuxième étage, étroite et bien moins luxueuse que l'autre. James s'arrêta à la troisième porte et l'ouvrit. Elles pénétrèrent dans une pièce confortable avec fenêtre. Un lit, un bahut, un cabinet de retrait, une console et une petite table agrémentée d'un nécessaire d'écriture et de sièges, deux lanternes au mur meublaient cet endroit à la fois élégant et confortable.

Mme Desfontaines s'approcha de la fenêtre et l'ouvrit. Elle donnait sur l'une des rues entourant l'hôtel.

— La seconde chambre propose une vue plus agréable sur le jardin, suggéra l'intendant.

Elle aperçut Gaston de Tilly à un carrefour et se pencha afin qu'il la voie.

— Celle-ci est parfaite, déclara-t-elle, un sourire aux lèvres.

L'intendant se retira après avoir prévenu les hôtes du comte qu'une chambrière viendrait prendre leurs ordres. Et qu'un repas froid leur serait ensuite servi.

Françoise rejoignit sa mère, qui lui confia avoir vu M. de Tilly. Pour l'instant, il devait être allé prévenir César, qui guettait dans la rue adjacente. À coup sûr, Fronsac et le Bavarois attendaient dans un carrosse sur la place. Impossible pour eux de se montrer tant qu'ils ignoraient si Mordaunt était présent.

— Je vais raconter ce qui s'est passé à M. de Tilly, décida Mme Desfontaines en se rendant à la table.

Une fois assise, elle tailla une plume et dit à sa fille :

— Sors et préviens-moi si quelqu'un arrive. Je ne veux pas être surprise.

Saisissant une feuille de papier, elle expliqua en quelques mots que leur plan s'était déroulé sans accroc. M. Mordaunt et tous les hommes de l'hôtel allaient partir pour Woolwich. Elle leur ferait signe quand ils pourraient entrer.

Ayant séché la lettre, elle la plia soigneusement, retira l'un des rubans de sa robe et attacha le papier à un bougeoir de cuivre. Elle revint alors à la fenêtre. Au bout d'un instant, Gaston et son fils parurent. Ils la virent et s'approchèrent du mur. Elle lâcha alors le bougeoir à l'instant où sa fille entrait en prévenant :

— On vient !

Françoise rejoignit sa mère et la chambrière entra. Elle exécuta une révérence et annonça être à leurs ordres.

— Nous n'avons pas apporté de linge, lança Mme Desfontaines.

— Je vais vous en trouver, madame, ainsi que des poudres et crèmes. Le lit est fait. Désirez-vous autre chose ?

— Voudriez-vous nous guider dans le rez-de-chaussée de l'hôtel afin que nous puissions nous retrouver ? Et nous montrer également la cuisine et le passage vers le jardin ?

— Très volontiers, accompagnez-moi, mesdames.

Les trois femmes descendirent. La chambrière leur fit visiter la grande salle de réception, qui était vide, les offices, la cuisine, l'entrée de l'appartement de l'intendant, le jardin et même l'entrée de la cave.

— Il n'y a pas grand monde dans l'hôtel, observa Françoise.

— Tous les hommes viennent de partir avec M. Mordaunt. Et ne seront pas de retour avant la nuit, voire demain, m'a-t-on dit.

Et d'ajouter en plaisantant :

— À part les domestiques et M. l'intendant, il n'y a plus que monseigneur et l'un de ses écuyers, mais celui-ci a été envoyé à Whitehall faire une commission.

Elles retournèrent dans la chambre, où la servante précisa qu'elle allait s'occuper du dîner avant de les laisser seules.

Aussitôt, Mathurine et sa fille se précipitèrent à la fenêtre.

Les Tilly étaient là, cette fois accompagnés de Louis Fronsac. Mme Desfontaines se dirigea vers la table, écrivit une ligne sur une feuille, attacha celle-ci avec un ruban à un petit plateau servant à poser l'encrier et… jeta le tout par la fenêtre.

— Descendons ! décida-t-elle.

48

La journée de la veille avait été bien remplie. Avant toute chose, Louis avait demandé à Mme Desfontaines de faire porter une lettre à lady Percy Hay, qui devait s'inquiéter d'être sans nouvelles de l'évasion. Un valet de l'auberge de la sirène s'en était chargé. Bien sûr, compte tenu du risque que celle-ci soit suspectée de complicité dans l'évasion et son logis fouillé par les autorités, Fronsac ne s'était pas nommé. La missive était signée d'un certain Taillefer, ami d'Anne Lupin, qui prétendait avoir retrouvé la liberté et promettait de venir un jour prochain en Angleterre[1].

Percy comprendrait.

Ensuite, ils avaient longuement discuté du moyen suggéré par Mme Desfontaines pour investir l'hôtel de lord Saint Albans. En prenant en compte les objections de chacun, Gaston, stratège de l'entreprise, avait mis au point un dispositif ingénieux. Tout reposait sur l'habileté des femmes à se montrer convaincantes, mais Tilly les en savait capables. C'est Mme Desfontaines qui avait proposé le village de Woolwich comme lieu où elle se serait prétendument réfugiée, tant il fallait que l'endroit soit suffisamment éloigné de Londres afin que Mordaunt et ses gens perdent des heures à s'y rendre et qu'en même temps elle le connaisse parfaitement au cas où Saint Albans la questionnerait.

---

1. Voir *Le Grand Arcane des rois de France*, du même auteur.

Or Halloway possédait une maison à Woolwich et elles s'y étaient rendues.

Évidemment, l'entreprise présentait de sérieux aléas : Saint Albans pouvait ne pas tomber dans le piège ; Mordaunt pouvait être absent, auquel cas s'écoulerait une dangereuse attente ; enfin lord Jermyn pouvait ne pas dégarnir complètement sa maison. Mais, dans l'ensemble, Gaston jugeait l'offensive susceptible de réussir.

Accompagnés de Françoise, les Français s'étaient procuré des cordelettes et de quoi confectionner des bâillons auprès d'un cordier. Ils s'étaient également rendus chez le serrurier qui fabriquait les fers de la prison de Clink, où ils avaient acheté des menottes et des boucles de fer coulissant sur une barre fermée par un cadenas. Enfin, un apothicaire leur avait vendu un flacon d'essence de résine.

À Londres, l'incendie s'étendait, s'intensifiait même puisque le nuage noir couvrait maintenant Southwark où avaient eu lieu plusieurs départs de feu, heureusement vite maîtrisés. À plusieurs reprises, les Français s'étaient rendus au bord de la rivière en espérant revoir le *São Felipe*, mais le brigantin paraissait avoir définitivement quitté le port. Navrés de cette fuite, ils étaient restés longtemps à observer les flammes et les immenses nuées noires montant jusqu'aux cieux, spectacle d'apocalypse qui les meurtrissait autant que les Londoniens. Bien que séparés de la ville par la largeur de la rivière, les effroyables grondements des maisons, églises et entrepôts qui s'écroulaient, comme le ronflement des foyers qui couvrait tous les autres bruits, désespéraient toute âme bien née.

Les réfugiés ne cessant d'arriver, les rues de Southwark étaient encombrées de sinistrés dont la plupart, réduits au plus extrême dénuement, portaient des haillons roussis et déchirés. Femmes éperdues, enfants en larmes, vieillards chancelants, beaucoup présentaient des brûlures terribles. Leurs récits étaient toujours le même : quelques jours plus tôt, ils étaient des bourgeois, d'honnêtes commerçants, d'habiles artisans, mais ils avaient attendu que les flammes touchent leur maison pour l'abandonner, persuadés jusqu'au dernier moment que l'incendie l'épargnerait. Et d'un souffle de feu ils avaient tout perdu, n'ayant pas eu le temps d'emporter leurs biens.

Heureusement, des habitants miséricordieux avaient ouvert leurs demeures. Les auberges se remplissaient et même les drôlesses laissaient l'usage de leur chambre. Devant tant de misère, Fronsac avait proposé, en accord avec Françoise, de recueillir quelques familles qui ne savaient où se protéger. Elles s'installeraient dans le verger tandis que l'auberge délivrerait gratuitement des repas.

En revenant chez Mme Desfontaines, accompagnés de trois hommes, quatre femmes et six enfants dont un nourrisson, ils avaient découvert M. Halloway avec la mère de Françoise. L'avocat, inquiet, était venu s'informer car, s'il avait rencontré Mme Desfontaines lors des préparatifs de l'évasion, il ignorait ce qui était survenu ensuite. De plus, l'incendie ne donnant aucune impression de faiblir, il craignait maintenant pour son logis de Covent Garden et avait donc apporté ce qu'il avait de plus précieux en vue de le mettre à l'abri.

Pendant que Bauer aidait les réfugiés à dresser un campement de fortune, les Tilly, Fronsac et les femmes avaient raconté à l'avocat l'évasion et la punition de l'armateur véreux, de son frère comme du capitaine de la *Lady Mary*. Halloway avait peine à croire qu'ils soient parvenus à surmonter de telles épreuves et était demeuré encore plus stupéfait quand Louis et Gaston lui avaient annoncé envisager maintenant de faire rendre gorge à l'homme le plus puissant d'Angleterre.

Mathurine lui avait ensuite déclaré qu'elle rentrerait en France pour quelque temps, voyage que l'avocat avait plutôt bien accepté. Possédant par sa mère quelques terres en Normandie, ce serait l'occasion de les exploiter, avait-il dit, lassé de participer aux sauvages mises à mort de taureaux. Il préférerait mille fois élever des vaches pour leur lait, avait-il plaisanté.

La mère et la fille descendirent dans le vestibule. Un laquais s'y trouvait en compagnie du majordome. Mathurine s'approcha des deux domestiques.

— Messieurs, annonça-t-elle, nous souhaitons prendre l'air car la chaleur est insupportable dans notre chambre. Pouvez-vous nous ouvrir pour que nous marchions un peu dans la cour ?

— Ne voulez-vous pas plutôt vous rendre au jardin ? suggéra le majordome. La cour est très enfumée.

— Plus tard, peut-être.

Il n'insista pas et se rendit à la porte, Françoise sur ses pas. Comme le laquais ne bougeait pas, Mathurine fit tomber son mouchoir.

Le majordome tira les deux verrous et ouvrit. Le laquais à l'extérieur tourna la tête alors que quatre hommes s'approchaient du perron. Le majordome sortit pour accueillir les visiteurs.

— Nous sommes attendus par milord, assura Fronsac.

— Il ne m'a rien dit, messieurs.

Bauer sortit un pistolet de son justaucorps et en poussa le canon dans le ventre du laquais. Gaston en plaça un autre sur la tempe du majordome.

— Entrez ! ordonna Louis.

Le laquais à l'intérieur s'était baissé pour ramasser le mouchoir, mais avait tourné la tête en entendant parler sur le perron. Mathurine sortit alors le petit pistolet de Mme Durier, porté dans un étui sous sa robe.

— Ne bougez plus ! grinça-t-elle en menaçant le serviteur.

Celui-ci se redressa quand même et vit avec horreur l'arme pointée sur lui, chien tiré en arrière.

— Avancez vers la cave ! ordonna Mme Desfontaines.

Entourés des quatre hommes, les trois domestiques obtempérèrent, éberlués par ce qui leur arrivait et incapables de réagir.

— Descendez ! intima Gaston quand ils furent sous le grand escalier.

Bauer ayant dégainé son épée, les prisonniers devinaient, à son expression, qu'il n'hésiterait pas à l'utiliser. Les marches étaient éclairées par une lanterne à chandelle, attachée dans le mur.

— C'est fermé en bas et je n'ai pas la clef, fit le majordome, histoire de gagner du temps.

— L'intendant doit l'avoir, souffla Mme Desfontaines, inquiète que quelqu'un ne paraisse.

— Où est-il ?

— Venez avec moi, décida-t-elle.

Sous le grand escalier, les intrus étaient partiellement dissimulés, mais pouvaient être découverts à tout moment par une servante ou un valet.

Mme Desfontaines et Gaston traversèrent le vestibule et se dirigèrent vers l'appartement de l'intendant, en face de la grande salle. Un marmiton sortit des cuisines et les salua avant de filer vers le jardin.

Elle frappa à la porte. On vint ouvrir. C'était l'intendant en personne.

— Madame… Avez-vous besoin de quelque chose ?

Il se montra surpris en voyant Tilly. Celui-ci lui brandit le pistolet sous le nez :

— Les clefs de la cave ! ordonna-t-il.

— Je… je…

— Où sont-elles ?

— Là ! Là ! bredouilla l'homme, terrorisé, en indiquant sa ceinture.

— Venez, et pas un mot, ou ce sera un massacre, prévint Gaston en saisissant le col de sa jaquette.

Ils retraversèrent le vestibule et gagnèrent la cave.

Tout le monde descendit, l'intendant en tête, Gaston sur ses pas.

— Ouvrez !

Le serviteur se trompa de clef, tâtonna, mais finalement déverrouilla la serrure.

Tout le monde pénétra dans un vaste sous-sol obscur et humide. Fronsac, entré le dernier, avait récupéré la chandelle de la lanterne. En bas se trouvait une lampe posée sur une tablette en bois. Il l'alluma et dit à Gaston :

— Quand vous les aurez immobilisés, rejoins-moi avec Françoise qui connaît les lieux. Mme Desfontaines, conduisez-moi chez Jermyn. César, accompagne-nous.

Laissant Gaston et Bauer mettre les menottes et bâillonner les prisonniers, les autres remontèrent, et Mme Desfontaines guida les deux Français au premier étage.

— C'est là ! dit-elle en indiquant la porte.

Fronsac ouvrit. Ils traversèrent l'antichambre et pénétrèrent dans la chambre de Saint Albans. Louis brandissait un pistolet à deux platines, César tenait deux armes.

Le coiffeur était toujours là et un valet attendait près du lit.

— Que personne ne bronche ou n'appelle !

Jermyn resta impassible. Il n'avait jamais vu Fronsac, mais venait de tout comprendre.

— Où va-t-on par là ? s'enquit ce dernier en désignant une porte.

— Mon cabinet de travail.

Laissant César surveiller, il se rendit dans cette belle pièce lumineuse dont la grande table était couverte de documents, où fauteuils, coffre de fer, armoire et bibliothèque trahissaient l'opulence de leur propriétaire.

Louis revint dans la chambre :

— Vous deux, passez à côté et allongez-vous par terre. César, tu leur mettras des menottes et tu vérifieras que toutes les autres portes du cabinet sont verrouillées.

Jermyn considéra Fronsac avec condescendance.

— Qu'espérez-vous en venant ici ? Vous n'en sortirez pas vivant.

Le marquis de Vivonne ne répondit rien, mais ne quitta pas des yeux le lord, persuadé qu'un homme comme lui ne se laisserait jamais faire. Il n'y avait aucune crainte chez Saint Albans, devina-t-il non sans une pointe d'appréhension. Si le chef du Trust tentait le tout pour le tout, la situation deviendrait plus compliquée car un coup de feu attirerait du monde.

Mais Jermyn ne bougea pas, devinant à son tour ce Fronsac audacieux capable de tout. Il préféra jouer une autre carte et se tourna vers Mme Desfontaines.

— C'est vous qui lui avez ouvert après m'avoir fait éloigner M. Mordaunt, l'accusa-t-il. Quelle honte ! Quelle félonie ! Je m'attendais à plus de reconnaissance après ce que j'ai fait pour vous.

— Ce que vous avez fait pour moi, milord ? s'indigna-t-elle. Comme avoir exigé de M. Gombleton qu'il m'incrimine d'un vol que je n'avais pas commis ? Tout cela pour vous approprier le saphir des Stuart et que j'en sois accusée ? Vous m'accusez de félonie alors que vous êtes la perfidie même !

Si la diatribe porta, lord Saint Albans n'en laissa rien paraître. Cependant il ne put maîtriser le tremblement de sa lèvre supérieure qui provoqua un tressaillement de sa moustache. Aussi Louis poussa-t-il son avantage :

— M. William Gombleton nous a tout révélé. Pas de bonne grâce, mais il l'a fait.

Un instant de silence, puis le lord demanda :

— J'ai appris que le navire de son frère avait coulé et que le capitaine Bowman avait trouvé la mort.

— Fort juste. Plus exactement son navire a brûlé avant de couler.

— C'était vous ?

— C'était moi.

Jermyn soupira.

— Je vous repose donc la question. Que voulez-vous ? Que j'indemnise Mme Desfontaines des torts que je lui ai causés ? Je l'accepte volontiers. Je reconnais l'avoir utilisée, mais les conséquences de la partie en cours sont plus importantes que son seul bien-être. C'est la paix avec la France qui se joue. Vous devriez donc être avec moi.

— Le saphir. Je veux juste le saphir.

Jermyn éclata de rire comme s'il se trouvait en présence d'amis ayant lancé une bonne plaisanterie.

— Croyez-vous un instant que je vais vous le remettre ? Vous pouvez me tuer, mais vous ne l'aurez jamais et finirez dépecé à Charing Cross…

Jermyn se tut en voyant entrer Bauer, Gaston et Françoise.

— Nos hommes ont-ils terminé ? s'enquit Fronsac.

— Oui, dit Gaston, encore quelques minutes et tout sera prêt.

— Qu'est-ce qui sera prêt ? s'inquiéta Jermyn qui supputait d'un coup une effroyable intrigue.

Du canon de son arme, Louis indiqua la fenêtre.

— Cet incendie est terrible, n'est-ce pas ?

Saint Albans, muet, se demanda avec crainte où voulait en venir l'homme qui le menaçait.

— Savez-vous comment il a débuté ? ajouta Louis.

— Oui, dans la boutique d'un boulanger qui avait mal éteint son four.

— Pas tout à fait. Le four était éteint.

— Qu'en savez-vous ?

— J'étais présent, en vérité. Voyez-vous, j'étais poursuivi par vos sbires. Dont l'un tenait une torche malencontreusement tombée dans des fagots.

Jermyn ne cacha pas son émotion.

— Oui, c'est l'un de vos hommes qui a mis le feu à Londres. Vous êtes le responsable de l'incendie.

— Non… Vous mentez…

Louis sortit un flacon de porcelaine de la grande poche de son justaucorps.

— Savez-vous ce que contient ce pot, milord ?

— Comment pourrais-je ?

— De la résine de térébenthine de Chio. Un suc résineux jaunâtre.

Fronsac vida alors la substance sur une console encadrée de rideaux, située à sa droite.

Jermyn le regardait sans comprendre.

— Je vais vous montrer ce que l'on peut en faire.

D'une autre poche, il sortit un briquet pistolet ayant appartenu à lady Hay. Constitué d'une petite platine à silex avec chambre de combustion où se trouvait l'amadou à enflammer, il suffisait de lâcher le chien pour provoquer une flamme. Il le fit et mit le feu à la térébenthine. Immédiatement, la console s'enflamma et les tentures s'embrasèrent.

49

Mardi 4 septembre, suite

Jermyn se précipita pour éteindre le foyer en saisissant au passage la courtepointe du lit. Avec l'étoffe, il frappa les flammes comme un forcené sous les regards amusés de ses visiteurs. Et hurla :

— Vous êtes fous ! Fous ! Déments !

— Silence ! ordonna sèchement Fronsac.

Une fumée âcre envahit la pièce, mais les flammes se calmèrent et finirent par s'éteindre. Gaston alla à la fenêtre, qu'il ouvrit. Le vent qui soufflait chassa les volutes et lord Saint Albans se révéla perruque en bataille, boucles brûlées, vêtements roussis, mains noirâtres. Le père du roi d'Angleterre et de la duchesse d'Orléans avait d'un coup perdu toute superbe.

— *By Jove ! Foolish !* Insensés ! Vous auriez pu mettre le feu à l'hôtel, au quartier même, glapit-il.

— Gaston, explique ce que vous avez préparé.

Jermyn se tourna vers lui, hagard après cette épreuve.

— Vos serviteurs sont pour la plupart enfermés. On a fait entrer des tonnelets de térébenthine, substance largement répandue dans votre salle et chez votre intendant. Mes hommes attendent mes ordres pour y mettre le feu.

Terrorisé, Jermyn ouvrit la bouche pour protester, mais devina que, quoi qu'il dise, on ne l'entendrait pas.

— Votre hôtel brûlera. Et vous avec, car vous aurez été préalablement attaché à ce fauteuil. Sans doute le quartier s'embrasera.

Sans doute l'incendie ne sera-t-il pas maîtrisé et se propagera à Westminster et Whitehall. Ainsi vous serez responsable de la destruction complète de Londres.

Silence du lord, dont les yeux marquaient le désarroi.

— Donnez-moi le saphir et nous partons, redit Fronsac.

Jermyn demeura muet. Gaston sentait qu'il évaluait les autres possibilités, mais n'en découvrait aucune.

On frappa soudain à la porte du couloir.

— Milord ! Nous vous avons entendu crier ! Qu'arrive-t-il ? On voit de la fumée sous votre porte.

Louis fit signe à Mme Desfontaines. Elle fila dans l'antichambre, ferma la porte derrière elle et ouvrit au domestique.

Ils étaient trois : deux valets et sa chambrière, visages tendus par l'inquiétude. Ils avaient dû vainement chercher l'intendant et le majordome.

— C'est ma faute, expliqua Mme Desfontaines, confuse. J'ai ouvert la fenêtre car il faisait trop chaud et la fumée de l'incendie a pénétré, provoquant la colère de monseigneur qui a crié.

— Nous avons cherché M. l'intendant, mais sans le trouver, madame, expliqua un valet à demi-convaincu.

— Il est avec monseigneur, ainsi que le majordome. Est-ce important ? Si vous voulez, vous pouvez leur parler, mais vous les dérangerez.

Les serviteurs se consultèrent du regard.

— Non, madame, que monseigneur nous excuse, céda le plus âgé.

Mathurine referma la porte et essuya son visage transpirant. Quelle frayeur !

Elle revint et vit que Jermyn discutait :

— Quelle garantie aurai-je que vous partirez sans mettre le feu ?

— Je veux le saphir, rien d'autre, assura Fronsac. Je ne cherche aucunement à me venger.

— Que ferez-vous de la pierre ?

— Je la remettrai à lord Clarendon, qui l'offrira au roi.

— Pourquoi ? s'étonna Saint Albans.

— Je l'ai promis à lord Hollis, et moi je suis homme de parole.

Saint Albans frotta sa barbe. Décidément, il avait sous-estimé Hollis et ce Fronsac.

— Le saphir se trouve dans mon cabinet, avoua-t-il.

— Allons-y.

— J'irai seul.

— Non, je vous accompagne.

— J'ai d'importants documents dans mon coffre, vous n'avez pas à les connaître.

— Je ne le chercherai pas, je vous en donne ma parole. Et je vous rappelle que vous n'avez pas le choix.

Un dernier regard haineux vers cette bande hostile et Saint Albans tourna les talons pour se rendre dans la pièce mitoyenne. Où les deux serviteurs étaient toujours allongés, menottés dans le dos, les pieds entravés aux pieds de la table. Le lord les ignora, s'approcha de la bibliothèque, sortit un ouvrage, l'ouvrit et en tira une clef. Un faux livre creux, comprit Louis. Il se rendit ensuite au coffre de fer, s'accroupit, inséra la clef dans la serrure, la fit tourner d'une certaine manière en provoquant déclics et grincements, puis souleva le couvercle.

Fronsac était prêt à tirer, au cas où le coffre contiendrait une arme, tout en sachant qu'on laissait rarement un pistolet avec le chien levé dans un coffre contenant des papiers, car un rien pouvait provoquer la mise à feu, donc un incendie.

Jermyn plongea une main et sortit un boîtier en santal ciselé qu'il tendit à Fronsac. Ses doigts tremblaient légèrement.

Louis prit l'écrin de sa main libre.

— Vous pouvez refermer et garder la clef, dit-il.

Le lord s'exécuta. Pendant qu'il verrouillait, Fronsac souleva le couvercle et découvrit la magnifique pierre bleue.

— Bauer, te reste-t-il une menotte ? lança-t-il.

— Non, *b*ozieu, *b*ais *ch*ai de la corde.

— Viens ici ! Asseyez-vous sur ce fauteuil, milord.

Jermyn obtempéra, et le Bavarois lia ses pieds et mains au siège. Pendant l'opération, Louis déclara :

— Évitez de crier quand nous partirons, nous serions obligés de tuer vos domestiques.

Silence.

— Pour vous rassurer, sachez que j'avais juste apporté ce pot de térébenthine. Nous n'en avons placé nulle part chez vous et n'envisagions pas de mettre le feu à votre hôtel. Vos gens sont menottés dans la cave.

Le regard de Jermyn se durcit, mais il demeura silencieux.

— Allons-y ! décida Gaston entré dans la pièce.

Ils partirent, craignant malgré tout des cris ou des appels à l'aide. Mais il n'y eut rien. Dans l'escalier, ils croisèrent un laquais qui les regarda avec étonnement. Quatre hommes tenant des pistolets, et deux femmes bien pressées. Qu'est-ce que cela signifiait ?

Quand ils ouvrirent la porte, des volutes de fumée pénétrèrent dans le vestibule. La cour baignait dans la brume. Ils la traversèrent en courant jusqu'au carrosse qui les attendait sur la place.

— À Charing Cross ! ordonna César.

La situation avait empiré. Un épais manteau noir éclairé par de longues flammèches rouge sang couvrait la ville. L'odeur de brûlé piquant la gorge, ils durent garder un mouchoir sur la bouche pour ne pas tousser. À partir de Charing Cross, c'est dans un nuage totalement obscur qu'ils pénétrèrent, n'y voyant pas à deux pas. César, monté à côté du cocher, lui indiqua la direction de la maison de Samuel Morland.

Dans la voiture, on se félicitait – malgré la tragédie que vivait Londres. Louis avait sorti le coffret et tous admiraient le joyau.

— Mme Desfontaines, sans vous nous n'aurions jamais réussi, dit chaleureusement Fronsac. Vous avez fait preuve d'une présence d'esprit stupéfiante.

— J'ai longtemps connu M. Jermyn et vécu six ans à la cour de Madame. Une expérience qui forge le caractère, persifla-t-elle. Mais je ne vous cacherai pas que j'ai eu peur, monsieur, même si je dois reconnaître que je me suis, aussi, grandement amusée.

Elle ajouta, après un silence :
— Lord Saint Albans est bien puni de ses méchancetés envers vous et moi.
— Il cherchera à se venger, intervint sombrement Gaston. Mieux vaut remettre le saphir à sir Nicholas rapidement et quitter l'Angleterre au plus vite.
— Attendons que le feu cesse. Nous trouverons plus facilement un navire.
— Vous ne risquez rien chez moi, intervint Mathurine. Personne ne sait où je vis. Nous serons serrés, certes, mais au moins en sécurité.
— Ne sous-estimons pas Mordaunt, dit Fronsac en une grimace. L'homme, vexé, lancera tous ses espions après nous. Une fois chez vous, interdiction de mettre le nez dehors.
Le carrosse s'arrêta devant la maison de Morland. De nouveau, César ordonna au cocher de les attendre et lui remit une autre guinée pour prix de sa patience.

Morland travaillait dans son cabinet lorsque son valet fit entrer les visiteurs qu'il avait reconnus. Le maître des Mécaniques découvrit Fronsac avec stupéfaction, puis laissa éclater sa joie et sa curiosité :
— Libre ! Mais comment ?
Gaston mit un doigt sur sa bouche ; Morland comprit. Après avoir fait porter des sièges par son valet, il proposa à ses amis une collation et des boissons, qu'ils ne refusèrent pas.
— J'ai hâte d'apprendre par quels miracle et ingéniosité vous êtes sorti de la Tour, monsieur Fronsac, dit-il quand le domestique eut quitté la pièce.
— Grâce à lady Hay, Mme Desfontaines et sa fille. Nous allons vous raconter, mais, auparavant, regardez ceci.
Au sortir du saphir, Morland tomba en extase.
— La pierre qu'a portée Robert Bruce, puis Robert Stuart, murmura-t-il avec dévotion.
Il leva les yeux vers Louis :

— Qu'allez-vous en faire, monsieur ?

— Dès que l'incendie se calmera, je la porterai à sir Nicholas comme promis à lord Hollis. J'aimerais que vous soyez avec nous.

— C'est trop d'honneur.

— Vous êtes l'un des artisans de ce succès.

— Entendu, se rengorgea le maître des Mécaniques. Comment me préviendrez-vous ?

— Je l'ignore encore. Le feu est terrible et ne paraît pas faiblir. Croyez-vous qu'il puisse s'arrêter d'ici demain ?

— Hélas, non. Je sais seulement que le duc d'York et les soldats de la garde font sauter les maisons vers Holborn pour empêcher qu'il n'atteigne d'autres quartiers.

Les serviteurs grattèrent à la porte, Morland les fit entrer. Ils déposèrent des pâtés, du pain, des huîtres en saumure, des charcuteries et de la bière sur sa table de travail.

Après leur départ, Morland et Françoise assurèrent le service et chacun raconta un morceau des événements survenus les jours précédents. Louis narra sa capture et son emprisonnement, les femmes leurs visites à la Tour, et Gaston l'évasion. Cependant ils n'évoquèrent jamais ce qui s'était passé chez le boulanger Farriner ni à l'entrepôt des Gombleton.

La collation se terminait quand Morland en vint à ce qu'on ne lui avait toujours pas dit :

— Mais, le saphir, de quelle manière l'avez-vous obtenu ?

— Lord Saint Albans le conservait. Nous sortons de chez lui où il nous l'a remis afin de le rendre au roi.

— Il vous l'a remis… comme ça ?

Et de faire claquer ses doigts avec un sourire sceptique.

— Comme ça ! approuva Louis. Il avait beaucoup à se faire pardonner après avoir fait accuser Mme Desfontaines et m'avoir fait enfermer.

Morland aurait volontiers posé les dizaines de questions qui lui brûlaient les lèvres, mais il avait trop l'expérience des affaires secrètes pour ignorer qu'on ne lui révélerait rien de plus.

Il hocha seulement la tête.

— Dès que je saurai quand sir Nicholas sera à même de nous recevoir, je vous enverrai un message, promit Louis. Mais, dites-moi, savez-vous si on peut encore traverser la ville ? Nous avons à nous rendre chez lady Hay et votre ami Pepys.

— J'ai appris tout à l'heure que le feu approchait de Saint-Paul et du Temple, mais il doit rester des rues intactes. Essayez de passer par Lombard Street.

Bauer avalait les dernières huîtres. Louis le regarda avec un sourire goguenard et se leva :

— Une nouvelle fois, je vous remercie pour votre aide. Je vous préviendrai du jour et de l'heure de ma visite à sir Nicholas.

Ils partirent. César demanda au cocher de les conduire à Little Salisbury House. L'homme se montra réticent.

— Je veux bien aller jusque-là, sir, mais pas plus loin. Quand on rentre dans la Cité, personne n'est aujourd'hui sûr d'en sortir.

La voiture les laissa donc au portique du Strand. Mouchoir sur le visage, ils poursuivirent le trajet à pied, enveloppés dans un nuage noir mêlé de cendres qui recouvrait tout comme une sinistre neige. L'allée elle-même n'était plus que poussière grise.

À l'hôtel, le valet les reconnut et les fit entrer. Lady Percy arriva dès qu'on l'eut informée de leur présence.

Revêtue de la même robe de toile indienne retroussée que celle portée à leur dernière visite, elle se précipita, un magnifique sourire illuminant son visage.

— Monsieur Fronsac ! Mes amis ! J'ai reçu votre lettre et je comptais les heures en attendant de vous revoir ! Racontez-moi tout !

Elle les fit entrer dans sa chambre et, une fois assis, Louis renouvela le récit fait à Samuel Morland, ainsi que les préparatifs et le déroulement de son évasion. Gaston narra la suite et, en accord avec son ami qui souhaitait ne rien cacher à lady Percy, rapporta cette fois ce qui s'était passé à l'entrepôt des Gombleton.

— Vous avez donc la confirmation que lord Saint Albans possède le saphir et cherchait à vous empêcher d'enquêter dessus, dit-elle à Louis avec une évidente admiration.

— Vous avez en partie raison, milady, répliqua Fronsac. Regardez ceci.

Il sortit le coffret qui déformait sa poche. C'est ainsi qu'elle découvrit le joyau des Stuart. Elle en fut muette d'admiration.

— Comment… Comment l'avez-vous eu ? demanda-t-elle, enfin.

— Lord Saint Albans vient de nous le remettre, déclara Gaston d'un air hilare.

— Par la contrainte ? osa-t-elle, brusquement inquiète.

Elle connaissait la violence et l'absence de morale de ce Jermyn approché à la fin de la guerre civile, savait à quel point, riche et puissant, il se croyait tout permis et, surtout, n'ignorait pas qu'il était le véritable père du roi.

— Disons que nous avons usé d'arguments brûlants, persifla Louis. Raconte, Gaston…

Ce dernier déroula volontiers le récit de l'expédition.

— Lord Saint Albans vous poursuivra jusqu'en enfer, observa-t-elle à mi-voix.

— Nous n'envisageons pas d'aller si loin, répliqua Louis, maintenant sérieux, seulement chez sir Nicholas dans le but de lui remettre cette pierre. Et c'est là que j'ai encore besoin de vous.

— Expliquez-moi, demanda-t-elle d'un ton neutre.

— Quand l'incendie sera terminé, ou près de l'être, pourriez-vous obtenir une audience auprès du ministre ?

— Possible. Je peux envoyer un courrier à Whitehall dès cet après-midi. Mais dois-je solliciter une audience pour moi ou pour vous ? Et comment vous faire connaître la date et l'heure ?

— Demandez à sir Nicholas de vous recevoir, et nous nous retrouverons chez lui.

— Ne souhaitez-vous pas le rencontrer seul ?

— Vous avez été à la peine, c'était bien raison que vous soyez à l'honneur[1], dit-il.

---

1. Allusion à la réponse de Jeanne d'Arc lors de son procès quand on lui demanda pourquoi elle avait gardé son étendard près de l'autel, lors du sacre de Charles VII.

Ayant du mal à masquer son émotion, la jeune femme détourna la tête.

— Pour nous avertir du moment, prévenez maître Halloway. Il loge près de Covent Garden.

Mme Desfontaines précisa l'enseigne de la maison et la rue.

Ils repartirent à pied peu après. Maintenant, le Strand grouillait de fugitifs, de charrettes, d'ânes et de mules lourdement chargés de paquets, caisses et ballots, tous s'éloignant du brasier infernal. Derrière, des flammes immenses se perdaient dans une épaisse nuée noire. La chaleur était tellement épouvantable que si leurs justaucorps n'avaient servi à dissimuler des pistolets, ils les auraient retirés. Le vent transportait des cendres brûlantes qui fouettaient leurs têtes ; ils durent ajouter aux étoffes des écharpes dissimulant leurs visages.

Péniblement, ils atteignirent Fleet Street. Inquiets, ils demandèrent à des fuyards quels quartiers se voyaient encore épargnés.

— Jusqu'à Ludgate, la voie est libre, répondit un homme épuisé, la figure sale de suie, qui portait une caisse sur son dos tout en poussant une brouette où braillait un nourrisson entouré d'étoffes. Son épouse, elle, tenait une fillette par la main.

— Après, je ne sais pas, j'arrive de Thames Street, mais on m'a dit Saint-Paul menacé. Que Dieu nous protège !

Il se signa.

Louis, ému aux larmes, lui remit sa boursette pleine de guinées.

La troupe repartit, franchit le pont sur la Fleet[1] et, à l'approche de la cathédrale, découvrit les flammes qui couronnaient la toiture d'un hôtel. En approchant du brasier, ils aperçurent un attroupement. Des gens jetaient des pierres sur trois corps pendus à l'encorbellement d'une maison abandonnée : un panneau de bois indiquait qu'il s'agissait de pillards pris en flagrant délit.

— Continuons ! dit Fronsac, mal à l'aise.

1. La rivière est, depuis, souterraine.

Ces pendus étaient-ils vraiment des voleurs ? Qui le saurait jamais ? Ils n'avaient pas été jugés. L'incendie ne détruisait pas seulement les maisons, il faisait disparaître le faible vernis de la civilisation et ramenait les humains à la sauvagerie.

Le grondement des flammes se faisait de plus en plus menaçant, de noirs tourbillons de fumée âcre suffoquaient et aveuglaient. Pourtant, lors d'une rafale, la vue se dégagea suffisamment pour qu'ils puissent distinguer l'immense masse de la cathédrale Saint-Paul.

Ils découvrirent le sanctuaire intact, mais aussi les violents brasiers qui l'entouraient. Des centaines de personnes se passaient des seaux d'eau depuis la Tamise, bien que chacun devinait ce traitement inutile. Ouvertes, les portes de l'enfer ne se refermeraient qu'une fois Londres entièrement consumé.

Mais l'enfer apparut plus vite que redouté encore : une troupe de cavaliers, armés jusqu'aux dents, venait de les rejoindre. Jermyn avait lancé des gens à leurs trousses et les avait retrouvés !

50

Ils se précipitèrent sous un encorbellement, débouché d'une galerie couverte, et se dissimulèrent dans l'un des porches du passage.

La troupe passa sans s'arrêter.

Soulagé, Gaston proposa de suivre le corridor. La fumée n'y avait pas pénétré, aucune cendre n'apparaissait et il y faisait moins chaud. À coup sûr ils en ressortiraient après avoir passé Saint-Paul. Comme l'idée leur parut judicieuse, ils s'engagèrent dans la coursive déserte au sol sommairement dallé. Au fil de leur avancée, ils passèrent devant des portes à pentures, des entrées d'escaliers ou de couloirs sans croiser âme qui vive. L'endroit paraissait abandonné alors qu'un ronflement inquiétant semblant venir de nulle part ne cessait de se faire entendre.

Soudain retentit un terrible craquement. Se précipitant sous une providentielle voûte en brique, ils virent le plafond de la galerie s'effondrer devant eux et des flammes surgir de toutes parts : le pâté de maisons s'embrasait ; le feu avait pris par les toitures et s'étendait maintenant au reste des constructions.

Ils s'enfuirent dans la direction opposée au foyer, choisissant une galerie soutenue par des poteaux, et débouchèrent dans une rue sombre d'où, en se retournant, ils aperçurent des flammes dévorant déjà une tourelle de bois.

— Où sommes-nous ? demanda Gaston à Mme Desfontaines.

— Je ne sais, avoua-t-elle paniquée. On devrait se trouver au nord de Saint-Paul et l'incendie ne pas être arrivé jusque-là.

— Il va trop vite ! s'inquiéta Fronsac. Filons beaucoup plus au nord !

Par un lacis de ruelles constellées de maisons étroites à étages débordants, ils coururent à perdre haleine, César tenant la main de Françoise pour qu'elle ne tombe pas et Bauer celle de Mme Desfontaines. Ici, également, tout était désert, un abandon dont ils comprenaient maintenant la raison : les lieux avaient été évacués parce que l'incendie approchait.

Une déflagration éclata brusquement devant eux. Ils s'arrêtèrent, mais le souffle de l'explosion les atteignit, soulevant leurs vêtements.

— Par là ! cria César, qui venait d'entendre des voix.

Ils accoururent et découvrirent une large rue encombrée de soldats habillés de jaquettes écarlates. Parmi eux se dressaient les cavaliers qui les avaient poursuivis et qui, à cet instant, attachaient leurs chevaux à une barrière.

Ils étaient pris ! pesta Gaston, découragé.

Pourtant, les hommes d'armes ne paraissaient pas s'intéresser à eux. Quelques-uns portaient de petits barils dans une demeure, d'autres des mèches, beaucoup tenaient des haches et des pics. Les Français n'eurent pas le temps de considérer plus avant la scène car un officier en casaque vermillon avec corselet d'acier, chausses blanches et bottes noires, les interpellait :

— Que faites-vous ici ? s'enquit-il hargneusement.

— Nous fuyons l'incendie, monsieur, répondit Mme Desfontaines en s'efforçant de dissimuler sa peur.

Qu'on les fouille, et ils seraient pendus sur-le-champ, devinait-elle.

— Vous ne devriez pas être dans ces maisons ; nous les avons évacuées pour les faire sauter !

— Sauter ? intervint César.

— Oui, n'avez-vous pas reconnu nos uniformes ? Nous sommes les Coldstream Guards du régiment du général Monck. Sa Grandeur nous a fait venir pour détruire les maisons du quartier afin d'empêcher la propagation de l'incendie.

En parlant, il avait désigné un gentilhomme entouré de sergents munis de haches, individu plus grand que la moyenne – même pour un Anglais – arborant un justaucorps rouge à passements dorés. Visage fin et plaisant, encadré d'une lourde perruque, il affichait une expression nonchalante. Il les vit à son tour, remarqua les femmes et approcha, l'air intrigué, peut-être méfiant.

— Qui êtes-vous ?

— Mathurine Desfontaines, je suis dame de compagnie de la princesse Henriette, madame la duchesse d'Orléans.

— Ma sœur ? s'étonna le gentilhomme.

Elle comprit. Ils se trouvaient en présence du duc d'York, le frère du roi[1] !

Elle plia un genou en murmurant :

— Monseigneur.

Les Français ôtèrent leurs chapeaux et s'inclinèrent dans une profonde révérence.

— Mais cela ne me dit pas ce que vous faites ici, fit le duc, amusé.

— Nous avons été surpris par l'incendie, monseigneur, intervint César. Nous nous rendons au bureau de la marine pour rencontrer M. Pepys.

— Connaissez-vous Samuel Pepys ?

— Oui, monseigneur, répondit Fronsac.

— C'est à cause de lui que je suis là ! expliqua le duc en prenant un ton faussement accablé. Hier, il m'a assuré que faire sauter les maisons serait le seul moyen d'arrêter le feu. Les soldats de la garde ont commencé, mais je n'ai pas assez de monde et je crains les flammes plus rapides que nous et capables de passer par-dessus nos destructions.

Il soupira.

— Malgré tout, je fais confiance à M. Pepys qui est loin d'être un imbécile. Je dois reconnaître avoir toujours eu à me louer de

---

1. Il régnera ensuite sous le nom de Jacques II et devra abdiquer au profit de sa sœur et de son beau-frère Guillaume d'Orange.

lui. Et si l'incendie nous dépasse, nous nous replierons et utiliserons la Fleet comme coupe-feu naturel[1]. Mais pourquoi une dame de compagnie de ma sœur veut-elle rencontrer le secrétaire du conseil de la Marine ?

— Il s'agit d'une visite privée, monseigneur, intervint de nouveau Fronsac qui devinait une Mme Desfontaines bientôt à court d'inventions. L'épouse de M. Pepys, Élisabeth de Saint-Michel, est française. Il se trouve qu'elle est la sœur de mon cousin et je viens à la fois lui porter des nouvelles de sa famille et la prévenir d'un héritage qui l'attend. Mme Desfontaines, une amie, a proposé de m'accompagner car je ne connais pas l'Angleterre,

Le duc se tourna vers lui en soupirant, comme si tout cela l'ennuyait profondément :

— Et vous, qui êtes-vous ?

— Marquis de Vivonne. Avec la fille de Mme Desfontaines, nous sommes arrivés à Londres hier et tombés dans cet effroyable incendie.

— Effroyable, en effet, fit le duc en sortant un grand mouchoir pour tapoter son front couvert de sueur.

Il bâilla avec affectation :

— Savez-vous où loge Pepys ?

— Oui, monseigneur. M. Morland nous a renseignés.

— Vous connaissez aussi le maître des Mécaniques ?

— Je l'ai rencontré en France, voici trois ans, avec lady Percy Carlisle.

Fronsac énumérait ces noms, espérant que le duc finirait par être convaincu qu'il s'agissait d'innocents voyageurs, de gens de qualité, et non d'espions.

— Sir Morland a beaucoup de talent, fit le duc, soudain songeur. Quand je pense qu'il m'avait proposé des pompes et que je ne l'ai pas écouté ! Pourquoi êtes-vous à pied ?

1. Le duc devra reculer devant le vent attisant les flammes. Même ses barrages le long de la Fleet seront insuffisants, et il n'arrêtera finalement l'incendie qu'au Strand, le lendemain soir.

Le ton devint brusquement sec.

— Notre carrosse nous a abandonnés à Saint-Paul, monseigneur, intervint Mme Desfontaines. Le cocher n'a pas voulu aller plus loin à cause des flammes. J'ai cru habile de prendre un passage à travers une maison afin d'éviter les fumerolles, mais l'incendie nous a rattrapés. Je voulais gagner Cheapside et Lombard Street.

— Cheapside brûle, madame, intervint l'officier qui les avait interpellés. Et Lombard Street se résume à des cendres.

Fronsac observait discrètement le frère du roi. Les dernières paroles de Mme Desfontaines semblaient l'avoir convaincu puisqu'il ne s'intéressait déjà plus à eux, mais s'adressait à l'un de ses officiers en train de l'avertir que les charges étaient prêtes.

— Je vais me mettre à l'abri, fit-il.

Il se retourna vers Mme Desfontaines et désigna un carrefour :

— Madame, dirigez-vous vers le Guildhall. Le feu ne l'a pas atteint, et je prie le ciel pour qu'il n'y parvienne pas, mais dépêchez-vous quand même. En d'autres temps, je vous donnerais un homme pour vous guider, mais j'ai besoin de tous mes soldats.

Louis et Gaston dissimulèrent leur soulagement. De nouveau, ils s'inclinèrent profondément. Le duc baisa la main des dames en retenant un peu trop celle de Françoise. Mathurine plissa le front, il la relâcha. Elle n'ignorait rien de la réputation de don juan de ce James Stuart contraint d'épouser la fille de lord Clarendon après qu'il l'eut mise enceinte.

Ils marchaient aussi vite qu'ils le pouvaient quand ils virent l'église Saint Laurence s'embraser. Pour éviter la chaleur du nouveau brasier, ils se rapprochèrent du Guildhall tout en ayant la certitude que la mairie de Londres allait elle aussi, sous peu, devenir la proie des flammes, malgré les prières du duc d'York.

Heureusement, le vent ne soufflait plus face à eux, et fumée et cendres les gênaient moins. Ils poursuivirent encore près d'une heure leur périple hasardeux et effréné, croisant sans cesse des malheureux en train de fuir l'incendie. L'un d'eux leur confirma que la rue des Lombards était entièrement calcinée et qu'il ne restait rien du Royal Oak. Les quelques affaires laissées par Gaston étaient donc perdues.

Arrivés à Seething Lane, où se situait l'hôtel de la Navy, ils découvrirent un chariot prêt à partir et Samuel Pepys qui vociférait après une servante.

— Trouvez-moi des portefaix ! criait-il. Je ne peux tout de même pas porter mes affaires seul !

— Monsieur, pouvons-nous vous aider ? intervint alors Fronsac.

Le secrétaire du bureau naval se retourna :

— Vous ! Décidément, nous sommes voués à nous rencontrer durant cet incendie !

— À dire vrai, nous venions vous voir.

— Moi ? s'inquiéta Pepys.

— Nous avons bravé les flammes de l'enfer pour vous trouver, monsieur, plaisanta Mme Desfontaines. Voyez dans quel état nous sommes !

D'un geste, elle montra sa robe couverte de cendres blanchâtres.

— Dieu du ciel ! Je me conduis comme un rustre. Venez chez moi prendre un rafraîchissement et faire un peu de toilette.

Il s'adressa à la servante :

— Fais le tour du quartier et déniche-moi un ou deux garçons.

— *Che* peux l'aider, proposa Bauer.

— Vous feriez ça ? Vous me sauveriez la vie !

— Nous vous assisterons aussi, monsieur Pepys, décida Gaston tandis qu'ils se dirigeaient vers les corps de logis, mais seulement lorsque nous aurons avalé un verre d'eau, car nous sommes si secs que nous pourrions nous enflammer comme du vieux bois. Craignez-vous l'incendie, pour charger ainsi ce chariot ?

— Je fais plus que le craindre. À coup sûr, il va arriver ici. Hier, j'ai mis mon argenterie à l'abri et une barge a transporté mes biens les plus précieux à Deptford. Il ne me reste que ce dernier chariot, mais tout le monde a fui ! Plus de valets, de portefaix, ni même de voisins !

Ils entrèrent dans la maison où Mme Pepys, un commis et une servante emplissaient deux caisses. La demeure était vidée de ses ameublement, tentures et tapis.

— J'ai au moins eu la satisfaction de sauver mes livres ! ajouta Samuel. Élisabeth, peux-tu conduire ces dames dans ton cabinet ? Après avoir marché des heures dans les cendres, elles ont besoin de faire un peu de toilette. Jane brossera leurs robes. Quant à toi, Tom, porte-nous ce qui reste du cidre dans mon bureau.

Les femmes s'éloignèrent et les hommes entrèrent dans le cabinet où ne trônait plus qu'une caisse ouverte.

— J'ai réservé une barge, au quai de la Tour, pour transporter ce qui me reste à Woolwich, mais je manque de bras.

— Nous allons remplacer vos portefaix, plaisanta Louis, mais auparavant je tenais à vous parler de mon enquête.

— Sur le joyau ?

Sans répondre, Louis sortit le coffret et le lui tendit. Le secrétaire du bureau de la marine l'ouvrit et resta bouche bée.

— Le saphir des Stuart... Comment avez-vous fait ? bredouilla-t-il enfin.

— Votre aide s'est avérée précieuse, monsieur Pepys. Quand l'incendie sera terminé, je rendrai cette pierre à sir Nicholas. Souhaitez-vous être présent lors de cette restitution ? Il me semble que votre ministre et lord Clarendon devraient apprendre le rôle important que vous avez joué dans son retour parmi les bijoux de la Couronne.

Si Pepys fut flatté par la proposition, il ne le montra pas. En vérité, les questions roulaient dans sa tête. Il avait entendu des rumeurs sur les joyaux disparus et, après la première visite de Louis Fronsac, s'était renseigné. Tandis que la version officielle assurait que Cromwell avait dilapidé les bijoux de la Couronne pour payer son armée, d'autres affirmaient que c'était Jermyn lui-même qui les avait vendus pour la reine mère Henriette, voire afin de s'enrichir. Or lord Saint Albans était certainement l'un des personnages les plus puissants du royaume, certains le prétendant même le véritable père du roi et du duc d'York, lequel s'avérait être son protecteur. Comment réagirait-il en apprenant que le secrétaire du conseil de la Marine avait permis de retrouver le saphir des Stuart ? Il devait réfléchir.

— Je ne sais, dit-il finalement. Je ne suis qu'un employé de la marine…

— Je comprends votre prudence, monsieur, le rassura Fronsac. Je vous ferai part du jour et de l'heure de ma rencontre avec sir Nicholas, et vous déciderez si vous souhaitez vous joindre à nous.

— Merci, monsieur Fronsac.

Tom frappa à l'huis et entra quand on le lui ordonna. Il apportait un plateau avec de grands verres de cidre tiède. Pepys lui demanda d'en porter à M. Bauer et fit part de nouveau de ses craintes de perdre sa maison, une demeure dans laquelle il venait de réaliser de coûteux aménagements. Son épouse Élisabeth revint alors avec les Françaises, visages nettoyés et robes époussetées. Elles se rafraîchirent à leur tour pendant que les hommes transportaient les caisses restantes jusqu'au chariot attelé d'un âne vigoureux. Dehors, Bauer avait chargé les paquets empilés dans la cour. Quand la charrette fut pleine à ne pouvoir rien ajouter, Pepys prit la tête du convoi et tout le monde se mit en marche vers l'embarcadère de la Tour.

La fournaise qui dévorait la ville se situait désormais sur leur droite. Le vent étant moins gênant, ils pouvaient regarder les tourbillons de flammes, de fumée et les immenses volutes d'étincelles brunes qui montaient aux cieux comme des éclaboussures de sang caillé.

Mais, même sous le vent, de nouvelles maisons s'embrasaient. Louis observa que tout commençait par des flammèches échappées des fenêtres, puis qui croissaient avant de dévorer les toitures, provoquant vite la ruine et l'effondrement des bâtisses dans un immense fracas.

— J'ai vu bien des ravages causés par la guerre civile, monsieur Fronsac, commenta à un moment Pepys qui marchait entre le marquis et Gaston de Tilly, mais je n'aurais jamais imaginé assister à pareille horreur. Savez-vous que j'ai pleuré comme un enfant ce matin en apprenant que les maisons de mes amis, les endroits où j'avais vécu enfant, n'existaient plus ?

— C'est épouvantable, reconnut Louis qui songeait à ce qu'il éprouverait si semblable calamité endeuillait Paris.

— Croyez-vous possible que des Français soient responsables de pareil malheur ? On parle de complot. Vous souvenez-vous des deux pendus de Billing's Gate, vos marauds de Southwark ? J'ai appris qu'on les aurait surpris en train d'allumer des feux. Mais quel intérêt le roi de France aurait-il à s'en prendre ainsi à Londres ? Malgré la guerre, la France reste notre amie.

— On a entendu plutôt que le feu aurait pris depuis le four d'un boulanger mal éteint, observa Gaston.

— On le dit, mais le boulanger affirme que c'est faux, qu'un homme a jeté une torche sur ses fagots après avoir forcé sa porte, et que l'individu parlait en français. Qu'il s'agissait d'un espion de votre roi. Peut-être l'un des pendus…

— Connaîtra-t-on jamais la vérité ? conclut Gaston alors que Louis s'abîmait dans le silence.

Pepys expliqua avoir convaincu le duc d'York de faire appel aux ouvriers des chantiers navals de Deptford, mais qu'aucun ne s'était encore présenté. Il espérait que les premiers arriveraient ce soir à l'hôtel de la Marine et qu'il parviendrait à leur faire démolir les maisons autour de la sienne.

Dans Tower Street, les flammes faisaient toujours rage. Pepys montra la taverne du Dauphin transformée en tas de braises, établissement qu'il « aimait et où il avait ses habitudes », dit-il d'un ton larmoyant.

À partir de là, un détour fut obligatoire pour atteindre l'embarcadère du bassin de la Tour. Pepys y retrouva John Tooker, un homme qui lui était redevable de sa charge d'agent au bureau la Marine[1] et qui avait déjà effectué un transport pour lui la veille. Tooker faisait garder une barque sur laquelle fut porté tout ce que contenait le chariot. Pepys lui demanda de laisser les Français

1. Pour la petite histoire, c'est Mme Tooker qui avait demandé à Pepys d'obtenir cette charge à son époux en échange de ses « faveurs » et peut-être de celles de sa fille Frances ! Pepys écrivit dans ses mémoires après cet accord : « *I did what I will with her and took great pleasure of her touching her thing with my thing.* »

sur l'autre rive avant de se rendre à Woolwich avec ses biens. Lui-même devait retourner chez lui où M. Penn, l'un de ses amis, était attendu.

Le groupe des Français embarqua. Le gros canot longea le pont puis atteignit le milieu de la rivière quand César, qui se tenait à l'avant, s'écria :

— Le *São Felipe* !

Tous regardèrent dans la direction indiquée. Effectivement, la figure de proue bouton-d'or avec fanal en main droite se détachait fièrement au-dessus des flots, du côté de Southwark.

— Abordez ce brigantin ! demanda Gaston à John Tooker. Nous en avons pour une minute.

L'agent de la marine accepta. Avec tout ce qu'il devait à Pepys, il aurait accepté n'importe quoi.

Approchant du navire portugais, César héla :

— Capitaine Cristobal !

Ce dernier apparut au plat-bord.

— Monsieur de Tilly ! s'exclama-t-il. J'avais tant peur de ne pas vous revoir, avec cet incendie.

— Et nous encore plus ! Nous vous avons cherché !

— J'ai dû m'éloigner sur ordre de l'Amirauté. Tous les navires marchands devaient gagner Greenwich. Mais on vient de nous autoriser à revenir.

— Capitaine, dit Gaston, demain nous vous apporterons des caisses et des meubles. D'ici à deux ou trois jours, nous rentrerons en France.

— J'ai fort hâte, monsieur. Ce brasier me fait craindre le pire. On m'a rapporté qu'une corvette marchande a pris feu et coulé pas loin d'ici, je ne tiens pas à perdre mon navire.

— Ne craignez rien, nous avons presque terminé notre mission, lui promit Fronsac, un léger sourire aux lèvres.

De retour à Southwark, les Français restèrent longuement sur la rive à regarder, désespérés, la ville embrasée et le firmament en feu.

— C'est une chose affreuse, commenta Mme Desfontaines. On pourrait croire le Seigneur en colère après le peuple anglais.

Partout, des flammes gigantesques se dressaient jusqu'au ciel. Des entrepôts pleins d'huile, de soufre se consumaient en déclenchant d'épouvantables explosions. L'incendie s'étendait aussi loin que portait le regard.

51

Le mercredi 5 septembre, César fut le seul à sortir de la maison de Mme Desfontaines. Il engagea plusieurs des réfugiés installés dans le verger afin qu'ils transportent, avec lui, les meubles et caisses des Gombleton sur le *São Felipe*.

Son père, Louis et Friedrich restèrent enfermés, certains que les espions de Mordaunt se trouvaient toujours à leurs trousses. Leur signalement devait avoir été distribué partout dans Londres et même si Southwark ne faisait pas partie de la ville, on pouvait les y rechercher également. Quant à Mme Desfontaines et Françoise, elles avaient l'habitude de se comporter en recluses.

Le feu continuait à s'étendre, rapporta César en revenant, mais ne progressait plus dans les quartiers où le duc d'York avait fait sauter les maisons. Pour autant Cheapside, la cathédrale Saint-Paul et une partie de Fleet Street avaient brûlé.

Le jeudi, en fin de matinée, il fut évident que l'incendie touchait à sa fin. Le vent s'était calmé, l'épais nuage noir couvrait toujours la ville, mais les flammes se faisaient désormais rares. Depuis une fenêtre de Mme Desfontaines, on voyait surtout des brasiers rougir sur l'autre rive.

Vers onze heures arriva un maître Halloway passablement excité.

— Voici moins d'une heure, un page m'a apporté cette lettre, dit-il, haletant, à Louis Fronsac. Il a prétendu urgent de vous la remettre en mains propres.

Dans ce courrier, lady Carlisle expliquait s'être rendue la veille à Whitehall et avoir obtenu du secrétaire de sir Nicholas un rendez-vous pour l'après-midi même, à trois heures. Même s'ils n'espéraient pas une audience si tôt, tout était prêt pour qu'ils se rendent au palais royal. Le dénouement approchait.

Quand l'avocat avait proposé la maison de Southwark à Mme Desfontaines, il lui avait aussi cédé les deux domestiques, Anne et Daniel, la première étant une nièce de sa cuisinière et le second un jeune orphelin parent de son secrétaire. Bien qu'étant depuis seulement quelques mois au service de leur nouvelle maîtresse, tous deux s'étaient attachés à elle et, quand elle leur avait annoncé son prochain départ, ils avaient pleuré. Aussi avait-elle proposé de les garder, ce qu'ils avaient volontiers accepté.

Il fut donc décidé que les Françaises, les domestiques, Bauer et César se rendraient sur le *São Felipe* avec les derniers bagages et les coffres de pièces d'or des Gombleton. Ils demeureraient sur le brigantin en attendant le retour de Louis et de Gaston, qui, prudents, se rendraient seuls à Whitehall.

De fait, la présence du fils Tilly et du Bavarois n'était pas nécessaire au palais. Au contraire même : si quelque incident devait survenir, par exemple une intervention de lord Saint Albans, mieux valait que César et Bauer soient libres. De plus, ils étaient indispensables pour protéger les deux femmes et surveiller l'or, les deux pouvant provoquer bien des tentations.

Daniel ne devait pas rester tout le temps à bord du brigantin portugais puisque Louis lui avait remis une lettre à porter chez Samuel Pepys annonçant au secrétaire de l'Amirauté l'heure de l'entrevue avec sir Nicholas. Évidemment, pour qu'il reçoive le pli, encore fallait-il que Pepys soit chez lui et que sa maison n'ait pas brûlé.

Louis et Gaston partirent avec Halloway qui avait demandé au marinier de l'attendre à Bears Stairs.

La barque traversa la Tamise, au milieu de laquelle nos amis eurent tout le loisir de constater que l'incendie s'éteignait, même si quelques foyers subsistaient çà et là. Les dégâts leur parurent considérables : plus aucune église ni clocher ne se dressait, Saint-Paul s'était effondrée et les entrepôts de la rive gauche se résumaient à des carcasses fumantes. Des milliers de commerçants, de négociants et d'artisans venaient d'être condamnés à la ruine.

— Le feu s'est arrêté au Temple, expliqua l'avocat en désignant l'ancienne commanderie. La vieille église templière a été épargnée, mais bien des bâtiments en bois alentour ne sont plus que cendres.

Ils débarquèrent non loin de Little Salisbury House. Midi sonnait à Westminster.

L'avocat abandonna les Français, puisque lady Hay les attendait, et fila chez Samuel Morland.

En perspective de l'entrevue, les deux Français avaient soigné leurs tenues. Anne était allée leur acheter des chemises blanches, des bas, de nouvelles chaussures à boucle et des tricornes gris. Louis avait demandé aussi un justaucorps pour remplacer celui de Harrison et, surtout, des rubans noirs. Quant à Gaston, il avait découvert une perruque fort seyante dans les caisses des Gombleton. Un coiffeur, venu la veille, avait adapté le postiche et bouclé les cheveux de Fronsac. Enfin Mme Desfontaines et sa fille, aidées d'une voisine couturière, avaient brossé et ajouté des galons aux fameux justaucorps.

À Little Salisbury House, Percy Carlisle avait fait préparer un dîner qu'ils partageraient avec Morland, dès que celui-ci arriverait. En l'attendant, ils avaient discuté comme de vieux amis, Louis et Gaston narrant quelques-unes de leurs aventures.

Morland apparut un peu plus tard en carrosse, accompagné d'Halloway. Les Français n'avaient pris aucune arme, comptant sur sir Nicholas pour les protéger.

Un peu avant trois heures, la voiture du maître des Mécaniques pénétra dans la Scotland Yard. L'allée conduisant à l'entrée du palais et Banqueting House dégorgeait de voitures, puisque nombre d'habitants de Westminster, craignant l'extension de l'incendie vers leur quartier, avaient déménagé leurs biens les plus précieux chez des amis, persuadés que, quoi qu'il arrive, Whitehall demeurerait un havre de sécurité. Il était donc impossible de pénétrer dans la cour principale du palais. Aussi les gardes faisaient-ils passer les visiteurs par les cours adjacentes, Scotland Yard étant la plus vaste.

Nos amis y abandonnèrent le carrosse et gagnèrent à pied l'appartement de sir Nicholas situé à l'autre bout du château. Seul à y être déjà venu, Morland les guidait.

Gaston et Louis découvraient les lieux avec surprise. Le palais se présentait comme un dédale de couloirs, de passages, de colonnades, de chambres, de chapelles et d'escaliers disposés çà et là par un architecte fou. Mais ce labyrinthe était orné de tapisseries luxueuses, de tapis raffinés et de consoles de grand prix supportant des vases de fleurs. La plupart des plafonds à caissons étaient décorés de peintures.

Après une longue marche – durant laquelle lady Hay fut abordée par plusieurs gentilshommes surpris de la voir, elle qui ne fréquentait pas la Cour –, ils pénétrèrent dans une galerie aux fenêtres à vitraux, dont quelques-unes, ouvertes sur un jardin, laissaient pénétrer l'aigre senteur du bois brûlé. Tout au long de ce passage se trouvaient des banquettes sur lesquelles attendaient des solliciteurs.

C'est sur la dernière qu'ils découvrirent Samuel Pepys.

Ce dernier se leva dès qu'il les aperçut. Louis crut surprendre une ombre de contrariété quand le secrétaire du conseil de la Marine constata que Morland se trouvait parmi eux.

— Merci d'être venu, monsieur Pepys, dit Fronsac.

— C'est moi qui vous remercie de m'avoir invité, monsieur. J'ai pris une barge dès que j'ai eu votre message.

— Où en est l'incendie dans votre quartier ?

— Le feu s'est arrêté pile devant chez moi ! Hier, j'avais fait détruire toutes les maisons autour de l'hôtel de Marine. Hélas, monseigneur le duc n'avait pas eu le même succès et a dû multiplier les destructions avant d'empêcher, enfin, les flammes de progresser.

Il prit la main de lady Carlisle qu'il baisa avec respect, puis salua profondément Gaston de Tilly, et plus sobrement sir Morland et maître Halloway.

— Je suis passé tout à l'heure dans la grande salle de Westminster pour m'acheter une chemise propre, car je n'ai plus rien chez moi, mais toutes les boutiques étaient fermées, s'excusa-t-il après avoir remarqué les tenues des Français et le costume de cour de Morland.

— L'heure n'est pas à l'élégance, monsieur, le rassura Percy en un sourire poli.

Elle se tourna vers un laquais qui gardait une porte :

— Sir Edward Nicholas m'attend. Je suis lady Carlisle.

— Je vais vous annoncer, milady, répondit l'homme en ouvrant la porte.

— Dites-lui que je suis avec deux amis, ajouta-t-elle.

Le serviteur disparut.

Sur une banquette, Morland et Pepys avaient observé la scène. Les Français avaient rejoint lady Carlisle et l'avocat demeurait seul sur un autre banc.

— J'ai hésité à venir, souffla Pepys à Morland. Je ne sais pas grand-chose de cette affaire qui m'inquiète un peu.

— Moi non plus, mon ami. Mais vous aurez eu au moins le plaisir de rencontrer l'une des plus jolies comtesses de la Cour.

— Lady Carlisle est effectivement charmante, mais hors de ma portée, plaisanta Pepys avec une ombre de regret. Depuis quand la connaissez-vous ?

— Quelques années. Elle a d'abord été ma pire ennemie. Sa mère était une espionne, le savez-vous ?

— Je l'ai entendu dire, mais ne sont-ce pas des ragots ?

— Non, elle était à la solde de Richelieu…

Ils furent interrompus par le retour du laquais qui fit entrer les Français et la jeune femme.

— Pourquoi est-on là ? demanda Pepys.

— Nous allons le savoir, commenta Morland.

Sir Nicholas, entièrement vêtu de noir, portait des bésicles. Le front dégarni, un bonnet noir ne dissimulait en rien sa calvitie qu'il ne masquait pas même avec une perruque. Une barbe et une moustache à la Richelieu lui donnaient un air d'un autre temps. D'une plume d'oie, il annotait studieusement un document pour son secrétaire. Il leva des yeux étonnés en voyant entrer les visiteurs, mais ne se leva pas lui-même.

— Milady, j'ignorais que vous seriez accompagnée.

— M. Fronsac ne tenait pas à ce qu'on sache qu'il voulait vous rencontrer.

— M. Fronsac ?

Un large sourire, mélange de surprise et de satisfaction, apparut sur le visage du secrétaire d'État.

— J'ai entendu parler de vous par M. Morland, et milady. Est-ce M. Hollis qui vous envoie ?

— Pas exactement, milord.

Louis sortit le coffret qui déformait la poche de son justaucorps :

— Ceci est pour votre roi. Pour l'amitié de nos royaumes.

Il déposa l'étui sur la table et Nicholas comprit immédiatement.

— Asseyez-vous, fit-il d'une voix qu'il s'efforçait de conserver calme sans vraiment parvenir à contenir son émotion.

Il ouvrit le coffret, découvrit le saphir et resta silencieux, ému et admiratif.

— Comment avez-vous fait ?

— Ce serait une longue histoire, milord.

— M. Fronsac a risqué sa vie, intervint lady Hay.

— Vous aussi, et plus que moi, répliqua Louis en un sourire.

Si Nicholas se leva enfin et prit le coffret :

— Accompagnez-moi chez lord Clarendon.

Ils sortirent. Les voyant, Pepys, Morland et l'avocat se dressèrent pour saluer le secrétaire d'État.

— Messieurs, je ne vous savais pas ici, fit courtoisement Nicholas.

— Ils sont venus avec moi, milord, intervint Fronsac. Sans eux, je n'aurais pas réussi.

Le ministre hocha lentement la tête.

— Nous en reparlerons, décida-t-il.

Faisant signe aux Français et à lady Hay de le suivre, il prit la galerie afin de rejoindre le grand hall lambrissé.

Dans cette esplanade couverte, il n'y avait pas grand monde, sinon des Gentlemen Ushers et des Royal Guards en jaquette rouge et corselet, ces gardes du corps qui avaient suivi le roi en exil.

De là, Nicholas emprunta un large escalier à pilastres et s'arrêta sur le vaste palier supérieur. Deux gardes se tenaient devant la porte. Le ministre demanda si le lord Chancelier était seul et, ayant obtenu une réponse affirmative, pénétra dans une antichambre où travaillaient deux secrétaires qui se levèrent respectueusement en le voyant.

— J'ai besoin de rencontrer lord Clarendon, dit-il à l'un d'eux.

L'homme gratta à une porte, puis, ayant dit quelques mots, fit passer le ministre, la comtesse et les Français.

Edward Hyde, comte de Clarendon, se tenait debout devant une fenêtre et regardait sombrement la Tamise.

52

— Vous souhaitez me voir, Edward ? s'enquit-il en se retournant.

Le grand chancelier d'Angleterre, gros bonhomme distant affublé d'une courte barbiche et de fines moustaches, affichait un regard voilé d'une tristesse infinie.

Haussant un sourcil en reconnaissant la comtesse de Carlisle, il s'interrogea sur les hommes qui l'accompagnaient.

— Excusez mon trouble, dit-il à ses visiteurs d'une voix grave. Je songeais à Londres et à ce que vivent ses habitants.

— Milord, je vous présente M. Fronsac, marquis de Vivonne, et son ami M. Gaston de Tilly.

Clarendon demeura un instant interdit, puis hocha la tête et s'avança vers eux, l'expression toujours aussi chagrine :

— Monsieur Fronsac, j'ai beaucoup entendu parler de vous par votre ancien voisin, lord Digby.

— J'ai un très bon souvenir de lui, approuva Louis.

Nicholas se dirigea vers le lord chancelier et lui présenta le coffret ouvert.

— Voici ce que M. Fronsac vient de m'apporter, milord.

— Le saphir des Stuart ! s'exclama Hyde en changeant brusquement de ton.

Il prit délicatement la pierre pour l'examiner devant la lumière. Personne ne dit mot avant qu'il lâche, finalement :

— Enfin une bonne nouvelle dans cet océan de malheurs !

Nouveau moment de silence tandis qu'il scrutait de nouveau le joyau. Puis ces mots résonnèrent :

— Malgré les certitudes de sir Nicholas, j'avoue n'avoir jamais envisagé que vous puissiez réussir à le retrouver, monsieur le marquis. Décidément, votre réputation n'est pas usurpée. Comment avez-vous fait ?

— J'ai repris la pierre à lord Saint Albans, milord.

— De quelle manière saviez-vous qu'il la possédait ? Et pourquoi vous l'a-t-il remise ?

— Avec mon ami Gaston, qui traite des enquêtes criminelles depuis trente ans, nous avons gagné une certaine expérience. De plus, nous avons bénéficié de l'aide inestimable de lady Carlisle, et également de celle de sir Morland et de M. Samuel Pepys.

Hyde leva une main, comme pour dire : « Attendez un instant… »

— Mais Jermyn, pourquoi vous a-t-il cédé le saphir ?

— Disons qu'il n'a pas eu le choix. Il s'en est pris à moi et je me suis défendu.

— A-t-il attenté à votre vie ? interrogea Nicholas d'un ton dur.

— Ayant appris que M. Fronsac recherchait le saphir, lord Saint Albans l'a fait saisir par des gens du Trust et enfermer dans la Tour, intervint Gaston.

— Que dites-vous ? Sans l'accord de Sa Majesté ou de moi-même ! s'insurgea Hyde. Il fallait me prévenir !

— C'était difficile, objecta Fronsac en renouant machinalement l'un de ses rubans de poignet.

— Mais comment en êtes-vous sorti ? Sir Robinson vous a-t-il libéré ?

— Je me suis évadé, milord.

— Impossible ! On ne s'évade pas de la Tour !

— J'ai entendu parler d'une évasion la nuit où le feu a commencé, intervint Nicholas. Interrogé à ce sujet, sir Robinson m'a dit qu'il s'agissait d'une fausse alerte et qu'aucun prisonnier ne manquait.

Hyde alla s'asseoir et demanda à ses visiteurs de prendre des chaises. Quand chacun fut installé, il déclara :

— Narrez-moi cette évasion, monsieur Fronsac…

Louis en fit donc le récit, dévoilant le rôle de lady Percy, ce qui provoqua cette interruption du chancelier :

— Décidément, milady, vous êtes la digne fille de votre mère et de votre père !

— Les chiens ne font pas des chats ! renchérit Nicholas.

— Cependant, nous aurons à parler avec sir Robinson de la sécurité dans la Tour, ajouta Hyde. Mais poursuivez, monsieur Fronsac : à quel endroit vous a conduit la barque de M. de Tilly ?

— Chez Mme Desfontaines, la dame de compagnie de madame la duchesse d'Orléans faussement accusée du vol du saphir. Il s'agissait d'une cabale conduite par lord Jermyn qui, en vérité, avait secrètement acheté le joyau et ne voulait pas que quiconque l'apprenne.

Hyde opina à plusieurs reprises.

— Et alors ? s'enquit-il.

— Mme Desfontaines s'est rendue à son hôtel pour lui conter une histoire aussi fantaisiste que la propre accusation qu'elle-même avait subie. Lord Saint Albans l'a crue et a envoyé ses hommes à l'endroit où elle prétendait que je me trouvais. Dès lors, l'hôtel étant vide, Mme Desfontaines nous a fait entrer et, après quelques pressions, milord nous a gentiment remis le saphir.

Le chancelier et le secrétaire d'État échangèrent un regard entendu. Ce genre d'entreprise leur déplaisait fortement, mais la fin ne justifiait-elle pas, parfois, les moyens ?

C'est que la situation de l'Angleterre était gravissime. Le roi ne s'intéressait guère au sort du pays. Seules les fêtes et ses maîtresses l'occupaient. Par paresse, il avait cédé à l'opinion publique et à son frère le duc d'York, qui l'avait persuadé de la supériorité de la Navy sur la flotte hollandaise. Non seulement Charles avait déclaré la guerre à un pays ami et allié, mais encore il était en train de perdre ce conflit. En face de tels incapables, Jermyn et Henriette – sa fille – tentaient de détacher la France de la Hollande et de mener leur propre politique étrangère en ignorant avec mépris le gouvernement et le Parlement, voire en les accusant d'incompétence.

Voilà à quoi songeait le chancelier Clarendon. Seulement, dans le grand jeu qui l'opposait à Jermyn, il venait de marquer un point grâce au saphir ayant appartenu aux premiers Stuart. En le remettant solennellement au roi, il montrerait à la Cour qu'il n'était en rien le personnage falot dont se moquait Saint Albans. Au contraire, il s'imposerait comme le seul capable de sortir l'Angleterre de l'impasse dans laquelle maladroits et imbéciles l'avaient conduite.

Satisfait, Hyde réunit l'extrémité de ses doigts et planta ses yeux dans ceux de Louis.

— Monsieur Fronsac, lord Hollis vous avait fait part de ma proposition si vous me rapportiez le saphir…

— Oui, milord.

— Je vous dois donc vingt mille livres.

— C'est cela, milord.

Percy Hay haussa les sourcils, ignorant les termes de cet accord.

— C'est une grosse somme à réunir et transporter. Je peux l'avoir demain, mais aussi vous remettre une lettre de change que vous vous ferez payer auprès de M. Antoine de Rambouillet[1], notre banquier à Paris.

— Cela me convient, milord, mais vous porterez seulement un montant de dix mille livres sur cette lettre.

— La moitié ? Et pourquoi donc ? s'étonna sir Nicholas.

— Vous me ferez une lettre de dix mille livres, verserez mille livres à M. Pepys, autant à M. Morland et le solde, soit huit mille, à lady Hay.

Gaston approuva, et tous les regards se tournèrent vers la comtesse que chacun savait ruinée. Saisie par l'émotion, elle balbutia :

1. Fils de Nicolas Rambouillet, secrétaire du roi, il dirigeait alors la banque Rambouillet, longtemps associée à la banque Tallemant. Il était associé aux Fermes générales et actionnaire de la Compagnie des Indes occidentales.

— Monsieur Fronsac… Vous n'avez pas à faire cela… J'étais en dette avec vous…

— Et moi, sans vous, je ne serais plus de ce monde.

Lady Percy n'était pas une femme fragile. Elle avait assisté à la déchéance de sa mère, autrefois si belle et si énergique. Elle avait vu mourir celui qu'elle considérait comme un père. Si par manque d'argent elle vivait recluse, elle s'efforçait toujours de se montrer digne fille de James Hay, premier comte de Carlisle et favori de Jacques Ier et de Charles Ier. Pourtant, elle éclata en sanglots. Ces huit mille livres lui permettraient de lever l'hypothèque de son hôtel, de le remeubler, de s'habiller et de paraître de nouveau à la Cour.

Paternellement, Edward Nicholas, depuis toujours sensible à l'énergie de la jeune femme, s'efforça de la consoler.

Quant à lord Clarendon, après s'être éclairci la voix, il déclara aux Français :

— Vous êtes des gentilshommes, messieurs, et c'est beaucoup d'honneur pour moi de vous connaître. Qu'allez-vous faire, maintenant ?

— Embarquer près du pont où nous attend un navire qui nous ramènera en France. J'aurais aimé rencontrer sir Hollis, mais puisqu'il n'est pas à Londres, pourriez-vous lui transmettre mes amitiés ?

— Je le ferai… Autre chose, ne craignez-vous pas que lord Saint Albans ne cherche à se venger ?

— Nous essaierons de l'éviter, fit Gaston.

— Ce ne sera peut-être pas suffisant.

Il tira un cordon dans son dos et un laquais entra.

— Joshua, allez chercher le capitaine Pierce.

Clarendon s'adressa aux Français :

— Pierce est officier de la garde. Je vais l'envoyer chez vous, Nicholas, avec ordre d'escorter MM. Fronsac et Tilly jusqu'à leur navire. Maintenant, excusez-moi, mais je dois recevoir le lord-maire.

L'entretien était terminé.

Ils traversaient le grand hall quand Louis entendit :

— Monsieur Fronsac !

Ayant reconnu la voix, Louis se retourna lentement.

C'était lord Saint Albans, en compagnie de Mordaunt et de quatre gentilshommes.

— Je vous avais dit que nous nous reverrions.

— C'est toujours un plaisir, milord, fit Louis en s'inclinant.

Craignant le pire, le secrétaire d'État se porta en avant.

— Rassurez-vous, sir Nicholas, je veux seulement parler à MM. Fronsac et Tilly.

Curieusement, l'intonation de la voix du père du roi venait de changer. Elle ressemblait à une supplication.

— Nous sommes à votre disposition, milord, dit Louis.

— Faisons quelques pas, proposa Jermyn en désignant la porte ouvrant sur un jardin.

Les Français l'accompagnèrent. Le jardin, couvert de cendres, était sinistre.

— J'ai rarement perdu, messieurs, grinça le lord. Et lorsque cela arrive, je prends toujours ma revanche. Avez-vous remis le saphir à Clarendon ?

— Oui.

— J'aurais dû gagner cette partie, disposant de toutes les cartes, mais j'ai commis une grave erreur : vous sous-estimer. Pourtant, on m'avait mis en garde contre l'homme aux rubans noirs. Peut-être ne suis-je plus le capitaine d'autrefois, peut-être les délices de ma position ont-ils gâté mon jugement…

Fronsac préféra ne rien dire.

— En d'autres circonstances, je vous aurais fait rendre gorge, monsieur Fronsac, seulement…

— Seulement ?

— J'ai interrogé Thomas Mordaunt.

Un silence.

— Il m'a confirmé qu'un de ses hommes, atteint par vous d'une balle, était tombé sur les fagots du boulanger Farriner.

Toujours le silence. Dans le jardin, les émanations de brûlé étaient presque insupportables.

— Ainsi, bien malgré moi, je suis responsable du malheur qui vient d'arriver. Je suis la cause de la disparition de la plus belle ville d'Europe.

Silence.

— Dieu m'a puni.

Un autre silence.

— Vous ne me trouverez plus sur votre chemin, monsieur Fronsac.

D'un regard vide, il considéra une dernière fois les Français et fit demi-tour.

Gaston sortit un mouchoir de son justaucorps et essuya son front transpirant.

— Maudite perruque des Gombleton. J'étouffe dessous !

— Bien que sans perruque, je crois avoir aussi chaud que toi, Gaston, fit Louis en s'épongeant à son tour.

Ils revinrent dans le hall. Jermyn et ses gens avaient disparu. Nicholas paraissait inquiet, et lady Percy les gratifia d'un sourire interrogatif.

— Tout s'est bien passé, les rassura Louis.

En revenant chez le secrétaire d'État, celui-ci désigna un couloir :

— Ce passage conduit au débarcadère privé du roi. J'y ai une barque, le capitaine Pierce vous y conduira.

— Nous allons faire nos adieux à nos amis. Je vous laisse la charge de les informer pour ce que vous savez, sir Nicholas.

— Je n'y manquerai pas.

Lady Hay, jusque-là muette, une fois arrivée dans la galerie où se trouvait l'appartement du secrétaire d'État, s'arrêta :

— Messieurs, je vous dois tant… et ne sais comment vous remercier.

— Un sourire suffira, milady, répondit galamment Gaston en lui baisant la main.

— Je ne vous oublierai jamais, murmura-t-elle, les larmes aux yeux.

— Moi non plus, milady, moi non plus, bredouilla Fronsac, ému plus qu'il ne l'aurait cru et voulu.

Le père de cette jeune femme avait tenté de l'enlever, et sans doute tuer. Elle-même en aurait peut-être fait autant, et pourtant elle lui avait sauvé la vie. Que le destin pouvait se montrer étrange !

Samuel Pepys et Samuel Morland se levèrent en les apercevant.

— Le saphir se trouve entre de bonnes mains, messieurs, sourit Louis. Je dois vous dire adieu maintenant, et vous remercier de ce que vous avez fait. J'ajoute que j'ai croisé lord Saint Albans, lequel s'est montré bon perdant. Je crois aussi que sir Nicholas désire vous parler.

Français et Anglais s'accolèrent en une brassée sincère et bienveillante. S'agissait-il des prémices de la paix à venir ? s'interrogea le secrétaire d'État.

— Milady, dit ce dernier à Percy, je vous ferai parvenir ce que je vous dois. Messieurs, veuillez me suivre…

Il s'adressait à Pepys et Morland quand il vit arriver quelques gardes en tunique rouge.

— Ah, monsieur Fronsac, voici le capitaine Pierce.

Ce dernier, jeune homme au léger zézaiement, cadet de famille, expliqua à Gaston de Tilly avoir rejoint la garde, dont son père était colonel, alors qu'il souhaitait être marin.

Il les conduisit au ponton royal où l'on accédait directement depuis l'intérieur de Whitehall. Lady Hay accompagna les Français jusqu'au bout et regarda longuement leur barque s'éloigner, les larmes aux yeux.

Durant le trajet, le capitaine Pierce, debout devant Louis et Gaston assis sur un banc recouvert de coussins, commenta la pitoyable situation de la ville où il s'était rendu dans la matinée en escortant lord Clarendon. Le grand chancelier voulait connaître l'étendue des destructions et avait rejoint le roi venu en barge jusqu'à Tower Street.

Les toits de Saint-Paul s'étaient effondrés, le chœur écroulé dans la crypte. Lombard Street était réduit en cendres. La Bourse offrait un triste spectacle. Ludgate, Fleet Street et la majeure partie du Temple avaient brûlé. Durant des heures le souverain, son ministre et leurs gardes avaient circulé au milieu des cendres, des braises fumantes, des poutres calcinées.

— Dieu soit béni, la garde du duc d'York et les ouvriers des arsenaux ont détruit tellement de maisons que le feu n'a pu gagner le Strand, Westminster et Whitehall, conclut Pierce.

Louis n'ouvrit pas la bouche, ne quittant pas des yeux les rives noircies et fumantes. Le saphir des Stuart ne valait assurément pas un tel prix.

Gaston, lui, n'était pas dans cet état d'esprit effaré. L'aventure lui avait fait découvrir son fils, et en plus il ramenait en France une belle-fille, ce qui réjouirait Armande. Et puis Louis et lui avaient rempli une mission impossible. Une de plus.

Quand la barque passa sous l'arche du pont, Tilly désigna le *São Felipe* au batelier qui commandait la nage. Le canot s'approcha du brigantin.

Appuyés au plat-bord, César et Françoise, qui les avaient vus, leur adressaient de grands gestes joyeux. Qui semblaient quelque peu incongrus lorsqu'on regardait le paysage de désolation qu'offrait la ville de Londres ravagée par le plus grand incendie de son histoire.

Annexe

Vrai et faux

Le grand incendie de Londres détruisit plus de treize mille maisons, quatre-vingt-sept églises et les plus grands édifices de la ville dont Saint-Paul, la Bourse et le Guildhall. Le tiers de Londres disparut en fumée. Le coût de reconstruction fut estimé à plusieurs dizaines de millions de livres.

Le nombre de décès connus apparut faible, mais la chaleur dégagée par les foyers faisait fondre l'acier, aussi ne retrouva-t-on rien des corps calcinés, d'autant plus que les maisons les plus pauvres flambèrent très vite à cause de leurs toits de chaume. Les morts s'élevaient à plusieurs milliers.

Le champ de ruines qu'était devenue la ville resta fumant jusqu'à l'hiver.

De nombreux Français furent accusés d'avoir déclenché la catastrophe. Saisis durant l'incendie, ils furent pendus sur-le-champ et l'un d'eux, qui reconnut un départ de feu à Westminster, fut jugé et pendu à Tyburn à la fin du mois de septembre.

Le duc d'York fut effectivement celui qui arrêta l'incendie en faisant détruire des dizaines de maisons par sa garde et les ouvriers des arsenaux qu'il avait fait venir. Ce fut lui, également, qui maintint l'ordre grâce aux patrouilles de ses soldats. Il protégea également les étrangers saisis par la populace quand celle-ci voulait les écharper. « Le duc d'York a conquis les cœurs du peuple avec ses efforts continuels et infatigables jour et nuit pour aider à éteindre le feu », rapporta un observateur.

Ce fut effectivement Samuel Pepys qui conseilla la destruction de maisons pour endiguer la propagation de l'incendie.

Pepys est l'un des personnages les plus considérables de l'Angleterre du XVIIe siècle. S'il est connu surtout par son journal, un document inestimable sur la vie à Londres durant la Restauration, et son récit du grand incendie, on ne doit pas oublier qu'il est l'un des bâtisseurs de la puissance maritime militaire anglaise. Fils d'un humble tailleur, simple secrétaire de Walter Montaigu, qui deviendra lord Sandwich, puis secrétaire du conseil de la Marine, il veillera durant des années sur l'entretien et l'approvisionnement de la Flotte.

Élisabeth, son épouse, disparut trois ans après notre histoire ; il ne se remaria pas. Mais il resta proche des protestants français qu'il aida financièrement quand ceux-ci se réfugièrent en Angleterre.

Après quelques années de disgrâce, il sera nommé par Charles II secrétaire des affaires de l'Amirauté avec les pouvoirs d'un ministre. À ce poste, il proposera que l'avancement des officiers se fasse selon leur formation, leur compétence et leur ancienneté, et non en fonction de leur naissance. Il sera ainsi à l'origine du *rôle* d'avancement de la Royal Navy.

James d'York, frère de Charles II, devenu roi sous le nom de Jacques II[1], gardera près de lui cet administrateur hors pair pour réformer les chantiers navals et, plus largement, la marine de guerre.

Pepys quittera toutes ses charges par fidélité aux jacobites quand Jacques II sera chassé de son trône par sa fille Anne. Devenu membre du Parlement, président de la Royal Society, ami de Newton, il laissera aux Anglais le souvenir d'un homme loyal et compétent.

1. Nom sous lequel il est connu en France.

Lord Clarendon perdit sa charge de grand chancelier en 1667 après une nouvelle défaite de la Flotte contre les Hollandais. Il se réfugia en France où il écrira une histoire de la guerre civile. Pour la petite histoire, sa fille Anne, qui avait épousé le duc d'York, lui donnera deux petites-filles, Anne et Mary, qui régneront à tour de rôle sur le trône d'Angleterre.

Sur les théories millénaristes qui fleurissaient en 1666, nous n'avons rien inventé. L'année précédant l'incendie, la peste avait tué vingt pour cent des Londoniens, et beaucoup croyaient à l'avènement de l'Antéchrist. Les partisans de la Cinquième Monarchie, dont les chefs étaient allés au supplice sourire aux lèvres, étaient toujours présents. Thomas Venner n'avait-il pas tenté de prendre le pouvoir ? Les rumeurs sur le mystérieux Precious Man et sur Mene Tekel, fils de Nabuchodonosor, hommes providentiels à la tête de rebelles financés par des Français, allaient bon train. La reine mère Henriette, catholique, ne cherchait-elle pas à convaincre son fils Charles d'imposer le catholicisme, la religion de l'Antéchrist de Rome ?

Et puis, il y avait la prophétie de Nostradamus :

Le sang du juste à Londres fera faute,
Bruslez par foudres de vingt-trois les six,
La dame antique cherra de place haute,
De mesme secte plusieurs feront occis.

Le feu fut donc considéré par beaucoup comme un châtiment divin (assorti tout de même d'une conspiration française !). L'année contenant le nombre 666, celui de la Bête, se prêtait évidemment à de telles croyances.

Nous avons relaté l'enquête conduite par lord Hollis sur la disparition des joyaux de la Couronne et du saphir en restant au plus près des courriers échangés entre les protagonistes. Mme Desfontaines a bien existé, mais nous avons imaginé l'existence de sa fille. Bien qu'accusée par lord Hollis d'être une «méchante femme», nous avons décidé de la blanchir, car elle ne fut pas condamnée. Les Gombleton n'ont pas eu cette chance.

Quant à Mazarin, il a bien été l'un des principaux bénéficiaires des joyaux et autres objets de valeur vendus à bas prix par la reine Henriette lors de son séjour en France. Le duc de Mazarin, qui avait épousé une de ses nièces, récupéra un grand nombre de pièces de valeur à la mort du cardinal, en particulier des tentures et tableaux, mais, tout en refusant de les restituer, il n'hésitait pas à les vandaliser si un sein lui déplaisait. Sa folie devint telle au cours des années que Colbert puis le roi durent intervenir.

Henry Jermyn, cadet d'un simple chevalier, entra au service de la reine Henriette dès son arrivée en France, en 1622, comme garde du corps. Il en devint vite le favori et le confident. C'était un homme ambitieux, violent et grand séducteur, ce qui lui valut d'être un temps exilé en France. Pardonné, il revint près de la reine et se fit élire au Parlement. Quand la guerre civile commença, il accompagna Henriette en Hollande où elle mit en gage une partie des bijoux royaux pour acheter des armes. Jermyn s'occupa des transactions. À son retour, la reine le fit nommer colonel des gardes du corps, puis anoblir comme baron.

À partir de 1644, il accompagna celle-ci en France et vendit ou mit en gage les objets de valeur qu'elle avait emportés. Il proposa même de vendre à la France Jersey et d'autres îles, ce qui le fâcha avec le chancelier Edward Hyde, futur Lord Clarendon, qui s'y opposait. La rivalité entre les deux hommes augmenta encore après des désaccords sur la venue en France du futur Charles II, dont Jermyn était peut-être le père.

Après la mort du roi Charles Ier, il se murmura que Jermyn avait épousé sa veuve. Quoi qu'il en soit, il obtenait d'elle tout ce qu'il demandait. C'est ainsi qu'il fut fait comte de Saint Albans en 1659.

À la Restauration, il devint membre du Conseil privé et reçut quantité de terres et domaines, en particulier les terrains au nord de Whitehall qu'il lotit de luxueux hôtels – mais Clarendon ne l'accepta jamais dans le gouvernement.

Durant son exil en France, Jermyn organisa un vaste réseau d'espionnage contre Cromwell qui fusionna avec un autre réseau dirigé alors par John Mordaunt[1], le Trust, Mordaunt se plaçant alors sous les ordres de Jermyn.

Nous avons imaginé son cadet Thomas Mordaunt.

Le Hope ferma définitivement ses portes en 1682, mais les combats entre chiens et taureaux se poursuivront jusqu'au XIXe siècle.

Dans *La Vie de Louis Fronsac*, il est fait mention de la présence de Joachim d'Alancé à Londres avec Pichon et Canto. C'est ce que crut longtemps Louis après avoir conduit une enquête à Paris sur les deux marauds du duc de Mazarin, après son retour d'Angleterre. C'est aussi ce qu'il raconta à sa belle-fille quand elle écrivit son histoire, mais, sur ce point, il se trompait. Comme elle-même s'était trompée dans les événements qui s'étaient déroulés à Londres et sur lesquels Louis resta toujours évasif, même auprès de sa famille.

Dans ce roman, nous avons conservé pour les lieux une notation en langue anglaise, contrairement à ce qu'ont fait la plupart des traducteurs de Samuel Pepys. Ainsi la taverne du Cygne est redevenue le Swan. Cette notation nous est apparue plus cohérente à partir du moment où les noms de rue restaient en anglais. Mais nos choix restent discutables, puisque nous avons écrit la Tour, et non « the Tower », pour celle de Londres !

Le 30 juin 1670, Henriette, duchesse d'Orléans, sœur du roi Charles II, se trouvait à Saint-Cloud, en parfaite santé. Elle but un verre d'eau de chicorée et, dans l'instant, sentit des douleurs

---

1. Qui deviendra vicomte. Son aîné Henry était comte de Peterborough.

aiguës. Les convulsions suivirent. Six heures après, elle était morte. On parla d'un empoisonnement et Bossuet fit l'oraison funèbre de la princesse en ces termes : « Ô nuit désastreuse ! ô nuit effroyable où retentit tout à coup, comme un éclat de tonnerre, cette étonnante nouvelle : Madame se meurt, Madame est morte ! »

Elle avait vingt-six ans.

Bibliographie

Anthony Adolph, *The King's Henchman*, Gibson Square Books, 2014.

Radulphus Agas et Adrian Procto, *A to Z of Elizabethan London*, Topographical Society, 1979.

Valérie Corps, *Carnets de voyage dans l'au-delà*, TheBookEdition, 2013.

Charles Desmazes, *Le Bailliage du Palais-Royal de Paris*, Willem, 1875.

Anne Dunan-Page, *L'Insurrection de Thomas Venner (1661) : anglicanisme et dissidence au défi des prophéties*, Presses de la Sorbonne Nouvelle, 2008.

Micheline Dupuy, *Henriette de France*, Perrin, 1994.

Oliver Flory, *Bear and Bull-baiting in Early Modern London*, The British Library, 2015.

Hazel Forsyth, *Butcher, Baker, Candlestick Maker. Surviving the Great Fire of London*, I. B. Tauris, 2016.

David Humphrey, *To Sell England's Jewels: Queen Henrietta Maria's visits to the Continent*, 1642 and 1644, http://erea.revues.org/3715 DOI : 10.4000/erea.3715

Peter Jackson, *London Bridge: A Visual History*, Phillimore & Co, 2002.

Samuel Pepys et Robert Latham, *Journal*, Laffont, 1994.

Samuel Pepys, *The Diary: A New and Complete Transcription, Samuel Pepys and Robert Latham*, University of California Press, 2001.

Stephan Porter, *Shakespeare London: Everyday Life in London 1580-1616*, Amberley Publishing, 2011.
Hilton Price, *The Signs of old Lombard Street*, 1887.
François Nicolas Napoléon Ravaisson-Mollien, Louis Jean Félix Ravaisson-Mollien, A. Durand et Pedone-Lauriel, *Archives de la Bastille : 1661-1664*, 1868.
Yvonne Singer-Lecocq, *La Tribu Mazarin*, Perrin, 1989.
Milne Gustav, *The Port of medieval London*, Tempus, 2006.
Paul Sonnino, *The Search for the Man in the Iron Mask: A Historical Detective Story*, Rowman and Littlefield Publishers, 2016.
Adrian Tinniswood, *The Great Fire of London*, Pimlico, 2004.
Claire Tomalin, *Samuel Pepys ou Monsieur moi-même*, Éditions Champ Vallon, 2014.
T. Venning, *Cromwellian Foreign Policy*, Springer, 27 mars 1995.
Glynne Wickham, Herbert Berry, William Ingram, *English Professional Theatre, 1530-1660*, Cambridge University Press, 2000.
Henry Benjamin Wheatley, Peter Cunningham, *London Past and Present: Its History, Associations, and Traditions*, Cambridge University Press, 2011.

Romans et nouvelles
où apparaissent les Fronsac

(dans l'ordre chronologique)

Les Ferrets de la reine
Les Collèges fantômes
Le Funeste Testament
Les Enfants de la Samaritaine
Le Mystère de la chambre bleue
La Conjuration des importants
La Conjecture de Fermat
La Lettre volée (dans *L'Homme aux rubans noirs*)
L'Héritier de Nicolas Flamel (dans *L'Homme aux rubans noirs*)
L'Exécuteur de la haute justice
L'Enfançon de Saint-Landry (dans *L'Homme aux rubans noirs*)
Le Maléfice qui tourmentait M. d'Emery (dans *L'Homme aux rubans noirs*)
L'Énigme du clos Mazarin
La Confrérie de l'Index (dans *L'Homme aux rubans noirs*)
Le Secret de l'enclos du Temple
La Malédiction de la Galigaï
Le Disparu des Chartreux
L'Enlèvement de Louis XIV
Le Forgeron et le Galérien
Le Bourgeois disparu

Le Dernier Secret de Richelieu
Menaces sur le roi
Le Grand Arcane des rois de France
Le Captif au masque de fer
La Vie de Louis Fronsac

Remerciements

Je dois remercier ici mon épouse et ma fille cadette, toujours premières lectrices. Elles restent les plus sévères juges des premières versions de mes ouvrages.

Sans les pertinentes remarques et les talentueuses suggestions de Thierry Billard, mon éditeur aux Éditions Plon, ce livre aurait présenté bien des défauts.

Vous pouvez joindre l'auteur :
aillon@laposte.net
www.grand-chatelet.net

Suite du même auteur

Aux éditions Flammarion

Le Secret de l'enclos du Temple
La Malédiction de la Galigaï
Dans les griffes de la Ligue
Rome, 1202
La Bête des Saints-Innocents
Rouen, 1203
Le Grand Arcane des rois de France
L'Évasion de Richard Cœur de Lion
Béziers, 2009

Aux éditions J'ai Lu

Marseille, 1198
Paris, 1199
Londres, 1200
Montségur, 1201
Récits cruels et sanglants
La Vie de Louis Fronsac

Aux éditions Presses de la Cité

De taille et d'estoc
Férir ou périr
Les Collèges fantômes
La Quête du trésor du Temple

Aux éditions 10-18

Une étude en écarlate
Le Chien des Basqueville
La Ville de la peur
Les Exploits d'Edward Holmes

Imprimé en France par CPI
en mars 2018

pour le compte des Éditions Plon
12, Avenue d'Italie 75013 Paris

N° d'impression : 3026292